恋恋秦河

秦往 著

中国文史出版社

图书在版编目（CIP）数据

恋恋秦河 / 秦往著．--北京：中国文史出版社，
2020.10

ISBN 978-7-5205-2331-8

Ⅰ.①恋… Ⅱ.①秦… Ⅲ.①长篇小说-中国-当代
Ⅳ.①I247.5

中国版本图书馆 CIP 数据核字（2020）第 184067 号

责任编辑：金硕

出版发行：**中国文史出版社**
社　　址：北京市海淀区西八里庄路 69 号院　　邮编：100142
电　　话：010-81136606　81136602　81136603　81136605（发行部）
传　　真：010-81136655
印　　装：北京温林源印刷有限公司
经　　销：全国新华书店
开　　本：660×950　1/16
印　　张：21.25
字　　数：360 千字
版　　次：2021 年 1 月北京第 1 版
印　　次：2021 年 1 月第 1 次印刷
定　　价：59.00 元

恋恋秦河

秦往 著

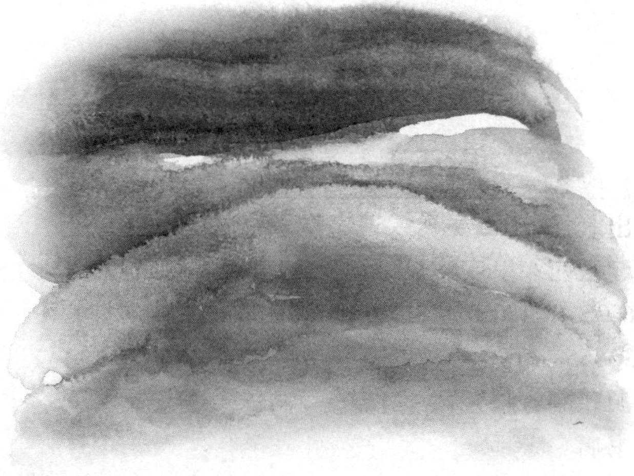

中国文史出版社

图书在版编目（CIP）数据

恋恋秦河 / 秦往著. -- 北京 ：中国文史出版社，2020. 10

ISBN 978 -7 -5205 -2331 -8

Ⅰ. ①恋… Ⅱ. ①秦… Ⅲ. ①长篇小说 - 中国 - 当代 Ⅳ. ①I247. 5

中国版本图书馆 CIP 数据核字（2020）第 184067 号

责任编辑：金硕

出版发行：**中国文史出版社**

社　　址：北京市海淀区西八里庄路 69 号院　　邮编：100142

电　　话：010 -81136606　81136602　81136603　81136605（发行部）

传　　真：010 -81136655

印　　装：北京温林源印刷有限公司

经　　销：全国新华书店

开　　本：660 ×950　1/16

印　　张：21. 25

字　　数：360 千字

版　　次：2021 年 1 月北京第 1 版

印　　次：2021 年 1 月第 1 次印刷

定　　价：59. 00 元

第 *1* 章

省城来的女孩

近乡情怯

两个同学

一封来信

01 省城来的女孩

1987 年 7 月，我从 H 大学中文系毕业，被分配到家乡肯县，在县委党校当了一名老师。

正式上班后第二天上午，詹校长把我叫到他办公室，说："小秦，交给你一个任务。省社科院有一个调研组，来我县搞一个课题，县委办要我们抽一个人去协助工作，我报了你。"

我问："我不上课吗？"

詹校长说："这个学期没有语文课。"又说，"明天上午八点半，县委办开会说这事，你去参加一下。"

后来我才知道，县一级党校根本算不上学校，它主要业务只是替省党校，给那些只有初中文化、报名读省党校函授中专班的在职干部上上课，一个学期也就集中上课半个月左右。在县委眼里，它也不算一所学校，而是县委的一个部门（它并不属于教育局管，且校长是县委副书记兼任），所以县委布置什么工作，尤其是临时性的工作需要抽人时，最先想到的人选就是党校人员。

第二天早上，我提前半个小时就赶去了县委，毕竟刚分配来上班，多少得表现好一点。

开会地点在县委办公楼二楼小会议室。尽管所有窗户、门都是开着的，室内很亮敞，但感觉气氛凝重。室内还没有人，我不太想先进去，在走廊上溜达。

陆续有人上来了，我跟着进去。

总共有十个人参加会议，由县委王副书记主持，他先介绍“省里来的人”，共三个人，一个头发花白颇有教授范儿的省社科院哲学社会学所周所长，一个没什么特点的青年男子，还有一个穿白色连衣裙的女孩，正埋头写着什么。王副书记每说到一个名字，他们便客气地站起来点点头，那个女孩站起来的时候，我发现她有着惊人的美丽。她叫蔡晓涵。

她的美丽称得上是标准型的美丽，身高约一米六五，身材算不上苗条，但也绝不粗壮，可以说跟她的身高相配恰到好处，给人感觉均衡、协调、大方。脸形方中带圆，一头蓬松的头发，扎个马尾辫。五官极为秀丽精致，皮肤白嫩而润泽。整体看，透出一种大家闺秀的气质，温文尔雅、娴静端庄。我想到了正当红的林青霞，觉得两人有点像。

我顿时被她吸引住了，以至于县委办龙副主任介绍我们这边的“协助人员”时，点到我的名字，我竟没有听到，龙副主任叫了第二次，我才反应过来，慌忙站起来点点头。

“省里来的人”下来是搞一个“农村婚姻与家庭现状”调查，要下到乡镇，然后随机抽几个村，再选一些农户询问，让他们填问卷。调查组打算下三个乡镇，每个乡镇县里派两个人协助。

我心生一个念头，祈盼和这个美丽的女孩分在一个组，然而我失望了，和我一组的是那个小伙子。

次日一早，三组人马到县委大院集中，坐车下乡。上车的时候，却发现蔡晓涵上了我们组的面包车。原来，昨晚上她跟龙副主任提出，和小伙子调换，因为我们这个组有一个女孩，县妇联的高晓玲，而她那个组，另两个人员都是男的，她感到不便，就想到我们组，和小高结个伴，龙副主任同意了。

我心里感到高兴。

我们组去的乡镇叫春岭乡，路途还算平坦，属于丘陵地，虽说有一半路程是砂石路，但维护得好，没什么坑洼，扬尘也不多。车上，两个女孩没多久就混熟了，一路上叽叽喳喳个没完，从她们的聊天中，我得知，蔡晓涵是去年从省D大哲学系毕业的，一毕业就分到省社科院去了。我听了一阵气短。D大虽是本省最好的大学，可在全国一点名气都没有，她竟分得这么好！我这个重点大学毕业的，倒成了她的“协助人员”！

半个小时左右，我们便到了春岭乡乡政府，一座由排房围起来的四合院，乡政府一干人马，出到门口来，热情地迎接我们。之后进会议室座谈，带队的龙副主任介绍了此行的目的，乡领导们表示大力配合。接着乡里将所有村公所（如今称村委）的名字写上，抓阄选四个村。抓到的是苏家村、河边村、龙头村、背山村。

“你们运气太好了！”乡领导说，这四个村都不远，从乡里步行去，半个小时内就能到，而且四个村的干部都很负责，做事认真；另外，四个村公所都通电话，联系方便。

吃过午饭后，开始工作，先去最近的苏家村公所。龙副主任开车回县里了。那时候县委、乡政府的公车还很少，派不出车给我们用，我们只有步行去。

三伏天太阳暴烈，午后尤毒，地上晒得直冒白烟，路边的藤蔓叶子耷拉着，像是昏了过去。我没戴草帽，走了不一会儿就感到头皮发麻；蔡晓涵看上去娇生惯养、细皮嫩肉，但在这样“恶劣”的环境中倒不显娇弱，走起路来大大方方，一点也不挑三拣四，不像小高那样专挑树荫下走。我们走的路都是机耕路，面上的泥土被太阳晒成了灰，一脚踩下去，尘土便腾空而起，沾到鞋子、裤脚上。可能她也懂得乡村环境不一样，所以没有穿裙子，穿的是长裤；脚上穿的是平跟塑料鞋，看上去是大路货，估计专为这次下乡，去街边摊上买的；没打遮阳伞，改戴宽檐遮阳帽，也不怕弄乱她的城市时髦发型。小高是个胖妹，一边走一边大汗淋漓，直叫“小蔡你慢点儿”。为了不使小高落单，我只好陪着她走。看着小蔡娇好的身影，我有些心旌荡漾。说来惭愧，大学四年，我没谈过恋爱呢，虽然曾暗恋过一个女同学，但没敢追求，我知道，我来自西部老少边穷地区，不会有哪个女同学愿跟着我回来；本省另两位同学，又都是男的。

“走快点吧，太阳这么大，越走得慢越晒。”小蔡说，但还是放慢了步伐，边走边等。

“小蔡，在乡下走路不要走太快，要不走到后面走不动了。”我笑说，仿佛我是个乡村老江湖似的。

“路不远，没事。”小蔡微笑一下，露出整齐洁白的牙齿。

二十多分钟后，苏家村公所就到了。由于乡领导打过电话，村支书、村主任、村文书已在等候了。小蔡简单说了来意，村干部们都表示一定做好这件工作。我们此行说是调研，其实也就是叫村干部拿问卷找些农户填写。我们带了一百份问卷来，给每个村干部发了三十多份。接着小蔡给村干部们上课，教他们理解问卷上的内容及如何填写。问卷有二十多页，书面语、专业术语又多，而且她说的话又是标准的普通话，文绉绉的，与本地语言难对接，有些专业术语她简直不知如何解释才能让村干部听懂，所以每讲解一个问题，她都要花不少时间。看到她讲解得拗口的时候，我就用本地口语，将她的意思翻译给村干部们听。

讲解完，小蔡马上要村文书去找村民答卷，我们陪同观摩，看看在填写过程中还有什么问题没有。到傍晚时分，文书已填了十多份，我们也没发现什么纰漏，于是返回乡政府。

“事情很顺利哦，看来半个月可以完成。”小蔡似乎很高兴。

“小蔡，辛苦你了，大老远跑到乡下来。”我说。

“没事。在城市待久了，偶尔出来散散心也蛮好的。”小蔡莞尔一笑。

在乡政府食堂吃过晚饭，天还未全黑，我没事可做（小高、小蔡正忙着洗澡、洗衣），便上街闲逛。我虽是本县人，但春岭乡还是第一次来。春岭集镇极小，也就一条街，在几座土岭间弯弯曲曲地穿行，房屋破旧，污水横流，街面冷清，游荡的狗比行人还多，让人感觉穿越到了一个民国时期的小镇。逛了一阵，实在没什么可看的，便打转回了小旅馆，躺在床上，拿出带来的书看。

第二天早上，我们打算去河边村，乡政府办公室秘书告诉我们说，今天乡里开会，村干部都要来，下村去不一定遇得到人，建议我们是不是休息一天。“这不正巧吗，我们不用下村了，在乡里直接把问卷给他们带回去就行。”小蔡却很高兴，要秘书打电话给河边村、龙头村、背山村，叫村干部早点来，以便在开会前把这项工作布置下去。

我们在一间小会议室等着，然而，直到乡里开会了，也没一个村干部来找我们。他们都没来开会？小蔡问秘书，秘书说都来了，可能来晚了，赶着开会，就没找我们了。看来只能等到开完会了。

开完会后，秘书把三个村的干部找了来，可是听了小蔡的话后，他们一个个表示为难，不肯接手，一个说要去县里开会，五天后才回得来；一个说家里建房子，腾不出时间；一个说他小学没读完，字都认不全；有两个干脆嫌麻烦。还有一个村干部可能不想让我们太难堪，勉强接了十份。

“唉，昨天还想事情好顺利呢。”村干部走后，小蔡直叹气。

怎么办？我们不可能一家一户亲自去找人填问卷，人家才懒得理你呢。没有村干部配合，寸步难行；叫乡里、县里施加压力？那也显得我们太无能了。我们绞尽脑汁想办法，突然我脑子里闪出一个念头，我说：“我们可以找村里的老师嘛。”

“对呀！”小蔡高兴得不禁拍了一下我的手臂，“老师们肯定愿意帮我们做，而且他们有文化，填问卷的质量也高。小秦，你太聪明了。”

第二天上午，我们赶去河边村公所，叫村干部带我们去找住在村里的老师，很快找到了两个代课老师。他们果然愿意帮忙，我想其中原因，一是老师们对学术机构还是比较尊重的；二是每填一份问卷，还有一元钱补助，两个老师做完问卷，平均可得五十元，等于多了一个月的工资。把问卷发完，小蔡明显地舒了一口气。

我帮小蔡解决了一大难题，她明显对我热情了许多，回家的路上，她主动和我聊天。

“小秦，你知识面蛮广的，问卷上好多专业术语你都懂，给村干部解释得那么准确、明白。”小蔡说。她称我为“小秦”，我觉得她不一定比我大。

我笑笑：“只不过恰巧在大学里看过社会学方面的书。”

“小秦，你是哪个学校毕业的？”

“H 大学中文系。”

“啊！不会吧。H 大学是响当当的重点大学，怎么分到县里来了？”小蔡很吃惊。

对小蔡的吃惊，我已不感到稀奇了，因为，回来这两个月里，像她这种表情我见多了。不过，也经历过大学毕业分配的小蔡提起这事，我还是不由得鼻头发酸。

02 近乡情怯

“啊！你怎么分回来啦？”

我从上海H大学毕业（上海！繁华的南京路，欧洲风格的外滩；这座中国最繁华的城市、最都市化的城市，对于我们这个地处西部、落后的小镇上的人来说，就像是西方，就像另一个世界），分配到家乡小县城后，每次在街上、路上遇到熟人，总是被问起分到哪儿了，当我答说分回县里了，他们往往会一脸惊讶，我无数次以无奈的口气说：

“有什么办法，毕业分配由不得我自己。”

这里先得解释一下，什么叫“毕业分配”。对于“80后”、“90后”来说，这是一个生疏的词汇。对于1999年以前毕业的大学生来说，“毕业分配”却是个挥之不去的词。

毕业分配，简单地说，就是大中专学生毕业时，由国家包安排工作，具体则是由学校直接分配去什么地方、什么单位。我们那时候，考上了大学、大专、中专，就相当于当上了国家干部（即今天的公职人员），领财政或国有企业的工资。1993年开始实行“双轨制”，即毕业生可以选择由国家安排就业，也可以选择自主就业。1999年后，基本上就没有毕业分配了。2007年，西藏取消毕业分配，实施了五十多年的大学生毕业分配制度至此寿终正寝。

在分配体制下，你毕业后去哪里，是进北京还是回老家，奔上海还是往兰州，就全凭你的运气和管分配的老师个人喜好及责任心了。也许，和你同一个宿舍的，人家分去了中央直属机关甚至国务院办公厅，而你去的地方却是某省某县；也许，成绩跟你不相上下的同学，去了某所大学任教，而你，无可奈何地去了一所中学当老师。

也有人担心分不到好单位，想自己去联系单位，叫这些单位来“点将”要人，但这是被严厉禁止的。“你们给我好好学习，圆满地度过大学最后一个学期，分配的事你们不用操心，分配小组会为你们安排好的。”中文系负责我们这一届分配的丁老师多次在学生大会上这样说。

分配方案公布后，全年级哗然，因为我们分去的单位好坏悬殊、五花八门，冷门单位多。七八个分得好的，去了北京，或在中直机关，或在大学；一些分在省级机关单位、大学、大专、媒体的，也算不错。更多的，是去地市级机关单位、市区中学，以及坐落在山沟和荒野的三线央企。还有几个和我一样的倒霉蛋，只落得个二次分配，也就是等于回县里。

在20世纪80年代，社会仍是较封闭的，毕业分配去哪儿，基本上就决定了你一辈子的路，所以俗话说，一个人一旦被放错了地方，就成了垃圾。去北京、去县里，傻瓜都知道，两者差别大了，人家分在北京，五年后混个副处长还算差的，你分去县里，可能一辈子也当不上处级干部；在大学里当老师，最后一般都能混成教授，而在中学，你天天起早贪黑，也是默默无闻。

我来自西部老少边穷地区，按照当时的政策，老少边穷地区哪个省来的回哪个省去，所以我对留上海、去北京压根儿不抱幻想，我设想的是，H大是重点大学（今为985院校），而中文系这一届我省只有三个人，回省里还愁没个好地方去？不说进省级机关单位，能去一所普通学院、大专当教师我也知足了。所以对分配的事，我一直没怎么在意，该干吗干吗。然而，宣布分配方案时，我竟没有落实单位，让我回原籍所在的云州地区教育局报到，由地区教育局二次分配（另两个本省同学，一个分去了省师范大学，一个分去了省民族学院）。听到这个结果，我足足傻了几分钟。

毕业生不都是包分配的吗，怎么不分配我？找到丁老师问，他说我省只有两家单位来我校要人，而我成绩排第三。“我省来要人的单位不够，你就不管了？就不肯帮我去联系单位了？不肯帮我去联系单位为什么不跟我说？我可以自己去联系单位嘛。”我连珠炮似的发问。

“你这成绩，还想去什么好单位？”丁老师对我很不屑。“问题是你连单位也没有给我分一个！”我气得差点儿跟他动手，但紧急忍住了，只拍了两下桌子。

我承认我成绩不够优秀，可在分配体制下，有多少大学生不是六十分万岁的？我虽然课业成绩很一般，但我并不是在混日子，这大学四年其实是我求知欲最旺盛的四年，因为中学时代我几乎什么课外书都没读过，这四年里我如饥似渴地读课外书，啃了四百多本文学名著和社科著作，花在课业上的时间难免就少了。

当然，你课外书读得多与少，对于管分配的老师来说没有意义，他只看你的课业成绩，其实你课业成绩好与不好，也没有多大意义；谁也不知道他们分配学生去这里还是去那里的原则。从实际结果来看，分去北京的并不是成绩最优秀的，没有拿到学位的人也照样得到了分配；不少学生并没分回自己省，也有老少边穷地区的分去了外省。另外，负责分配的人有没有用心给每个学生联系单位、联系好的单位，更让人疑惑。有老师就私下对我们说，本届比上届分配差多了。两拨分配小组，为何差异这般大，只有天知道。

后来我打听到，其实我省曾有两所中专学校——省海关学校、省财税学校发函来我系要毕业生，但丁老师以它们不是通过我省人事厅或教育厅发函来的为由，退回去了。我不甘心，又去找具体管我班分配的宋老师求助，说能不能再跟我省海关学校、省财税学校联系一下，我愿意去这两所学校。宋老师说帮我反映一下，但之后也没了下文。

我垂头丧气地拿着派遣单回了原籍云州，去了地区教育局人事科。接待我的一位中年妇女淡漠地说："你才回来呀，我们6月份就已经做完分配工作了，你回你们县去，由你们县里再分配吧。"

"能不能不回县里?"我感觉自己全身都软了。

对于要回到家乡，我感到前所未有的恐慌。

恐怕每一个走出家乡的人，都不愿再回家乡去（衣锦还乡除外），尤其家乡又是个偏僻落后的地方。想四年前，我考上了H大学，是多么的令人骄傲，在他人的心目中，形象是多么的光辉，因为我就读的双江高中是一所乡镇中学，在这之前还没有一个人考上过重点大学，就是考上省内一般大学的，每年也就四五个（包括复读生），而我，破了这个纪录。

我到中国最繁华的大上海镀了四年金，又回到家乡小镇来，不要说家乡的同学好友失望，连我自己都对自己失望；被一脚又一脚踹到县里来，理解的人只会说我倒霉，不知内情的人还以为我在学校犯了什么严重错误呢。

我得想办法免于回县里去，我四处打听有哪个亲戚或亲戚的亲戚在地区工作、和地区教育局的人熟不熟，可我一个农家子弟，能有多少社会关系？总算打听到一个初中同学的哥哥，在云州地委办工作，还当个科长，我想应该会跟地区教育局的人熟吧。急忙找到这同学，要他带我去地委办找他哥哥，他告诉我，他哥正巧回老家来了，于是我买了几斤葡萄，急冲冲赶去同学家，不巧同学的哥哥出去访友了，我等到天都快黑了，也不见他回来，只好叫同学帮忙转告我的央求。

好几天过去了，一点回音都没有。我不甘心，又叫同学带我去了一趟他哥在地委大院的家，仍找不到人，他老婆说他出差去了，不知哪天才回来。看来这条路子没戏了，可我也没其他办法了。一天，在路上遇见中学语文老师陈老师，我知道当老师的，不会有什么门路，但仍可怜巴巴地向陈老师求助。陈老师答应帮我试试，他为我跑了几次地区找熟人，但也是无果而归。

报到期限到了，我无可奈何地回复地区教育局人事科，答应回县里。我要是不回县里，那个中年妇女说就把我放到别的县。反正都是去县里，还不如回家乡，情怯就情怯吧，本县好歹熟悉些。

回县里还不能算最后结局呢，因为回到县里后，仍是等待分配，如果被县人事局把档案转到县教育局，教育局再把我放到乡镇中学去，我只有找面墙一头撞死算了。还得继续找关系，经多方托人，总算托到了人事局局长那里，这位好心的局长也为我惋惜，说："安排你去县委办当秘书吧，怎么样?"

我有些犹豫，因为我并没有从政的打算，还是想去学校做一名老师，我问县里除了中小学外，还有没有其他学校，比如中专之类的。正聊着，党校詹校长进来了，希望人事局帮他找个语文老师，就这样，我去了党校。

回县里后，一些高中同学的消息陆续传到我耳中，他们在本省上大学、大专、中专，一个个都比我分得好，好几个补习了两年才勉强考上中专的同学，今年毕业竟分配在云州地区和云州市机关单位。我越发感到羞愧，当被人问起分配去了哪里时，我恨不得钻进地缝里。

说说我的家乡小县城当时的面貌。肯县距离省城六百多公里，可以称得上“省尾”了，县城坐落在一个山谷，主城区也就三横两纵，如果你在街上散步，走着走着，一不留神就出了城，踩进了稻田里。人口不超过一万，晚上九十点钟，街上已寥无人影。县党校趴在一面山坡上，距离城区还有两公里，四周都是荒野，到了夜晚，蛙声片片，萤火虫纷飞。校园里同样荒凉，也就一座两层楼的办公室加四排平房（教室和宿舍），空地上荒草萋萋，极适合小孩儿捉迷藏。党校十三名员工，大部分是中年老人，二十多岁的年轻人就我一个。看着这个从此我工作、生活的地方，真叫人欲哭无泪。虽然我是从农村出来的，但是大上海四年求学经历，给了我太多虚幻的梦，以为自己前程似锦，谁知现实与梦想却相差如此之大。

到党校报到后，詹校长大方地给了我一个半月的假，我回了老家小村庄。这一个半月里，我郁闷至极，不想出门，几乎天天都在割禾、种田的繁重劳动中度过。我像个麦客一般，割完自家的禾，又去帮叔伯，帮出嫁的姑姑、堂姐，还有堂婶的娘家干各种农活。我把自己弄得像个庄稼汉，黑不溜秋，整天一只裤脚高一只裤脚低。

晚上，百无聊赖，我便不停地给分在各地的大学同学写信，满纸矫情。从几个大学同学的回信中，我才知道，有一些同学，他（她）们分去的单位其实是自己暗地里去联系的。班上有一个闻名全校的女诗人，在分配上会得到“青睐”是再正常不过的事，可是她仍决定自己偷偷去联系单位，她足足跑了一个月，总算进了一家全国知名的文学杂志社。另外，我以为我是分配得最惨的，没想到还有人可以跟我比惨。

上海籍同学陶某人，竟然没有分配单位！他本可以分个好单位的，因为上海电视台来系里点名要他，可是丁老师说，电视台是党的喉舌机关，去的人政治上一定要过硬，这个陶某人有些自由散漫，不宜去。陶老哥性格比我强悍多了，得知这个情况，怒火中烧，跑去跟丁老师大吵一架，还威胁他，结果被分配小组取消分配，回户籍所在街道报到，他成了一名有重点大学文凭的待业青年。得知这事，我不由悲极而喜，心里说：陶某人啊陶某人，你相貌堂堂、风流倜傥、热情大方、人见人爱，课业成绩也不赖，我以为只有我这样呆头呆脑的人才会落难，没想到你也遭遇不幸。兄弟，不知你那美丽的同班女朋友会不会与你不离不弃，给你一个坚实的肩膀依靠？

我之所以不着四六地担心他和他女朋友的爱情，是因为我的高中同学、毕业于省师大的高屹，跟他女朋友的关系就很让人担忧。

03 两个同学

星期五下午，我们回县城休息几天。刚回到党校，我宿舍门口就有个人在等着我。

他就是我高中同学、上下铺好兄弟高屹。“上哪儿玩去了？”他问我。

我说下乡去了。“你去乡镇叫下乡，我在乡镇又叫啥？”他一脸愤世嫉俗。

前面我说过，我好几个在本省上大学、大专、中专的高中同学，都分得比我好，当然也有倒霉蛋，这高屹就是。他读的是省师范大学历史系，被分配到南坪中学，他心里的失落不比我小。

本县已是地处两省交界了，而南坪，又是我县最偏远的乡镇之一，被崇山峻岭包围着，坐班车从县城去南坪要花一个小时，所以他对自己被分到南坪，比我被分到县城来，牢骚和不满更多。县城好歹算是城镇，南坪则是纯粹的乡村了，而且还是山区的乡村，路途遥远，山高水长。

“这是什么鸟分配政策！有这样不当大学生是人才的吗？”他斜躺在我的小床上，不停地抱怨，“恢复高考至今，正规的大学生毕业也才六届呀，我们国家就这么不缺人才了？我们这个老少边穷省就这么不缺人才了？那么多城市就不缺人才了？县城这么多机关单位就不缺人才了？还把我们美名为‘天之骄子’呢，大山的儿子还差不多。”

那时候，能考上正规大学的同龄人不到百分之五，所以人们把大学生称作“天之骄子”，加上“文革”十年断档，可以说，城市、县城很多单位、学校不会不缺大学毕业生，被扔到这偏隅之地来，不能不让人气短。我们上大学的那四年时光，正是国家改革开放轰轰烈烈铺开之时，万象更新，气象万千，“天之骄子”们哪个不是意气风发，抱负远大，有几个人会想到毕业后去乡村、进山区？可我和高屹偏就成了这样的倒霉蛋。

“大学毕业生是缺，只是人家每个坑都有人占着，想要你，又赶不走占着坑的人。”我说。我倒跟他讲起大道理来。其实我心里清楚，这跟缺不缺人才没多大关系，分去好地方、好单位的人多了去了。分得好不好只跟你的运气有关系，因为你的命运不掌握在自己手里，而是掌握在人家手里，你只有做一只蚂蚁，随人家怎么捏。

“你摆什么鸟架子？”高屹果然对我不满了，“你不也是一个鸟样？你还是赫赫有名的重点大学毕业的呢。人家一个个分在北京、上海、广州，你却滚回老家小县城来了。唉，想当年，我们多么以你为荣啊。”

我脑际闪现出四年前，领到大学录取通知书的情景。那些天，我高兴得恨不得遇见个人，不管是熟人还是陌生人，都想告诉他我考上了 H 大学。我兴奋雀跃，不只为跳出了农门，更为圆了去上海读大学的梦。上海是我当年最神往的地方，因为高二时，我在镇上电影院看了一部电影《小字辈》，这是我第一次看到当代大上海的面貌，青春、欢快、繁华、生机勃勃，我一下子就迷上了上海，心里发誓，一定要去上海读大学。一夜之间，我从一个浑浑噩噩的少年，变成了勤奋努力的好学生，成绩直线上升，第二年高考，成功被 H 大学录取。不想，在大上海转了一圈，又回到了原地。

“别说了，”酸楚泛上我心头，“又没叫你们以我为荣。”

高屹此行，是要去省城看他女朋友。此君在大学里比我活跃多了，大三时找了个地理系的女朋友，可是毕业时，女朋友留在了省城，而他偏偏钻进了山旮旯儿。叫人情何以堪！

为了与女朋友保持联系，他只好频频跑省城了。那时不要说手机，连电话也只有单位才有，而且一个单位最多只有一部，不是放在秘书办公桌上，就是放在领导桌上；如果不方便使用单位的电话，就只好去邮局排队，可时常轮到他打电话了，女朋友又不在学校或正在上课，所以他觉得只有去省城才是正道。

他总是在星期五下午出来，因为他星期六没有课（那时还没有实行双休制），有两天时间去回。可星期五下午他上完课已是四点多，从南坪乘班车出来要一个小时，赶到县城，早就没了去省城的班车，所以他得在县城住一晚上，第二天一大早上路。他每次出来都是住我这里。

躺了一会儿，大概是躺得难受了，他翻身起来，走到我的书架前找书看：“中文系的人就是书多啊。”其实我大学四年买的书包括教材，很多在离校时都扔掉了，带回来的也就二百来本。

他拿出一本薄薄的钱锺书的杂文集《写在人生边上》，看了几行："这本书蛮有意思的，给我明天在班车上看。"

"上次你拿了我一本《围城》还没还呢，不是扔在班车上了吧？这些可都是我大学四年省下早饭钱买的。"

"给我女朋友拿走了。"

高屹再次躺下来，跷起一只脚，看书，翻了几页，盯着书问我："哥们儿，借我点钱怎么样？"

参加工作头一年，我的月工资才六十多元，不过我上个月是带薪放假，上班后才领的，没来得及用。我问他借多少，他说五十吧，三十也行。我掏出五十元给了他，说：

"兄弟，你一个月跑两三次省城，什么时候才是个头啊？"

"走一步看一步吧。"

第二天早上，我用自行车送高屹去汽车站搭车，之后在街上吃早点，走进一家早点店，巧了，高中同学吴江也在。

吴江大学读的是省民族学院政治系，这是一所在本省都没有名气的高校，尽管学校差，但他分配的倒不算差，在县师范学校当老师，可他也有不满："我不想当老师，当老师没劲，我读的又不是师范，我想进机关从政。"

"知足吧你，看看人家高屹，你不知道你有多幸福。"

"你们都惨，就我幸福，行了吧。"

吃罢早点，他问我准备去哪儿，我说没地方去，他便邀请我去他学校玩。

县师范也是在城郊，看上去比党校大多了，多少像一所学校，有几栋教学楼、宿舍楼，有球场，有跑道，有几排树。三五成群的女孩子叽叽喳喳说着话，向校外走去，大概是去城区玩。

"早知道师范这么有人气，我来师范好了。"我说。

"知足吧你，不教书比什么都好。"

"我也要教书啊。"

"在党校也叫教书？"

在吴江的宿舍正聊着天，突然呼啦啦涌进来一堆女孩子，“吴老师，早上好!”一个个嘴甜得直流汁。看到我这个陌生人，一点也不怯生，照样嘻嘻哈哈地闹。吴江介绍我说“这个是秦老师”，一个长着长长睫毛的女孩子问：“也是我们学校的？怎么没见过？”

我说：“我能教你们就幸福了。”

吴江说：“秦老师是从 H 大学毕业的，教你们是大材小用，人家有个同学就分到省民院当老师，如果我晚一年毕业，我就是他同学的学生了。”

我忙说：“别听你们吴老师瞎扯。”

我一点也不想跟人说起，或听人家介绍我毕业于 H 大学，我觉得挺难为情的，混到这一步，有什么好提当年勇的呢？

这几个女孩来自乡村小学，之前都是代课老师，她们考进县师范学校进修，三年学业结束后，无一例外地都要回原来的小学教书，不过对于她们来说，能成为一名正式教师，已经很知足了。她们的梦实现了，所以她们很快乐。她们的梦不大，实现起来并不难。其实我的梦实现起来也不难，只要当时管分配的老师肯为我多操那么一点点心，我应该也能跟我那两个同学一样，分在省城；即使他们不愿为我费心费力，把情况提前告诉我一声，由我自己去联系单位，我的命运也不至于此。

这样想着，我心头泛起烟雾般的忧伤。

04 一封来信

调研历经二十三天后，结束了。

吃过早饭后，县委办送调研组去云州地区汽车站搭班车回省城。面包车启动时，蔡晓涵拉开车窗玻璃，热情地朝我们招手：“小高，小秦，有机会去省城，记得找我啊。”

我怅然若失，很舍不得她离去。二十三天的相处，我喜欢上她了。她是一个十分美丽迷人的女孩，是我接触过的女孩中最漂亮的一个。大学时期，班上也有不少漂亮的女孩，但她们大都对我冷淡，很少跟我来往，我不知道为什么，也许我来自老少边穷地区，也许我性格有些内向不够活跃，又长得不帅，所以她们懒得理我；但这些“也许”，在蔡晓涵眼里似乎都不存在了，她为人随和，对我热情、大方。她喜欢笑，但又笑得很含蓄，仅露出一排洁白的细碎的牙齿；她笑的时候，脸上会泛起只意会得到而看不到的光彩，眼睛半闭，显得十分的温柔甜美，让人产生想吻她眼睛的冲动。

她似乎并不讨厌我。这二十三天里，我能感觉到她愿意跟我聊天，特别是我为她解决了找谁帮填问卷这个难题后，她似乎向我敞开了心扉，很乐意与我交谈，我们总是有说有笑的，常常从乡政府出发，一直步行到村子里，以及返程的路上，都在说个没完，而小高，作为她的临时闺密，倒被她冷落了。有一次，在蹚过一条水沟时，她不叫小高帮忙，却是叫我拉住她的手。

可是这些美好的时光，随着他们调研的结束，像一阵风飘走了，永远不再回来了。它像老天为安慰处于人生低谷中的我，而让我做的一个梦，美妙而虚幻，醒来后什么也没有。

过了几天，校办范主任递给我一封信。先看信封右下角寄信人地址，只写“内详”，会是谁呢？是不是蔡晓涵写来的？这么一想，我心里激动起来，急忙撕开信封——

秦河：

你好！看到我这封信，你一定很奇怪吧。想奇怪就奇怪两分钟吧，嘻嘻！我们虽不是同学，也不是什么多年的朋友，但我们在春岭相遇，也是一种缘分吧，你不是说过“有缘千里来相会”吗？所以我想这没什么可奇怪的，是吧。

行文有些奇怪，我赶紧看后面的落款：陈小芳。她是春岭乡卫生院的一名医生，两年前从一所卫校毕业分配来的。

我们去春岭乡没几天，小高中暑生病了，我和小蔡陪她去乡卫生院，小高和她相遇时，两人都感觉有些面熟，于是聊起来，才发现是初中同学，不过不是同班，似乎没有来往过，所以事隔这么多年相逢，一下子认不出来。

我们晚上不能回县里，就住在乡政府招待所。春岭乡集镇很小，几乎没有可玩的地方；乡政府的干部们，到了晚上，大都回村子里的家了，没回家的，也是在打牌，而我对此没兴趣，所以住在这里是极度无聊的。如何打发时间，是个让人挠头的难题。自陪小高去医院，和医院里几个医护女孩认识后，我就三天两头跑去医院玩了（我倒是很想和小蔡玩，但她晚上还得整理问卷，连小高也被她抓去了）。

与陈小芳一接触，我就对这个女孩没有什么好感。首先她不漂亮，国字脸，皮肤黑，身材微胖，没有一点女孩子的清秀或妩媚。毕竟那时候我还不到二十三岁，多少有点“外貌控”，交往初始阶段，对不漂亮的女孩子难免不太有兴趣，不过，相貌平凡是先天的，怪不得人家，我也不至于因为她不漂亮就讨厌她。让我受不了的是她的那种超级自信乃至自以为是，仿佛她是上帝派到人间的天使。相貌、学识，她没有哪一点出众啊，我弄不懂她哪儿来的这份自信和自以为是。

她也许读过不少杂书，一聊起什么，她总要说一句“噢，我知道”，接过话头说上一通。知道也不是坏事，甚至我会高兴遇上能聊得到一块儿的女孩，偏偏她“知道”的许多事又常常是谬误的、张冠李戴的。她甚至在自学法语，虽然很多人说法语是世界上最优雅最准确的语言，可是在这两省交界的穷乡僻壤，你学什么法语呢，犯得着吗？契诃夫在小说里就嘲笑过这种人。

“我也会法语哩。”见她一本正经学法语，我逗她说，嘴里叽里呱啦胡诌了一句。我以为她会鄙视我，谁知她竟当真了，一脸惊奇，说：“你也会法语？那以后我们多交流。肯县我都没见有人学法语，好孤单。这下好了，有同学了。”我意识到跟她开不了玩笑，赶紧闭口。

我从乡干部口中得知，她在乡里的口碑并不好，倒不是她为人差、工作差，而是她超级自恋，对人总是居高临下，满脑理想，一嘴豪言。还有，她的思维似乎跟常人不一样，有点一根筋，开玩笑的话她会当真；对一件事，她认定是什么就是什么，听不进别人意见。

当她得知我是H大学中文系毕业的，像遇到了千年不遇的知音，表情夸张，一惊一乍的。她跟我提起很多作家，显摆她也看了很多小说，但大都是些通俗小说家，比如琼瑶、岑凯伦、严沁，我没兴趣聊这些作家，于是说没看过这些书，应该还不错吧。

她问我写过什么作品没有，我说大二、大三时写过一些小散文，写着玩的，没发表，后来就再没写了。她问为什么，我说不为什么，没兴趣写了而已，她说："读中文系的人不写作怎么行?"那种教授的口吻让人心里添堵——教我们课的教授都没说过这样的话，甚至还有教授说，中文系不是培养作家的。我说："读中文系的人不一定就要写作，搞写作的人往往不是学中文的。"

"我觉得你不应该放弃写作，你本身就是学中文的，起码比那些不是学中文的人基础好吧，人家不是学中文的都写，你学中文的倒不写，说不过去吧?"

我心生厌恶，便不想谈下去，寡淡地说："也许吧。"

"以后写了大作，可不可以寄一份给我拜读一下?"她又说。

"好吧。"我敷衍她，起身走了出去。在医院里瞎逛时，发现医院里有一个护士，一双眼睛特别漂亮，黑葡萄似的，就上前套近乎，她叫郑小兰，刚分配来的。她性格极为活泼，每一句话后面都挂着一串银铃般的笑声，我很快跟她混熟了。

去医院玩了几次后，我明显感觉到陈小芳对我有好感，为了抗拒她的"热情"，我故意和郑小兰黏黏糊糊、打情骂俏，看上去我像是在追求郑小兰。

在春岭乡这段时间，我认识了好几个当地女孩，除了郑小兰，还有同是卫生院护士的顾小晴，有乡中心小学老师、住在乡政府哥哥宿舍的夏小秋等，这些女孩子中，陈小芳给我的印象是最差的，没想到她竟写信给我。

与你相识，我很高兴，真的，你不知道，你们回去后这些天，我眼前一直浮现你的身影，让我有些神思恍惚。我觉得你是个很有才华的人，我就喜欢和有才华的人在一起聊天、讨论。那些天，我们一起很聊得来，不是吗?只是我才疏学浅，让你见笑了吧。见笑就见笑吧，我不在乎，即使你笑话我，我也感到快乐。你不知道，在春岭乡，一个有大学文化的人都没有，连个可以聊天的人都找不到，以致我常感到孤单，以致知道你是名牌大学生时，我的心激动得都快跳出来了。

到春岭乡下乡这些天，每天走村串巷，风吹日晒，一定很辛苦吧。你一个刚从学校出来的白面书生，辛苦是肯定的。不过我认为，人只要开心快乐，做什么都不会感到累的。就像我们医生工作，也很累，还要上夜班，但我喜欢，每天都是开开心心的，经常忙着的时候也唱歌，病人们老是问我遇到了什么开心事。

秦河，我从你的眼神里，隐约看到一丝忧郁和落寞，你不开心吗？为什么不开心？是因为下乡劳累吗？是因为分配不如意吗？你说起过，你好多大学同学都分在了大城市，而你回了县里。我觉得，分在哪里不重要，只要心怀理想，为理想去奋斗，一样会有作为。秦河，所有不开心的事都让它过去吧，太阳每天都是新的，只要你早上起来，看看东方升起的朝阳，你一定会快乐起来的。这个星期天我打算去看你，欢迎吗？

祝你快乐。

陈小芳

9 月 25 日

真是文如其人，信中透出的自以为是让我直摇头。我本来就不想与她再有来往，看到她要来看我，我不由得有些紧张。我不得不给她回了一封信，对她的热情表示感谢，并说最近一段时间比较忙，还要去别的乡镇下乡，希望她不要来，来了也是吃闭门羹的。

第
2
章

触不到的女孩

无疾而终的考研之路

高屹在省城

闭门羹

05　触不到的女孩

过了半个月，我竟有了一次去省城的机会。省党校办一个县级党校写作课教师短训班，肯县党校只有我一个语文课老师，也只有我去了。

我以为再没机会见到蔡晓涵了，没想到机会这么快就来了。我兴高采烈地收拾行李上了路。

从本县乘客车到省城，路程长达七个多小时，到了党校安顿下来，已是满城灯火辉煌，无法去找蔡晓涵了，因为她肯定已经下班，而我，既没有她单位的电话，也不知道她的住处，我强按捺住激动的心情，畅想明天和她会面的情景。

第二天上午，我在教室发现了一本电话号码簿，从中查到了省社科院哲学社会学所的电话。趁课间休息的间隙，我拨电话过去。“喂?”一个女性的声音，我听出正是蔡晓涵，顿时激动起来。

“是小蔡吗？你好，我是肯县的小秦。”

“你好!”蔡晓涵说，我感受到一股热情从电话里扑来。

“我到省城了，来党校培训。”

“是吗，太好了。什么时候有空？来我们所里玩。”

“今天一天都有课，可能要下午晚一点才能去了。”

“哦。要不下了课，你来我这里吃晚饭吧。”

“这……合适吗?”

“没事，我跟一个女孩子合住一套房，她不在家。下了课你到社科院门口等我吧，离党校不远的。”

我无法形容此刻我激动的心情，如果昨天的激动是三段级别的话，现在则达到了九段。我细致品味蔡晓涵话中的含义。她竟邀请我去她家吃饭！这说明什么？说明她应该对我有好感，喜欢我也说不定。毕竟我们在一起工作二十多天，而且是朝夕相处，我们相处很愉快，笑声不断，有几次她被我逗得情不自禁打我手臂。我脑际不由得浮现出她的笑容，还有我们在乡间挨着行走的情景，我相信她是喜欢我的。想想，一个女孩子，邀请一个男子去她家吃饭，这种情况要多罕见就有多罕见。一个女孩子，若不是喜欢这个男子，应该不会轻易邀请他去她家玩的，还做饭给他吃！

我心潮澎湃，浮想联翩，一天的课都没听进耳朵里。好不容易盼到课上完了，我急冲冲出了校门。望着陌生的大街，我才想起，我压根儿不知道怎么去社科院。我从未来过省城，东南西北都分不清，连一条街道的名字也叫不出。那时候街上出租车极少，我也没有乘出租车的意识，不过，愣了一会儿后，我想出了办法，我找到一家街边书店，买了一份地图。从地图上看，党校和社科院确实相距不远，也就隔两条街。

我快步向社科院走去。走着走着，一个问题浮上脑际，我就这么两手空空的去见蔡晓涵？空手去见一个女孩子，多不礼貌，人家还招待你吃晚饭呢，得买点小礼物。

那时候街上还没有花店，要不送她一束花最简单也最合适不过了。买什么礼物，使我纠结、挣扎了好一阵子。本来我是大步流星的，为找礼物，不得不放慢脚步，每路过一家店，都要停下步子，伸头看一看。这一带不是闹市，门店不多，卖的东西也多是些烟酒、日杂，不宜当礼物送给女孩子。已经到拐往社科院的路口了，我还是没有选好礼物，只得越过路口继续往前走。

终于找到了合适的礼物，一盒巧克力，也不知她喜不喜欢。我几乎是一路小跑去社科院的。蔡晓涵已经下了班，站在门口等着我了。远远看去，夕阳余晖中，身着浅红色连衣裙、一头浓密鬈发、亭亭玉立的蔡晓涵太迷人了，如一朵绽放的红玫瑰。如果说在县里的时候，她刻意让自己显得朴素一些，穿戴很大众，也不怎么打扮，现在回到了省城，她恢复了一个城市女孩的时尚、妖娆。

“不好意思，来迟了。”我小跑着到了她跟前，气喘吁吁地说。

“没事，你用不着跑的。”

“这个，送给你。”我递给她巧克力。

“小秦，你真是，还买东西送给我。”蔡晓涵看了看盒子，“巧克力呀，我很喜欢，谢谢你。”

蔡晓涵领着我往另一个方向走：“陪我买点菜去。”

听她这么说，我心里不只是激动，还有温馨像一团水汽一般升上心头。一个女孩子能让你看她居家过日子的一面，能让你参与到她居家过日子的生活，说明什么？说明她已经把你当成了身边的人。

一路上，蔡晓涵问了我近来的情况，也问了小高的近况，我说一切还好，接着我问她课题整理得怎样了，她说，还在归纳分析阶段，要做完这个课题起码半年以上。

菜市不算远，十来分钟就到了。时已傍晚，菜市不少摊点都已收摊了，蔡晓涵东走西看，似乎一时决定不下买什么。我感到有些愧疚，觉得打扰了她。逛了一会儿，她开始买东西，先是选了六个鸡蛋，接着称了一把韭菜，又买了一条草鱼，再买了一些西红柿、青椒、生姜。看着她选菜时专注、仔细的神情，觉得她是一个踏实的、注重过日子的女孩；她虽然看上去时尚、娇贵，却又接地气，一点也不虚浮，将来一定是个贤慧的好妻子，是个出得厅堂进得厨房的好妻子。

我有些胡思乱想了。

很快回到了她的宿舍，其实她的宿舍就在社科院的隔壁，是单位的房子。她住在一楼的一套两室一厅，房里显得阴暗、冷清。“另一个女孩去上海学习了。”蔡晓涵指指一扇紧闭的房门说。她提着菜进了厨房，喊我：“小秦，帮我破鱼吧。”

我跟进厨房，拿起她放在水池里的鱼。不过，我长这么大，从未破过鱼，我不知从何下手，鱼在我手上直晃尾巴，差点挣脱。蔡晓涵教我先把鱼拍晕，食指和拇指卡住鱼嘴，把鱼鳞刮净，然后从鱼肚破开。

我问："小蔡，你经常自己做饭吗？"

"也不，偶尔做一餐，社科院有食堂。"

"我们党校食堂，只有学生来集中上课时才开，一个学期也就十来天。"

"啊！那你去哪儿吃饭？自己做？"

"不是，学校附近有家水泥厂，我天天跑那儿的食堂吃，就是有点远，得爬上一面坡，翻过一堵围墙，跨过一条水沟，再走二百来米田埂。"

"那多不方便啊。"

"将就吧。"

我破好鱼，蔡晓涵已把其余的菜都洗完了，她叫我去客厅坐。接着，厨房传来菜下锅的"哧哧"声。坐在简陋的折叠椅上，看着空荡荡的客厅，我想她应该没有男朋友吧，客厅里没有一点男人的痕迹，比如一双男式拖鞋、一件男式衣服、一个烟蒂。当然，客厅有没有这些东西，不能说明问题，因为是两个人共住的，男朋友的物品放在客厅肯定不便，多半会放进自己房间的；客厅即使有男人物品，也可能是另外一个女孩子的男朋友的。但是，我就是情愿相信她没有男朋友。

不一会儿，蔡晓涵端菜出来了，一盘炒鱼片，一盘韭菜炒蛋，一盘炒豆角，一碗紫菜蛋汤。"小秦，买不到什么菜，别介意哦。"她说。我说很丰盛了，往日在食堂吃，也就一勺青菜炒肉片。

见我夹了一块鱼肉放进嘴里，蔡晓涵便问好吃吗？我说好吃。她半闭着眼睛笑了，脸上说不出的甜美。我胃口很好，在她放下碗后，仍意犹未尽，把剩余的菜一扫而光。

我问她："小蔡，你学哲学的，怎么做得出这么好吃的菜？"

"因为我姓蔡呀。要是做的菜难吃，就对不起自己的姓了。"

"谁做你男朋友，那可就太幸福了。"

"呵呵，还不知道这个幸福的男人在哪儿呢。"

"小蔡这么漂亮个女孩，不会没人追吧？"

"是没人追呀。也许正因为太漂亮了，没人敢追。"小蔡笑说。

小蔡的话让我心中暗喜，觉得自己要抓住这个机会。

第二天，我又打电话邀她明天去逛街——明天是星期天，"我这是第一次来省城呢，东南西北都分不清，你带我认认路吧。”蔡晓涵爽快地答应了。

省城说不上大，也谈不上多繁华，我在最繁华的大上海待了四年，属二、三线城市的省城街景并没使我产生多大兴趣，我只不过是找个借口，想与蔡晓涵在一起，一起逛逛街、说说话。在市商业中心街，由于街上人多，我们不得不肩并肩地挨着走，仿佛热恋中的情侣，这让我感觉很美妙。我有些意乱情迷了。

我渴望享受和她待在一起那种心醉的感觉，星期一，我继续打电话给蔡晓涵，说要回请她，请她吃晚饭。但蔡晓涵拒绝了，说晚上有事。“那明天怎么样?”我不甘心。“明天再说吧。”蔡晓涵语气有些冷淡。

星期二下午，我再打电话过去，蔡晓涵仍表示有事，并说：“小秦，不要麻烦了，以后有时间再说吧。”“好吧。”我像泄了气的皮球，一脸沮丧。

我想我们之间一定出了什么问题，但我又想不出原因在哪里。她讨厌我了？前两天都还好好的嘛。她真的工作忙？按说她的工作性质，上班一般比较自由，没有固定时间的任务。单位同事说她闲话了？年轻人交朋友谈恋爱很正常嘛，有什么闲话可说的?

胡思乱想了几天，我决定不打电话预约了，快下班的时候直接到社科院门口等她。社科院坐班的人似乎不多，三三两两地走出来，不一会儿，蔡晓涵出现了，在大门口看到我，十分惊讶，还有些惊慌：“咦，你怎么在这里?”我说：“路过街口，顺便进来看看，能不能遇见你。”

蔡晓涵对我的话半信半疑，她想了一下，说：“那我们走走吧。”

这是一条偏街，行人、车辆并不多，街道两旁是根壮叶茂的香樟树，让人感觉安静。蔡晓涵没有了前几天的热情，她似乎不想理我，自顾自地慢慢地行走，也许她在等待我说些什么。

“蔡晓涵……”我决定向她表白，可是一时不知怎么组织语言，有些吞吞吐吐，蔡晓涵扭过头看我，我感觉自己越想头绪越乱，决定直截了当地说出来，“晓涵，我喜欢你。”

我的话似在她意料之中，又似在她意料之外，因为她脸上有惊讶，却又只是淡淡的，她说：“小秦，我们是不可能的。”

“为什么?”

“我们相隔六百公里，这现实吗？”

“我知道这不太现实，可是感情能被距离阻隔吗？”

蔡晓涵叹了一口气，仰头看树叶：“小秦，前几天，我对你这么热情，希望你不要误解，以为我也喜欢你。我只是想表达一下感谢，感谢在肯县调研期间你对我的帮助。再说，我在省城，你在县城，这本身就有着太大的距离，不只地理上的距离，还有人生的距离。”

我听出她的意思，她嫌弃我。我顿时满腹委屈和酸楚，为自己的命运多舛，为自己的时运不济。我想，如果我像其他同学那样，像小蔡这样，分在省城，是省城哪所大学的老师或哪个机关、单位的干部，她会说我们“有着太大的距离”吗？绝对不会，我也许会求爱成功，可现在只能是零。她是省里的干部，省城的人，而我是基层干部，小县城的人，两者差别太大了。你在重点大学读过四年书又怎样？那只是曾经，你还以为你身处大上海吗？你还以为你仍是意气风发的 H 大学学生吗？现在你分配回了家乡小县城，你成了一个乡下小子，想找省城的女孩子做女朋友？做梦吧你。

我像《围城》里向唐晓芙求爱不成的方鸿渐，抖了抖身上虚拟的雨水。“我懂了。”我忍住内心的伤感，装作轻松地笑了笑，“我还要上街买点东西，就不打扰你了。有空再到我们县里玩。”

蔡晓涵伸出手来让我握了握：“再次感谢你。”

在回省党校的路上，我意识到自己的行为很不靠谱，很荒谬。如果稍为理智一点，应该清楚我和蔡晓涵是没戏的，为什么我会这么轻易就爱上一个女孩、一个高高在上的女孩？是想找一根寄托失落感的稻草吗？是想给自己营造一个麻醉自己的梦幻吗？

06　无疾而终的考研之路

“我一定要离开这个小县城，离开这个鬼地方！”

从省城回肯县的路上，我心里暗暗发誓，这句在脑中重复了无数次的誓言弄得我心潮澎湃，热血沸腾，豪情万丈。

我真的不甘心被人扔垃圾一般扔到一个角落，一个远离城市文化、城市生活的穷乡僻壤，一个远离我梦想的地方，而那个美丽、高高在上的小蔡，更给了我痛彻心扉的刺激，让我的自尊心很受伤。她的话不仅是对我的拒绝，在某种程度上也是对我的羞辱。

我想，我不能就这样沉沦，我要奋力跳出去，就像当年高考一样。当年为了跳出农门，为了去上海上大学的梦，多发狠呀，每天都是天不亮就起床去教室看书，每晚到凌晨才回宿舍睡觉。这一跳终于成功了，从偏僻的小村庄跳到了繁华的大上海，不想四年后，却又被扔回来了，虽然不是回村里种田，而是在县里当老师，可对于我来说，这两者之间有什么区别？如果我没有去上海上学，没有在上海生活过四年，这两者可以说是天壤之别，就如县师范那些女学生的感受一样，可是经历这趟上海之行后，回到县里来，简直等于掉进了井底。

就当我当年没有考上大学吧，重新开始！

从省城回来后，我开始着手考研事宜。首先要做的事就是重新拿起书本。特别是英语，这是我的弱项。因为在大学的时候，我没有考研的打算，一直没有好好学英语，尤其大二完成英语课程后，我再没看过英语书，如今两年多过去，可以说很生疏了。

尴尬的是，毕业离校的时候，由于心情悲愤，把全部教材都扔掉了，如今想拿起书本，却没书本可拿了。

还好，高屹那里留着大学英语教材。星期五下午，要去省城的高屹帮我把全套《大学英语》拿来了。高屹对我要考研的决定很不以为然，说："你别犯傻了，在这穷乡僻壤，考研根本不可能，你什么信息都了解不到，怎么考？"

"高屹，这是改变我们自身命运的唯一途径了，我们俩一块儿考吧，"我说，"你女朋友在省城，你这样一个月跑两三次省城，何时才是个头，不如一鼓作气，考上省城大学的研究生，就可以和女朋友会合了。"

高屹摇头："我要是考研，就没有空去省城见她了，到时候我即使考上了研，她也跟别人跑了。"

"跑了就跑了呗，起码你离开了这个鬼地方，再说，你考上了研，还怕找不到别的女朋友？"

"徐娜是哪个女孩也替代不了的。要考你自己考吧，我不会做这种无用功的。”

弄到了《大学英语》后，我又去云州师专的书店买到了报考现代文学史专业所需的教材。我开始了考研的自学生涯。现在已是10月中旬了，距离考研时间只剩五个月，为此我制订了密密的学习计划，一天看书的时间在十二个小时以上，特别是英语，我要求在春节前必须掌握单词一万个。英语荒废了两年多，不要说大学英语，高中时代学的单词都忘得差不多了，认得的单词不会超过三千个。

好在党校没安排我上课，不用分散精力，没事也不必整天在办公室坐班，可以有大块的时间学习。我几乎早上六点钟就起床看书，上班时间范主任在办公楼走廊大声喊我接电话也不理；有人敲我的门，能不理就不理，为排除干扰，我整天把窗帘拉得死死的。除了三餐时间，我从早到晚都窝在宿舍看书，直到半夜。我又变成了一个考生，憧憬着踏进大学校园的考生。

一天晚上，我做了一个梦，在梦中我考上了大学，成了一名大学生(不是研究生)。这不是我高中时代的梦的重现，高中时代我倒没有做过考上大学的梦。在这个梦里，我并不是考上了H大学，是什么大学我不知道，反正不是H大学，因为校景不一样。

我背着书包，提着行李，迈着大步走向这所大学，校门口熙熙攘攘，无数和我一样的新生进进出出，脸上喜气洋洋。校园的上空，飘满了五颜六色的气球，气球上挂着欢迎新生的标语……

这个梦的气氛很喜庆，但梦醒后我却非常伤心。我不是已经上过大学了吗，为什么还会做这样的梦？也许这梦说明，在我心目中，这四年大学是失败的、无效的。虽然大学四年里我看了很多书，学到了不少知识，可是它没有改变我的人生，没起到“知识改变命运”的效果，我的前程暗淡无光，所以我潜意识里仍渴望再上大学。我现在不舍昼夜地刻苦学习，又更加刺激了我的潜意识，以致催生了这样的梦。

努力吧，秦河！我对自己喊道，你有一个上大学的梦还没圆！

然而好景不长，我的学习计划总是被打断。前面说过，党校人员成了“后备力量”，县委哪个部门搞什么活动缺人手，总是从党校抽人，今天县委办来抽人，明天宣传部来要人，后天是纪委，之后还有组织部，而党校人员中，只有我最年轻，又是新来的，还没课上，詹校长不派我去派谁去？

有一个月，我被抽去参加计划生育工作突击活动，吃住在乡镇，工作在村里，早出晚归，披星戴月，专抓超生孕妇去流产。三天、五天地被抽去搞检查、搞会务，就更频繁了。

这样下去，考研计划非成泡影不可，我得想办法推脱。当詹校长又一次“外派”我时，我谎称感冒了，詹校长还算体贴人，另叫了一个中年教师。下一次领任务时，我又称家里有急事，去不了。当我第三次撒谎时，詹校长对我起了疑心，他把我叫到他的办公室，语重心长地说：“小秦，你刚分配来，工作要主动，要服从工作安排，在同志们面前表现好点、勤快点。你现在是试用期，如果大家对你不满，到转正的时候提不同意见，我也不好帮你了。”

我听得出，詹校长温和地给我下马威了，我只有领命而去。

转眼间，新的一年到来了，而我的考研复习断断续续，进展缓慢，尤其是英语，连一本《大学英语》都没复习完。我意识到，3 月份的考研泡汤了，以后的考研之路也将是渺茫的。

我感到迷茫，感到无助，我就像一只掉进井里的青蛙，不想在井底生活一辈子，向往井外的广阔天地，可是又跳不上去。

07　高屹在省城

高屹到达省城汽车站后，再赶到女朋友徐娜的十五中时，已是下午三点多，偏偏徐娜正准备上下一节课，他在徐娜的教研组匆匆见了她一面，便往校外走去，但他不是按徐娜的吩咐回她的宿舍，而是在校门口溜达。

回宿舍也是干坐，还不如在这里等她下课，一块儿回宿舍，至少可以早十来分钟跟她在一起。

校门口是一条偏街，只有几家售卖学生用品的小商店，没什么可逛的，高屹沿着小街慢慢走，走到了另一个街口，又转回来。转了一圈，一看表，才过去了十分钟。他索性不走了，在街边的石凳上坐下来，默默地想心事。

他的思绪不由得回溯到已成过去的大学岁月，那段远离现实、远离社会的时光。

他与徐娜的相识，是在学校的羽毛球馆。大三下学期，他一时心血来潮，加入了校羽毛球协会，这是一个学生社团组织，每天下午，有空的会员都相聚在校体育中心羽毛球馆，捉对厮杀。高屹发现一个女孩打球的姿势很特别，她接高球的时候，身体总是最大限度地往后仰，而一条腿又高高地跷起，叫人直担心她会摔倒，但她从未摔倒过，而且总能把球接住。久而久之，高屹被她这种特别的姿势迷住了，觉得有一种别样的妩媚。

她就是徐娜，地理系女生，也读大三。

一天下午，高屹壮起胆子邀她单打，徐娜接招了。徐娜比高屹早加入协会一年，但高屹作为男人，冲劲足，大致说来，两人实力旗鼓相当，一个回合往往要拉锯十多招，两个人都感觉打得很过瘾。以后两人就经常一块儿打球了，有时候今天打罢，还预约好下次来的时间，免得你来了我没来，或我来了你没来。

渐渐地，高屹喜欢上徐娜了。为了创造更多与徐娜亲密的机会，他买了辆二手自行车，一有空就去她宿舍或教室接她前往球馆，打罢球后，又送她回宿舍。后来，他干脆带上了碗，送徐娜回宿舍时，跟她一块儿在她这边的食堂吃饭。

她坐在他的自行车后轮架上时，显然很快乐轻松，双脚总是轻轻地摇晃。看得出，徐娜很乐意接受他的照顾，高屹心里甜滋滋的。

快放暑假的时候，高屹决定向她表白。之所以选这个时间，一是担心暑假两个月里见不着，两人之间的这份热情会淡下去，何况放假了，她四处找同学玩，会不会爱上别人或被别人爱上呢？二是如果她答应了，两人可以暑假一起出去旅游，有更多的时间在一起。

一天傍晚，高屹送徐娜回宿舍，路过一片小树林时，他拐了进去。

“你干吗？”徐娜轻轻捶他的背。两人下了车，高屹凝视徐娜，问：“徐娜，我要向你提个请求，愿不愿做我女朋友？”

“我不是你女朋友吗？”徐娜微笑着说。

“我早把你当我女朋友了，可是我不知道你愿不愿意呀？”

“是吗？早在什么时候？”

“第一次看见你的时候。”

“好啦，别给我灌甜言蜜语，腻得等会儿我吃不下饭了。”

“那你答应了？”

“嗯，答应了。”徐娜爽快地说。

高屹乐呵呵地跨上自行车，继续赶路。他感觉后座上的徐娜把头靠在了他背上，这是之前从未有过的。求爱这般顺利，让他简直受宠若惊。

放暑假了，两人一块儿去广西北海玩了一个星期。每天下午，他们在银滩尽情地嬉戏，晚上回到宾馆，则是没完没了地缠绵……

上上课、打打球、谈谈恋爱，高屹快乐地度过了大四时光，转眼间面临毕业了。何去何从？分去什么地方他无所谓，只是舍不得离开徐娜，希望能和徐娜分在同一个地方，然而他们不同系，而且分配方案公布前，谁也不知道自己分到哪里。他跟辅导员说起过，他有个一块儿毕业的同校女朋友，希望历史系管分配的能与地理系管分配的协商一下，把他们分在一个地方，但他不敢奢望会有人乐意关照他们。分配的结果，果然他们天各一方。他至今不明白，徐娜并不是省城人，怎么把她分在了省城……

不知不觉间，学校的下课铃响了，高屹忙站起来，走到校门口等候。很快，徐娜出现了，对他甜蜜一笑，两人便手挽手朝宿舍方向走去。

学校因为没有空房间，徐娜暂时在学校附近租了一个单间住，不远，步行也就十多分钟。走了几步，徐娜说：“还没买菜呢。”拉着高屹的手，要朝另一个方向走。高屹说：“别去菜市了，我们去逛逛街，就在外面吃算了。”徐娜说：“不要老在外面吃啦，做顿饭花不了多长时间。”

两人买了菜，回到宿舍，也不过半个小时。

徐娜的房间极为简陋，也就一张床，一张小书桌，徐娜的衣服胡乱地扔在床上。高屹说：“你看你，这也没有，那也没有，怎么生活呀？”

“慢慢来嘛，刚参加工作，哪有钱添置东西？”

徐娜房里的简陋，高屹其实上次来就发现了，只是他当时没带多少钱，所以没把话说出来。这次来他身上带了五百元钱，就是要专门为徐娜添置些东西的。

“吃了饭我们上街买点东西吧。”他说，环顾房间，默记还有哪些东西需要买回来。

徐娜在厨房忙碌着，说：“看看再说吧。”

洗好了菜，等着饭熟的空隙，徐娜走进房间来，她看到高屹头上蒙了一层灰尘，使他的头发看上去有些花白，刚才下课出来时，她已看到，后来一时忘记了，她推高屹往卫生间走：“把头抹一下，你看你一头的灰尘。”

“七个小时的路程哪，还有几个地方正在修路。特别是我座位前面那个家伙，非要把窗户打开，灰尘像雪花一般直往我身上扑。”高屹拧开水龙头，索性把头放到水龙头下猛冲。他留的是短发，冲湿了，拿毛巾一抹，很快就干了。

“高屹，老是你来看我，这样下去，你要散架了，下个月我去肯县看你吧。”

“真的?”

“你不信就算了。”

“信，我信！老婆，我爱死你了。”高屹在女朋友脸上亲了一口，“你这份心意我领了，还是我跑吧，你一个女孩子，跑六百公里路，更加辛苦，我不放心。”

“就让我去看你一回吧。”

“不用，我来看你就行了。”

“不让我去看你，是不是肯县有了相好的?”

“好了，好了，让你去看。”

吃罢饭，天还没黑，两人便上街玩。在公交车上，高屹说：“我看你衣服都没地方放，我们去订个衣柜吧。”“那就去看看吧。”徐娜说。

在省展览馆家具市场，两人很快看好了一个双开门小立柜，但高屹还不满足，又订了一个茶几、一张长沙发、一个矮柜。徐娜说：“买那么多东西干什么?”高屹说：“反正都是要买的，早买早得用。”

徐娜不解了，问：“你哪来这么多钱?”

高屹说：“我家里最近卖了一批杉木，给了我点钱。”

“我们都参加工作了，不要再花家里的钱了。”

“没事，以后攒了钱再还给家里也一样。”

交了钱，跟店老板定好明天一早送货后，两人又继续往市中心商业街逛。和平路上灯火辉煌，人头攒动。大学时代，这条街他们已逛过无数次了，可此时走在这条街上，他仍感到新鲜。灯火辉映中，熙熙攘攘中，他感到那个闭塞的山乡远去了。

在一家服装店，徐娜看上了一件款式别致的秋裙，试穿了一下，也挺合身，她有点动心了："多少钱?""一百三十元。"售货员答。"这么贵，能优惠点吗?"徐娜跟售货员讲价，最后讲到一百元，她仍觉得贵，因为她一个月的工资还不到一百元呢，她轻轻叹口气，把裙子放下了。高屹摸了一下口袋，他现在只剩一百元了，还包括明天回去的二十元车钱，他不敢吭声。

第二天一大早，高屹匆匆出门了，他找到在省城的一个大学同学周建林，问他借了五十元，之后赶去那家专卖店，把衣服买了回来。徐娜十分惊讶，说："你干吗呀，我喜欢归喜欢，又不是非要买。"

高屹嬉笑说："老婆穿得漂亮，我也高兴嘛。"

08　闭门羹

秦河：

你好！你来信说，如果我去找你，"保证会吃到闭门羹"，果真，我人还没去，就已感受到"闭门羹"的滋味了，这两天我给你打了两次电话居然都找不到你。

昨天上午，我打电话到党校，接电话的范主任说不知你上哪儿去了。想必是找哪个女孩子玩去了吧，要不就是玩忽职守，哼。我叫他转告你，我下午回县里，顺便去你那里坐坐，叫你下午五点钟去省道岔进春岭乡的路口接我，谁知我到了那个路口，却不见你，以为你还在路上呢，就等着，等啊等啊，等到天黑了，还是不见你来，只好一个人回县城了，真气人。

今天我休息，想约你一起去云州市玩，上午八点半打电话去党校，还是找不到你（这么一大早，你会跑哪里去呢）。你不是说过，叫我有空去找你玩吗？你呀，说出来的话像是随口吐的一样，不当一回事。

在云州市玩了一天，遇到一个同学，她告诉我，云州市刚成立了一个法语爱好者协会，不知你有没有兴趣加入？这些天我得好好背法语单词，我怕去报名的时候人家考我，过不了关就难堪了。你的法语程度怎么样？有空我们多交流一下，练习练习口语。

我记得你说过，打算买一台录音机学法语，我在云州特意帮你找了一下，燕舞牌有一款我觉得蛮不错，要五十九元。不过这得由你自己决定要哪一种，还难说你是不是真要呢。我知道，你是必须攒钱的，因为你说过，很不满意分配到县里来，要想办法调去云州地区。写到这里，我倒想起了一件事，上个星期我在《云州日报》上看到过一则启事，说的是地区人事局、劳动局10月6日至8日，在云州师专举办首届全地区劳务市场招聘会，应该有很多地区单位去招人，不知道你看到这则启事没有，我觉得你应该去试试，我相信你会交好运的。要趁机，不然又少了一次机会。去参加招聘会肯定要花钱，还要买录音机，钱是不是不够？需不需要个人赞助一下？如果需要的话，来个电话或来封信，这不为难吧。

我回县城是住在我叔叔家，他叫陈振涛，是县政府办公室主任，不知道你见过他没有。我清楚，你肯定不喜欢和当官的打交道，极可能是不认识他的。你要愿意，哪天他有空在家时，我叫你过来跟他见个面。其实我叔叔人很好的，平易近人，没有官架子。78588，这是我叔叔家的电话，我在县城的时候，你要找我，就打这个电话。

我这次回县城，本来还想问你借点文学书看呢。你是学中文的，应该有很多文学书吧。我虽然是名医生，可是我喜欢看文学书，它能给我无穷无尽的幻想，给我很多梦。只是我们这里太偏僻了，乡里只有供销社有一个小小的柜台卖书，卖的又多是教辅书，我数了一下，文学书总共只有十来本，我全都买过了。今天在云州玩，特意去新华书店看了一下，文学书好多，我都不知道选哪本好了，要是你跟我一起来多好，你一定知道哪些书好看，哪些书值得收藏。我共买了四本书，书名叫《海鸥飞处》（琼瑶）、《绿色山庄》（严沁）、《简·爱》（夏洛蒂·勃朗特）、《撒哈拉的故事》（三毛），它们是不是好看的书？你那里有没有？如果有，就可惜买重了，不过也没什么，看完了可以送给别人看。

你是不是真的不写作了呀，我觉得你应该恢复写作，用实力来证明你的才华，记住，是金子在哪里都会闪光的。分配到县里来又怎么样？我记得哪位大作家说过，苦难是作家的一所好学校，好多作家都是因为经历过苦难，才写出了好作品，如高尔基、狄更斯。有了好作品问世，还怕人家不重用你？

仿佛跟你有说不完的话，东拉西扯写了这么多，你不会厌烦吧？好，不写了。大后天是中秋节，我有两天休息，想去看看你，和你一起过节，一定要在学校等着我哦。

祝你快乐。

秦河：

你这个大骗子！我算是领教你的“闭门羹”了。

昨天，我只上半天班，吃了午饭后，便回县里。一到了县城，马上就赶去党校，去你们办公室找，不见你，你们范主任很热情，带我去你宿舍，但敲门却没有回应。我不是写信告诉你了，中秋节我来看你的吗，怎么走开了呢？有事可以提前打个电话告诉我一声嘛。本来想和你一起过个快快乐乐的中秋节的，可找不着你，一点心情也没有了。

晚上，我带侄女小茜上街看热闹，可好久都开心不起来。后来我安慰自己，可能你回老家陪父母去了吧，毕竟中秋节是合家团聚的日子，回家陪父母过节是应该的。这样想着，我心里才好受了些。街上到处都洋溢着过节的欢乐气氛，月亮也早早地升起了，圆圆的、清澈的，悬浮在半空中，好美好美，想必有很多情有所属的恋人在月光下卿卿我我吧。真羡慕他们。我呢，只能孤孤单单地赏月了。

今天上午，在街上遇见顾小晴，她问我昨天怎么没跟你在一起玩，我才得知你昨天并没有回家，晚上还去河边沙滩上参加县团委举办的中秋节联欢会了。我心里好委屈。你为什么不打电话告诉我呢？我没打电话给你，你就不能主动打电话给我吗？要是这样，昨晚我们就可以一起在沙滩上玩了。

顾小晴问我去哪里玩，我说没地方去，她提议一块儿去云州市玩，我想叫你一起去（正好可以去买录音机），就去党校找你，哪知又是铁将军把门，我们等了一个小时也不见你回来，我只好写了一张字条塞进门缝，告诉你晚上我再来，失望地走了。晚上八点多钟，我和侄女再去找你，还是扑空。唉，你这个人，是不是有点神出鬼没呀。

发点小牢骚，请别在意。祝你开心。

又：今天上午，拿着昨天写给你的信去邮局寄，在街上遇见尹小静，她邀我一块儿去双江镇赶集，我就跟她去了。回来时，看到公路边有一棵百年老桂花树，结了很多桂花，便摘了几枝。回到县城，送去给你，谁知你又不在。晚上我们去电影院看了一场电影，散场后，我估计你应该回来了吧，又去了你宿舍，结果你还是不在。很好奇你一天到晚都不在家，都在忙些什么呢？

大才子，你宿舍真的可以称得上是鸡窝了，我估计连你自己都不好意思，所以老是把窗帘拉得严严实实的。告诉你，今天下午你忘了拉窗帘啦，我终于看到你宿舍的“庐山真面目”了。你曾在信中说你宿舍乱得像鸡窝，不好意思让我参观，我还以为你谦虚呢，没想到是真的，你还真敢说实话。你一天到晚在外面瞎跑，给我制造“闭门羹”，为什么就不抽点时间收拾一下你的“鸡窝”呢？不要以为那是女人才能做的事。

大才子，下星期二想再去拜访你的“鸡窝”，欢迎吗？放心，不会打扰你的，而是帮你做好事，好好收拾一下你的“鸡窝”。欢迎不欢迎，请爽快地答复我，或写信给我，或打电话给我。

第 *3* 章

邂逅女同学

闲逛记:“误入”母校

高屹的女朋友来了

有个女孩表爱意

09 邂逅女同学

我又一次被“外派”。

这次是参加县委宣传部组织的一个活动，挑选一批优秀村党支部书记，整理他们的先进事迹。我被安排去三潭镇。

下午，我一个人乘班车赶去了三潭镇。到了镇里，通过秘书，找到镇党委朱书记，向他介绍了我此行的目的。朱书记先安排我住下，说明天派个人带我下村找人。

住的地方就在镇政府内，一座古老而庞大的建筑，应该是20世纪50年代仿照苏联建筑风格造的，楼房中间有宽阔的走廊。房间很大，还铺了木地板，但已很陈旧，走起路来咚咚作响。此楼早期应该是办公楼，后来建了新楼，就搬出去了，这里改作了单身宿舍和内招。

傍晚，我去镇政府食堂吃饭，在食堂门口，刚好一个女孩捧着只大瓷碗走出来，我觉得她面熟，不由得多看了她一眼，她也瞥了我一眼，似乎也觉得我面熟，人已经走过了，还扭回头来看我。

“你是……秦河？”她扬起眉毛问。

“是。”我站住，看着她。

“哎呀，老同学，你好。”女孩高兴得差点跳起来。

“你……是不是唐小妍？”

“是啊。”女孩跟我拉了拉手，“我听说你分回县里来了，可一直没见着你。”

我惭愧：“咳，别提了。你在镇里工作？”

“是啊。等一下去我宿舍玩，我就住在那栋楼二楼，上了楼梯，正对着的房间就是。”她朝身后那栋庞大的、陈旧的楼房指了指。

“我也住在里面。”

吃饭的时候，我一直在回想这个唐小妍在高中时代的模样，感觉现在比那时漂亮了许多，简直像换了个人。那时候，她高高瘦瘦，弱不禁风，眼睛凹陷，肤色很黑，如今白白净净，眼睛大又圆，身上显然长了不少肉，不再像竹竿一根，而是亭亭玉立；那时候她脖子上有条很明显的伤疤，如今神奇地消失了，如玉一般白嫩细腻；那时候，她扎两根粗粗的麻花辫，是个地地道道的村妹，如今改成了披肩发，衬出一种娇媚。我们高中那时候，男同学和女同学之间都不怎么说话、来往，我只知她没有考上学校，看来她后来通过招考当上乡镇干部了。

本来我还愁在镇里住下来，晚上的时间怎么打发，不想遇见了高中女同学，可以好好跟她叙叙旧了；虽然高中时代没有来往，但现在是社会人了，没有了高中时代男女之间那种生涩，不应该再生分下去了，应该重拾同学情谊。

吃罢饭，我不回宿舍，直接去找她，上了二楼，发现她的房门是半掩着的。看来她担心我找不着，索性打开了门。我象征性地敲敲门，便走了进去。

“这么快就吃罢了，我们食堂的饭还好吃吧？”她正跷着二郎腿织毛衣，看到我进来，微笑着说。

“比工厂里的食堂好吃多了。”

“工厂里的食堂？你在哪个工厂食堂吃过？”

对她的不解，我做了一番解释，她听了呵呵直笑。我问她：“你是哪一年到三潭镇工作的？”

她说，高中毕业的第二年，县里招聘乡镇干部，她就考出来了，一直在三潭镇，还有好多同学也考上了。她列举了十几个人的名字，其中有几个先是在乡镇工作，现在调到县里机关去了。我听了心里又是一番感慨，五味杂陈。当年那么拼命读书，考上了重点大学，如今分回县里来，又跟当年玩玩耍耍读完高中的一些同学处在了同一水平线上。你说这重点大学是不是有点白读？如果我当年没有考上大学，肯定会参加乡镇干部招考，肯定会考上（这些考上的同学高中成绩比我差多了），说不定现在也调进县里机关了呢。不一定是调进党校，其实党校在许多干部眼里，是一个差单位，党校没有一个年轻人就是最好的说明。

“你现在具体做什么工作？”我问。

“团委书记。”

“不错呀，才几年就当官了。”

“芝麻大点的官。”

“但是很有前途，好几个中央领导人都是团中央书记出身的。”

“你是说我以后可以当镇党委书记咯？”

我们为这句话呵呵笑起来，想不到唐小妍这么机灵风趣。在我的印象里，高中时代她不爱说话，在班上并不活跃，没想到在社会上闯荡几年后，简直像变了个人。

我们又聊起高中时候的事，她说：“那时候好多女同学都崇拜你，你成绩那么好，特别是语文老师，总拿你的作文当范文念。哎，有没有女同学给你写过情书？”

“没有，我那时候就是书呆子一个，都不敢跟女生讲话，哪会有人写情书给我？”

“不会吧？我不信。女同学个个都认为你会考上大学，还没人追求你？”

“说得这么夸张，也没见你写情书给我啊。”

“我成绩那么差，怕你看不上我呢。要是那时候你跟我说，不会看不上我，我一定写情书给你。”

我们又呵呵笑起来。我发现跟唐小妍聊天是一件很愉快的事，也就忍不住想跟她多说说话。毕业回县里来这段时间，我把自己弄得跟屈原似的，孤僻、孤单，很少出门，很少找人玩，整天不是长吁短叹，就是埋头看考研的书。想想也很无趣，跟自己较劲，改变得了现实吗？这么一想，更想让自己放轻松点，话也就多了起来。

“小妍，我发现你比高中时候漂亮了好多。”

“就你说。那么多同学都没一个说过我比以前漂亮了。”

“他们也太有眼无珠了，下次遇见那些个同学，我要骂他们一顿，怎么能对女同学如此美丽的变化视而不见呢?”

“对，骂他们一顿，呵呵呵……”

这晚，我和唐小妍聊到半夜。我对她产生了好感。

第二天，镇里的宣传委员带着我下村，找列入名单的村支书采访。傍晚回到镇里，吃过晚饭，又去找唐小妍。唐小妍正在洗衣服，她也是刚下村回来，忙着洗澡换衣服。她虽说是团委书记，其实团的工作并没多少事要做，更多的时间是下村做镇里的中心工作，如计划生育、征税、土地纠纷、农业开发。

“等一下我们去看电影怎么样?”唐小妍说，“今天晚上放映《罗马假日》，赫本主演的。”

这是一部很老的电影，我读大二时在校电影院就看过了，没想到这里现在才放映，但我仍答应了。其实这部电影也是值得看两遍的，何况还是跟漂亮的女同学一起去看。

电影院与镇政府也就一墙之隔，不过从大门出去，绕过围墙，也有几百米远。与城里的电影院比起来，它简直可以用破旧不堪来形容，它就像一座大仓库，瓦片屋顶，没有天花板，四周的墙壁也没有粉刷；地面坑坑洼洼，不小心就会打趔趄；座位是那种长条木椅，有些椅子还缺条少块。稀稀拉拉二十来个观众。唐小妍的笑点似乎极低，电影角色的一个小小动作、一句轻松话语都让她咧嘴直乐，为了不让她显得傻乎乎的，我也只好陪着她乐。

散场了，出了电影院，一阵短暂杂乱的脚步声过后，四周一下子变得空空荡荡、安安静静的，没有月光，灯光依稀，走在巷子里，几乎什么都看不见，只能凭着感觉走路。路是石碴儿路，倒也平坦，踩在上面沙沙作响，如下小雨。我们走得很慢，不像其他观众那样赶着回家，而像是在散步。没有谁提议，我们是不约而同地慢行。暗夜里，我们几乎看不见对方，但可以感觉到对方的存在，像两个灵魂在游荡。

“没想到天这么黑，拿上电筒就好了。”唐小妍说。

“没事，这样走夜路蛮好玩的，像梦游一样。”

“就怕你走惯了大上海灯火辉煌的大马路，走不了黑黢黢的乡间小道。我在这里工作了两年，闭着眼睛都能走。”

“你走哪儿我跟着走哪儿，肯定掉不进沟里。”

“秦河，在大上海待了四年，回到这鸟不拉屎的小地方来，有点不习惯吧?”唐小妍问。

“不习惯也得习惯，由不得自己。”

“其实也没什么的，在哪里都是生活。”

“是的。”我简略地答，我不想谈这个话题。

“有空多来三潭玩吧。”

“好啊，跟美丽的老同学聊天，是一种享受。”

“呵呵。”

回到镇政府旧楼，唐小妍又叫我进她宿舍坐一会儿。闲谈中，我们聊得最多的依然是高中往事，很多事我已经模糊了，她仍记得很清楚，让我不得不感叹女人记性好。她坐在一张木沙发里，一边跟我说话，一边织毛衣，所以她大部分时间是低眉垂眼的，炽黄的灯光映照下，显得温柔娴静，正因她总是低眉垂眼的，我可以大胆地注视她，端详她，我感觉她十分迷人，一时间沉醉其中。

次日下午，我完成了工作任务，临回县里时，找唐小妍告别，然而宿舍门是锁的，去她办公室找，也锁了门。我心里带着些许遗憾离开了镇政府，不过，我想以后还会有机会见到她的。

10 闲逛记：“误入”母校

考研没戏了，我心里竟像卸下了一块沉重的石头，感到轻松了许多，但同时也感到空落了许多，我像一只无头苍蝇，不知道该往哪里飞，或者说，我失去了飞的动力。

此时我还能怎么着？曾经的梦想已离我远去，我成了小镇上的人，这已是铁的事实。我不想接受这个事实也得接受，我不得不跟现实拥抱，跟现实融合。

党校的工作极为清闲。一个老师，没有课上，就相当于失业，我现在就处于变相失业状态，不止我一个人，全校八个老师，除了函授学生来集中上课的那十几天，都没有课上。极度空闲的老师们每天有的早些，有的晚些，懒懒散散地来到学校，来了也不知道做什么。在办公室里坐不了多久，一个个走出室外，甩甩手，伸伸懒腰，三五成群地站在坡上，一边抽烟一边瞎扯，我也不例外。女会计何阿姨甚至在荒坡上开垦了一块小菜地，整天扑在菜地上，又是浇水，又是拔草，菜长了虫也不喷农药，拿了把镊子，一个一个地捉，反正时间大把的是。

上了一阵子班，我发现詹校长颇为开明，基本上不管员工们的去向，他自己也常常是日上三竿才来，这不是活生生让我们放鸭子吗？于是我三天两头跑外面去东游西荡了。

我闲逛去得最多的地方是双江镇。

双江镇是我老家所在地，离县城十多公里，骑自行车过来只半个多钟头，我爱跑这里来，不仅是因为集市热闹，而且是因为这里能一起玩的村友也多。去哪里玩总得找伴一块儿玩不是？肯县别的乡镇，我几乎没有认识的人，去了肯定不好玩；县城虽有一些高中同学，可大白天他们都在上班，不可能和我玩，另外，上班时间在县城街头闲逛，也影响形象。而在双江镇集上，总能碰上来赶集的村里的乡党发小，一块儿游逛。

我现在的身份虽是大学生、国家干部，但村里乡党们依然没跟我见外，以前怎么对我，现在还是怎么对我。有时候他们来县城玩，还跑到我宿舍坐坐，聊村里的事；乡党们结婚，也送请柬来给我。他们没有谁笑我读了“那么大的书”却分回家乡来了，在他们看来，我考上了大学，只是不用在家耕田了而已，在哪里工作都一样。这让我觉得，我此前的“近乡情怯”纯属矫情罢了。

我们在集市上遇见了，总是像以前我还在村里生活时那样，攀肩搂背、嘻嘻哈哈的，一块儿逛集；谁买了柑子、梨子，一人分一个，一边吃一边大摇大摆地溜达。乡党们去哪里玩，我也跟着去哪里玩。在路边那些用篷布搭起来的乡土桌球室，我们常玩到日落才各自散去。有时大家找不到玩法，就蹲在电影院大门边，看来来往往的女孩，乡党们看到认识的，油腔滑调地撩她们，我也跟着起哄、说粗话，以招她们白眼为乐。我看起来和乡党们没有二致，跟一个乡村二愣子没有区别，袖子挽起，裤脚一只高一只低，吊儿郎当，两眼无神，完全不像个在上海念过四年大学的人。

除了乡党，在集上还会遇上一些高中同学，毕竟我是双江高中毕业的，高中同学大部分是双江镇人，他们中有不少也在镇上的七站八所、学校、医院、商店、工厂上班。不过白天我很少去找他们玩，因为他们在上班，不能跟我玩，我多是傍晚和乡党们分手后，再去找他们喝酒。

一天中午，在集市上遇到了中学同学赵林。

赵林上的是云州师专化学系，早我一年毕业，分回母校双江高中当老师。在我看来，分回母校是最恐怖的事——我连家乡都不愿回来呢，他老哥竟跑回母校工作去了，以前的老师如今成了同事，关系怎么处理？遇到矛盾怎么办？

我们高一曾在一个班，后来分科他去了理科班，我去了文科班，来往渐少，算不上很要好的朋友，加上他又是在母校教书，所以自毕业回来后，我一直没找过他。

我正要跟他打招呼，赵林却抢先一步，飞也似的奔过来，抓住我的手，说："老同学，好久没看到你了，听说你分回县里来了，一直没时间去找你玩。"

我说："来了几次镇上，都不赶巧，没碰上你。"

"你这家伙，还好意思说，到了双江镇，都舍不得去母校看看。别给人家说你一年土，二年洋，三年不认爹和娘，四年不愿回家乡。"

"谁这么说我，我这不就在家乡嘛。"

"肯定没回过母校。"

我尴尬地笑笑，赵林把我拉到路边，一脸神秘，说："秦河，等一下陪我去一趟双河高中。"

我有些紧张："干什么？"

赵林说，他跟方老师的女儿方小春谈恋爱了，两人打算年底结婚，所以他请算命先生算了日子，今天是个吉日，要去跟方老师宣布两人的关系。

我这才注意到他穿了一身崭新的西装，还打了领带，不过他矮矮胖胖的个子，穿西装不怎么好看。“你勾搭老师的女儿，太胆大了吧。”我很惊讶，开他玩笑说。方老师是我的历史课老师（当然也教过赵林），他的女儿我自是认识，她初中毕业考上了云州中等师范学校，毕业后分在镇中心小学当老师。在我的印象里，小春小巧玲珑的个子，圆圆的脸蛋，挺可爱的一个女孩。

“什么勾搭，我们是正正当当谈恋爱。”赵林一本正经地说。

“老师是神圣不可侵犯的，你跟他的女儿谈恋爱，岂不是大逆不道？虽然现在你跟他是同事了，可一日为师，终身是师啊，方老师肯定会怒发冲冠。”我继续吓唬他。

赵林被我说得有点紧张：“所以希望你陪我去一趟，你不是方老师的得意门生吗？有你在，他应该不会对我怎么样吧？”

“我哪有那么大的面子。他不是也教过你吗？现在又是同事，说不定是很喜欢你的，心里还巴不得你去追他女儿呢。”我赶紧自打嘴巴。

赵林说：“高中他只教过我一年，对我基本上没什么印象。我分回双江高中来之后，又不在一个教学组，也跟他没什么接触，心里没底。”

我有点不太想去，一来我自觉没脸见到昔日的老师；二来我又不是他的家人，陪他去提亲也不妥。“我等一下还有事。”我推托说，可赵林死死拽住我不让走，我只得答应下来。陪他进商店买了糖烟酒之类礼品，便向双江高中走去。

一路上，我默默祈求，不要碰见任何一个曾教过我的老师，就让我悄悄地进去，再悄悄地出来吧。学校渐渐地近了，我的心竟慌张起来，仿佛即将踏进的是一个恐怖之地。学校还是老样子，没有任何改变，校门口只有两根象征性的竖立的砖柱，连铁门、门卫室都没有，围墙也没有建起来。校园里苍松蔽日，使得低矮的砖瓦房教室更显灰暗破旧，像一座座百年老仓库。目光穿过一扇窗户，我看到了四年前的自己，正在眉头紧锁地苦读，我心里叹了一口气。

人世间的事就这么怪，害怕什么偏来什么。刚进校门，迎面就遇上了教数学的吴老师，他骑着自行车，大概是去赶集，看到我，忙跳下车来，跟我握手，让我有点受宠若惊。“听说你分回县里来了？”他问。

我答是的，吴老师说有点可惜了，我说有什么办法，得服从分配。简单聊了几句，吴老师骑上车往镇上去了。我继续走，没走几步，又遇上了教地理的钟老师，他提着一只桶，从他的微型养鸡场（他在镇上有家，学校分给他的宿舍，就用来养鸡了）出来，见了我，有些惊讶，说：“这不是秦河嘛，听说你分回县里来了？”

敢情老师们都知道我分回县里来了，我更加感到愧疚，深感对不起他们的培养。眼前这个学生，曾经是他们的骄傲，可如今落了个连一般大学毕业生（甚至大专生、中专生）都不如的结局，不知道他们该作如何想。我无言以对，嗯嗯几声，匆匆走过。

接着陈老师也非常巧合地出现在我面前，他早知我分回县里来了，所以对我没有重复上述老师的提问，而是说：“秦河，工作还好吧？”我说还算好吧，没什么压力。陈老师又说：“既回之，则安之，在哪里都是生活。有些事不要看得太重了。”

接着又遇上了教体育的刘老师、教政治的石老师、教英语的莫老师……从进校门到方老师家这短短一百五十米路，教过我的老师几乎全碰上了。我只得硬着头皮害臊，我就是想钻地缝，土地爷也不可能给我这么多次机会啊。真是奇了怪了，今天是星期天，又是中午，老师们怎么一个个都在学校里，而且都在这时候从家里出来？难道都不约而同地预感到我来学校，而出来看看我？我没这么大面子啊，更何况我还怕见他们呢。

方老师家到了，几间平房加个小院子。赵林敲门，喊一声“方老师”。是小春开的门，她见了我，有点纳闷儿：“秦河哥哥，怎么是你？”赵林朝她眨眨眼。小春开门后，快步跑进了自己的房里。

赵林和我一前一后进屋，但方老师似乎先看到我，因为他先跟我打招呼：“秦河！哎呀，稀客，坐，坐！”我有些不好意思，说：“刚才在街上遇见赵林，他说来看望您，我也一直想拜见您，就跟着来了。”

方老师这才看了赵林一眼，又看看他放在矮柜上的一摞礼物，说：“小赵，都是在一个学校工作，没必要搞得这么客气嘛。”

赵林嘴唇动了动，想说什么，但方老师却把注意力转到我身上了：“秦河，你分回县里来，太出乎意料了。H大学是重点大学啊，怎么把学生分回县里来呢？那跟一般大学有什么区别？真是的。不会是你犯了错误吧？”

我忙说：“没有，绝对没有。”我不想扯我的事，简要说了说分配时的一些情况，便对赵林说：“赵林，今天你是主角哦。”

赵林神情顿时紧张起来，不敢看方老师，两眼瞪着地面，磕磕巴巴地说：“方、方老师，我跟小春谈、谈恋爱了，打算年底结婚，想征求你们二老的意、意见。”

方老师脸上并未表现出惊讶、生气的神色，只是沉默。气氛有点尴尬，我忙说：“赵林，还记得不，高一我还有几个同学，去偷菜园村的红薯，还给你骂了一顿呢。”赵林知道我的意图，跟我打起哈哈来。这时方师母回来了，热情地跟我、跟赵林打招呼，又拿出水果招待我们，气氛多少欢乐了些。见方老师沉默不语，赵林转而对师母说：“阿姨，我跟小春谈恋爱了，希望伯父伯母同意我们。”

“小春跟我说过了。”师母呵呵地笑，一脸慈祥。

“方老师，那您的意见呢？”赵林跟着胆子壮起来。

“小赵，不是我说你，年轻人要学会自己的事自己做主。”方老师说。

事情压根儿没有赵林设想的那么复杂，方老师其实很开明，也许也很实际，毕竟有个女婿在同一所学校教书，等于自己在学校多了一份力量嘛，何不乐观其成？何况赵林也不算很差劲的人。

只是害得我，在一个个羞于见到的老师们面前尴尬地露了脸。

11　高屹的女朋友来了

“上星期你才去了省城，怎么又去？”

当高屹再一次出现在我这里的时候——为了便于他借宿，我配了一把房门钥匙给他——我忍不住问，我觉得他有点不着调了。

“我女朋友要来肯县看我，我来接她。”快乐的高屹脸上红花朵朵。

“行啊，把你女朋友哄来了。”

“怎么是哄？是她主动提出来肯县看我的。”

“那你得好好表现，”我拍拍他肩膀，“别让她失望。”

听我这么一说，高屹脸上的红花转变成了乌云：“唉，这么个穷山恶水的地方，有什么可看的，兄弟，你说带她去哪里玩好?”

“玩什么玩，我把宿舍让给你，你跟她大战一天一夜，比上哪里玩都强。”我笑说。

“谁像你一样，二十三岁了，还是个红花仔，见着女人就想扑上去。”高屹不屑一顾。

“你这样，跟小孩离不开妈妈似的，就是谈恋爱?”

“你没谈过恋爱，你不懂。”

高屹跟我聊起他和徐娜的恋爱、徐娜的温柔和善解人意，聊起女人对于男人的意义，我们一直聊到大半夜。他说：“许多诗人和作家把女人比作大地，真的是一点没错的。她就像大地那样肥沃、深厚，让男人滋润，让男人迷恋……”

“徐娜很胖?”我问。

“这是比喻！你这个鸟人，读了四年中文专业，到底学好了没有?”高屹白了我一眼。

我为误解了他的话感到羞愧。我对男女感情的理解几近一个白痴，谁叫我没谈过恋爱呢？不过我理解他为何这般迷恋徐娜。高屹高中时代跟我一样，也没追过女孩。我们的少年时代生活在一个保守闭塞的环境中，极少接触女孩子，正因如此，高屹进入大学后，谈起恋爱来，就像木头房子着了火一样。

高屹跟我聊了大半个晚上，聊得我满脑子都是女人。睡梦中，我脑海里出现了一个女孩子，她苗条、白皙、苹果脸、长发，她在开满鲜花的山坡上轻盈地漫步，她穿的是一袭洁白的连衣裙，脖子上还扎了一条粉红色的丝巾，微风中，丝巾的两头在飘动，接着，高屹在远方出现了，他俩相会，手挽手……真见鬼，怎么做起别人的梦来了?

第二天中午快两点时，一辆从省城来的大巴进站，徐娜从车上下来了，高屹百米赛跑般冲过去，抢过她手上的行李。乍一看，她竟和我昨晚梦到的女孩子蛮像，只是不穿白色连衣裙（现在已是深秋了），而是长风衣、牛仔裤，脖子上也没有围巾。我想真是奇怪了。

徐娜是一个漂亮的女孩，除了五官秀气，还有着典型的城市女孩的风姿，我感觉高屹和她站在一块儿有点不搭。其实高屹也是一个帅哥，否则徐娜也不会爱上他。可是我总感觉哪里不对劲，想了一会儿，我想出来了，城乡差别！徐娜生活在省城，整日受着城市文化、气息的浸染，阳光、靓丽、光彩照人；而高屹住在乡村，行走于野村野岭，每天呼吸到的，虽有清新的空气，但也有泥土味、稻草味、牛屎味，渐渐地形成了一种朴实、卑微、灰不溜秋的特质。

我想，大学时期他们肯定是没有这种差别的，大家同为学生，同在校园里，一脸书生气，一身纯真。如果我现在见到女同学，我肯定和她们有了差别，不要说女同学，就是跟留在大城市的男同学相比，气质和风采肯定差异大了去了。

这么想着，我心里又产生了失落感。

“一路辛苦吧？”高屹一脸谄媚，徐娜说：“这一路颠得我都快散架了。”拍了拍肩膀，我看到一抹灰尘被拍了出来，如微型的云团，在空中翻滚。

高屹介绍我：“我高中同学秦河，人家是 H 大学毕业的，也分回县里来了。”

羞愧涌上我心头，这种情绪几乎成了条件反射，只要谁提起或问起我从哪所大学毕业，我就会涌上这种情绪。

“唉，太没天理了。”徐娜说。

我肚子早就饿得咕咕直叫了，提议高屹赶紧找地方吃饭：“坐了七个小时车，徐娜一定饿坏了。”“还行吧，我在车上吃了两个面包。”徐娜说。

在这个巴掌大的县城，像样点的饭店没几家，走了几十米，看到一家叫“酒中仙”的饭店，还算干净、上点档次。我们走了进去。

找了张小圆桌放下行李后，高屹带着徐娜去厨房后面洗尘土，我无奈地等候。抽过一支烟，他们回来了，我说：“高屹，你点菜。”

高屹点了一个鱼头火锅，说：“这是我们洼澄湖里的鱼，可鲜美了。”高屹说，他的学校就在洼澄湖畔，经常有渔民提着在湖里捕的鱼到学校门口卖。

不一会儿，火锅端上来了，红红白白的，煞是好看。红的是辣椒，白的是鱼头块。徐娜夹了一块放进嘴里，顿时直哈气：“好辣!”赶紧喝了一大口茶。

“我们这里的风味，无辣不成菜。”我说。

高屹像是有点生气，叫来饭店老板，一个胖乎乎的中年女人。“怎么放这么多辣椒，想辣死我们呀。”他喝斥道。

“你们不吃辣椒早说呀，我们做鱼头火锅都是这么辣的，绝不是想害你们。”

高屹还想争执，我忙拉住他。我知道他想为女朋友“维权”，可是本地菜都是以辣为主，他骂人就有点无理取闹了。我叫服务员端碗开水来，放在徐娜面前，让她夹了鱼块，先在开水里涮涮再吃。

“娜娜，对不起，本想让你尝尝本地风味，倒把你辣着了。”高屹想换一道菜，徐娜止住了他：“算啦。虽然辣点，但还是蛮好吃的。”为表明她说的是真心话，她又夹了一块鱼，放进开水里捞一捞，再送进嘴里：“嗯，不怎么辣了。”

说是这样说，她只吃了几块鱼，就放下了筷子。“我半路上吃过面包，不怎么饿。”她说。

吃罢饭，徐娜提出逛逛街，看看我们肯县县城的市容市貌。我顿时为肯县感到羞愧，恨不能生出一双魔手，让一座座高楼如雨后春笋一般，从地面冒出来，或者干脆从天上扯下一块巨大的天幕，把这破旧的小县城盖住。随即又觉得自己的想法可笑，徐娜又不是我女朋友，我也不是县长，羞什么呀？她想看什么由她看去。

出了店门，高屹把他手上徐娜的行李丢给我，几个跨步，搂住了徐娜的腰，心花怒放、旁若无人地横行，不时贴着徐娜的耳朵说几句悄悄话。我不仅成了他们的电灯泡，还成了仆人，我简直想踹他屁股一脚。

如果你能飞到空中，往下看，肯县县城就是一片密密麻麻的瓦片，黑黢黢的，湿漉漉的，仿佛瓦片上的雨水一千年也晒不干；不多的几条弯弯曲曲的街道，如泥地里露出地面的藤根，毫无规则、任意妄为地延伸。稍大的一条街道是主街，县直机关办公区，面貌依然惨不忍睹，也是一大片的瓦房，偶尔一栋二三层的楼房冒出来，如披着蓑衣的人的脑袋。

从天空中下来，走在狭窄的街上，像是走在民国时期的电影里。街上行人一个个灰布蓝衫，脸色菜青，都有一种天然呆。很多人挑着担子在走路。今天是肯州镇集日，乡村人云集。

走到一个路口，一条土狗从另一条小巷深处倏地蹿出来，把徐娜吓了一跳，待要看清它的真面目，它又消失了；不知从哪里传来一声高亢的鸡鸣，非常梦幻。又走了几分钟，迎面来了一支牛队，有水牛、黄牛、花牛，浩浩荡荡地穿过街，留下一堆堆冒着热气的牛屎，远看就像一串省略号；一张废纸无风自起，在空中飘啊飘，接着一只塑料袋从树底下腾空而起，跟随着废纸而舞，十分诡异。我们走着走着，一不留神就到了县城中心十字街，忽然一股臭气飘进鼻孔，使人不由得提神。

“怎么这么臭呀?”徐娜掩鼻问。

高屹指了指几米远处一座小瓦房:“那就是公共厕所。”

“县城中心居然有露天公厕!”徐娜大惊小怪。

“县城中心人多呀，方便群众嘛。要建在城外，人还没跑到那里，屎尿都屙在裤裆里了。”我笑说。

“我鼻子出不了气了。”徐娜说。

我们赶紧打转，逛另一条街，走了不到十分钟，一片已收割了的稻田映入眼帘，田埂里浓烟滚滚，如古代大战役爆发前燃起的烽火，那是农人们在烧稻草灰，一浪一浪的焦味扑鼻。徐娜又捂住了鼻子，说：“我们回去吧。”

高屹说:“天还早，要不去我们学校看看吧。”

于是疾步转去汽车站。看着他们踏上了开往南坪的班车，我心里生出伤感。我想徐娜的这段旅程一定是失望的旅程，高屹的欢喜也会是一场空欢喜。他不该让她来。

第二天傍晚，高屹和徐娜回来了，又来到我这里，要在我宿舍住一晚上，以便明天早上徐娜搭车回省城。我观察了一下他们的表情，似乎还蛮欢乐。我把宿舍让给他们，去吴江那里借宿。

12 有个女孩表爱意

秦河：

你好！去了好多次党校，都见不到你，本来有很多话想跟你说的，总不见你，只好写信了。我也是翻来覆去想了好多天，鼓了好几次勇气，才给你写这封信的。

你知道吗，秦河，我爱上你了。从你来春岭下乡那些天，我就喜欢上你了，你的才华强烈吸引了我，你的忧郁让我牵挂，我们的缘分驱使我走近你。真的，不骗你，我都写在了日记里的。

给你看看我9月写的日记，看了别笑我哦。

9月11日

他回县里两天了，我一直神思恍惚的，感觉生活里缺少了点什么，眼前总浮现出他的身影。忍不住拿起笔，把这些天和他相识的点点滴滴记下来。

记得他第一次来医院是4号，陪小高来看病。高高瘦瘦的个子，神态文静，一眼就看出是个书生。小高去看病后，他就在我宿舍等，看到我桌子上摊开一本法语书，问我："你在学法语?"我说是的，他说："学法语蛮好，世界上公认法语是最准确优雅的语言。"叽里咕噜说了几句什么话，我听不懂，问他是什么语，他说是法语呀，你学法语怎么也听不懂。我很不好意思，说才学了半年。

他竟然也懂法语，我感到惊奇，便问他在哪里学的，他说是在大学读书时学的。我问他哪所大学？他说H大学，我又惊奇了，想不到坐在我面前的这个人竟是个高才生。在春岭乡，别说重点大学生，连大专生都没几个。

我不由得多看了他几眼，觉得他有点面熟，好像在哪里见过似的。对于我的疑惑，他说，是吗，那我们是有缘千里来相会了。

过了几天，他又来医院了，这次他是独自一人来的。也许在这偏僻的小镇太无聊了吧，人生地不熟，也没什么可玩的。像他这样的书生，恐怕跟乡政府的干部也玩不到一块儿去。

不过，他在我们医院似乎玩得挺高兴的，毕竟医院女孩子多，到了晚上，大家聚在一起叽叽喳喳的，半里外都听得见。他话语不多，但幽默风趣，冷不丁冒一句话出来，总是把大家逗得前仰后合。我感觉我跟他很聊得来，他似乎看了很多书，提到什么书他都能聊，不愧是重点大学中文系毕业的。我也喜欢看小说呢，以后可以向他请教了。既可以向他请教文学，又可以跟他交流法语，啊，他是一个多么有才华的人。

9月12日

昨天晚上，我做了一个梦。梦见我大清早就起床了，从他住的房屋前走过（我们竟神奇地住在同一个院子），他房间的窗户半开着，屋里亮着灯，我往里瞅，只见他身穿一件深蓝色西装，西装里面是一件深灰色V领毛衣，再里面是白衬衣、领带。他看上去英俊、精神、潇洒，灯光下，他正在不停地写稿。我经过他门口时，突然跌了一跤，他开窗探出头来笑我……

中午我把这个梦说给夏小秋听，小秋问我是不是喜欢上那个人了，所以日有所思，夜有所梦。我也是这么想。昨天我刚看完琼瑶的小说《海鸥飞处》，书中男主角俞慕槐是个英俊潇洒的记者，我把他替换成俞慕槐了。

傍晚，乡民政助理周华路过卫生院，我问他去哪里，他说去党校学习，我便问他是否认识秦河，他说认识，秦河来下乡这么多天，怎么会不认识。我又问：秦河晚上跟你们一块儿玩吗？周华说不怎么玩，他总是待在房间看书，我问他在看什么书？周华说好像在看一本叫什么《京华烟云》的。我赶紧叫周华转告他，等他下来时能否把这本书带来给我看。这本书在卫校读书时就听说过，想看，可一时找不到，后来就忘记了。

9月13日

他们今天来了。上午去邮局寄信，看到县委办的车刚到，停在乡政府门口，车里的人下来，我看到了他。他也看到了我，笑着叫了我一声。我心里的高兴劲啊，一整天都是乐悠悠的。

晚上，我早早就煮饭了，不时瞅窗户外，看他是否来。炒菜咯。他来了，见了我，一脸坏笑。我问他来做什么，他说你猜呢？我嘴里不说，心里猜得到。我问他带《京华烟云》下来了没有，他问我怎么知道他在看这本书？我说是周华说的，还说了托周华的事，他说没遇见周华，不知道有这回事。他只在门口站了一下，就去找郑小兰了。

吃过晚饭，我也去郑小兰那里看他，他大谈特谈了一夜，郑小兰更是，像上了发条似的，咯咯咯笑个不停。我没怎么说话，发呆似的看着他谈笑风生，眉飞色舞。他的知识面真广，旁征博引。十二点，他走了，我心里还是甜的。

9 月 14 日

昨晚久久难以入眠，眼前一直浮现他的身影，今早起来就跑去夏小秋那里，和她一起煮早点，用意是想遇见他，确也如愿了，他路过时，我们叫他一起吃早点，他进来了。我感觉他对我有点冷淡，我说什么话他都不愿接腔。我的心有点凉了。

下午跟郑小兰去乡政府，告诉他我们买了好多螺蛳，叫他晚上过来吃螺蛳。晚上他来了，却不在我这里吃，去了郑小兰那里，害我白煮了这么多螺蛳。我伤心得快要流泪了，忍了下去。吃过饭我也去郑小兰那里，但一晚上他似乎仍对我冷漠，跟他说话他也是爱搭不理，我不知有多气，跟他说了声“再会”，就回了自己宿舍。他走后，郑小兰过来告诉我，他约她星期天去云州玩，小兰讲叫我也一起去，他说那就不去了。这更是把我气着了，当着郑小兰的面我哭不出，她走后，躺在床上我流了许多泪。

9 月 15 日

昨晚又做了一个梦，令我伤心的梦。我梦见跟他在一个班读书，老师分配我跟他同桌，他偏不，去跟一个小不点坐，小不点漂亮、活泼，但笨，他想跟她亲近，但她却不理他，她认为自己笨，不配他，他说：“我又没嫌你笨。你不懂我教你就是了。”小不点低头不语。老师提问时我答得出，偏偏他也答得出，抢在我前面答了，真气人。

醒了，不知道梦是怎么结束的，回想起来真恼人。那个小不点是不是他心目中的快乐神？他说过，要找一个漂亮的、快乐的女孩子，这个快乐神会不会是郑小兰？梦里的小不点偏有点像她。

吃过早饭后，去县城办事，中午找尹小静玩，聊天中，小静问我有意中人了没有，我说有了，但不知他是否喜欢我，把这几天他的言行对她说了。她说，他这样对你，我看他并不喜欢你，还是别自作多情了。但我对他的那份眷恋是她不能理解的，爱上了一个人，也不是那么容易放下的。她还问我他是谁，在哪儿上班，我只字不提。她问我，他是不是英俊潇洒，你被他的外表迷住了。我说不全是，他有才华，这才是令我着迷的。

9月16日

早上骑自行车出去办点事，在医院门口遇见他骑着车进来，我下了车，他却没下，直奔医院里去了。真是气人，不理他，办我的事去了。

回来时，郑小兰告诉我说，他患了感冒，上午来卫生院要了点药，到她宿舍吃的药，还叫她拿出相册欣赏，拿走了她那张最漂亮的相片。我听了心烦，吃醋，想流泪。看来，他心中的快乐神是郑小兰。只可惜，她玩弄了他，因为郑小兰是有男朋友的，他最终将空欢喜一场。我心里暗笑，又心酸。真想马上去告诉他，郑小兰是有男朋友的人，劝他不要自作多情。

9月17日

真想问问他是否喜欢我，若是喜欢我，我可以原谅他以前所做的一切令我伤心的事。下午，打了几次电话给周华，想叫他请他出来，问问他是怎么想的，可几次都没有勇气说出口。

吃过晚饭，我还是鼓起勇气去了乡政府，找到周华，叫周华帮我把他约出来，我在夏小秋宿舍等他。他来了。今晚他的表现与往常不同，对我热情了很多，似乎有所领悟，懂得我喜欢上他了。夏小秋说中秋节那天她生日请客，问他来不来，他说只要请他，骑单车也会来。我说路这么远，你会来？他说有什么，没那么娇气。今天晚上，他还认小秋做他妹妹。我心里暗乐，想他是不是为以后更方便来小秋这里找我？不必打这小算盘啦。

聊了一会儿，我叫他送我回家，他同意了。路上我问他中秋节那天真的来？他说是说着玩的，中秋节哪有空。我想也是。我又说起问他借《京华烟云》的事，他说忘带了。我们边走边聊，我说要是我能去县里工作就好了，他说："去县城当然好，在这里工作也还是可以的。"我听不明白。我感觉他似乎有些无奈，有心想跟我好，又担心我拖他的后腿。要是这样的话，就算了，不勉强。所以一直走到了医院，我还是未敢开口说白天想跟他说的话。

9 月 18 日

下午，龚小丽来我这里玩，她问我有了男朋友没有，我说没有，她就要帮我介绍一个，还说了这个人的情况。我嘴上应着，心里想，这是不成的，因为我喜欢的人是他，虽然他还没有向我表白喜欢我，还多次令我伤心、失望，但既已喜欢上他，岂能三心二意。

吃过晚饭，和郑小兰去乡政府，打算找他玩。兴冲冲地去，却见他房间黑灯瞎火的，准是回县里了，真令人失望。去夏小秋那里，她说，他今天早上路过她房门前，瑟瑟缩缩的，说好冷，要回县里穿点衣服，还说明天会回来的。这鬼天气，说翻风就翻风了。

9 月 19 日

上午依依送别顾小晴。她调去县水泥厂医院了。下午忙着搬房子，搬进顾小晴空出来的房间，这间房比我住的那间宽敞。

傍晚，夏小秋过来了，笑眯眯地说，告诉你一个好消息，那个人又来了！其实我已经知道，下午小高过来帮忙时，我问过她了。

夏小秋又说，周华要她转告我，赶快去买好糖、饼干、梨子等，晚上他负责约他出来，保证我们成功。我说，现在火急火燎地去买，没那个必要了。他想来的话，什么吃的都没有也会来的。

果然，晚上他和周华一块儿来了。我正在打扫卫生呢，他去郑小兰那里坐。我做完了，洗了澡，去郑小兰宿舍。他对我似乎不热情，话也不投机，倒是对郑小兰极尽甜言蜜语，偏郑小兰不领情，只顾跟周华说话，好像他感觉到了没趣，才坐了一会儿就要走，还问谁跟他一块儿去夏小秋那里玩，我虽然想跟他去，但在这节骨眼儿上不能迎合他，得杀杀他的傲气。看着他一个人离去的背影，我心里又有点不是滋味。

9月20日

晚上我煮了鱼，打电话叫周华请他过来吃饭，可他不领情，说已经吃过了，要是有空就去医院拿点药（这么多天了，他感冒一直未好）。真是讨厌，害我煮了一锅菜。吃了饭，我和郑小兰，还有两个医生一起打牌，他和周华过来了，我很想不打了，但见大家兴头正浓，要打够一千分才罢，只好告诉他药帮他拿好了，放在我宿舍床头柜上，自己去拿。

我和郑小兰本就是输的，于是尽量让分，好早点结束，眼看就要到一千分了，他却走了，我又气又懊丧，真恨自己没主见。

9月21日

今天早上，好想去问周华，昨晚怠慢他了，该不该向他道歉，但怕讨个没趣而没去。晚上我希望他还过来，可是没有来，我好失望、烦闷。还好，小叶和她男朋友来我这里玩，我忍不住把内心的烦恼跟他俩说了，他俩说了很多安慰的话，我的心情才平复了些。

9月22日

上午一上班，就听说他们调研组要回县里了，他们调研结束，再不来了，听到这消息，我眼前一黑，差点栽倒。在我的潜意识里，一直觉得他不会回去，永远在这里工作了，突然，他就要走了。真后悔，昨天打了几次电话给周华，都没勇气叫周华约他出来，跟他表白我喜欢他。现在他要走了，机会失去了。真想跑到乡政府去，抓住这最后的机会，亲口问他，是不是喜欢我，偏偏有几个病人等着看病，走不开。

他们的车经过医院门口时，小高进来了，跟我道别，啊，她后面还跟着秦河。我心里的忧伤顿时一扫而空，我乐呵呵地看着秦河，小高跟我说了什么都不知道。秦河虽然没跟我说几句话，但是我已知足了。他叫我有空去党校找他玩，放心啦，一定会去的！

第4章

看望唐小妍

闲逛记：南坪

高屹的信

是爱还是不爱

13 看望唐小妍

在吴江那里借宿的那天晚上，我跟他谈到了唐小妍。我说："吴江，你还记得那个唐小妍吗？我在三潭镇看到她了。"

吴江想了想，说："是不是脖子上有条疤的那个？"

我说："是啊。四年不见，你不知道她现在变得有多漂亮，脖子上那条疤也神奇地消失了。"

吴江眼珠子放亮："是吗，哪天我们去看看她。"

事情说定了，由我打电话给唐小妍约定时间。那时候，肯县从县城打电话到乡镇还属于长途电话，用单位电话都打不了，得去邮局。第二天中午，我赶去邮局，排了半个小时的队，才轮到我。

电话接通了，接电话的人帮我去叫人，不一会儿，传来一个女孩子的声音："喂？"

"是唐小妍吗？我是秦河。"确认她是唐小妍后，我说："星期天你有空吗？我和吴江想去你那里玩。"

"好哇。吴江我也有四年没见他了。"唐小妍很高兴。

放下电话，我心里生起小小的感慨，想高中那几年，男生和女生几乎"鸡犬之声相闻，老死不相往来"（当然也有个别男女同学打得火热，甚至谈恋爱，但那是另类），如今毕业了，走上社会了，这份同学情谊突然浓了起来，重逢时恨不得拥抱。

走出邮局大门时，差点跟吴江撞了个满怀。“咦，你也来打电话？知道这样，让你一块儿打电话给唐小妍好了。”我说。

吴江支吾了几声，说：“我打哪儿合适，她也许不记得我了，我打给她太冒失。怎么样，你打电话了吗？”

“刚打了。”

“她怎么说？”

“她说，欢迎我们去，她一定等着我们。”

“她提到我没有？”

“你不是说人家忘了你吗？忘了你怎么提你？”

“那你有没有提我也一起去？”

这家伙今天怎么这么啰里啰唆的，我不爽，想恶搞一下他，便说：“我没提你也一块儿去。我想，到时你突然出现在她面前，给她一个惊喜，说不定她会乐成什么样呢。”

这小子没发觉我的恶作剧，乐呵呵地说：“对哦，给她一个惊喜。”

星期天早上十点，我们各骑上一辆自行车一块儿出发了。从县城到三潭镇，有二十公里，而且处于一个南北向的走廊上，深秋时节，北风特别大，荒野上的小树都被刮弯了，我们的头发、衣服、裤子被风吹得横飘起来，就像一场战役结束后，还插在山坡上的残破的旗帜。自行车如一头倔强的牛，任你使劲儿踩踏板，它仍是勉强、缓慢地往前走。我们就像两个朝圣的教徒，意志坚定、心潮澎湃地前行，一边走一边聊天。

“吴江，你在民院谈过恋爱没有？”

“没有。”

“我不信。你小子高中就给女同学写过情书，进了大学会不谈？”

“真的没有，可能是高中追求女同学被拒绝了，到了大学反倒不想谈恋爱了。”吴江说，反问我，“你呢，怎么不找个上海妞？毕业后留在上海，多好。”

“做梦都不会做这种梦。上海妞是那么好追的？我们班十几个上海妞，好像没几个谈恋爱的，可能男同学大部分都来自全国各地，她们一个都看不上眼，上海籍男生又不多。有一个江西仔，不知深浅追一个上海妞，把自己弄得失魂落魄的，后来回家休养了一年。”

二十公里的路程，我们骑行了一个半小时才到，内衣都被汗浸湿了。去唐小妍的宿舍敲门，没人应。她不是说等着我们的吗？我纳闷儿。我们不想白跑一趟，便在镇政府院子里走来走去，四下窥探，突然唐小妍从一个办公室里冲了出来，说：“你们来啦？对不起哦，今天上午临时有个会，正开着呢。你们先去我房里坐。”说着把钥匙给了我。

“唐小妍，你还记得我吗？”吴江问。

已转过身准备走的唐小妍，又回过身来，上下打量了吴江一秒钟，咧着嘴说：“你是吴江呀，怎么不记得！”紧接着冲进办公室了。

“好像她没有惊喜呢。”吴江对我说。

“时候不对，人家急着要开会，哪有空对你惊喜？”我看着他有点失望的表情，又说，“人家不是对你笑了嘛，你看她脸上的笑一圈一圈的，那不是惊喜是什么？”

坐在唐小妍的房间里，身上的热气很快消失，浸湿的内衣变得冷冰冰的，看到墙的一角有电炉有炭，很想生火，可又不敢乱动她的东西。她的房间就是一间单房，有二十多平方米，房里的摆设很简单，但很有女孩子的特点，雅致、小玩意儿多，似乎还有一丝淡淡的香味。

过了一会儿，唐小妍回来了，见我们干坐着，忙说：“生火烤呀，这么冷的天。”吴江快手快脚地张罗，很快，炭火燃了，房间里暖和起来。

“你们先煮着饭，我去买点菜。”唐小妍又出门了。看着唐小妍匆匆而去的背影，吴江说：“唐小妍真的变得好漂亮了。”

我也感叹说：“跟过去比简直是两个人。上次我就差点儿认不出她来。”那时候还没有商业整容这玩意儿，也不知她是怎么变美的。

“她有男朋友了没有？”吴江问。

“不知道。”

“上次见着她，你没打听呀？”

“人家的隐私，怎么好探听。”

“你是不是想追她？”

“去。”

我被吴江问得有点心虚，好像我来看望唐小妍怀有不可告人的目的似的，所以当唐小妍回来后，我变得有些矜持，话不敢说得热乎、肉麻，有意控制自己本来是兴高采烈的情绪，人就显得有些木呆。倒是吴江，好像他此行光明正大、人正不怕影子歪，大大方方地在屋子里上蹿下跳，抢着洗菜、炒菜，废话连篇兼妙语连珠，很快就和唐小妍混得比我跟她还熟了。

午饭是炖排骨，加上圆子、冬笋、豆腐，满满一锅。摆上碗后，吴江说："小妍，叫你男朋友过来一块儿吃，让我们也认识一下。"

"老同学别笑我了，哪有人看得上我？"唐小妍叹一声气说。

我瞥了她一眼，发现她脸上笑意盈盈，估计她认为吴江或我们是在探她的底，心里暗笑。不管她说的是真是假，听她这么说，我还是很高兴的。我问："唐小妍，想找个什么样的男朋友？"

"要求不高，真心喜欢我就行了。"

"要求这么低，估计下星期就会嫁出去了。"

我们齐笑。小房间里弥漫了欢乐。

吃过午饭后，我们继续聊天。唐小妍下午不开会了，空闲着。可是三个人也不能一直傻坐着说话，得弄点事做才叫玩。室外风实在太大，不敢再跑出去喝西北风。室内有什么可玩的呢？吴江脑子灵活，看到矮柜上有盘跳棋，就提议玩跳棋。

唐小妍拿下棋盘，把三种颜色的珠子摆好了，三人各选一种颜色，开战。吴江这小子，毫无棋德，老是弄虚作假、坑蒙拐骗，比如手指拎着珠子，煞有介事地划过一条线路，珠子跟着就飞到了这线路上的理想空洞里，其实多数情况下，这条线路上是有两个珠子连排在一块儿的，或有两个相连的空洞，根本跳不过去，他的手在划动过程中，悄悄拨移珠子。刚开始我和唐小妍都是只顾跑自己的，没想着他会作假，一点不注意，结果老是他赢。后来唐小妍发现了他的碍眼法，要他把珠子退回去，吴江耍赖，两人拉拉扯扯，大呼小叫，情如两个青梅竹马的小伙伴，我则如在一旁看热闹的上屋叔叔。

我不得不佩服，这家伙确实很懂得如何跟女孩子玩，难怪他的女学生们老爱往他的宿舍钻，但他还算一个正人君子，没跟女学生闹出绯闻来。

不知不觉间，时间到了下午四点钟，我们该回去了。唐小妍坚持要送我们到公路边。路过集市时，吴江看到路边有个果摊，便走过去，买了五斤橙子，递给唐小妍，说：

“上午来的时候，忘了给你买礼物，就送你几斤橙子吧。”

唐小妍直摆手说不要，但吴江硬把袋子挂在了她的手指上。吴江的话也让我有点不好意思，按说今天我是主角（后来被喧宾夺主），礼物应该是由我来送的，结果他来出这个头了。同时我也奇怪，他从哪里学来讨女孩喜欢的这一套，省民院教这些课程？在高中时代，他跟我一样，也不怎么跟女同学来往，虽然给一个女孩子写过情书，但其实之前他跟这个女孩总共没说上十句话，而且求爱信石沉大海后，两人更不说话了。大学四年他像变了个人，大学这么能改变一个人？可我觉得自己没多大改变呀。

我们骑上自行车要上路时，吴江又回头朝唐小妍招手，说：“有空一定去县城找我和秦河玩，我那里也有跳棋。”我也跟着向她招手。

“好的，下次不能耍赖了。”唐小妍笑得眼睛都眯起来了，她目光只集中在吴江身上，我仿佛成了空气。我不由得感到有些失落，有些后悔把吴江叫来。

14　闲逛记：南坪

徐娜的肯县之行怎么样？对她和高屹的爱情是加分还是减分？这是我很多天来一直在想的问题。我想得去南坪看看高屹。

通往南坪的公路，过了双江镇之后的四十公里路程，都是泥沙路，行驶的汽车卷起长长的沙尘，如龙卷风躺在地上打滚。如果两辆汽车挨着行驶，后面一辆车可就够受了。我乘坐的这辆客车就遭遇了几次这种情况，尤其是客车超车时，有一分钟左右紧挨着前车，尽管车窗关着，仍有漫天沙尘扑进车来，让人难以呼吸。客车冲出沙尘后，每个乘客都像被赠送了一件黄沙做的印度纱丽。

到达南坪时，我的满头黑发变黄了，一身深蓝色衣服也变成了橙黄色，高屹见了我，乐得直笑，说：“忘了告诉你，来南坪得戴上斗笠、披上蓑衣。”

我说：“这鸟地方，你还好意思带徐娜来玩。”

“你以为我想叫她来呀，她要来我能不让她来吗？要不她还以为我在这里又谈上一个了呢。”

“你要在这里谈上一个女孩，那你就是神仙了，山上的仙女肯定不少。”我眺望远山说。

南坪四周大山环绕，层峦叠翠，山顶和山腰不时飘过朵朵白云，白云里似有几个仙女在飘荡。小镇的旁边就是洼澄湖，湖面烟波浩渺，看上去如大海一般。不远处的湖面上竹排点点，宛若神仙在玩水。

我去湖边洗尘，湖水清澈，能看到水底的小鱼小虾在玩水草。我掬起一捧湖水，喝进嘴里，清冽沁脾，我连说几声“爽”。

高屹望着湖的远处：“省城郊区有一个比这还大的湖，叫大平湖，大二时，班上组织去大平湖玩，看到山环水绕的景致，觉得好有诗意，特别向往，想如果以后能在这里生活，简直酷毙了。现在回想起来，真是小屁孩一个，屁事不懂。”

几条美丽妖娆的美人鱼游到我眼皮底下，摇头摆尾朝我笑，我也对它们笑了笑。我说：“其实，要是淡泊名利、宁静致远，在这里生活还是不错的。”

“说便宜话谁不会呀，要不我俩换换，我就不信我教不下你在党校的写作课。你懂什么鸟写作，高中时作文还没我写得好呢，你也敢填 H 大学中文系，这可是 H 大学最有名的系，在全国都是有名的。”高屹朝湖中扔了一块石头，在我眼皮底下游玩的美人鱼瞬间消失了。

“我也是乱填的，本来想填历史系，可历史系在咱们省只招一个人，怕录取不上，看到中文系有三个名额，才填了中文系。”我不反感他嘲笑，神态淡然，“不过如果读的是历史系，兴许遇上了对分配负责任的老师，我就分到省城去了。如果像我一个同学那样，分在省师大，你以后去省师大找我，要叫我老师了。”我朝他坏笑。

“得了，现在你还抱这种幻想，再负责任，总有倒霉蛋，你也不能全怪你们丁老师不负责，你们那么多同学，不也有分得好的嘛，有的还分到北京中直机关。我不是你们 H 大学中文系毕业的，不也一样倒霉。”

“徐娜就不倒霉啊，她不是省城人，还分在了省城。”

“我倒希望她也倒霉，这样我们就惺惺相惜了。”

我问：“那天徐娜来玩，效果怎么样？”

高屹神色黯然：“看来凶多吉少。”

高屹说，那天徐娜到达南坪后，一身尘土，脸色灰暗，她说从省城来到肯县，差不多被颠簸了个半死，再到南坪，又吃一肚子的黄沙，差不多要死了。她浑身难受，偏偏镇上又断了电，一断电，水塔就抽不上水了，学校离洼澄湖还有两里地，去湖里挑水来回得花半个钟头，他挑水回来满头是汗，徐娜脸上露出的笑容却很勉强。

“你不要想多了，她其实心地很善良的，可能是因为路途艰辛，有点情绪化，并不说明什么问题。”

“但愿如此吧。”

我们在湖边玩到天黑才回学校。一片漆黑，看来又停电了。在这山沟里，没有电，和野人有什么区别？要命的是，高屹的宿舍里竟然没有一根蜡烛。我知道高屹口袋里那点微薄的工资，除了交食堂伙食费，什么也舍不得买的，他要尽量留着，去省城给徐娜花。刚才我们在街上吃米粉，还是我请的客。

我打转出去，买回了一包蜡烛。烛光微弱，照得我们两个影影绰绰，如鬼一般。宿舍里光线不足，也就少了聊天的雅兴，两人的谈话时断时续，高屹感受到气氛的冷清，说：“我们去找孙老师玩。”

孙老师名叫孙晓婷，是学校的语文老师，毕业于云州师专中文系。“她也爱好写作呢。”高屹介绍说。怎么这么多文艺女青年呀？我有点哭笑不得。“我又不爱好写作。”我说。

“你不爱好写作你读中文系干什么？”

“刚才不是说了嘛，本来想读的是历史系。”

到了孙老师的宿舍前，里面有烛光。敲门进屋。孙晓婷中等个子，不胖也不瘦，大包头，发梢在耳郭卷起来；鹅蛋脸，戴副黑框眼镜；衣着大方，给人一个知性女孩的形象。

高屹问：“怎么没回县城呀？”孙老师说：“本来想回的，犹豫一下，没回，结果停电，要知这样，回去好了。”

高屹介绍我，孙老师听了，有些吃惊，说：“你就是秦河？听说过你。”

“不会吧，我又不是县长，怎么连你也知道？”

“我们胡校长对我们说起过你。”

“你们胡校长说我什么？”我有些紧张。

“他对我们说，你们不要认为读了个省师大、云州师专，分配到这山沟里来很委屈，人家秦河，在上海那么大的地方，上了四年重点大学，还不是回县里来了。”

我再一次哭笑不得，我扭头问高屹：“你们胡校长竟然拿我当反面教材？”高屹撇撇嘴：“我不知道，可能他只对女教师说吧，他总喜欢对女教师说些危言耸听的话。”

“我又不是女的，他犯得着拿我来教育女老师吗？”我气愤，“你们胡校长在不在，我找他评理去。”

孙晓婷有点窘迫：“秦老师，胡校长是开玩笑的，你别计较。”

我笑说：“有什么好计较的。我要真去找他评理，那就是自取其辱了。”见孙老师书桌上摊着一沓稿纸，便低下头看，孙老师说：“秦老师，你是 H 大学中文系毕业的，写作一定很厉害，指点一下我这篇小说。”

怎么人人都以为我写作厉害呀？“指点不敢，我先拜读一下。”我拿起稿子看起来，写的是：

野猪寨有一男赵子，名老憨，三十多岁，人如其名，老实憨厚，其妻略有姿色，性格活泼。街上有一个浪荡子看上了他老婆，恩威并施，将他老婆降服，赵老憨忍气吞声，浪荡子越发得意，想什么时候去他家睡就什么时候去，赵老憨抱着老婆睡着了也得爬起来让位。

俗话说，兔子急了也咬人，赵老憨最终忍无可忍了。一天半夜，他趁浪荡子睡着了，拿出猎枪，“砰”一声闷响，把浪荡子胸口轰了一个大窟窿，鲜血四溅。之后赵老憨拉起他老婆出门了。

第二天早上，赵老憨的母亲见儿子卧室门大开，进屋，看到床上躺着个血肉模糊的人，以为儿子被浪荡子害死了，大哭，找来毛巾给儿子擦脸，赵老憨的一儿一女听到奶奶哭，也跟着进来哭，喊爸爸。

擦干净脸了，却发现不是儿子，是那个浪荡子，赵老憨的母亲顿时破涕为笑，说："你个短命鬼，跑到我儿子床上寻死，吓谁呢。"扔下这死人不管了，回到堂屋砍猪菜。赵老憨的一儿一女听到床上的死人不是爸爸，也兴高采烈地背起书包上学去了。

很快，有村民在村边发现了赵老憨的妻子，上身只穿件花短褂，下身光着，人已死了，她手里握着块小石头。

案件报告到县里，警方出警勘查，认定失踪的赵老憨有重大作案嫌疑，乡里组织民兵搜山，找了半天不见人。其实赵老憨就藏在他屋子对面的悬崖壁上。第二天，民兵再次进村继续搜山，村民说赵老憨已死了。警察问怎么死的？村民说，今早上，赵老憨爬上崖壁，隔着崖问母亲，他老婆死了没有？他母亲说死了；他又问：儿子女儿呢？母亲说，好好的呢。赵老憨说，带他们出来我看看。但他母亲还没牵孩子出屋，"砰"一声响，赵老憨扳动猎枪自杀了。

警察赶去山崖验尸，只见赵老憨端端正正、头上脚下顺坡而躺，胸口和胃部间瘀了一团黑痧，皮肤完好无缺，弹口呢？弹口在哪里？为什么他一枪把那个浪荡子打得血肉模糊，可打自己却没有弹口，也没有流血？警察纳闷儿不已。

"精彩！"我读得拍案惊奇，"真是一篇精彩的后现代派小说啊。"

孙晓婷腼腆地笑："谢谢秦老师夸奖，我写得真有这么好？"

我说："给《收获》，给《上海文学》！他们一定采用。"

"秦老师，你在上海读了四年书，一定认识它们的编辑，你帮我推荐给编辑好不好？"

完了。我从心底感受到我白在上海、白在 H 大学中文系读了四年书，因为我竟不认识《收获》《上海文学》哪一个编辑。这两家刊物不但是上海名刊，也是全国名刊啊，任何一个爱好文学、搞文学创作的人都绕不过去的刊物。

我一脸愧疚，在孙老师失望的目光中与她告别。回到高屹的宿舍，我对他说："你不如跟孙老师谈恋爱算了，她不错的，要才有才，要貌有貌。"

高屹说："别扯淡，人家有男朋友了，县城的。"又叹气"乡镇中学男老师，想都别想找本校女老师，压根儿没戏。"

"那你们学校男老师去哪里找女朋友？"

"去哪儿找，村里小学的代课老师，镇上整天晃荡的无业女青年。"

（一年后，孙晓婷通过男朋友跑关系，调去了县城城关中学。）

15　高屹的信

娜娜，我最亲爱的人！

你平安到家了吧？旅途一切顺利吧？你才离开，我的心就牵挂上了你，仿佛有一条线，一端系在我的心头，一端系在你的身上，你走得越远，我的心也被你牵得越远。肯县到省城的路实在难走，真的很不放心你路上的安全，本打算直接送你到省城的，没想到你大为光火，只好作罢。

肯县之行，你一定很失望吧，尽管你没有说，但我看得出。一个人的心情是无法完全掩盖的，它总会通过眼神、说话的语气、肢体动作表露出来。

我看到了你忧郁的眼神。在往日，你美丽的双眼是明亮的、清澈的、快乐的，能反射出灿烂的阳光，可是在肯县、在南坪，我却看到它们蒙上了一层纱，明媚的阳光照不进去，你的神采放射不出来。尽管你几次说，南坪很美丽，依山傍水，空气清新，可是从你的语气我听得出，你言不由衷，就像一个去别人家做客的客人，尽管这户人家房屋破旧，你也会夸他的房子好一样。你虽然想装得快乐点，但缺少精气神，因为你对看到的一切太失望。

是啊，你不会不失望。肯县距离省城太远，南坪更远。省城是什么地方？是全省政治、经济、文化、娱乐中心，是引领风气之地，是时尚之都，而南坪，感受不到经济的发展，感受不到社会变化的趋势，感受不到现代生活的丰富多彩；所能感受到的，是千年不变、因因相袭的古风民俗，是万年不转的山山水水。你、我仿佛成了两个世界的人。

是啊，你不会不失望。南坪中学不是一所好学校，不要说在全省，就是在肯县，它也称不上一所好学校。一排排低矮的瓦房，一个个缺玻璃少棂条的窗户，泥泞坑洼的道路，杂草丛生的操场，就像一座废弃的劳改农场。

除了我，这里再没有本科毕业生，全都是云州师专、肯县师范毕业，还有民办教师转正的，他们养鸡比教学生内行，种菜比写字麻利，打牌比上课更有兴趣。待在这样的学校能有出息吗？绝对是一点前途也没有。你劝我教好自己的课得了，可我一个人教好书又有多大意义？

对不起，娜娜，让你失望了。可是有什么办法呢？这不是我的选择，谁也没有征求过我的意见，就把我分配到了这里。我跟教育局的人争执过，他们道貌岸然地劝导我、鼓励我，要我扎根山区，为推动山区教育事业做贡献，他娘的，他们自己怎么不到山区中学来？虽然山区中学需要人才，需要老师，我也敬佩自愿来这里当教师的人；但是总得尊重个人意愿吧，总得允许缺少崇高理想的人存在吧。我是一个平凡普通的人，我不想为谁做贡献，我只想永远和你在一起。

亲爱的娜娜，我是多么地想和你在一起。跟你在一起的日子，总是快乐的、甜蜜的、美好的。你还记得那个喧闹的球类馆吗？我们就是在那里相识的。说起来有点奇怪，我一贯来并不是很喜欢体育，可是大三下学期，我却莫名其妙地喜欢上了打羽毛球，也许冥冥之中有一条红线，注定要把我们牵在一起，你一直喜欢运动，而我没有这个爱好，老天爷就叫我爱上体育，驱使我走向体育馆，从而认识你。

你还记得过那条沿着善水湖延伸的小道吗？每当下午打完球，我用自行车带着你，一路优哉游哉地骑着，你坐在后架上，仿佛不是坐在单车上，而是坐在我腿上，毫不理会单车在走，时不时踢踢脚，有时候我不防，把不好车头，晃了晃，你从不想到是自己造成的，却嗔怪我不好好骑车，开什么小差哪。记得有一次你踢脚时，正巧与另一辆相向的自行车交会，你差点踢到人家的车了，惊得对方紧急拐到一边，冲进了草丛里，都走老远了，还听得到那人在骂。

你还记得湖心岛的那片小树林吗？我就是在那里向你表白的。那是一片多么美妙的小树林！那是我们的爱情小树林！只遗憾树叶不够密实，要不当时我一定抱住你狂吻一顿。自那以后，每次我从球馆送你回去，都要在小树林坐上一会儿，它成了我们的爱情圣地。

你还记得学校里的四个食堂吗？我们就像两个流浪汉一般，今天在这家食堂吃一餐，明天去那家食堂尝一顿，吃饭也变成了我们谈情说爱的一部分。舍近取远去那些很远的食堂吃饭，我宿舍的同学们都觉得我傻得可以，可是创造了更多我们在一起的时间，这其中的奥秘他们是不懂的。当然，我没把我们的事告诉他们，这是我们两个人的空间，我可不想有旁观者、偷窥者、评头论足者。

还有电影院、图书馆、自修室、小餐馆、地下室舞厅，无不闪动着我们俩亲昵的身影……

那些日子，我的心里被幸福填塞得满满的，我感觉我是天底下最幸福的人，因为我拥有一个天底下最美丽、最爱我、我也最爱她的女孩。我多么希望不要毕业，永远在读书，永远留在校园，永远伴随你，这样的日子永远延续下去。

好日子似乎总不会长久，这美好的一切，转眼就变烟云。毕业分配让我们天各一方，变成织女与牛郎，相会一次都难。我的心每天都在煎熬。

离开了你，我说不出的孤单、迷茫，就像身体没有了灵魂，脑中空空，每当深夜，万籁俱寂，我都情不自禁回想大学岁月，我们在一起的时光，而且这个时候，记忆非常的清晰，往事就好像才发生在昨天，就好像我们才刚刚结束约会，就好像正在眼前发生，我是一个旁观者，看着我们俩缠绵缱绻……

无以遣怀，给你打电话，给你写信，成了我唯一的寄托，成了我在这里唯一想做的事。让人恼火的是，给你打电话，还得去乡里的邮政所；打电话的时候，旁边还有人，想跟你说些亲热、肉麻的话都不能。有时候，电话竟然还断线，为此我对话务员发了几次火。

这样的日子什么时候才是头！

多少次，我坐在洼澄湖边，久久地思考，我该怎么办？我们该怎么办？我很担心，这样长久下去，终有一天我会失去你。这会要了我的命。真的，娜娜，你比我的生命还重要，我不能没有你。

迷茫无措的时候，我也曾天真地想，南坪这里虽是山区、穷乡僻壤，但青山绿水，空气清新，民风淳朴，如果我们与世无争，清心寡欲，不求灯红酒绿，只愿相伴到老，一起在这里生活，那该多像一对神仙眷侣啊。

我知道，这是痴人说梦，是不可能成为现实的。你会来吗？你放得下舒服、方便、繁华热闹、发展前景更大的大城市生活吗？任何一个女孩都舍不下。也许你会反问，那你会在那里待得下去吗？我现在是不喜欢这里，但如果你能来，那这里就是我的福地，我会强烈地爱上这里，愿意在这里住一辈子。算了，不胡言乱语了。

渴望着很快又能见到你。当然不会是你再来肯县，说什么我也不能让你再来了。

永远爱你。

16　是爱还是不爱

秦河：

你好！你的回信实在令我费解。收到信几天了，我都在想它，却想不出个所以然来。昨天尹小静邀我去云州玩，我想，出去散散心也好，就跟她一起去了，可是一整天都情绪低落，闷闷不乐，尹小静买了好几件衣服，可我一件都没选，件件衣服在我眼里都是灰不溜秋的。小静问我是不是有什么心事，我也不敢跟她说，因为你这封信太令人费解了，我不知道该怎么说我和你的事。你的信字里行间，透露出太多矛盾、语义含糊的东西，你像是在装蒜，又像是在解释；像是在挖苦，又像是在劝慰我；像是讨厌我，又像是爱慕我；你似孤傲、清高，却又苦恼、自卑……

你说我的信叫你大为吃惊，“在这之前绝对想不到会有一个女孩子喜欢我”。这也难怪，因为我写信之前未曾向你口头表白过。可能我太幼稚了，第一次喜欢上一个男人，怎么也不敢开口。虽然这两个多月来我只是在单相思，却自以为在谈恋爱，独自品尝着恋爱的酸甜苦辣，喜怒无常，胡乱指责别人，做了许多伤你自尊的事……难怪你很多时候讨厌我，这我都理解，我还怕你笑我自作多情呢，连我自己都常常嘲笑自己。

你说我“未能全部了解你”，我也承认，因为我们并没有你单独交流过，我怎么了解你呢？你在大家面前表现出来的，更多的是风趣、乐观、调皮，虽然有时显得有些忧郁，但谁没有个不高兴的时候呢？我也就按照自己的印象和想法去解读你了，认为你有才华、乐观、积极向上，从而喜欢上你。这虽不能说是全部的你，也是你的大部分吧。你说我被表面现象蒙住，这未免小看我了吧。我再幼稚，再无知，也不至于分不清真与假，伪与善吧。你全盘否定自己也等于挖苦我有眼无珠。

你说你“谁也不会去喜欢的”，这就不必了，不喜欢我可以说，其他人也不喜欢，你就变得孤独了，尤其是郑小兰、顾小晴、夏小秋、周华他们，有许多事是我叫他们去做的，他们是帮我做好事，谁知你不领情，现在你连他们也不喜欢了，这不好，我劝你要讨厌就讨厌我一个人罢。

气人的是，你竟说我是个“热心肠的女孩”，我只是热心肠吗？人家的真心竟被当成热心，以后我也变得冷漠、自私点，被人“表扬”真不是个滋味。

你说你“以后会堕落”，这我相信，因为你事事不如意嘛。你说“我是不值得哪位姑娘去爱的”，这话就太绝对了。你值不值得哪个女孩去爱，并不是你自己可以认定的，何况现在就有一个女孩在爱你，这个人就是我。要知道，爱别人和被别人爱都是幸福的。你能说你就不幸福吗？

总之，你的人我未全了解，你的心我捉摸不透，你的信我也难以全部读懂。只好凭空去猜了，不知说得对不对。

以前，我做了不少让你不高兴的事，请你原谅就是了，要不然我会十分不安的。我们才刚刚开始，有误会是难免的，过去的就让它过去好了。

写着写着，我又恢复原状了，这就是我的性格，活泼、开朗，凡事往好的方面想。

又：我长得不漂亮，我不会打扮；我喜欢文学，却不懂欣赏文学，更不会写作……也许不是你所想象中的人，望三思而行。要是你认为我们无缘，就大胆地说出来，我会毫无责怪地收回我说过的话的。

星期天我去看你，在家等着我。

秦河：

我不是写信告诉过你，星期天我去看你吗，为什么又不在家？害得我前天一天白跑了两趟。早上，我八点钟就赶去你那里，不见你人，我想你白天可能是有事出去了，晚上总会回来吧，晚上八点钟，我再次去你那里，想请你一块儿去看电影，又一次扑空。一天里叫我吃两次“闭门羹”，你于心何忍呀。

秦河，这一个星期你是怎么过来的呢？是到处乱跑，整天磨嘴皮子、吃喝玩乐，还是把自己关在屋子里苦思冥想构思创作？我呢，天天待在春岭痴痴地等你来看我，哪里也不想去，没去看电影，也没心思去同学、朋友那儿玩，连学法语都没心思了。可是一直都没等到你出现，也没有给我电话，给我回信，我都快要绝望了。

唉，我说过，我也许不是你所希望的意中人，所以叫你“三思”，可你都思了这么久了，还没见你“而行”，何故？

我记得9月初你说过，我们是“有缘千里来相会”，我真的认为我们是有缘的，我还高兴了一阵子，认为你真勇敢，把“爱之箭”射向了我，可你却没把我“擒获”，让我独自在失望、伤心、叹息。我想可能是我没有把我高兴地接受了“爱之箭”告诉你，后来我告诉了你，你却劝我莫看错了人，被表面现象蒙住，免得以后上当受骗。我又认为你是豁达、自嘲，谁料你知道我是个“好姑娘”后，又表现得那么自卑：“我是不值得哪位姑娘去爱的。”我快被你弄糊涂了。

唉，真没办法。我这个人沉不住气，又不想折磨自己，相信我们有缘，加上被你的“表面现象蒙住”，就喜欢上了你，想把心中这份纯纯的爱给你这个“不值得哪位姑娘去爱的”人，也请你不要那么“豁达”了，也把你心中那份纯纯的爱给我。相信你那颗冷漠的心若加点温，会喜欢上我这个“好姑娘”的。

昨天下午，阿义和小静来我这里玩，阿义问我有了男朋友没有，我说没有，他调皮地说：“你以为我不知道呀，我看见过你们在一块儿，他也是在肯县高中读过书的，比我高一届。”我心想，秦河根本就是双江高中毕业的，但我不解释，傻乎乎地笑。

后来阿义提议说，冬天就要到了，最好帮他织件毛衣，以实际行动表示你喜欢他。我想了想，认为有道理。晚上，我又梦见你了，梦里你穿着一件我织的深灰色的毛衣。

可是，我不知道应不应该织，毕竟我们两个关系还未确定，我怎好去做这样一个“热心肠的女孩”，你说呢？

这个星期天我休息，打算回县城，晚上七点半去你那儿，若你没有事，可以等我，若有事，就算了。现在吃“闭门羹”，我不再伤心失望了。我知道你想要了解我，所以弄出一些波折来，看我怎么表现。等你了解了我，觉得我值得你喜欢，你就会仍像当初那个秦河了。不过，我不知道你要了解我一些什么。

好！请快点想好，早点回答我。没好久就要见面了，见面时不要再别扭、有距离了。

第
5
章

唐小妍来县城

闲逛记：好友失恋

一掷千金的高屹

失望之行

17　唐小妍来县城

去三潭镇看望唐小妍回来几天后，我就被抽去长坝乡搞计划生育工作突击，吃住在乡村，待了整整一个月才回县里。一天中午，我骑着自行车在县城闲逛，快到十字街时，远远地看到街对面有个女孩子挺眼熟，那不是唐小妍吗？女孩子也朝我这个方向看了一眼，但她没跟我打招呼，急匆匆往前走了。

我感到纳闷儿，她到底是不是唐小妍？若不是，这么一个小小县城，竟还有一个跟她如此像的女孩？她好像没有双胞胎姐妹呀。若是唐小妍，她看到了我，怎么不理我？我认不出她，她也认不出我了吗？

我决定跟踪她，看看她去哪里。

女孩转眼间进了县政府招待所。我走到大厅前台，问服务员："请问，有一个三潭镇镇政府的干部，叫唐小妍的，住在这里吗？"

服务员问："来这里做什么的？"

"她是团委的，来这里开会。"

"这里没有团委的会。"

我看了看大厅，发现立着一块农委的关于冬季农业综合开发工作会议的告示牌，想乡镇干部都是万金油，也许她是来开农委这个会议的，于是说："她是来开农委的会议的。"

服务员低头看了看登记册，说农委的才来了一个。我拿过登记册，看那人名单，是个男的。难道刚才的女孩真不是她?

我又有些不甘心，想如果是她来了县城，而没有好好会会她，多可惜。你去她那里，人家热情招待你，现在人家来了县城，你却装看不见（刚才的偶遇，我没跟她打招呼，极有可能让她产生这种看法），多不好。

想了想，我决定去邮局打个电话到三潭镇问问。如果接电话的人答说她去县城开会了，那这个女孩就是她。

到了邮局，填好了电话单，突然想到，如果她真在镇里，并且接了电话，我又该怎么说？说刚才遇到一个跟她很像的女孩？这点小事就打电话告诉她，太猥琐了吧。我产生做贼心虚的感觉，仿佛一打这个电话，就让她看穿了我的心思，爱慕她的心思。

我爱慕她，却又不想让她知道，现在想来，这是一种多么可笑的心态。我承认，我从未谈过恋爱，还不怎么懂得，爱一个人就应该明确地让她感受到，让她知道，我简直就像一个羞涩的高中生。

但这么说好像也不全对。因为，我曾经爱慕那个省城来的女孩蔡晓涵，我不是向她表白过吗？现在爱慕唐小妍，为什么又不敢向她表白呢？我也说不清为什么。也许，爱慕蔡晓涵的时候，我把她当成了精神寄托，所以敢于向她表白；而爱慕唐小妍，只是纯粹的爱慕，所以这种情愫就变得内敛。

我放弃了打电话。

我转而回党校去。走到县委门口，竟遇到了小高，自那次调查活动结束后，再没遇见过她。她热情地跟我聊起来，聊她前不久去了一趟省城，找小蔡玩了："她说你也找过她呢。"

我又产生了做贼心虚的感觉。我问："她跟你说了些什么?"

"她说你是第一次来省城，她当向导，带你逛了好多个地方。"

我放心了："小蔡是个很热情的人。"

"是的。"小高应了一句，继续说在省城与小蔡一块儿玩的事，夸她没有省城女孩的傲慢，我听得心不在焉。小高像突然想起什么似的，又说："前一阵陈小芳也来找过我。"

我再一次产生做贼心虚的感觉，心脏快受不了了："是吗，我没遇到她。"

小高作神秘状，悄声说："她好像喜欢上你了。"

"别瞎扯。"

"嘿嘿，你这人不老实。"

"她怎么想我不知道，反正我对她没感觉，甚至讨厌她，我怎么会跟她那个什么呢？"

这时，我看到街对面走过一群女孩，四个人，其中有那个很像唐小妍的女孩，这回我看仔细了，没错，是唐小妍。我朝她喊了一声，可声音堵在喉咙里出不来。我想，跟一个女孩说着话，又跟另一个女孩打招呼，不太礼貌，所以喊声还在喉咙口，我就把它摁住了。四个女孩一路叽叽喳喳走远了，估计唐小妍没看到我。

"陈小芳这人……有点特别，浑身革命浪漫主义。"小高说。

"得，我走了。"我无心跟她瞎聊，匆匆走了。我想赶上唐小妍，她们进了市场综合楼。我估计她们是去买衣服，便上了二楼服装商场。转了大半圈，果然看见了她们，正边走边看衣服。可是做贼心虚的感觉又涌上来，使我不敢靠近，我只好站在一间门店前装模作样地看衣服，希望她向这边逛过来时发现我，先跟我打招呼。然而，她们朝另一个方向走了。我再跑去与她们迎面的方向。

再看见她时，她身边只剩一个女孩了。我不紧张了，朝她喊了一声，她没有听见，我加大音量再喊一次，这次她听到了，惊讶而又笑意盈盈地走过来。

"来县里开会？"我问。

"是啊。"

"开什么会啊？"

"土地局搞基本农田普查，镇里抽我来开会。"

"刚才我去招待所找过你，可是没见开这个会的板报，问服务员，她说只有农业综合开发会议。"

"我们的会已经开了两天，板报应该是被农业综合开发会议的板报盖住了。"

"来了这么久，也不打个电话给我呀。"

“哎呀，整天都是在开会，下班时间也联系不上你了。”

“刚才我在十字街看到一个女孩，好像你，是不是你?”

“是啊。”

“才过了一个月，就差点认不出你了，真是女大十八变。”我说。

“还说呢，刚才我也看到你了，也差点认不出你了。你好像晒黑了很多，也瘦了。去哪里了?”

“这一个月都住在村里搞计生工作突击，风吹日晒的。”

“呵呵，难为你这个高才生了。”

“高才生又怎样，到了县里，什么活都得干，今天抽去这儿，明天抽去那儿。害得我一直没有时间去三潭看你。”

“是啊，一个月都不见你再来三潭玩。”

“你来县城了，我得好好招待你。晚上有什么安排?”

唐小妍想了一下，说会议没有安排。我便提议去看电影，唐小妍答应了，又说：“要不要叫吴江一块儿出来?”

我想到上次吴江对她的那个热乎劲儿，有点吃醋，不愿邀请他，但也不好拒绝唐小妍的提议，便说：“行，等一下我去告诉他。”

但我没去师范。傍晚，我和唐小妍会面时，告诉她，吴江没在学校，他同事说他有事回老家去了。唐小妍平淡地“哦”了一声。

电影院放映的电影是《海市蜃楼》，很奇幻，很壮观，是一部很好看的电影，我为让唐小妍看到了一部精彩的电影而快乐。

电影散场时才九点钟，我不想这么快就和唐小妍道别，继续和她沿着街慢慢走。路过文化馆旱冰溜冰场，看到里面很热闹，便提议进去溜冰。站在围栏边看了一会儿，唐小妍却说不想溜了。我们继续散步。我感觉唐小妍似乎不够活跃，想，少了吴江，还真是缺点气氛。要不明天还是叫上他吧。我还有个担心，要是吴江也知道唐小妍来了，说不定前两天他们已见过面了，我却说他回了老家，岂不是太不厚道，让她看扁我。

“明天晚上我们去找吴江玩怎么样?”

“好啊。”唐小妍眉毛一扬，像是小小惊喜了一下。

“那我明天跟他联系，叫他买好菜，我们去吃晚饭。”

“行啊。”

不知不觉间，已到了政府招待所门口，唐小妍邀请我去她房间坐坐。我仍不想就此跟她道别，于是跟了进去。

唐小妍住的是双人间，另一个房客也是同来开会的，出去玩了。坐下来后，唐小妍从一个塑料袋里拿出一个苹果削起来，她低眉垂睑的模样，道不尽的温柔与恬静，我看得呆了。我的心怦怦剧烈跳起来。

她削好了苹果，递给我，我推辞：“你吃吧。”

“老同学，别客气。我再削一个。”

我接过苹果，小心翼翼地吃，仿佛她给我的是一个珍贵的礼物，我舍不得让它变成食物，吞进肚子里。

不久，她的房友回来了，我于是告辞。

回到宿舍，我的心情仍久久不能平静，细细地回味她的一举一动，一颦一笑。我想我真是喜欢上她了。要不要向她表白呢？想了半夜，我仍下不了决心。

我发现，我爱慕唐小妍，却在为向不向她表白而犹豫，心里纠结，是另有原因的，就是并不是十分想跟她谈恋爱。

要是跟她恋爱了，结婚了，我就要在这个小县城生活一辈子了。猜想这样的将来，让我惶惑。我真的要在这里生活一辈子吗？虽然肯县就是我的家乡，虽然已经在这个小县城工作、生活了，可是我总觉得我只是一个过客，未把这里当成自己要工作、生活一辈子的地方。而且，要是跟她恋爱了、结婚了，她在乡镇，我得三天两头往乡镇跑，本来被弄到这个小县城来，心里就老大不开心，往后又要经常跑去乡镇，我太不甘心了。

可是不在这里工作、生活一辈子我又能去哪儿呢？又去得了哪里呢？这样的想法也不时冒出来，我心里像有两个人在打架，搞得我无所适从，内心极不沉静。

第二天上午，我打电话给吴江，告诉他唐小妍来县城了，我和她打算晚上去他那里吃饭。这小子竟然说没有空。我把这消息告诉唐小妍，她说：“那就算了，明天上午我们就散会了，今天晚上聚餐，很丰盛的，我也舍不得呢。”

“晚上我再来找你玩。”

“不用了，晚饭我们可能要吃到很晚。秦河，以后有空再去三潭镇玩。”

我感到失落，一种说不清道不明的失落。我恨自己内心的纠结，恨自己的不干脆，我想，我何去何从，我和唐小妍会是什么样的结果，还是让时间来做决定吧。

18 闲逛记：好友失恋

“秦河，过来玩。”一天上午，在五福镇工作的罗海打电话给我。罗海也是我高中时代的铁哥们儿，大三那年暑假，我几乎都是住在他那里玩。毕业分回县里后，倒是一次也没去找过他，想想挺过意不去的。

“好嘞。”我飞奔出校，在公路边上了一辆班车，奔五福镇而去。

罗海当年读的是中专，早我两年毕业，在五福镇农业推广站上班，此时已是深秋，推广站也没有什么事做，我找到他房里时，他正斜躺在床上看天花板，嘴里哼着刘德波演唱的《爱的温柔》：

走过爱过却不曾停留
当生命朝气蓬勃的时候
为了生计四处奔走
忙碌的不知道冬夏和春秋

我也曾想放弃
让疲惫的身躯不再奔走
可世上哪有不需酿造的美酒
不经风雨哪有爱的停留……

我趁他歇口气的时候，说：“大白天，这么无聊的。”

“好烦。”

“烦什么呀？”我轻轻踢了一下他吊在床外的脚。

罗海一个翻滚站起来，拉上我往外走：“跟我去上田村找个人，怎么样？”我反正也没事，答应了他。

罗海推了单车，载上我，沿着一条机耕路疾走。机耕路被拖拉机轮子轧出两道深深的轨迹，本是平坦的路中间倒成了山梁似的，高高凸起，所以很不好走，自行车一会儿在沟里冲撞，一会儿又在山梁上突围，我被颠簸得恨不能把屁股挪离坐架十厘米。罗海一路哼着《爱的温柔》，似乎一点也不感到颠簸。

一口气冲刺了五六公里，到了一个村口，罗海停了下来，站在一排菜园篱笆后，朝村巷子探头探脑。我说：“你不是说找人吗？直接进去找就是了，怎么搞得偷偷摸摸的，像是要去偷人一样。”

罗海这才告诉我，他要找的人是他女朋友小萍，昨天两人吵架了，她回了村，他想和好，所以想找她谈谈。这小子，谈上恋爱了，我来了兴趣，问他女朋友情况。他说，女朋友在镇上供销社商店工作，他们是半年前谈上恋爱的。女朋友对他很好，很温柔，很痴情。

“那你们还有什么架好吵的？”我说。

罗海说，主要是她父母不同意他们谈恋爱。原因是，她父母找人算了他们的八字，严重不合。她很孝顺父母，父母叫她离开他，所以她提出分手，两人才吵架的。

都什么年代了，这也是吵架的理由吗？

罗海踌躇了一下，说：“要不，你帮我进村去看看。”

我看了看村巷深处，感觉有些心虚，仿佛那里藏着什么诡异的怪物，我说：“我又不认得你女朋友，也不认得她的家，怎么去看？你自己去吧。”

罗海说：“我去给她父母看到了不好，还是你去好点，不需要进她家，你就从门口一晃而过，他们不认识你，不会怀疑什么的。从这条巷子进去，大门口的墙刷得很白的那家就是。”

我领命而去。刚进巷子里，迎面遇上一个老头，他满眼狐疑地看着我。我故作轻松地打了一个长长的呵欠，继续往里走。不一会儿，果然看到了一座白墙房子，房前停着一辆女式自行车。我想我不用再往前打探了，他女朋友肯定还在家。

返回来，把我的发现告诉了罗海，他也很兴奋，说：“肯定在家！”我说：“现在可以肯定她在家了，你可以去她家找她了吧？”

罗海说：“不用去了，我们在村口等着她出来就行。去人家里，要是吵起来不好，这是人家的地盘。”

我们退到村外的一个土包上，这里北风极为迅猛，刮得我头发都竖起来。我顾不得邋遢，像个流浪汉一样，钻进齐人高的荒草中躺下，但罗海任凭风吹，直挺挺地站在坡顶，眺望村口，一动不动，如一尊望妻石。

我说：“你那么高高地站着，人家在村口就看到了，躲避你了。”

罗海觉得有道理，于是坐了下来，嘴里又哼起那首他百唱不厌的《爱的温柔》，唱得如哭一般。我懒得理他，在荒草中钻来钻去，探究一道道纵横交错的鼠路。条条鼠路都极其光滑坚硬，如水泥路一般，估计老鼠行走过上万次，我想，这老鼠应该是有极强的路意识的，绝不乱走，所以才会形成这一条条明显的行迹，而且路的两边，并没有半点鼠爪印，而人类的大路，哪条大路的两旁不是布满乱脚印的？

不一会儿，村口出现了两个小黑点，飞快地朝我们移动。罗海兴奋起来，跑到土包的背面，做出随时出击的架势。两个小黑点越来越近了，变成了两个骑自行车的大姑娘。待她们到了土坡旁，罗海闪电般地冲了出去。一个姑娘吓得“啊”了一声，从车上跌下来。我不好跟过去，只远远地看着。

罗海帮姑娘扶起自行车，姑娘则自己爬起来，另一个姑娘也下了车，三个人先是并排走，后来罗海把手搭在了曾跌倒的女孩肩上，接着两人站住了，抱在了一起，另一个女孩则走到前面去了。

两人正抱得欢，村口出现了一个老太婆，颤抖着双脚，朝他们奔来，一边走一边挥舞着手，嘴里嚷着什么。两人分开了，姑娘骑上自行车飞快地往前赶。罗海则停下来，等老太婆到了近前，两人争吵起来，但说了些什么我听不清。

两人吵了一会儿，老太婆骂骂咧咧着回去了，罗海也向我走来。

我问：“有希望吗？”

罗海摇摇头：“完了。”

“她怎么说？”

“反正就是说不可能了。”

“那你们怎么还抱在一起呢?”

“她只是想安慰我。”

回到五福镇上，在街上吃过米粉后，我想回县城，罗海说：“陪我玩儿几天好吗？没人跟我玩，心里难受，你陪陪我，我会很快忘掉那些痛苦的事。”

我只得留了下来。不过，回县城我也一样没事做，陪陪罗海，帮他从痛苦中解脱出来，也算做了件功德事。回推广站途中，路过小萍上班的供销社，罗海说：“我有些东西放在她那里，刚才在路上她叫我把东西拿回去，你陪我去一趟。”于是我们进了供销社大楼。

到了三楼小萍的宿舍门口，只见门掩着，罗海小声对我说：“你帮我进去看看她在哭没有。”我说：“我一个陌生人闯进去不太好吧。”罗海从窗户往里窥视，也不知他看到了什么，接着他推门进去了，我则站在门外。

这时，和小萍一块儿回来的那个女孩（小敏）上来了，看到我，感到奇怪，说：“罗海在里面?”我点头，她说：“一块儿进去嘛，有什么呀。”我便跟随进去。

屋里，小萍正坐着悠闲地嗑瓜子，罗海则站着，傻乎乎的，东瞅西望。好平和的气氛。罗海介绍了我，小萍朝我说了声“你好”。小敏见气氛有些尴尬，便拿起一根甘蔗削，削好了砍成几节，每人发一节。大家边吃边夸奖甘蔗甜，气氛总算缓和些了。

“你们两个坐一会儿，我跟小萍去外面说几句话。”吃完甘蔗，罗海拉上小萍就往外走。

我想趁这个机会打探一下罗海和小萍的事，我问小敏：“小萍要和罗海分手，是因为他俩八字不合?”

“你信八字吗?”小敏反问我。

“这都什么年代了，还信这些。外国人不讲八字，他们就不结婚了?”

“是啊，一般人都不信，小萍家里人却信。他们家以前可是大户人家，三代地主，特信这些。”

正聊着，罗海和小萍进来了，两人脸上均是笑意盈盈的。我问：“你们和好了?”

“和好了个鬼！”罗海说，脸上仍带着笑，似乎这笑到了他脸上，不管他心情如何，死活不肯褪去。罗海又嬉皮笑脸地看小萍：“唉，痛苦。小萍，你痛苦不?”

“有什么好痛苦的。”小萍也是带着笑意说。

“算了，不说了。”罗海动手收拾他的东西，除了几件衣服，竟还有几瓶盒装的白酒，几条“红塔山”香烟，我估计是他买来放这儿，想给小萍拿回去孝敬未来老丈人的。

回到了罗海的宿舍，他身体一歪，又躺床上了，嘴里哼起了《爱的温柔》，我猜今天这首歌他会哼一百遍。我耳朵受不了，便走到室外走廊上，东张西望。这里是二楼，我突然发现，在二三百米远的地方，正是供销社三楼小萍住的房间阳台。想必这一景致，曾经给他们带来多少甜蜜，每天早上一起床，迎着朝阳，远远地相望。也许他们就是由此而相识、相爱的也说不定。

“我们还去她那里玩，怎么样?”罗海哼了N遍歌后，说。

我吃惊：“还去呀，不要再纠缠人家了。”

“这有什么，爱情不在友情在嘛。她是个善解人意的女孩，不会生气的。她说等一下有几个女友要来找她玩，我们可以跟她们一起玩。”

我想也行，人多就不算纠缠了，何况在这里老听他唱《爱的温柔》，我都烦死了。我们又赶去小萍的住处，半路上，竟遇到了小萍，还有她的三个女友。罗海扔下我，骑车冲到她身边，跟她说了几句话，小萍竟跳上了他的自行车后架（这算什么），两人朝巷子另一头而去，我和三个女孩远远地跟在后面。

路过一家室内旱冰场，几个女孩喊道：“溜冰玩！”小萍跳下了自行车，罗海也只好回车。买票进去。溜冰场上热闹非凡，一个个小青年争相耍酷，玩燕子低飞，大部分女孩怯怯地贴着墙脚，晃晃悠悠地走。还有一帮小青年，故意捣蛋，在场上横冲直撞，看到哪个女孩不怎么会溜，便贴着她疾快地溜过，吓得女孩尖叫，有几个则被吓倒在地，小青年就得意地大笑。

小萍也不怎么会，溜起来趔趔趄趄，很快被几个坏小子瞄上了，“嗖——”这个从她左边冲过；“嗖——”那个再从她右边飞过，小萍吓得手忙脚乱地躲闪，跌倒了。罗海见了，顿时两眼暴突，冲上去揪住一个小青年，劈头盖脸地边打边骂：“你他妈的，叫你调皮!”另外一个小青年扑上来要打罗海，我用脚一铲，将他撂倒。

不想从后面冲来一小青年，一把将我推倒，罗海反身追这小子，人还没追到，也被撞倒了，我接着去追打撞倒罗海的小子，另两个小青年又向我发起攻击。场面乱成一团，管理员赶过来劝架，我和罗海骂骂咧咧出了场外。

溜冰玩不成了，此时已是傍晚，肚子也有点饿了，我们回小萍的住处。生火、洗菜、煮饭，大家分头忙起来。小萍从阳台的鸡笼里提了一只鸡出来，扯掉脖子处一团毛，拿起刀就抹脖子，鸡流了半碗血后，瘫软了，小萍将它扔在地上，不料它竟扑腾着翅膀又爬起来跑，众人吓了一跳，一阵忙乱后将它抓住，罗海再补了一刀，它才老实了。

我洗了一把青菜，没活干了，看到桌子上有台录音机，小红灯在闪，于是按下了键，谁知喇叭里传出的竟是《爱的温柔》，我如听到了鬼哭似的，慌忙将它关了。“开呀，我最喜欢这首歌。”罗海说。我恨不能找棉花把耳朵塞住。

饭菜做好了，可罗海和小萍不知什么时候不见了，一个女孩对他们抱怨不已：“卿卿我我也要分个时候嘛。”

过了好一阵，两人才回来，罗海提着一瓶硕大的葡萄酒。大家纷纷拿碗筷。罗海开葡萄酒，给每个人倒酒，小萍捂住碗，说不喝。“今天是个特别的日子，喝点吧，庆贺一下。”他说。

“不喝。”小萍仍坚持。

罗海脸色凝重地盯着她，两人僵持了一会儿，小萍松开了手。

菜并不丰盛，鸡肉火锅，配上香菇、圆子、冬笋，人人都吃得津津有味，不久锅就见底了，小萍找来一包粉丝放进锅。粉丝很长一根，用筷子挑起来，挑过了头顶，它两头还赖在锅里。即使挑出锅面了，可刚送到嘴边，又溜进了锅里。大家你看我，我看你，大笑不止。

“先用剪刀剪断，再放进锅里，就好夹了。”我提议说。

一个女孩觉得是个好主意，站起来要找剪刀，另一个女孩却阻止她，说："剪不得，一条完完整整的粉丝，为什么要把它剪成两段呢？" 这些文艺女青年，真拿她们没办法。说这么富有意境的话，叫罗海怎么想呢？

又放了很多粉丝进锅里，一时熟不了，大家放下碗。一个女孩子提议唱歌，众人怂恿罗海和小萍合唱一首男女对唱，罗海豪爽地答应了，站起来，但小萍却不动声色，罗海拉她，越拉越往下沉，我见态势不对，站起来说："罗海，我跟你合唱一首吧。"

罗海苦笑着答应了，我问唱什么歌，他说："来一首《爱的温柔》。" 我哭笑不得，看来我猜今天罗海要唱一百遍《爱的温柔》没错。

我唱得心不在焉，罗海却唱得声情并茂，只是嗓子有点嘶哑，还带点哭腔。可能我们唱得实在太菜，女孩们都分神了，眼睛四处看。

我们唱罢歌，女孩们又不愿唱了，继续吃饭、喝酒。一瓶葡萄酒有一半是罗海喝掉的。吃罢饭，闲坐了一会儿，女孩们又提议打牌。罗海叫我们四个人（我、三个女孩）打，他拉小萍进里间了，我听到里间先是传出轻轻的说话声，忽然没声音了，接着传出罗海哼《爱的温柔》，干巴巴的，如吊嗓子。一个女孩子也受不住了，嘀咕说：

"罗海怎么这么高兴呀，哼了一夜的歌。"

"不是高兴，是痛苦无以发泄。" 我说。

"有什么痛苦的？"

"他们俩今天分手了。" 我说，我发现小敏冲我瞪眼，我意识到自己失言。另两个女孩肯定还不知道此事，我不成了小广播了嘛。

"瞎扯，你看他们这么缠绵，分什么手？" 两女孩不信。我和小敏都不接腔，这话题便断了。

夜渐渐深了，一个个打起哈欠来，女孩们嚷着要回去，罗海、小萍从里间出来了，大家分头散去。

回到宿舍，罗海一头栽倒在床上，他呆呆地看着天花板，没有唱歌。我看到两行眼泪从他眼角直流而下。我一时不知怎么劝他才好。

"她说，从明天起，就不再和我在一起了。现在我脑海里全是她的影子，秦河你说，我怎样才能忘掉她？"

"也用不着忘掉她，就当她去了很远很远的地方吧，把思念变成怀念。"

“可是现实中我还会天天看到她呀。”

“那你调到别的乡镇去。”

“你以为调动工作那么容易吗？先要我们站长同意，还要接收单位同意，还要我们局长同意，最后还得人事局同意。”

“那我想不出办法了。”

“不说了，睡觉!”罗海拉过被子盖上，身体移到墙边，侧向墙。我以为他真要睡了，准备也上床，谁知他哼起了歌，还是那首《爱的温柔》。

19　一掷千金的高屹

“高老师，来了。”

“欸。”

高屹朝跟他打招呼的人讪笑一下。跟他打招呼的人是十五中的老师，他在十五中校门口不知站过多少回，学校的老师们都认得他了，他们对他都很友善、很热情。虽然徐娜多次叫他回宿舍等，但他更愿意在学校门口等她。不为什么，他就是喜欢看到她从学校走出来，款款向他走来，这个场面让他感觉温暖。

下课铃响了，不一会儿，徐娜挎着包出现在大门口。他不作声，默默地微笑着站在一旁看着她。徐娜感觉身边有个人影，扭过头看，发现是他，惊喜。

“啊！你怎么来了?”

“对不起，没有告诉你。”

徐娜脸上的惊喜瞬间消逝了，斜着眼看他：“上星期才来过了，今天又来，都没几天。是不是要查我的岗啊?”

“不，不，我哪有资格查你的岗？查你岗的是你们周校长。”高屹又玩起俏皮来。

“你是我的高校长。”

“我是高副校长，你才是徐校长。”

高屹搂着徐娜的肩，一起沿着以往的路线走。买菜，回家，做饭。

吃饭的时候，高屹问：“娜娜，平时晚上都干些什么?”

“能干些什么，改作业、备课、看看书。”

“那太闷了。明天我们上街买台电视机回来吧。”

“不用。”

“不光你要看，我也要看呀。我来省城，除了和你说话，也没啥可干的了。有了电视机，等于多了一项活动嘛。”

“你哪儿来的钱，你家又砍伐了一批杉木？”

“还真让你说对了。现在是冬季，正是伐木的时节。”

“林业部门不是禁止乱砍滥伐吗？”

“你没在山里生活过你不懂，林场的树不能过密，密了谁都长不高，所以每过一个时期就得砍一批，这叫间伐。”

“上次去肯县，可惜没时间了，要不去你老家看望一下你父母。”

“那下次去吧，还愿意去肯县吗？”

徐娜没作声。高屹忙笑说：“开玩笑啦，你就是还想去我也不让了。千里迢迢，太为难你了，还是我来看你吧，我现在琢磨出了一个在车上看书的绝招儿，所以一路上都在看书，一点不觉得路远了。”

“什么绝招儿？”

“就是车子往左边摇时，你也跟着往左边摇；车子往右边晃，你也跟着往右晃；车子颠簸时，你也跟着跳起来。”

高屹一边说，一边摸拟，徐娜被逗笑了：“瞧你乐的，你当坐长途客车是在迪斯尼乐园玩哪。”

吃罢饭，高屹拉上徐娜的手要上街，说是去选电视机，明天一早商场就可以送来了。徐娜犹豫，说：“还是算了，你已经给我买了很多东西，有些可有可没有的东西，就不要买了。”

“电视机是必须有的，没有电视机就看不到外面的世界，走吧。”高屹转到徐娜的身后，推着她往外走。徐娜说：“那我们先确定，各出一半的钱。”“行，行。”高屹推着徐娜出了门。

省城越来越漂亮了，高屹感觉街上突然冒出了很多高楼大厦，如雨后春笋一般。应该说，是他以前没留意（何况他十天、半月才来一趟），现在一意识到，它们已矗立在眼前了。不管怎么说，城市在一日千里发生着变化。一座座高楼拔地而起，一条条大道横空出现，一片片城区正在成形。夜空下，一座座大厦纷纷披上了五彩缤纷的霓虹灯，在电的作用下，不断地变幻出各种造型和图案，使夜里的城市极具动感和梦幻感。

在市中心商业区，一座新建的大型商场金城百货开张了，商场外墙上，密密麻麻挂满了从楼顶直垂而下的祝贺条幅，显得十分喜气、热烈。为招徕顾客，商场前的小广场上还搭了一台演唱会，巨型音箱传出歌手因卖力演唱而有些变调的歌声。广场上人潮涌动、人山人海，如庙会一般热闹；商场门口进进出出的人络绎不绝，形成一条游动的长龙。

“这里正在搞大优惠，我们进去看看。”高屹说。

进入商场，顿时热浪扑鼻。里面人太多了，如一锅沸腾的粥、一个巨大的蜜蜂窝。高屹拉着徐娜直奔五楼电器层。这里的电器果然便宜，每一样电器都贴了一张小纸片，标明此产品市场售价多少，现优惠价多少，像电视机之类的大宗电器，减价高达一百元。

高屹兴奋了，在一个个牌子之间比较来比较去，比较质量、色彩，比较尺寸。当选定了一台 21 英寸的长虹电视机后，徐娜从包里拿出一沓钱交给高屹，高屹推开她的手，说：“我来付得了。”

“不是说好的吗，各付一半钱?”

“我带够了钱，你就不要管了。”

“那我不买了。”

徐娜要走，高屹急忙拉住她：“好，你付一半钱。”接过了徐娜的钱，又说，“我那再买一台放像机好吧。有时候没有好看的电视，可以看录像带。”

“不买了吧。”

但高屹没有听她的，在开了电视机的发票后，又选了一台放像机，他全额付的款。徐娜叹气，脸上是对高屹生气而又无何奈何的表情。

从五楼下楼梯时，高屹说：“我们再去二楼服装层看看，有什么新款上市了。”

“高屹，你再这样，我以后不跟你来逛街了。”

高屹嬉笑：“娜娜，唱首歌给你听，新学会的：因为爱着你的爱，因为梦着你的梦，所以悲伤着你的悲伤，幸福着你的幸福……”

第二天，商场把电视机送上门后，高屹又找到有线电视公司，叫他们来安装线路，可是等了一天，安装人员都没来（有线电视公司才成立不久，业务太忙）。第二天上午，仍不见他们来，他得回学校了。高屹考虑了一下，决定留下来，等装好了有线电视再走。

徐娜劝他：“回去吧，这种事又不要你亲自做，你守着也没有意义。”

“再等一天吧，明早我跟校长打电话请假。”

“这样不好，你才去，就缺课，学校会对你什么印象。”

“没事，又不是主课。”

“我都跟你说了，这样不好。弄得校长对你有意见，你就高兴了。你这人，真是的。”

“不要催我，急着赶我走吗？”

“好心当成驴肝肺，你爱怎么着怎么着吧。”

“我不光是等着安装有线电视，还想跟你在一起多待些时间，你怎么就不理解？”

“想我了，在南坪给我打打电话也是一样的，不一定非要天天腻在一起。”

“什么呀，我们一个月才有四五天在一块儿，就嫌多吗？”

“你不要抠字眼儿好不好？”

高屹拥抱徐娜：“娜娜，每次要离开你回肯县去，我都特别难受，特别不舍，恨不懂分身术，让我的真身永远留在你身边，让我的影子在学校替我上课。”徐娜说：“我懂你的心情，可是再怎么也不要耽误工作。”

20　失望之行

秦河：

你知道吗，我约你去我老家玩，是有特殊含义的，可是你竟不懂我的心，拒绝了我，叫我好不伤心。

上星期四上午，我叔叔打电话给我，说奶奶生病了，叫我回家看看。我便去找郑小兰，问她有没有时间，如果有空就一块儿去我家玩，其实我是想叫她跟我一块儿去县城找你，约你一块儿去我家看我奶奶。之所以叫上郑小兰，是因为，我之前多次去找你，你总是不在宿舍，而我和郑小兰一块儿来，你总在家，好奇怪。请原谅我耍点小心机。

郑小兰告诉我，她星期天才得休息，我也只好把调休时间延后。晚上，郑小兰过来和我一起睡，我心情高兴，情不自禁和她聊起了你，并说出了星期天去我家玩时，顺道邀你一块儿去的想法，郑小兰同意了。要知道郑小兰这么爽快、乐于助人，早上我就不瞒着她了。

我给你写了封信，想预约你，去邮局的路上恰巧碰见周华，他说去县党校交作业，于是我托他把信带给你。可是到了傍晚，仍不见周华回来，心里又焦急了，也不知他把信交到你手上了没有。我索性去小秋宿舍等他，不一会儿周华回来了，问起这事，他说没见着你，信是交给你一个同事的，也不知是不是转给了你。我很不高兴，他怎么能这样随意处置我的信呢？

周华等几个人回来晚了，食堂已关门，他们就在小秋宿舍做饭吃，饭做好后，他们叫我一块儿吃，见我心情不好，还叫我喝点酒，说酒能消愁。我想那就试试吧，坐下来和他们一起喝酒，刚开始我喝的是小香槟，可心情还是好转不了，他们说喝小香槟哪解得了愁，得喝白酒。于是我又喝了几杯白酒，结果醉了，怎么回去的都不知道，一觉睡到大天亮。一睁开眼，真的感觉自己不愁了。我也想开了，一切听天由命吧，要是你愿意跟我们一起去我家，我就原谅你；要是不肯去，我就再不理你了。

星期天上午，我和郑小兰都起得很早，六点半就起来了。尽管天下起了小雨，我们依然兴致勃勃地出发了。

到了党校，从你宿舍窗户望进去，一眼就看到了你，正埋头看书呢，你不知道我是多高兴啊，好像全身细胞都在笑。吃了那么多次“闭门羹”，这次终于见到了你。可是看到我们进来，你的表情却有些古怪，左脸笑意盈盈地迎接郑小兰，对着我的右脸却是冷冰冰的。也难怪，因为郑小兰今天打扮得时尚妖艳。你不爱跟我说话，却一个劲儿地夸郑小兰人漂亮、衣服漂亮、眼镜漂亮，我心里真不是滋味，心情又灰暗了。我邀请你一起去我老家玩，你却不肯去，说什么“父亲生病了，等一下就要回家看他”，我当真了，因为你此前就说起过你爸年纪大了，又患过胃炎。

你不肯去，我和郑小兰只好闷闷不乐地离去了。后来我想了许多，觉得你不去我家玩，是有客观原因的，不是不愿去，不能怪你，于是我的心情又好了起来。我也找借口跟我叔叔请了假，想等你星期一从老家回来，再邀你一起去我家。郑小兰见我一时不回老家了，在县城玩了一会儿，就回春岭了。

但星期一上午我去找你，又吃了“闭门羹”，问范主任，你是不是来上班了，他说你是上了班的，看了一会儿报纸，就不知去哪里了。我只好一个人回家了。

一回到家，等着我的却是噩耗，奶奶今早上去世了！我是多么伤心啊。如果我昨天回了家，还能见奶奶最后一面；就因为等你，而错失了。这天晚上，我失眠了，伤心、内疚、委屈、怨恨一齐涌上心头。

近段时间，也许奶奶意识到自己将不久于人世，很牵挂我和我姐，盼着在世时能看到我们找到个好人家。我叫你去我家，就是想让奶奶见见你，让她知道我已经找到了一个好伴侣。可还是未能如愿，奶奶在九泉之下一定还在牵挂我，这么一想，你不知道我对你多么有气。

不说了，我有点想哭了。等我心情好了，再继续给你写信吧。

秦河：

昨天上午，你真够自私和冷漠的，我和郑小兰高高兴兴地来（奇怪，我一个人去找你总见不到你，跟郑小兰去，你就在家，上次也是如此），你竟然爱理不理的，中午到了，你自己一个人去食堂打饭吃，竟忍心让我们饿着肚子看你吃饭，真气人。

聊天的时候，你还对郑小兰说些阴阳怪气的话。郑小兰的嘴唇有个小伤口，是前天吃甘蔗时被割伤的，你笑人家“被谁咬伤了”，你难道不知道小兰有男朋友吗？谁敢咬她的嘴唇？她男朋友更不会咬伤她嘴唇，就是接吻也不可能咬伤，接吻是轻轻的，会咬伤吗？

后来你提出，带我们去赶双江集，我的心情才好转了些。没想到，到了双江后，有个老乡来找你，你就跟着他走了，扔下我们不管了。好气！你啊，让我们乘兴而去，败兴而归。我们回到春岭时，已是晚上七点了，又饥又渴又累。还好老天爷照顾我们，有电（最近老是断电），要不我们更加郁闷。

郑小兰要我转告你：(1) 昨天你真没良心，让她肚皮贴背皮看你吃饭，还要自己倒开水喝；(2) 说话不算数，你拿走她那张最好看的照片时，说过拿你收藏的邮票跟她交换的，一直未给，昨天下午也不提这事；(3) 邀她去赶双江集，又不一起回，太过分；(4) 你欺人太甚，在才学会骑单车的她面前耍威风，晃来晃去，害她吓得跌倒，膝盖擦破了皮，昨晚她男朋友来，心疼地帮她擦药，她又不敢承认是你作的孽，也不敢哭。

今天早上起来，回想昨天的事，还是有气，眼泪又忍不住掉了，好想写封信骂你，后来想，你陪我们赶双江集，还不算丧失良心，心里才稍得安慰。

哎，秦河，昨天我们去找你，你好像有点不开心，为什么？是故作冷漠，还是有何心事？请你坦白地告诉我，有忧有愁，我也许能替你分解。我早就愿意和你一起分担了，只是你不愿意，你信中说我不了解你，我并不这么认为。自从喜欢上你后，我就一直极力去了解你。恕我直言，你自尊、自强，其实也很自卑。

我认为你自尊、自强又自卑，其实是你自己的话透露出来的。9月下乡期间，你说你立志写作，却又成天无所事事，党校又偏僻，不方便出去玩，也没有人到你那里玩，你给人一种学无所用、怀才不遇的感觉，所以我劝过你："幽居在那个偏僻的地方，是很少有人去找你玩的，年轻人应该多出去走动，才能寻找到知音、才会快乐……"后来你那封信里说"……我不知怎么搞的，又长出了一只脚，怎么坐得住，只好到处晃荡起来了"。我以为你是在讲趣话呢，谁知你真的是成天在外面东奔西跑，难怪我总是见不到你。虽说见不到你很失望，但我想，你多在外面跑动，积累素材，对创作有好处。

自卑呢，也是你自己说出来的，你曾讲过喝哪种农药自杀好，又讲割动脉为什么会死人啦，还有白日做梦、末日到来啦，有哪些个大作家自杀了啦，我听了很内疚，总认为是我的过错，因为我那时没有说出来喜欢你，也不好劝你。

你们调研结束一走，你就没有自觉地给我写信，还是我主动写信给你，你回信呢，也是简简单单几句，只是出于礼貌罢。你第二、第三封信就与第一封信语气、腔调不同了。连信封上都不敢写上“秦”字，只写“内详”。我亦能理解，你还没有决定是否接受我的爱，内心又自卑，所以不好表现出太热情。

自卑是没有必要的，有才华的人应该傲视一切才对，你说是吗？一旦抛开了自卑，你看待我的感觉就会不一样了。

补充：写完信，又看了几遍你的信，回想以往，净是粉红色的回忆，觉得我跟你还是有缘的，又高兴起来。

第 *6* 章

痛失我爱

闲逛记：促婚

白饭生活

到底爱谁

21　痛失我爱

虽然对于追不追唐小妍，我心里在犹豫，但我仍渴望继续去看望她，渴望和她在一起玩。元旦前两天的晚上，我去师范找吴江，想跟他商量元旦再去三潭镇看望唐小妍。

吴江的房间是亮灯的，门关着，我敲门，喊："吴江！"

过了几分钟吴江才开门，我一进去，顿时愣住了。

房间里坐着唐小妍！

坐在床沿的唐小妍看见我，似乎有些慌张，但瞬间又恢复了平静，朝我嫣然一笑，说："老同学，你好。"

我不知所措，喃喃地说："小妍，你来了。"

吴江扳住我肩膀，叫我坐下，说："刚才我还和小妍商量，准备去看你，谁知你就来了，真是说曹操，曹操到。"

唐小妍说："是啊，又过了一个月没见到你了，是不是嫌三潭镇路远，不想去找我玩？"

我生出一股莫名的火，说："你来了县城都不告诉我，还说呢。"突然我醒悟过来，唐小妍为什么出现在吴江这里，为什么来了县城不告诉我，也不去党校找我，这一切都是因为，她和吴江谈恋爱了！

我扫了两人一眼，他们之间看上去并不亲昵，甚至有些僵冷，但这恰恰是他们为掩饰亲密而刻意营造出来的气氛，很不自然。如果我看不出来，那就是一傻子了。是的，他们两个谈恋爱了！

这是怎么回事，他们两个怎么恋上了？我感到脑子里什么地方短路了，无法思考问题，想问题没有头绪。吴江说："秦河，你怎么老是下乡？你在党校，搞得和在机关一样，老师都不成个老师了。"

我说："有什么办法，领导叫我去哪里就去哪里咯。"

"干脆你调到师范来算了，当个正儿八经的老师，还轻松点。"

"我现在懒惯了，当不了老师了。"

我无心再待下去，闲聊了几句，便走了。

回去的路上，我感到自己十分可笑。瞧你这傻样，还在苦苦思考要不要追人家呢，谁知人家早和吴江，或说吴江抢在我前头跟人家好上了，没你什么事，想得再多也是白想。

我恼怒不已，一路上朝天空骂吴江：吴江，你小子太不仗义了，太阴毒了，竟然背着我抢我看中的女孩，有你这么做朋友、做同学的吗？见色忘友，今后我们一刀两断！

接着又骂唐小妍：唐小妍啊唐小妍，你难道没长眼吗？明知道我喜欢你，为什么就不给我点时间，等我向你表白呢，就那么急着谈恋爱、急着嫁人吗？吴江有什么好，他有我的文凭响当当吗？他有我高吗？可能他比我帅一点点，也比我能说会道许多，但是我告诉你，他绝对是个花心大萝卜，以后有你后悔的时候！

回到宿舍，我有点抓狂，想摔点什么东西，想做点什么事，我拿起上星期五高屹来这里，我们俩喝剩的半瓶白酒，猛灌几口，然后直挺挺地躺到床上。我酒量很差，不一会儿便感到头晕脑涨，沉沉睡去。

第二天上午，我还躺在床上，吴江找我来了。我去开了门，不想理他，继续睡。

吴江拍拍我的脸，问："好大一股酒气，喝酒啦？"又说，"昨晚上是不是生我的气了？"

我说："你这家伙，跟我抢女同学，太过分了。"

"什么呀，我追唐小妍算和你抢吗？你跟她谈恋爱了吗？我问过她了，没有，你连追都没追过人家，这哪算抢呢？"

我不得不承认这是事实，但仍不服，我说："目前我虽然没有追她，但并不代表我以后不追她。你明知道我喜欢她，还要去追她，这还不算抢？而且告都不告诉我一声，阴。"

"你说以后追他，以后是多久？"

我答不出。吴江说："其实我第一眼见到她，就喜欢上她了。我内心曾经激烈斗争过，因为是你最先遇见她的，因为我们是铁哥们儿，我不应该抢在你前面追她。我一度观望过，观察你的动静，希望你先追求她，免得我们哥儿俩闹不和，可是，你迟迟没有动作，我不能观望下去了，再观望下去，就被别的人追走了。她那么漂亮，追她的人肯定不少，我察觉到的就有四五个。到时你得不到，我也得不到，岂不是两头空？我追她，好歹是我们两个中的一个得到她吧。"

我不得不佩服他能说会道，说得那么强词夺理却又句句在理，让人难以反驳。见我不吱声，吴江又说："而且她喜欢我，胜于喜欢你。"

"何以见得？"

"她告诉我的，她说跟我在一起更快乐，而你有点孤傲，她恐怕进入不了你的内心。"

我孤傲？我都成屎壳郎了，拿什么来孤傲？

"什么都是你说的，我不信。"我说。

"不信你可以问她，我不介意你问她这些，虽然她是我老婆了，但也是你嫂子对不对，我不介意。"

吴江告诉我，其实那次和我一起去三潭镇看望唐小妍后，过了几天，他没课，就又去找她了。此后每星期他都去三潭镇两三次（期间我却住在长坝乡的村屯里，天天早出晚归寻找大肚婆），一个月后他们谈起了恋爱。她来县城开会那次，他早就知道，唐小妍还去他那里吃过一次晚饭，并且他们俩第一次上了床。

我听得在心里直摇头。真是现实版的"螳螂捕蝉，黄雀在后"呀，我还在唐小妍面前耍小诡计呢，吴江已把她擒到手了。也难怪那次在十字街遇见唐小妍，她装看不到呢，原来心有所属，对我没兴趣了，或说对我心虚了。

“上次唐小妍来开会，我叫你出来找她玩，你怎么说没空？太虚伪了吧。”

“那天晚上我确实没空。而且，我也担心我们俩在你面前失态，让你看出来。我不想过早地让你知道我们的事，我这是实话。”

“为什么？”

“我们是哥们儿，同时喜欢一个女孩，你知道我把她追到手了，你肯定会受刺激。我们不想打击你，就给你多留点时间对她向往吧。”

“逗我玩儿？”

“没有，绝对没有。我们是兄弟，我怎么会耍你？”

“这有意义吗？向往多久还不是一场空。”

“有向往总比没向往好吧。”

“我情愿不要这种没结局的向往。你们既然谈上了，就应该早点告诉我。别说我俩是哥们儿，就是作为情敌也应该告诉我。”

“现在告诉你也不晚，你又还没追她，不存在让你追了也白追这种事。”

“可是我天天都在想着她，你要是早点告诉我，我就可以早一点不想她了。”

“兄弟，叫我说你什么好。你这人，做事不干脆。你要是干脆点，早点向她表白，也许该叫唐小妍嫂子的就是我了。”

“她知道我喜欢她没有？”

“知道，怎么会不知道，女人都是很敏感的。”

“她知道我喜欢她，为什么又接受你的追求呢？”

“光喜欢有什么用，人家女孩子需要的是表白。”

我叹气，我想我失去了一个美丽、温柔、可爱的女孩。又一次还没恋就失恋了，重蹈覆辙，上次是对蔡晓涵，这一次是对唐小妍。上次还说出了口，这一次连表白都还未来得及就阵亡了。

“她在镇里，你在县城，以后你得三天两头往镇里跑，不怕麻烦呀？”

“半个钟头就到了，有什么麻烦的？以后可以想办法把她调到县里来。”

我得承认，人与人的思维不一样。在人家看来，乡镇与县城并没有什么区别，而我，被分配到县城来，本就像窦娥蒙冤一般，如果再做乡镇干部的家属，简直惨如天塌了。

吴江见我气消了，说："明天我们三个一起去云州市玩怎么样?"

"叫我当你们的灯泡呀，不去。"

"什么灯泡不灯泡的，我们三个是老同学。"

元旦这天，天气格外晴朗，艳阳高照，完全不像是冬季。赶到汽车站，吴江和唐小妍手牵手，在等我了。唐小妍见到我，羞涩地笑了笑。我不把她当追求的对象了，只有老同学这一身份，心态就放开了，我指着她说："老同学不像话，见色忘友。"

唐小妍脸上飞出红晕："说什么呀，我忘了你这个老同学吗？是你不要我的。"又问："你还记得班上的张满玉吗？她在河田乡工作，现在变得比张曼玉还漂亮，我给你们做媒怎么样?"

我连忙摆手："这辈子再不追老同学了。"

看到吴、唐的手一直抓着，我来了调皮劲，也抓住唐小妍的另一只手，说："握住女同学的手，恨不当初早下手。"两个男人一左一右，各抓着一个女孩的一只手，这一怪异的场景，惹得候车室的人纷纷侧目。

22　闲逛记：促婚

一个月过去了，也不见罗海打电话来，我一直牵挂他，不知他从失恋痛苦中走出来了没有。

我决定再去看望他。如果他精神状态仍不好，再多陪他玩几天。

一个五福镇集日，我去了五福。

到了五福推广站，去他的宿舍，却见大门紧锁，我从窗户望进去，房里空空如也。我心里咯噔一下，怎么回事？是出了什么事，还是他搬宿舍了？

我下去一楼办公区，瞅了几个办公室也不见罗海，我逮住一个人便问："请问罗海去哪儿了?"

"走了。"

"走了？什么叫走了。"

"就是调走了，调到高岭乡去了。"

我心中释然，我想这是他从失恋中解脱出来的最好办法了。真想再前往高岭乡看他，可是高岭乡实在太远，一个在东一个在西，又尽是山路，坐班车从五福镇去高岭乡得三个钟头，三个小时坐普快火车都可以从上海到南京了，改天再去吧。

罗海走了，这里也没什么可玩的了，一时又不想回县里，便在集市上瞎逛一气。突然遇见了小萍的女友、镇医院的护士小敏，她友善地朝我笑笑，我说来找罗海，谁知他调走了。

小敏说："他出事了你不知道?"

我惊讶："出了什么事?"

"他把站长打伤了。"

"啊!"我大吃一惊，"他干吗要打站长，不会是站长要拆散他和小萍吧?"

"怎么会。是他想调走，打了报告，要站长签字，站长不签，他就把站长打了一顿，这个人真是性格太暴躁了。"

"把站长打伤倒能调走了，这事真奇怪。"

"哪儿呀，他原来想调去双江镇，现在把他调去最偏僻的高岭乡，是处罚他呢。"

"反正调走了就好，要是继续留在五福，我倒担心小萍的安全。"我说。

小敏对我的设想表示认同，感叹几句后，她邀请我去医院玩，我跟她只一面之交，觉得不方便，推辞了。又在集上逛了一圈，实在没了兴趣，便上了班车，回县里。

路过双江镇时，中午还未到，感觉时间还早，回去也是闲得无聊，又下了车。今天不是集日，街上空荡荡的，想找村友玩是不可能了。找谁呢?我想了想，想起唐小妍说过，高中同学王建也考上了招聘干部，在双江镇政府司法办工作，便往镇政府去。

王建见了我，表情夸张，握住我的手久久不放，声情并茂地说："听说老同学分回来了，可一直都没机会见面。"我说："我也是前不久才听说你在这里。"

闲聊了一会儿，王建说："秦河，当年的班长曾强，你还记得吗?"

“记得。”我说，脑际浮现出一个壮实而朴实的身影。

“我们去江尾村看看他怎么样？他遇到了点麻烦。”

王建递给我一封信。这是一个女孩子写给父母的信，希望父母能同意她和曾强的婚姻。这个叫小芬的女孩，先是她父母做主，将她与村支书的外甥刘明富订了婚，可刘明富是当地有名的烂仔，偷鸡摸狗、打架斗殴无所不为，小芬很不满，私自逃离了家，在班车上，遇见了一个中年妇女，以前跟她一个村的，后嫁到了江尾村，她听了小芬的遭遇，很同情，正巧前几天曾强的母亲托她帮儿子介绍对象，于是她把小芬带回江尾村，与曾强见面，两人一见倾心。

可是他们要结婚，小芬必须先退婚，且必须拿到户口本，去村公所开结婚证明，她“未婚夫”的舅舅岂会同意？两人因此而苦恼。

我感慨：“都什么年代了，还有包办婚姻这种事。”

“秦河，我们帮帮曾强怎么样?”

“怎么帮?”

“去找那个村支书，劝他同意小芬和曾强的婚事。”

“这个恐怕很难。外甥的老婆要跟别人结婚，搁谁都不会同意。”

“别人也许很难说得通，但村支书好歹也是干部，再怎么样也要顾及影响吧。”

我想了想，同意了。因为我想到了罗海，他和小萍也是因为小萍父母不同意，而不得不分手，我陪了他一天，深深感受到他失恋的痛苦，可是我却帮不上他。我想我应该尽点力帮帮曾强。

在镇政府食堂吃了午饭，我们便一块儿前往江尾村。羊肠小道如一条巨型蚯蚓，在荒草萋萋的丘陵间钻来钻去，时隐时现，我们骑着自行车，一路追逐它，直到江尾村。

曾强的家就在村头，一座古旧的房屋，看上去很气派，是解放以前属地主、富农，土改时分给了佃农的那种房子，年深月久，又缺少维修，渐渐成了破败的老房子，看上去气派，其实是空架子。

曾强见了我，十分惊喜，连说“真想不到”。他看上去比四年前瘦了许多，也变黑了，显得比我们老四五岁。小芬也在家。小芬是一个眉清目秀的女孩，个头不高，身材苗条，但不是那种不爱劳动又不肯吃饭形成的苗条，恰恰相反，是因勤于劳动而苗条，她看上去很结实。

曾强对我们来帮他，感动得热泪盈眶。

接着，我们又奔小芬的村子山底村而去。去山底村也就十公里路，半个小时就到了。曾强在村口停了步，等我们的结果。

在村公所，我们见到了黎支书，他正好今天值班。黎支书四十多岁，中等个子，板寸头，一脸黝黑，眼睛不大，但眼瞳很亮，看上去是一个精明能干的人。王建和黎支书互相都认识，见了面热情地握手，黎支书又跟我握手，王建介绍我："我高中同学，党校的秦老师。"

王建跟他聊了一会儿当前政治、经济形势以及山底村的社会、治安状况后，说："黎支书，小芬到我们司法办求助，说她要退婚，我今天来呢，想找你议一议这事。"

"她要退婚，找她父母去，找我干什么？"

"你不是她未婚夫的舅舅嘛，俗话说舅舅为大，你又是村支书，所以这事得跟你商量。"

"商量什么？"

"黎支书，希望你找他们两家调解一下，把她和刘明富的婚约解除了。"

"她说解除就解除？她是不是把自己当县长了？"

"《婚姻法》规定，婚姻自由，她不愿意，总不能强迫人家。"我说。

"她想自由，她自由去啊，又没谁拦着她，她不是跑了吗？听说还跟一个什么人好上了。这不是很好嘛，她自由了嘛。"

"话虽这么说，"王建说，"她家里不同意，她拿不到户口本，来村公所开不了结婚证明。"

"都自由了，还要结婚证明干什么？"

"黎支书，你理解一下年轻人吧。"

"关我鸟事，我又不是他们的父母。"

"你是支书……"

"支书也不是什么事都管的，这是人家的私事，我管不了。"

我气愤了："什么人家的私事，说白了，就是你的私事，如果你没当支书，会有这事吗？”

黎支书瞪着我，一脸的挑衅：“你说是我的私事，你还来操什么鸟闲心。”

“你以权谋私，就不仅仅是你的私事了。”

“你一个教书的，来我这里搅和什么，滚开！”

“不公平的事，谁都可以管！”

王建忙拉住我，劝我冷静点。黎支书站起来，把我们两个往外推：“不跟你们胡扯了，我还有事。”锁上门走了。

我们垂头丧气地出了山底村，我感觉我们两个生犊子，他压根儿不放在眼里。见我们无功而返，曾强说：“两位老同学，难为你们了。算了，我不领这个结婚证了，也一样过日子。”

王建劝慰他说：“不急这一下，我再多来几趟。实在不行，我叫镇领导来跟他说，我就不信他不怕镇领导。”我说：“我回县里，也跟县妇联反映。”

回到党校，已是傍晚，又骑了单车去城区，找地方吃晚饭。在市场一楼的大排档，遇见县委办小秘书唐宏一个人在吃饭，大笑两声，坐下来一块儿吃。结果不断遇见熟人，人越坐越多，竟凑成了一桌，吃饭变成了喝酒，一直喝到晚上十点钟才散。

回到宿舍，见门上贴着一张纸条，是陈小芳写的：“我在范主任家等你，回来了就过来接我。”去！你爱等不等。我心生恼火，同时纳闷儿，陈小芳啊陈小芳，我已经无数次拒绝你、不理你、躲避你了，你怎么还一点不知趣、不醒水？要我怎么做你才相信，我一点也不喜欢你？

进了宿舍，我赶紧拉灯躺到床上。可是一直躺了一个多小时，也不见人来敲门，莫非她走了？顿生好奇心，爬起来，摸到范主任家门口探究竟，但屋里没有灯光，看来范主任一家已睡了，她应该走了。我回宿舍，放心地开灯看书。

“咚咚咚”，响起了敲门声。人还没走啊，那她刚才在哪儿？屋内亮着灯，我想装不在也不可能了，我没好声气地说：“睡了。”

屋外没声息了。我可不敢再出去看她走了没有，索性关了灯，睡觉。

第二天临中午时，起了床，我到宿舍外的厨房洗脸，忽然感觉有个人影晃了一下，觉得不对劲，跑进宿舍，陈小芳已在里面了，还有范主任的孙子小冬仔。我不由得恼火，骂起来："叫你不要来了，你还要来，真他妈的讨厌!"

"是我自己来的。"

"我不欢迎，这是我的宿舍，不由得你想来就来的。"

她嘟起个嘴，仍站着不动。我说："你走，我有点事要出去，我要关门了。"

"我一个人在这里玩。"

"你走，我不希望你来我这里。"

她不作声，仍站着不动。我火冒三丈，指着她吼道："没见过你这么贱的人，叫你走都不走。走啊，不要来吵我!"

她这才板起脸，牵着小冬仔向外走去。我发现她在我桌子上放了一只大苹果，忙抓起一扔，苹果穿过门洞，落在空地上，满地打滚。

23 白饭生活

早上起床后，高屹掏出他的钱包，打开看了看，又搜口袋，全身上下八个口袋全搜了，把口袋里的东西都掏出来，放在桌面上，从中挑出钞票，有一块的，有一毛、二毛的，还有五分的硬币。他数了数，只有三块三毛钱。

他不甘心，又是满屋子找，翻抽屉，掀席子，查书页，废纸篓里也翻了翻，但再没发现一张钞票，他叹了口气。

他数起手指头来，离发工资还有十天，三块三毛钱怎么熬过这十天呢？问同事借？这恐怕难办，全校所有同事，他都向他们借过钱，都还没还，他们不可能再借给他，自己也不好意思再借。

高屹歪坐在椅子上发呆。上课铃响了，上午他没有课，他没有起身，继续发呆。

也不知过了多久，他意识到自己在发呆，晃了晃脑袋，让自己想一点事，他想到了给徐娜添置的那些东西，就是因为这，才造成了他今天的困境，才让他现在只剩下三块三毛钱。从参加工作到现在半年的时间里，他为徐娜买了席梦思、办公桌、椅子、衣柜、矮柜、电视机、放像机、茶几、电饭锅、洗衣机、被子、衣服、鞋子，可以说徐娜房里的大件东西全是他买的，徐娜身上穿的大部分也是他买的。

现在一回想，他对自己何以有这般巨大的能量，筹集到这么多钱而惊奇，因为他一个月的工资也就五六十块，而添置上述东西，应该花了不止五千块（他自己却几乎没添置过一样东西，几件家具全是学校的）。他工资的绝大部分都用于给徐娜买东西了，这当然是远远不够的。他向家里拿（他家里并没有什么林场，几十亩旱地倒是有，只种果树），问同事借，问朋友借。有时候，他认识了一个人，第二次跟人见面时，就问人家借钱，连他都惊讶于自己何以变得这般厚脸皮，甚至无耻。

并不是徐娜非要他买，其实徐娜是一个很通情达理的女孩，很多次他要给她买东西，她都是劝阻的，她说有些东西可以等以后有钱了再添置，她说有些东西也不是非买不可，她说简单点也生活得下去，可是她越是劝阻，他越想给她买，越要给她买。他认为女孩子有些话，是要反着听的，再说，让徐娜生活得好点，他也感到快乐，照顾徐娜的快乐；给徐娜买东西，也让他心里感到平衡，觉得他虽然在偏远的乡下工作，也一样能照顾她。当然他心里还有一个自私的念头，想他给徐娜买的东西越多，就会让她觉得他好，感受到他对她的爱，就会让她觉得欠他的太多，让她依赖上他，这样她就越离不开他了。

有时候他也问自己，这么宠着徐娜值得吗？可是有些事是无法问值不值的，你觉得值，它就是无价之宝；你觉得不值，它就是狗屎一堆。他觉得，只要徐娜由此不离开他，离不开他，就大值特值。

有时候他也想过，要不，跟徐娜分手算了，一个在省城，一个在乡下，天遥地远的，能长久吗？这样下去，对他是多大的煎熬！他不知道自己能撑多久，可是，要是跟徐娜分手了，他不知道自己会不会崩溃。

肚子里发出了咕咕的叫声，他想起早上一直没吃东西。街上的米粉店他从不光顾，早餐他都是自己煮，有时甚至不吃。他走进厨房，打算煮面条，可是纸箱里只剩一个空空的面条包装纸套，他又在另一个纸箱里翻了翻，找到了两个已放蔫了的红薯，他捡起一个，回到房间，拿起小刀，削一点皮吃一点。

吃完红薯，他摊开课本备下午的课。

“咚、咚、咚”，有人敲门。“高屹在吗?”是历史教学组的王老师。高屹开门：“王老师，有事?”

“胡校长叫你去一下。”

一定是昨天缺课的事。高屹穿好衣服，赶去校长办公室。胡校长也就三十多岁，看上去比高屹老不了多少，高屹把他当同龄人看，对他没有多少敬畏感。

“胡校长，有何指示?”走进校长办公室时，他笑着说。

胡校长从坐椅上起来，拍拍他的肩膀，说：“高屹，这段时间辛苦啊。”高屹说：“我又不是上主课，不辛苦。”

“我不是说上课的事，说你追女朋友的事。最近频频跑省城看女朋友，课也顾不上了。”

“对不起，胡校长。我不是不想上课，确实是回不来，从省城到肯县的班车，一天只有一趟，稍不留神就错过了。”

“哈哈，跟女朋友在一起，时间都忘记了。”胡校长搂了搂高屹的肩膀，“这说明你们俩的感情很好，我就放心了。上次你女朋友来玩，虽然我跟她只聊了几分钟，但觉得她是个很不错的女孩，人漂亮，性格也好，要好好对她啊。我找你来，不是要批评你缺课，只是想了解一下你跟你女朋友的情况，看来进入了甜蜜期，哈！难怪跑省城越来越勤，不过，还是尽量不要缺课。”

“我个道理我懂。”

“唉，高屹，难为你了。我知道你也不容易，女朋友在省城，你在这个山旮旯儿，搁谁都为难。也不知你们学校管分配的人是怎么搞的，这么不人道。”

“谢谢校长理解。也不全怪他们，要是我们没谈恋爱，就没有这种麻烦事了。”高屹自嘲。

“什么话，天赋人权！人到了成年，谈恋爱是基本权利，学生恋爱了，学校应该给予照顾嘛，怎么反而拆散他们，真想不通。”胡校长说，“这社会变化真的是太快，我们上云州师专那时候，都没什么人谈恋爱的。才过几年，大学生谈恋爱就成了风气。”

“是胡校长眼光看得远，免去了毕业时跟女朋友异地的烦恼。”

“高屹，我理解你的难处，也不想为难你。这样吧，我跟历史教研组组长打声招呼，你呢，以后去省城看徐娜，就跟他说一声，让他提前调整你的课，这样你可以安心在省城多待一天，课程安排也顺了。”

“谢谢胡校长！”高屹激动得热泪盈眶。

“高屹，我说啊，”胡校长叹了一声气，继续说，“做人还是得现实点，你和徐娜的事，太不现实了。照我看，还是分手算了。天涯何处无芳草，本校有几位女教师就很不错嘛，我帮你做媒？”

“谢谢胡校长的关心，再说吧。”

回到宿舍，高屹又听到肚子咕咕叫起来，一看时间，快中午了，他淘米煮饭。中午炒什么菜呢？他想了想，决定不炒菜了，就吃白饭。口袋里只剩三块三毛钱了，能省就省吧，不定接下来几天还要花什么钱呢。桶里的米也没多少了，万一还没到发工资那天就没米了可不行。菜可以不吃，饭是不能不吃的。

饭熟了，他打开铝锅盖，舀了点盐进去，再用筷子挑了些辣椒酱进去，又滴几点油，接着拌几拌，重新盖上锅盖。站着等了一会儿，他拿了一只大碗，揭开锅盖，将饭舀进碗里，走进房间，慢条斯理地吃起来。

饭送进嘴里，除了辣点，什么味儿也没有。他想起在一本什么杂志上看到的一篇生活常识，说饭要细嚼慢咽才有营养，于是用牙慢慢地磨。渐渐地，他感受到一丝甜味，这是他从未感受到的。原来饭也可以吃出甜味来，这让他感到有趣，刚才因吃白饭而生出的无奈情绪削减了许多。

他吃了半个小时，终于把这顿白饭吃完了。他喝了口水，打了个嗝，拍拍肚皮，自言自语一句：“味道还不错。”

24　到底爱谁

秦河：

你好！昨天下午郑小兰收到了你寄给她的邮票，她拿过来给我看，埋怨你寄给她的尽是些普通的邮票。但我看得出，她嘴上抱怨，心里却是高兴的，只是不想让我看出来罢了。我呢，表面上安慰她，心里却不是滋味。因为你寄给她的邮票里，有好多张显然是从我寄给你的信封上剪下来的。你怎么能这样呢？难道你喜欢的人真的是郑小兰，而不是我？

一直想着这事，昨晚我做了一个梦，梦里你真的不喜欢我了，我伤心极了，离你而去，你去追求郑小兰，可是郑小兰的男朋友不肯放手，结果你两头落空了。

因为这个梦，今天一个上午都心慌慌的，于是决定去见见你，吃了午饭，赶紧就走。到了你宿舍，谢天谢地，你在。

我问你，为什么从那封信后一直不再给我回信。你竟说："我说过不会再回你信的。"我好气，但不好发作，心里只怪自己傻，深深地爱上了你。我装作心平气和地说："那把我写给你的信都还给我。"这只是气话，不想你真的拉开抽屉，抓出一把信扔到了地上。我又说，你不该拿人家郑小兰的照片，你却说一张照片，有什么该不该的。我说你和郑小兰也太随便了吧，明知我喜欢你，你还这么做，真让人受不了，你竟说关我什么事。我气得拾起信气呼呼地走了。

回到春岭后，又有点后悔，觉得不该这样气你，所以下午又写了张纸条，告知我晚上七点钟去看你，托准备去党校学习的周华带给你。下午回到县城我叔叔家，才六点钟，就坐立不安了，于是带了小侄女小茜一块儿去你那儿。

你在宿舍，在等着我，我心里好不欣慰。但你对我还是爱理不理的样子，拿着一份报纸看，头也不抬，不知道你看进去了没有。我呢，一时也有点手足无措，不知说什么好，来之前想好要说的话全都忘了。我说想把中午收回的信还给你，你却说，拿走了就拿走了。我又是生气，不想说话了。还好有侄女在，就跟她有一句没一句的，冲淡这尴尬的气氛。

这时，有两个学生进来找你有事，我像得了"脱身计"一样，赶紧走了。回到我叔叔家，才想起我要跟你说的话竟忘了说，又赶去党校见你，谁知就看不到你人了，我心里很难受，也很颓丧。

夜里，我想了很多。我感觉晚上你等着我来，只不过是我一厢情愿的想法而已，只不过是正巧有学生找你，否则我恐怕还是会吃“闭门羹”（再回头就不见你了），不过我说过，我再不会为吃“闭门羹”而伤心。

也想了你和郑小兰的事。我感觉你和她之间有点暧昧不清。告诉你吧，其实从我一喜欢上你，第一个知道这个秘密的人就是郑小兰。她是 7 月分来的，很快我们就成了好朋友，她看到我整天乐呵呵的，问我有什么喜事，我把我的秘密告诉了她。她问我，你有没有给我写过求爱信，我说给我写过一封信，但没有明讲，她要我拿了信给她看。看过之后，她说，秦河并没有说过“我喜欢你”“我爱你”之类的话，哪有谈恋爱是这样的呢，莫不是我自作多情吧。我也曾这样想过，但我还是相信你说的“有缘千里来相会”。

记得 9 月 13 日你们回县里休息几天后又下来了，晚上你来医院玩，第一个找的人是我，我很高兴，可是你没有进我宿舍坐，只在窗口晃了晃脸，就去找郑小兰了，我以为你是不好意思和我单独在一起呢，心里暗笑你。

其实郑小兰早就知道你来了，我去乡邮政所寄信回来就告诉了她。她还笑我：“你天天盼的人来了，看你骚的样子。”那天晚上你们俩谈得那么投合，我以为郑小兰这种开放型的人，跟谁都是这样的，没往心里去。

第二天你来玩，依旧去找郑小兰，在她那里吃饭，而且竟约郑小兰星期天去云州玩，要不是郑小兰告诉我，我还不知道你对她有心思，你不知我和夏小秋有多气。你明知道我喜欢你，还跟她这么亲热，这算什么呢？郑小兰明知我喜欢你，还跟你这么热热乎乎的，又算什么呢？不过也不能全怪她，因为我还没向你表白，你还不知道我喜欢上了你，你去找她玩，她也不好冷落你。她也是这么跟我解释的，还说：“你的秦河把我第二天的早点都吃掉了。”我只得补了一碗粥给她。

夜深了，明天一早还要上班，先写到这儿吧。

秦河：

你好！继续说说郑小兰的事吧。

郑小兰、顾小晴都曾对我说过，说你追求的是浪漫的恋爱，因为你是学中文的，肯定看了很多琼瑶、岑凯伦的小说，喜欢女人漂亮、纯情、会撒娇。我想，我是不会撒娇、卖弄风情的，也不漂亮，要是那样的话，当初你为什么对我说“有缘千里来相会”呢？所以并不太信她们的话，我一直相信我们有缘，照样和你来往。

最初，你频频去找郑小兰玩，她跟我解释说你不好意思在我这边玩，所以到她那边玩。我相信了（因为乡政府好多人都在哄笑我，要我请吃喜糖，你肯定也听到了的），后来我想，你不好意思在我这边玩，我也不愿你总是去郑小兰那边，那我就多去夏小秋那里，在她那里安排我们的会面。

没想到你竟约郑小兰去云州玩，还问她要照片，我不得不心生疑惑，你喜欢的人是郑小兰。搞不懂的是，郑小兰既有男朋友，还跟你眉来眼去；既然你们相好，她又当着大家的面说你是我的人，把你对她做的一切告诉我；你又不是不知，郑小兰是有男朋友的，你竟还去喜欢她。太复杂了。

记得9月17日那天晚上在夏小秋那里玩，你送我回卫生院，路上我问你相不相信郑小兰有了男朋友，你说没有吧。我告诉你，她有了，是竹县的，姓莫。我问过她，他们两个是怎样恋爱起来的，她说小莫看到她那双眼睛好漂亮，就喜欢上她了，开始时她没有答应，后来听他说起他的情感经历，以前的女朋友一个个抛弃他，就因为他家里穷，她觉得他可怜，就由同情到爱上了他。两人相爱一年多了。

前不久郑小兰告诉我，她表姐（邹副乡长）说她男朋友小莫总是到医院来和她住，影响不好，要她少叫小莫来。她和小莫的事，她妈也不同意，要他们分手，否则不给嫁妆，她经常在我面前伤心流泪，问怎么办，我说你自己看吧，小莫对你那么好，要是不跟他好，以后你不一定会找到比他好的人。最近他俩经常吵吵闹闹，我原以为是小兰任性，还有家庭的阻拦呢，现在才发现其实是因为你，郑小兰也喜欢你呢。

有一天我们在一起玩，她说，你多好呀，找了个大学生。我感到奇怪，我找了个好伴侣，关她什么事呢？我说：“怎么讲呢，我喜欢他，才不管他是不是大学生、小学生呢，我只在乎他是不是有才华。”那天晚上，你约她星期天去云州玩，第二天她得意地告诉了我，在晓得我不高兴后，她又跟别人讲，我为抢男朋友的事，生她的气。真是古里古怪的一个人。

你看她的影集，还拿走了她最漂亮、小莫她都舍不得给的相片。我问她，你为什么给他呢？她说，人家问你要照片，不好不给嘛，还说你只是把她的照片当艺术照收藏，没有别的含义，你会拿你所有的邮票交换。我信以为真，想这样未尝不可。其实我应该想到，这是她喜欢你的表现。

我两次叫她陪我去找你，还有另外的原因，因为我也有两次陪她去小莫那里，只是两次我都受了她的骗，她说一起去一起回，谁知去了小莫那里，当天她不回了，让我一个人回，我好气。她说以后我也陪你去秦河那里。幼稚的我信以为真，叫她陪了，现在不知是谁陪谁呢。

你呀，不晓得你跟我好，是以我来掩饰你和郑小兰谈恋爱，还是脚踏两只船。你知道我在喜欢你，那天我和郑小兰去找你，你又当着我的面讲："小兰戴这副眼镜好迷人。"难道你不知道在一个已表白喜欢你的人面前这样夸别的女孩，是不道德的吗？我呢，又认为你是在试探我会不会有嫉妒心，会不会"被表面现象蒙住"，没有细想。现在想来我似乎是不知趣，太傻气了。

我喜欢你，你又不能果断决定和谁好，郑小兰呢，因为小莫不会放手，也不能投向你的怀抱。我倒无所谓，爱上你是幸福的，你不爱我我只是得不到最大的幸福罢了。最苦的是郑小兰，你追求她，她也喜欢上了你，可是看到我喜欢你，她就很难过，你看她日益憔悴，面无血色，我真又可怜起她来了。她呢，只要我一推单车出来，就问我是不是去秦河那里、又去骚了，无缘无故地哭，弄得医院的人莫名其妙。以前我也不知，只是觉得她无聊，其实她是在吃醋，又不敢出丑，可怜又可悲。

现在大家都不要痛苦的话，唯一的办法只有你做出果断的决定，要么去爱她，要么仍喜欢我。你说呢？

第 7 章

“媒婆”罗阿姨

闲逛记：深山惊魂（上）

徐娜要分手

你是喜欢我的

25 “媒婆”罗阿姨

“秦河，总是不见你在办公室，你都在忙些什么?”我正往学校外面跑时，詹校长骑着自行车进校门，差点和我撞了个满怀，他下了单车，一脸好奇地问我。

我心里一惊，如小偷行窃时被捉住了手的感觉，我想坏事了，神龙见首不见尾的詹校长，竟关注到了同样见首不见尾的我。我忙说：“没去哪儿啊，有时候上班没事，就回宿舍看书去了。”

“前天上午，想问你点事，还去了你宿舍，拍了好久的门，都没回应。”

我心里又是一惊，慌忙假装回忆：“前天上午……刚好上街买东西了。詹校长找我有什么事?”

“现在我都忘记是什么事了。”詹校长推着单车往办公楼去，“没事也不要乱跑哦，当上班还是要上班嘛。”

今天是双江镇集日，我打算去赶集，听詹校长这么一说，只好往回转，跟在他身后去办公室。

上班四个月了，我来办公室的天数加起来没超过半个月，而且大多是因为开会才到的，在办公室里坐上整个上午或下午，一次也没有过。

这里说多闲就有多闲。这四个月里，我还没做过一件跟党校的业务有关的事——比如上课，倒是隔三岔五被抽去帮别的部门干活。全校共有十三名工作人员，天天来办公室的也就三四个，其中一个校办主任兼任秘书老范，是必须守办公室的；还有一个出纳兼图书室管理员罗阿姨，要时刻准备着为领导取钱、报账，也得每天来办公室一趟；还有一个五十多岁的汪老师，他的家在乡下，一个人住在党校，又这么大年纪，每天除了去办公室，还能去哪儿？另外再加上一个詹校长，詹校长只能算半个，因为他也不是天天来，只能说来得还算较多一些。

我坐班的办公室只有两个人，另一个是教数学的莫老师，三十多岁，此人有一个最大的特点，就是话痨。他要在你旁边，耳根别想清净。很不巧，今天他也来办公室了。

“秦河，你潇洒哦。”他一见我就说道，声如洪钟。

“我潇什么洒？”

“十天半个月都不见你来上班，怎么不潇洒？”

我吓了一跳，心里感觉又像做了一次贼。我怀疑是不是整个学校的员工都知道了我老是不来上班。肯定的，跟这个大喇叭在一块儿，休想什么事都瞒得住，校长肯定也被他灌了耳边风。我想我得堵住他的嘴，或者说消除他的“误解”。我扔给他一支“三塔”，说：“我老是被抽去县委那边做事，哪坐得了班？唉，你们一个个都不爱去，学校只有我最年轻，詹校长次次都点我的将。”

“又没加一分钱工资，谁愿意去做两份事呢？”莫老师眉毛一扬，说，好像他在办公室闲坐着也是做一份事似的。

莫老师洪亮的声音很快传遍十里八乡，接着有一个人凑热闹来了，他是教政治课的周老师。“周老师，坐，坐。”莫老师热情地招呼，还分给他烟，好像周老师是来他家里做客一般。

“你们讨论什么？”周老师一脸纯粹的好奇，急切地想加入我们的讨论，看来他也是极度无聊。

“刚才我们在说，县委那边老是从我们这里抽人过去干活。”莫老师一本正经地说。

“是啊，我也觉得奇怪，既然人手不够，为什么不直接调人进去，老是从外单位抽人，给他们白打工。”周老师义愤填膺。

又一个人鬼头鬼脑地出现在办公室门口，是教党史的汪老师：“出什么事了，叽叽喳喳的?”

今天奇了怪了，怎么个个都来了。是不是得知我上班来了，都过来看稀罕，就像农村有人结婚，个个都会去看新娘。这么一想，我仿佛自己真成了新娘，浑身不自在。我趁他们争论得热闹，溜出了办公室。

我也不知道上哪儿去，站在走廊上发了一会儿呆，我去了图书室。

在安静的党校里，图书室又是最安静的地方。老师们还有其他员工再无聊，也不会跑到图书室来扎堆。图书室里只有管理员罗阿姨孤苦伶仃地守着，不过对于罗阿姨来说，她也许并不觉得孤苦伶仃，因为她是一个好静的人，喜欢独处，所以她来学校后，待在图书室的时间反比待在财务室多。

“罗阿姨，找几本书看。”我说。

“哦。”罗阿姨正埋头看一本彩色杂志，没空理我。

我钻进了一排排书架中。别看党校不像一所学校，图书室倒还有点规模，估计藏了一两万本书吧。不过大多是旧书，甚至“文革”期间出版的书，什么《金光大道》《红灯记》之类。我一排排仔细搜寻过去，发现还是有不少好书的，如狄更斯、巴尔扎克的书，虽然现在的读者不怎么鸟他们了，但我认为他们的书是经得住历史的大浪的。

我找到了一本感兴趣的书，巴尔扎克的《驴皮记》，这本书在巴尔扎克的作品里有些另类，他的书基本上都是现实主义的，但这本书却有些魔幻。我登记了书，便回了宿舍，躺在床上看。

过了一天，我去还书。这回罗阿姨不看书了，在发呆。看她闲着，我也不好意思放下书就走，便跟她闲聊起来。

“小秦，你有女朋友了没有?”罗阿姨问我。

“没有。”

“在大学里怎么不谈呀?”

“谈了也是白谈，一毕业，作鸟兽散。”

想想那时候的我们，真是单纯，许多人的意识里，谈了恋爱，接下来就是结婚，不会去想大学四年正是泡妞的好时光，因为毕业后每个人几乎都会被分配到不同的地方，相隔千山万水，这是离开学校时甩掉旧女友、另觅新欢最好的理由了，说谎都不用打草稿。

“想不想找个女朋友?”

“想啊，罗阿姨帮我介绍一个?”我顺口说。

“你别说，还真有个女孩子托我给她介绍对象。”罗阿姨呵呵笑起来，很甜美。中年女人嘛，遇到做媒的事都很兴奋。

“好啊，罗阿姨哪天带我去见见她。”我也有些兴奋。我想到了蔡晓涵、唐小妍，我先后对她们动了心，可到头来都是无疾而终，真让人泄气，又让人不甘心。如今一个恋爱机会再次摆在我面前。

“不过，女孩子不是在本县，在竹县一家医院上班。她很想调到肯县来。”

“哦。”我有些失望。

罗阿姨可能发现了我脸部表情的细微变化，又说：“是一个很漂亮的女孩子哦。”

我马上又想到蔡晓涵、唐小妍，我想，要是再遇上一个像她们那样漂亮的姑娘，可不能再失去机会了，我说：“肯县到竹县不远嘛，也就五六十公里的路程，去看她也很方便。”

“她说不用你跑。反正她跑调动，会常来肯县，一并来看你。”

“她什么时候来肯县?”我的兴趣被吊起来了。

“这段时间她比较忙，一时半会儿可能来不了。你们先写信交往着好不好?一点了解都没有就见面，恐怕也不合适，通过书信各自介绍自己，大家心里先有些底了，见了面，才聊得起来嘛。”

我觉得罗阿姨说得有道理，同意了，于是罗阿姨给了我女孩的名字和地址。

回到宿舍，我找出信笺和笔，开始构思如何给那个从未见过面的女孩夏晓湄写情书。我一个中文系毕业的，面壁虚构的能力还是有一点的，只花了半个小时，便把信完成了。

26 闲逛记：深山惊魂（上）

我又一次出现在双江镇集市上，集市的喧闹让我兴奋。

双江镇是肯县的一个大镇、北片乡村农副产品集散中心，每到集日，一派热闹繁忙景象，条条巷子都挤满了人，挑担子的、扛扁担的、提篮子的、推板车的、牵狗的、拖麻袋的，来来往往，摩肩接踵，有时人不得不斜着肩膀走路，一不留神就会踩着人家摆摊的青菜。吆喝声此起彼伏，煎饼摊浓烟四起。当然，对于城里人来说，一个乡村集市没什么好逛的，可是我这个小县城的闲极无聊之人，也只有逛逛集市、凑凑热闹了。

正逛着，看到了同村的祥生，我已经两年没看到过他了，只听说他在天都山脉深山老林里种香菇，于是向他走过去。祥生也发现了我，老远就掏出一支“三塔”，等我走近了，便递给我。

“不进山了?”我问他。

“进的，赶集买了些东西马上就进去。”祥生说，“你怎么不上班?”

“我上班就是东游西逛。”我笑说。

我陪着他走东店串西铺买东西，问他在山里的情况。“要不，跟我进山玩几天怎么样?”祥生说。我想了想，答应了。反正也是无聊至极，去哪里逛不是逛?我们买好了面条、猪肉、大白菜、解放鞋、刀具后，踏上了前往山里的班车。

班车弯来拐去行走了两个钟头，在公路的尽头河源村下了车，接着翻山越岭，又走了一个小时盘山小道，才到达目的地长坡寨，天几乎黑下来了。第一次走这么远的山路，走得我腰酸背痛，两脚发软。

山里人家好客，祥生的表哥富生一家，做了一顿丰盛的晚餐招待我，其中有道菜我闻所未闻：炒蚯蚓!

蚯蚓粗如泥鳅，可以把肚皮破开挖掉内脏，估计在地下生活了几十个年头。富生介绍说，把蚯蚓里外洗干净后，与粗盐、豆腐乳、老辣椒、老姜、老蒜头一道放进缸里腌，年头越久越好吃，今天拿出来的腌蚯蚓已经存放三年了。“你尝尝，真的很好吃。”富生夹了一条蚯蚓放进我碗里。

“在山里，这道菜是专门招待老亲家或女婿的，难得吃到哦。”祥生说。

我战战兢兢夹起蚯蚓送进嘴里，感觉脆、软并酸辣酸辣的，类似于萝卜干。我发觉吃进去不恶心，又夹起了第二条，嘴里说：“嗯，好吃。”

好客的富生，还特意从寨子里叫了两个小伙子来陪我喝酒，这让我暗暗叫苦，因为我酒量极差。虽然富生家的酒是那种乡村自酿的土酒，度数不高，但几个人不停地敬酒仍让我招架不住。十几杯下肚后，我面红耳赤、头晕脑涨，富生只好扶我进房里躺下。

这一躺下直到次日早上才醒来。刷牙洗脸后，见早饭还没做好，我和祥生便去村巷子里走走。长坡寨坐落在崇山峻岭中的一面坡上，一座座房屋如一块块乱石，夹杂在层层梯田间。梯田中的稻禾已经收割了，一条条弯曲的田埂极其显目，层层叠叠，密密麻麻。我们在路边一块大石头上坐下来抽烟。

眺望连绵不绝的山峦，我的目光变得如 X 光，穿射更远，到了山外，到了北京、上海、重庆、成都、武汉、广州，我看到了那些分配在这些大城市的同学，他们衣着光鲜，神采奕奕，意气风发，憧憬着美好的未来，穿梭于车水马龙中，步履匆匆地去上班，而此刻，我却在这深山老林里，漫无目的、毫无意义地闲逛。中文系全年级一百三十五个同学中，恐怕只有我一个如此吧。

我想，混到这地步，我是彻底沉沦了。我不由有些伤感。

几十米外的田埂上，出现了一个女孩，挎着一只篮子，篮子里装着青菜，估计她刚去园子里摘了菜回家。她看到了我们，朝我们笑了笑。我不认识她，她的笑让我莫名其妙。

“昨晚上我和她睡了。”祥生神秘地告诉我。

“什么！”我吓得耳朵嗡嗡地叫。客居在人家寨子里，竟敢睡人家的姑娘，也太狗胆包天了吧。

我注视女孩，发现她还蛮漂亮的，虽然五官看不大仔细，但可以看出模样端正、清秀，身材也苗条、匀称，她的年纪估计也就十六七岁。

祥生说，女孩名叫小玉，两年前就认识了，不过那时她还小，才读罢初中，基本上没有来往。但小玉发育很快，应了那句话：女大十八变。前一阵，他出山回家了一段时间，回来时再见到小玉，发现她竟成了一个亭亭玉立的大姑娘。

小玉是个活泼的女孩子，喜欢串门。表哥因为他，经常叫寨子里的年轻人来喝酒、打牌，有时她也跟着过来凑热闹。久而久之，竟喜欢上了他这个山外人（祥生虽是一介农夫，除了皮肤黝黑点，其实也是一表人才，有点像日本影星山浦友和)。他本来也喜欢小玉，见她主动投怀送抱，哪抗拒得住，此前两人已亲过几回嘴。

昨天晚上，小玉又来表哥家玩，那时我已经睡下了，自然不会看到她。后来祥生去屋外上厕所，她也悄悄跟了出去。

“昨天我舅公去世了，我爸妈、哥嫂他们都去我舅公家办事了。家里就我一个人守屋。”小玉对他说。

祥生顿时明白了她的意思，心中狂喜。两人悄悄往她家走，电筒也不敢打开。进了她家，果然黑灯瞎火没一个人……

“你打算讨她做老婆？她才十七岁。”我说。

“急什么呀，先玩上一阵再说。”

祥生的“开放”让我颇为吃惊，即使是城里人，也没几个男人跟女孩谈恋爱敢于抱“先玩上一阵再说”的态度，三天两头换女朋友的人，在社会上名声往往不好。

“你有女朋友没有?”祥生问我。

我摇摇头，祥生又说：“你是大学生，在上海待过，眼光肯定高的。”

我苦笑一声，没有回答。我不知道怎么回答他，眼光高眼光低又如何?眼光高，喜欢上一个省城女孩，结果被拒；眼光放低些，看上一个乡镇女孩，自己又不大甘心，结果被同学抱得美人归了。

富生一路找过来了，叫我们回屋吃饭。

吃过饭，祥生叫我跟他们一起上山砍树。那时候，祥生的菇场还比较原始，用原木发香菇，所以到了冬季，都要上山砍些栗木、栲木，扛回菇场备用。

天都山是肯县最高的山脉，海拔两千多米，砍伐点过了半山腰，山路绕来绕去，起起伏伏，像是永远也走不完，虽然我从小做惯农活，可从未爬过这么高的山，而且四年大学生涯，再没干力气活，一身力气都消失了。到了砍伐点，我累倒在树丛里，半天起不来。祥生也不管我，任我怎么着。他们砍好了木材，才叫我起来。下山更要脚力，何况肩上还扛着一根树径有十多厘米，长五六米的栲木。下到山来，我全身快散架了，双腿肌肉胀得要爆裂。吃过晚饭不一会儿，我便睡下了。

半夜里，我被摇醒了，祥生站在床前，紧张而小声地对我说：“快起来，跟我一起去找小玉。”

“小玉怎么啦?”

“跑了!”

“什么叫跑了?”

“别废话，快点，到外面我再跟你说。”

我三下五除二穿好衣服，拿上电筒，跟着祥生出了门。在巷子里，祥生告诉我，吃过晚饭后，他去小玉家幽会。正干着事，小玉的父母、哥嫂回来了。他赶紧停工，穿好衣服，屏声静气，等待他们都睡了后溜走。

小玉的妈妈叫她出来做点事，小玉开了灯，出门后却忘了关灯。祥生躲在门背后，总觉得灯光刺眼，觉得灯光下自己像站在大庭广众中，心里发虚，他忍不住伸手拉灭了灯，开关“啪”的一声，被小玉的妈妈听到了，她心生疑窦，走进小玉的房间察看。

小玉的妈妈开了门进来，背朝他时，他嗖一下冲了出去，小玉妈妈大喊“抓贼”！小玉大惊失色，也跟着跑了。

两人在巷子里会合，小玉带着哭腔说：“出了这样的事，我爸非打死我不可。祥生哥，我们走吧，你带我走吧。”村口有灯光闪照，两人赶紧往黑暗深处跑，后来灯光消失了，两人也放慢了步子。“祥生哥，我们私奔吧。”小玉又说。

“私奔?”祥生吓了一跳，在他的预想里，他和小玉的事压根没有这一条选项。可是事情突然变糟了，他也不知道怎么办。私奔吧，本来她家里人还不知道那个“黑影”是谁，这一跑，人人都知道是他了，他以后还怎么来长坡寨? 即使他不再回来，也不等于事情就完了，小玉一家肯定要找他表哥一家算账，而且私奔，他能带她去哪里，回自己村? 同样会被她家人找上门来。可是，叫小玉回家吧，她爸是个出了名的暴性子，一怒之下把她打死打残都是有可能的。

祥生正犹豫着，小玉咚咚跑了，他只得追上去。在村口，总算把小玉揪住了。小玉这一闹，倒使他做了决定，就是不能让她跑。如果她跑了，小玉一家将记恨他一辈子。他眼下是不可能娶她的，她才十七岁，屁事不懂，说不定哪天跟他吵架，又跑了呢？他怎么还人家女儿？

“怎么能私奔！”祥生拖着小玉往回走，“你跟我回去！家都不要了，怎么行？你爸最多罚你跪瓦片，不会拿你怎么着的，怎么说你也是他的女儿。”

小玉说：“怎么不能，寨子里有好几个姑娘跑出去了呢。”

“你跑出去你爸更生气，说不定不认你了。”

小玉哼一声：“不认就不认，回我都不回来了，还要他认做什么？”

“父母都不要了怎么得了！不行。”

“不行不行，你就晓得说不行，你这没良心的，我一个人走算了。”小玉甩掉他的手，掉头而去，祥生生气了，说：“不许你再闹了，没头没脑的，事情闹大了你就高兴了，你跟我回家去。”揪住小玉要她回去，小玉拼命挣扎，仿佛祥生要把她往狼窝虎穴拖，两人扭打起来，小玉毕竟是个十七岁的小女孩，三下两下就给祥生抓住双手，按在高高的田埂上，为抓牢她，祥生几乎伏在她身上了。“起来，别碰着了孩子。”小玉说。孩子？哪儿有个孩子？祥生摸不着头脑，小玉说：“我肚子里呀。”祥生惊骇得魂飞魄散：“你有了孩子？”

小玉点头。祥生想这下事情严重了，难怪她要逃走，问：“他爸是谁？”

小玉说：“亏你问，你忘了9月份在树林摸我奶子……”

祥生倒吸一口气：“怎么可能？你不是问过你嫂了嘛，摸摸奶子是摸不出孩子的。”

小玉说：“可偏偏我就怀上了，我恨死你了……”

“我明白了，你给人家放了炮，想把赃栽到我头上来，这就是你要和我私奔的目的是不是？”

“自己的孩子都不认，真没良心。”

祥生意识到事情变复杂了，越发觉得不能跑，他想出了一个主意：“这样吧，你先到我表哥家住一晚，等天亮了，让我表哥或姨父去找你爸，帮你求求情，你爸一定会原谅你的。如果你爸还是不原谅你，我们再私奔也不迟。”

小玉想了想，同意了祥生的建议。往回走，到了富生家门口，小玉说：“那你也要先跟你表哥商量才行，要是他不同意呢？”祥生觉得这样更妥当，于是叫小玉站在墙角，他把富生喊出来。

祥生喊开了门，小玉却跑了！

27　徐娜要分手

徐娜走出学校时，又看到了守在大门口的高屹，但她脸上没有惊喜的表情，而是显得有些不高兴："告诉你多少次了，来之前打个电话告诉我，要是我有事回老家了，你岂不是白跑一趟？"

高屹嬉皮笑脸："看来这一招不能让你惊喜了，得换个花样了。"

徐娜发现高屹脸色不大好，一脸菜青色，人似乎也瘦了些，颧骨突了出来，便问："高屹，你怎么变得这么憔悴，发生什么事了？"

"没有呀，"高屹摸摸脸，"可能跟天气有关吧，天气一冷，我就会变瘦，就像热胀冷缩，嘻嘻。"

徐娜伸手摸他的脸颊："你是不是生病了。"

"真没有，要不，我跑五千米给你看看。"说着，高屹当真跑起来，不过不是往前跑，而是跟随着慢走的徐娜，几乎是原地踏步。跑了不到一分钟，他感到有些气力不支了，又看到徐娜似乎不感兴趣，便停下来，眉开眼笑说："你看，没事吧。"

徐娜继续往外走，但没挽高屹的手臂。高屹像个小跟班似的，紧紧跟在身后。他问："今天买什么菜？"

徐娜说："不做饭了，我们在外面吃吧。"

听到这句话，高屹竟有些兴奋，犹如一个馋嘴的小孩子。这九天来，他几乎餐餐都是吃红薯、白饭，偶尔带点青菜，昨天才发工资，还没给自己做顿好吃的，就赶来了："好啊，昨天我们刚发工资，正好吃顿大餐，蛮多天没吃大餐了。"

"吃大餐，一餐就你把一个月工资全吃没了。"

"没事，我家还有大把木头。"

两人一边说一边走路，回到了宿舍，徐娜放下包，又洗脸、化妆，高屹躺在床上，仰望房间各个角落。他说："我总觉得房间的墙壁空了些，缺少一种气氛，如果挂点什么东西上去就会强很多。娜娜，明天我陪你去影楼照几张艺术照怎么样，往墙上一挂，那肯定是满屋生辉。"

徐娜不说话，只顾忙自己的活儿。“娜娜，你觉得我这个想法怎么样？”高屹问。

徐娜忙完了，从墙上摘下另一只小巧玲珑的斜背包：“别想那些虚幻的事了，有那闲钱，还不如去吃大餐。走吧，吃大餐去。”

他们一边逛街一边找地儿，看中了一家“竹篱笆湘菜馆”，这是一家中档餐馆，但在省城颇有名气，不断扩张，估计开了十几家分店，走到哪儿，都能看到它的招牌。现在才下午五点多，店里已是顾客盈门了，一派闹哄哄、热气腾腾的景象。

两人找了座位坐下，跟随的服务员递上菜单。高屹把菜单递给徐娜，让她点菜，徐娜也不客气，边翻菜单边名报菜名，都是些大鱼大肉，一口气报了五个，还要了一瓶长城葡萄酒，果真是大餐。不过，高屹身上带着刚领的全部工资和借的一些钱，共二百多块钱，他心里不慌。

“我看你瘦了不少，该补一补。”徐娜说。

“好，那就好好补一补。”

高屹吃得狼吞虎咽，似乎全身每个细胞都张着大口，问他要肉吃。他十天没吃过一粒肉了，也就顾不得徐娜在一边看着他了，其实不能说“顾不得”，而是实在太渴望吃肉，狼吞虎咽成了下意识动作，连他自己都没意识到吃相难看。徐娜吃得很少，慢条斯理，半碗汤一个晚上都没喝完。

五个菜一扫而光，高屹感到肚子鼓胀得难受，不得不将皮带往后移了一个扣眼。徐娜叫服务员埋单，服务员在总台算好账，拿着单子过来，说：“一共四十五块。”

徐娜打开斜背包，找钱包，高屹手快，变魔术一般，他的钱包就在手上了，徐娜说：“我来。”高屹说：“怎么能让你来？”打开钱包，往外拽钱，徐娜按住他，说“这次让我请吧”。高屹仍说不行，怎么能让女孩子请？

徐娜生气了，大吼一声：“我掏钱怎么了？”

高屹愣住了，手在钱包里忘了动，徐娜趁这空隙，把钱交到了服务员手上。一时两人都不知道如何化解尴尬的气氛，沉默无语。

服务员找零后，徐娜说：“我们走吧。”口气很温柔。高屹老老实实地跟在后面走。出了饭店，徐娜说：“我感觉天好冷，不逛街了，我们回去吧。”搂住高屹的腰，偎在他的右胸部。高屹紧紧搂住她，似乎要把自己身上的热气传到她身上。

“刚才没生我的气吧？”徐娜问。

“我生什么气，你刚才不是骂服务员吗？”

“你说对了，我就是骂服务员。”徐娜呵呵笑起来。

回到宿舍，徐娜嘴里直嚷着“好冷，赶紧洗澡钻被窝”，宽衣解带，高屹便去卫生间开了热水器。徐娜进了卫生间，对高屹说：“你也一块儿洗。”平常徐娜都是喜欢一个人洗的，今天竟叫他一块儿洗，让他感到有些不同寻常，是想补偿刚才骂了他吗？能和她一块儿洗澡，刚才挨骂也值了。高屹以最快的速度脱光衣服，兴高采烈地冲进卫生间。

徐娜的全裸身体，两年前一起在北海玩时他就看了，娇美、结实，后来她再没当着他的面全裸。现在再次看到，淋浴中徐娜的裸体更有一种别致的美，柔和、圆润、富有光泽，他冲动起来，抱住了徐娜。徐娜按住了他变得直挺挺的老二，不让它乱动，说：“你这个色情狂。”

“它本就是为色而生的。”

高屹大胆地在徐娜的身上摩擦，徐娜的呼吸喘急起来，高屹将徐娜的一条腿往上搬，要跟她做爱，但这种做爱方式让徐娜感到有些别扭，她说：“到床上再做吧。”

两人三下五除二洗完澡，钻进了被窝……

一场酣畅淋漓的情战结束时，两人都疲惫至极，相拥睡去。到了半夜，高屹醒了，因为徐娜的手放在他裆部，刺激到他了。他问：“怎么没睡？”徐娜说睡不着。高屹笑问：“是不是还要来一次？”徐娜娇媚一笑：“行不行啊。”

“那就来吧！”高屹睡意顿无，情绪高涨起来，他一个翻身，把徐娜压在了身下，他说：“娜娜，我爱死你了，我要跟你大战三百个回合。”徐娜说：“放马过来吧。”做爱中，徐娜发出从未有过、呼天抢地般的喊叫，听上去十分的惨烈，高屹知道，这不是惨烈，而是它的反面，快乐，极度的快乐。在徐娜的“呐喊”激励下，高屹越发兴奋，如斯巴达勇士，奋不顾身地冲杀……

第二天早上，睡意沉沉的高屹是被徐娜摇醒的。“又没上课，再让我睡一会儿。”他慵懒地说，翻了个身，趴着睡。昨晚上实在太累了，腹部的肌肉现在还能感觉到扯痛。

“已经九点了，再晚就赶不上回去的车了。”

“我明天才回。胡校长同意我调了课。”

“起来吧，我做好早点了。等一下我还有件事想跟你说。”

高屹穿衣起床，刷牙洗脸后，端起徐娜盛好面条的碗吃早点。吃完后，他坐在床上，徐娜坐在对面的椅子上，两人隔空相望。徐娜说：“高屹，我想我们还是分手吧。”

高屹脑子里嗡的响了一声，仿佛有根弦断了，他傻傻地望着徐娜，眼里写满了“为什么”。

“真的，高屹，我们分手吧。”

“娜娜，别……”

28 你是喜欢我的

秦河：

你好！前天下午去你宿舍，依然不见你，心里十分惆怅，吃了晚饭，便去找顾小晴玩。和她聊起你，她怀疑你是不是在脚踏两条船，所以对我不冷不热，想等某个时机一到扔弃一条船。我细想了一下，觉得她说得有点道理，心里又急了，恨不能马上赶去你那里，向你问个明白，可是，又担心你不欢迎我。犹豫了好一阵子，终归还是没去。

想了一个晚上，最终还是控制不住自己，昨天早上一大早又跑去党校，我在学校里等啊等啊，感觉过了一个世纪，你仍没有回来。学校里一个人影也不见，空荡荡、冷寂寂，我不由得想，你在这样一个学校里待着一定很孤单、寂寞，所以你总是在宿舍待不住。可是你一天到晚跑外面去忙些什么呀？人家当老师的，都是一天到晚不出校门，你倒好，整天都看不到你的影子。我真想跟你较较劲，一直等下去，看你回不回。可是我下午要上班，如果你到下午都不回，我不但见不到你，上班也误了。想了想，到中午时还是回了春岭。

三天前给你写过一封信，我想这个时间你应该回信了吧。见不到你人，看到你的信也知足了，所以一回到春岭医院，我就兴致勃勃地奔去院办公室，问有我的信没有，谁知没有。我像被人劈头盖脸浇了一盆凉水，全身都凉了。你是没收到我的信，还是有意不回信？我胡乱猜想了一个下午，时不时脑海中回想起我们以往在一起聚会的快乐时光，弄得我一会儿快乐甜蜜，一会儿痛苦伤心，像个精神病人一样。

晚上，做了一个梦，梦见你微笑着向我走来，对我说道歉，说以后要好好待我，不再躲着不见我，不再让我生气伤心。我心里好安慰好安慰。

今天下午，涂医生拿了一封信过来给我，我一看信封右下角，落的是“内详”，我以为是你的信，心就“怦怦”地猛跳了两下。我来不及找剪刀了，直接用手就撕开了信封。谁知信是顾小晴写来的。这家伙，开起我的玩笑来了（因为我给她看过你写的信，信封上寄信人就是写“内详”）。

顾小晴告诉我，她认识他们厂办的秘书小郭，觉得他人不错，还没有女朋友，想介绍他做我的男朋友，不知我愿不愿意，还说她跟小郭说了，小郭同意先见见面。我马上写信回绝了她，因为我心中已有了你，我不可能再去结识别的男孩子。只是，我心里有了你，你心里有我吗？这对于我来说，是个未知数，这样一想，我忍不住又哭了。

这个星期天我休息，想再去见你，不知欢迎不欢迎？欢迎我就去，不欢迎就算了。

补充：写完信，又看了一遍你的信，真是“读你千遍也不厌倦”，我现在才看出来，信中你已告诉我，你是喜欢我的，只是怕我不了解你，怕我以后后悔，所以写得委婉，你并没有拒绝我，也没有喜欢别人，而且也没有别的女孩子爱着你。我是从你信中这句“谁我也不会喜欢的，包括我自己。你是个好姑娘，大千世界会有值得你喜欢、真正喜欢的人儿的，我是不值得哪个姑娘去爱的……”看出来的，你也真是，写得这么含蓄，令我胡思乱想，胡乱猜测。

秦河：

你好！这几天一直盼望着收到你的回信，可是老天爷却老和我开玩笑，让我接连收到信，却没一封是你的。昨天收到的信，我以为是你的，结果是顾小晴的；今天又接到一封信，信封右下角落款也是“内详”，我猜测这回应该是你的信了，好高兴，我不着急了，找来剪刀小心翼翼地剪开，生怕剪着了里面的信纸。谁知打开一看，又不是你的。是云州市法语爱好者协会秘书长周老师写来的，真奇怪，我都好久没跟他联系了，他怎么写信给我？他在信里鼓励我继续努力学好法语，还说有空多去协会参加一些学习交流活动。

看了信，心里五味杂陈。我都三个月没学法语了，天天都在想着你，什么事都不想去做。本来我打算好了，以后和你在一起了，我们一起搞翻译，你不是懂法语吗？我虽然不怎么懂，但我可以跟你学呀，我相信，以后我们共促共勉，定能学好，实现愿望。可是，你对我若即若离的，这个愿望不知何时能实现。

我好想跟你聊聊这件事，可几次打电话到你学校，接电话的人都说你不在。

天渐渐冷了，你要注意身体，不要又感冒了。9 月份你那次小小的感冒，竟一个星期都没好，真是个弱不禁风的书生呵。

秦河，我晚上翻看《肯县青年》报，在“鹊桥”一栏看到一则征婚启事：“他，男，二十七岁，身高一米七五，大学文化，性格内向……”这个人是不是你？怎么回事嘛，在乡下牵着我和郑小兰的手，却又在县城搞征婚，真不知你怎么想的，到底要寻找一个怎样的终身伴侣？我这么痴情于你，你像是在乎又像是不在乎。

刚才，郑小兰过来玩，她对我说：“小芳，我表姐跟我说了，要成全你和秦河，叫我断绝与秦河的一切来往，我也写信劝劝他，对你热情点。”我很奇怪，为何她突然又不喜欢你了。郑小兰说：“我什么时候喜欢他了？也就是跟他聊聊天啦，你不要误会。秦河那个人，一天到晚心事重重的，一点男子汉气概都没有，我才不会喜欢呢。”

看她认真、诚心的样子，我相信了，心里好高兴。早知这么回事，心里就没那么多纠结了，我情不自禁搂住她，说：“小兰，你真是个心地善良的人。”小兰说：“明天我就和小莫去领结婚证了，也祝你和秦河早结良缘。”我说：“他呀，好像不喜欢我，写了一封信给我，说他谁也不喜欢。”郑小兰说：“口说无凭，让我看看那封信。”我给她看了，她说：“真是的，我写信去骂他。”我又给她看《肯县青年报》上的征婚启事。我说：“他这个人自尊又自卑的。”郑小兰说，大学生哪会自卑？显然她并不了解你，幸好她并不喜欢你。我告诉你这些，你不会伤心吧，我只是告诉你事实，以后你也没必要三心二意了。

郑小兰还问我，女孩子找男朋友是不是图他的钱，我说：“不是的，是为了共同语言。”秦河，告诉你，如果你是个百万富翁，我还不一定看上你呢。

写完这封信后，又看了一遍你的信，字里行间看得出你是喜欢我的，只是表述有点含蓄罢了，中文系的学生就是这样，有话不好好说，害得我没有真正领略到。我也不胡乱猜测了，不犹豫不决了，我要好好地去爱你，关心你。我现在正加紧织一直在织的毛裤，好早点给你织件毛衣。星期六下午等着我，我去你那里，量一量你穿多大的毛衣。

第 *8* 章

29　鸿雁传书

夏晓湄：

你好！冒昧给你写信，见谅。

前几天，罗阿姨跟我聊天时，说介绍一个女孩给我认识，一位挺不错的姑娘，叫夏晓湄，容貌美丽、身材姣好、性情温婉，让我顿生向往之心。

罗阿姨叫我先写封信给你，这可叫我为难。给一个只知其名却未曾谋面又不了解的姑娘写信，该怎么写呢？仿佛是给梦中人写信一般，能凭借的只有想象，只有憧憬，只有热情，却比给梦中人写信难多了。梦中人是一个个梦幻的集合，描绘她的时候尽可以发挥大脑最丰富的想象，用尽世界上最美丽的词语。可是梦中人毕竟是虚幻的啊，晓湄可是一个现实中的人，何况还要读我写的这封信哩，我可不敢胡言乱语，花言巧语，不是吗？我只能把我对这位姑娘的千万种想象、千万种赞美储存在脑中，化为梦中人，我相信会有一天，这位姑娘与我的梦中人合二为一地出现在我面前。到那时，再把世界上最美丽的词语、最美好的祝愿全献给她。但愿这一天不久就会到来。

互不相识，在信中不知也不好说些什么，只希望你能来肯县玩，使我们有机会互相认识、接触和了解。我想晓湄一定是个讨人喜欢的女孩的。肯县有个秦河，是个热情的小伙子，他一定会让你在肯县玩得开心的。当然，如果你能让我去竹县看你，就更好了，我随时可以动身。

战战兢兢写下第一封信，但愿还能给你写第二封、第三封、第四封……一直写下去。

秦河

秦河：

你好！上班一眼看到信，见信封上的落款，便知是那位陌生的朋友——秦河写来的。

我有一张你的照片，是罗阿姨寄给我的，给我的第一印象是你这人挺严肃的，可一看完你的来信，这种感觉就荡然无存了，你的来信是那样幽默、流畅、自然，是我所不及的。很多同学都夸我的信写得流畅，但在你的来信面前，我失去了信心。

真希望你不要把我想象成你的梦中人。我不知道该怎样描绘我这副尊容，胖胖的身材，微黑的皮肤，明显的皮肤皱纹，既没有优雅的风度，更谈不上高雅的气质。总之，我是一个比一般姑娘还要难看点的女孩子，你要做好思想准备，以免见到我时，以为这一定不是夏晓湄，是谁冒充我来骗你，这就太糟了。我真的不漂亮，这绝不是我在玩故弄玄虚的花招儿。

本想这个星期天去肯县的，但我刚从内科调到外科了，科室正好有个护士休病假，这几天护士长的父亲又生病了，科室人手不足，一时走不开。月底可能会有时间去肯县玩，请见谅。

心里越想把信写好一些，就越力不从心，没办法，只好让你见笑了。稿纸上涂抹了一些地方，挺不好意思的。

夏晓湄

夏晓湄：

你好！上封信寄出后，我一直担心会石沉大海，没想到这么快就收到了你的回信，真叫人高兴。

看了信，很惊讶。一个女孩子为什么要说自己不美丽不漂亮呢？美丽和漂亮是女孩子的权利，当然，美丽和漂亮是两码事，漂亮的人不一定美丽，美丽的人不一定漂亮，漂亮是外表的美，美丽是内在的美。晓湄应该大方地说自己既漂亮又美丽才是啊。

你怎么会认为我挺严肃的呢？罗阿姨对我的评价是一见人就笑，是不是你拿错了照片，或罗阿姨给错了照片，把别人的照片当成我的了？明天你写信问问罗阿姨，如果真是这样，那我可就冤枉了。

看信中所说，晓湄是一位责任心挺强的护士，护士工作确实挺辛苦的，不但要三班倒，上班期间也不得有半点懈怠，否则打针偏了，病人屁股会痛两次的。虽然我难得上趟医院，偶尔一两次去，看到娇娆的护士们奔走于一个个病房，步履匆匆，脚下生风，如天使翅膀一般的白大褂的衣襟被风微微拂起，真有些不忍心来看病，让她们劳累。

肯县是个好地方，冬天的北风能把太阳刮得面目全非，最适合人们穿风衣，还有县城边的小河里，有许多鸭子可观赏。来的时候告知日期，随时恭候。

秦河

秦河：

你好！知道吗，我是一个自卑、缺乏自信心的女孩，这个弱点表现在我生活中的每一个细节上。我曾经想要克服它，但始终做不到，我无法像别的女孩子那样爱慕虚荣。所以我要对你说，我真的是一个比一般姑娘还要难看一点的女孩子，这不是自谦，事实就是如此。说实话，要去见你，我心里很忐忑不安呢，但你的幽默又逗乐了我。谢谢你。

多么希望你是一个充满自信而又乐观的人，也许我这是在追求互补，对吗？我不知道该怎样让你了解我，反正我这个人性格不太好，容易发火，又特别的执拗，顽固不化，有人批评我娇气十足，但这点我是不承认的，我只是在父母面前有分寸地撒娇，从不蛮不讲理，强人所难。我倒觉得自己的依赖性比一般的女孩子强一些，这可能与自己的生活环境有关。医院有的女孩子能干极了，编织、缝纫、打扮都拿手，而我怎么学也学不会。跟你说这些，也许你要笑话我了，一定会认为我中了柏杨的毒，老是说自己丑陋的一面。其实我倒是很赞成柏杨的观点呢，好的不说也知道，重要的是要充分认识自己的不足，你说呢？

告诉你，罗阿姨不会将你的照片弄错的，怎么会呢？这件事她一定会慎重的，可能是我的直觉错误。我可能月底去肯县，不会给你添麻烦吧？

另：恕我冒昧，我喜欢看你第一封信那样小一点的字体，第二封信的字大了一点，反而不如第一封信的字那么娟秀。

夏晓湄

夏晓湄：

你好！看完你的信，我又在猜测了，你说自己是一个自卑、缺乏自信的女孩子，到底是怎样的自卑法？我还没见过哪个女孩子的自卑表现呢，我见过的女孩子，哪个不是超级自恋、超级自我感觉良好的？如无论在什么地方，看到镜子就要照照自己，如总喜欢对男朋友要求这、要求那。你说你自卑，是不敢给病人打针？还是觉得自己天天吃肉而别人却只能够吃萝卜，叹世道太不公平？我觉得没有什么要自卑的，每个人都有自己的生活方式，与别人无法比，何来自卑，是吧。

感谢晓湄对我说了这么多掏心窝的话，不过我对人家的自我评价不能产生多少印象，我了解一个人只凭看到这个人的感觉，所以无论你怎样评价自己，我都不会产生什么想法。

但愿我能做一个充满自信而又乐观的人，回想起来，我这个人也有许多怪异的行为，如爱一个人坐在山坡上思索：宇宙是怎么形成的，人为什么要吃饭，并由此吃不好饭，睡不好觉，把自己折腾得日渐消瘦，这不像乐观的样子哦。当然，得知你即将来肯县，我非常高兴，人马上又变得乐观起来了。

想不到你也欣赏柏杨，怪不得老是自卑、老觉得自己不漂亮呢。柏杨的《丑陋的中国人》看似说得很有道理，其实是跟着西方人骂中国人，按西方的视角来看中国人的，或者说是一种“西方主义”在作祟，认为西方什么都是好的，中国人什么都是丑的、愚昧的，甚至把人类的一些普遍毛病也当成中国人独有的缺点，以此看，中国人哪还有优点？话说回来，哪个民族、哪个人，都有缺点，也有优点。英国大作家福斯特说：“任何民族的性格都不会是完美无缺的。我们只能在世界上这一部分民族中寻找一些优点，在另一部分民族中寻找另外一些优点。”寻找优点比盯着缺点更重要。一个人要是没有了优点，还怎么活下去？

另：上封信说罗阿姨拿错了照片，只是开玩笑啦，别跟罗阿姨说哦，要不她会骂我的。

秦河

秦河：

你好！感觉你好像在嘲笑我身在福中不知福，你难道以为我是一个从小生活在温室蜜罐里的女孩吗？

我也有过艰辛的童年，父亲三十前年从银行学校毕业后，支援西部来到了竹县，当时他已是两个孩子的父亲了，过了两年，母亲也迁来了，之后先后生下了姐姐和我，一家六口人全靠父亲一人的微薄工资支撑，生活的艰难可想而知。我们也曾忍受过饥饿，时不时以红薯、芋头当饭，父母总是为钱争吵不休，有时甚至还打架。每次看到他们打架，姐姐们总是拉着妈妈的手，哭着说"妈妈别打了"，而我，不忍旁观这一幕，就跑出去，一口气跑到火车站，坐在天桥上，看火车驶过来一趟，又驶过去一趟，幻想有一辆火车，把我带到很远很远的地方。更令我难忘的是，每年新学期开学的时候，父亲口袋里的钱总是不够交我们兄妹四人的学费，当站在老师面前时，我羞愧难当，恨不能钻进地缝里……

童年的艰辛生活，让我变得多愁善感，身边一件不起眼的小事，别人一个细微的动作，总会让我生出一些只能意会而无法言传的感受，希望以后可以和你多谈谈这些感受。

夏晓湄

30　闲逛记：深山惊魂（下）

那天半夜，我跟着祥生，跌跌撞撞走在巷子里、田埂上寻找小玉，呼喊小玉。那声音，既要压低着不给人听到，又要尽量大声，让小玉听到，所以十分怪异、恐怖。

"祥生哥，我在这里！"终于传来了小玉的回应。我们循声跑过去，只见小玉躲在路边的一棵大树后。祥生气不打一处来，揪住她，骂："不是说好的吗，怎么又跑？”

小玉哭了：“你从来没有爱过我，你只不过是跟我玩耍耍的。”

“好了，好了，”祥生心软下来，“小玉，我是真心跟你好的，今天的事太突然了，我现在脑子里乱成了糨糊。你告诉我，肚子里的孩子到底是谁的？”

“我偏不告诉你。”

“不告诉我你别想走，我不能背这黑锅。”

“好，我告诉你。是河源村的，他叫阿金，孩子是他的。我可以走了吧。”

“你还说我，你才是跟我玩耍耍的呢。”祥生有些生气。

“我不跟你说了，我要走了。”

“找那个阿金去？”

“对，我和他走得远远的，永远不回来。”

祥生放下她，走了几步，又感到不对劲，回跑过去抓住她：“你不能走，你一走，你爸肯定会打死我，你得跟我回去向你爸做个交代，之后你爱上哪儿上哪儿。”

小玉又哭了：“你不让我走，我只有死，放开我，让我去死了算了！”

祥生劝说：“小玉，事情肯定没你想得那么严重，不要自己吓自己。你终归是父母的心头肉，现在回去，你爸最多只打你两巴掌，他要打，我替你受过。现在深更半夜的，野兽都跑出来找吃的，你一个人翻山越岭十几里去那个阿金那里，我不放心。我要是送你去，他又会起疑心，怀疑我们有什么关系，不要你了，这更糟。”

“他爱要不要。”小玉赌气般地说。

“你一定要跟我回去，我们先在我表哥那里住一晚再说。”祥生揪住她不放。“好吧。”小玉答应了，走了几步，她蹲下来，祥生问又怎么啦，小玉说要解手。祥生只好退到几步开外。

忽然一股风“嗖”的发出声响，祥生忙用电筒照，小玉不见了！“小玉！”他又喊又用电筒照。可是在这人生地不熟的地方，在这黑灯瞎火的夜晚，一个人想躲你，你怎么可能找得到？

找了约半个钟头，仍一无所获，祥生也下了狠心：“算了，我们也跟着跑吧，一年后抱个小外孙回来，自然什么都解释清了。”我问：“那孩子不是阿金的吗?”

“什么阿金，是她胡编的。9 月份我们那么好，她怎么可能还去找别人。她根本就不会怀孕。”

我们高一脚低一脚往山外的方向走。不觉中，远处，雄鸡开始啼晨了，天边露出熹微，我们隐隐约约看到小玉在前方一里远的山路上走。“追上她!”我们奔跑起来。

小玉发现了我们，也快跑起来，祥生喊：“小玉，我跟你一起走，等孩子生了，我们再回来见你爸妈!”小玉似乎没听见，依然奔跑。跑了约半里路，我们跑不动了，只得放慢脚步，她也同样。

河源村出现在眼前。“不好，如果小玉坐班车跑了，我就麻烦了。”祥生说，我们像千米赛跑的最后冲刺，疾步如飞，路边的荆棘剐伤我们的手，也顾不得了。小玉也加快了步子，很快跑进了村子，消失了。祥生叹气，直说完了，完了。

“我们现在怎么办?”我问。

“回长坡寨吧。要是小玉他爸找我姨父，我不在，会出事的。”祥生说。我们往回走，走着走着，祥生心里又不安了，“我们还是转回去吧，在公路上截住她。”

还好河源村是公路的源头，我们在村头把守。不久，一辆客车开出来了，小玉突然出现在公路边，朝车摇手，祥生看到了，狂奔过去。到了车边，小玉却不上车了，怒目圆睁：“讨厌，比狗还讨厌!”

客车见小玉不上车，开走了，祥生抓住她，说：“你还要跑呀？真搞不懂，我讲了一箩筐的好话都不能使你回心转意？你老老实实给我回去!”

小玉掏出手帕，说：“我写血书，讲明不要你负责，是我自己跑的，你回去交给我爸，行了吧?”咬自个儿手指，没咬破，倒痛得哇哇叫，转而咬祥生抓在她胳臂上的手，祥生不放手，她又用发夹扎，祥生的手被扎出了血，但他咬紧牙关不松手。

这时，一个男人提着只篮子，出现在公路上。“大哥!”祥生像漂泊在大海中发现了一条船，激动不已，叫住他，“大哥，你能不能送你小姨子回去？她要跑外面去。”

“我懒得理她！”她姐夫扭头就走。祥生又急了：“老哥，你不管她就害了她！”现编了一套她被父母大骂一顿后跑出来的故事，她姐夫相信了，对小玉说：“跑什么鬼，回家去。”

“我不回去，死也不回去！”小玉嚷说。

“不回去？”她姐夫举起蒲扇般的手掌，“我一巴掌，耳屎都给你打出来。”小玉哭了。

小玉的姐夫揪着小玉的袖口，走向回长坡寨的山路。

“现在怎么办？”我问。祥生一边包扎伤口，一边说：“还能去哪里？回长坡寨。”

回到表哥家，表哥一家人像与失散多年的亲人重逢似的，一齐围上来说长道短。听完祥生的叙述，祥生姨妈说：“这么大个人了，怎么还不懂事！那个癫姑，你怎么去惹她！现在倒好，惹出事来了。”祥生说：“听说她爸好凶，我得去看看，替她辩上两句，她爸就不至于往死里打她了。”姨妈惊讶地说：“你要去她家？她爸不打死你才怪！”

祥生此时不知哪儿来一股勇气，说：“谅他不敢把我怎样。”

姨妈劝了一阵，劝不动祥生，只好由他，同时吩咐几个儿子，不要出门，注意事态。

祥生走后，我向表哥打听小玉是一个怎样的人，“小玉这人……怎么说呢，她不应该是山里妹子，不晓得哪个投错了胎，投到山里来了。”表哥说开了。

小玉一生下来似乎就带了一种异样，人长得水灵不说，性格开朗大方，爱笑爱跳，一进小学读书，就表现出能歌善舞的天赋，十三岁那年，县文工团来乡里物色文艺苗子，她差一点就被选走了，只因她爸不同意，说孩子还小，不放心。她的性格却不为寨里人喜欢，人人都嫌她浮荡不像个妹子样，她在寨子里很孤独，就常往山外跑，三教九流的人都和她认得了，她在村子里名声越发臭。她爸对她管得很严，打骂少不了，跪瓦片就是其中一项，可她“浮浪”依旧……

却说祥生去小玉家，一踏进门口，便见小玉头顶着装满水的盆，跪在碎瓦片上，面朝祖宗牌位，他热血沸腾，像革命志士一样，挺身而入，喊："不要罚她，要罚就罚我!"

屋子里坐满了人，小玉的爸、妈、哥、嫂、叔、姐夫，还有两个大概是看热闹的邻居。沉默，空气仿佛凝固了，祥生掏出烟，先敬小玉她爸，他不接，敬其他人，也被拒绝，气氛尴尬。

突然，小玉爸如火山爆发，又如晴空霹雳："山外人，你好张狂，坑蒙拐骗，骗到我们山里来了，咱山里招你惹你了？好在我女儿回来了，要是见不到我女儿，你就是躲到阴曹地府，我也要找到你，把你头敲个稀巴烂，你信不信？你信不信？她还是个十几岁的孩子，你就下得了狠心糟践她，你就不怕天打雷劈？你这个流氓浑蛋，我揍死你!"

小玉爸朝祥生扑来，小玉的哥、姐夫、叔忙架住他。小玉却在一边暗笑。祥生在小玉父母面前跪下来，说："我求你们，让我娶小玉吧。"

全屋人都怔住了，尤其是小玉爸，那一脸愤怒的表情瞬间凝滞，凝固的皱纹如沟壑纵横。他们大概没想到祥生会说出这种话，原都是摆开了架势要批斗他，甚至打他的。

"起来起来，跪着像什么话。"短暂沉默后，小玉妈首先打破僵局，扶起祥生，"有什么话好好讲嘛。"

小玉的叔伯们看到吵不成架，也打不成架了，纷纷走了，随后小玉的哥嫂也走了。小玉姐夫倒没走。

"让小玉坐行吗？你们不能这样待她。"祥生说。小玉被释放了，她却不坐，一头钻进了房里。小玉爸坐下来，手摸口袋，祥生忙掏烟给他，他接了，点上吸，也不说话。

阳光从下屋的墙上移走了，空气里弥漫着烟火味，是做饭的时候了，小玉妈也在灶房里忙开了。很快饭菜做好了，小玉妈叫小玉出来端锅架炉，捧碗拿筷。小玉爸进灶房提了一罐酒出来。

祥生起身告辞。"走什么嘛，来了就要吃饭。"小玉妈说，小玉爸也附和了一声，祥生想他们还没答复，也许是饭后再说，也就坐下了。

这一餐饭吃得并不快活。小玉爸闷着个脸，一家人也不敢多说话。吃罢饭，小玉爸对祥生说：“你坐一会儿，我去和小玉叔伯们凑凑嘴，当咋办就咋办。”出了门。

祥生忐忑不安地等着，心里设想两种结果，或是乱棒打死，或是与小玉喜结良缘，他希望跟小玉说说话，可小玉在堂屋进进出出，就是不睬他。不久，小玉爸回来了，脸色沉静，看不出喜怒哀乐，祥生忙递上烟，小心翼翼地问：“伯伯，怎么个说法?”小玉爸深吸口烟，又发了发呆，才说：“这次就算了，原谅你们，以后不要偷偷摸摸的了，要不人家会以为你们做什么丑事，谈恋爱是正大光明的事嘛。”

祥生长长地舒口气。

回到姨妈家，姨妈劈头问：“你要娶小玉?”祥生点头。姨妈眼圈红了：“那个癫姑，鬼都不会看上她，你来要，他家巴不得呢，你这个傻祥生!”

祥生说：“姨妈，您别生气，我不这样说，今天这事就过不去，先救眼下的急吧。”

姨妈依然不服气：“我到她家说去。”

姨妈找到小玉的母亲，两人长吁短叹聊起来。“……祥生真不该跑，闹得全村人都晓得了。”姨妈说。“我女儿也是不知好歹，平常好话讲了十箩筐，都当耳边风，这下惹出事来了。”小玉妈说。

“小玉才十七岁，唉，这下怎么办才好。”

“他姨妈，你也别愁。”小玉母亲把姨妈拉到里屋，细声说，“刚才小玉她爸跟我商量了，小玉还小，一时跟祥生也办不了事（结婚），只要他对小玉有诚心就行，我们也不妄图个啥，今天这事，只是做给寨子里的人看的。等她成人了，祥生还要她，就来领人，不想要，也就算了，不难为他。我的话你不要往外传……”

姨妈回来后，不容我和祥生再停留，立马叫富生送我们出了山。

31　跑调动

高屹呆呆地望着徐娜，全身一动不动，仿佛冻僵了，尽管今天的气温在十摄氏度以上。徐娜见状，走到他身边，抚摸他的头发：“高屹，你不要难过。”

高屹双手搂住徐娜的腰，头埋进她怀里，喃喃说：“娜娜，不要离开我。”

徐娜继续抚摸高屹的头：“高屹，我爱你，可是，我们这样爱得太痛苦了。要不要跟你分手，我想了很长时间，真的，我心里很痛苦，我也不愿离开你，可是，我们相距太遥远了。”

刚毕业的时候，她并未考虑与高屹分手的问题，她觉得既相爱，距离不应成为问题，然而肯县之行，让她感受到了距离的恐惧。肯县之行不是使她与高屹感情更深了，反而让她下了和高屹分手的决心。那是一次多么漫长而折磨人的旅行！弯弯曲曲的三级公路，时而翻山越岭，时而穿田过河，似乎永远没有尽头。她坐在车里百无聊赖，又饱受颠簸，睡过去又醒过来，醒来又睡过去，可是肯县还是没有到。其中有一段公路简直惊心动魄，那是翻越横梁山脉的时候，公路在千仞石壁上蜿蜒，她往窗外看了一眼，顿感头晕目眩，她想，如果司机打一个盹儿，哪怕只两秒钟的盹，汽车就有可能掉下悬崖。以后如果两个人结婚了，就得经常奔跑于这条恐怖的路了，她想着就后怕，当然，应该是高屹跑的次数多，可是让他一年四季频繁地跑，她也不忍心，不放心，不如趁早了结了吧！

“高屹，你就没有想过，我们天各一方，天南地北，很不现实吗？”

“娜娜，我们在一起多快乐啊，为什么要分开呢？”高屹却是答非所问。

“高屹，我们在一起是很快乐，我也很想和你在一起，不愿和你分开，可是，我们在一起的时光有多少呢？一个月两三次，四五天，这算什么呢？牛郎织女会？每当走在街上，看到一对对恋人在一起卿卿我我，我既嫉妒，又心酸。我也有男朋友，可是我和他却是天各一方，只能想念，难得见面。我们还是现实点吧，在强大的现实面前，爱情是脆弱的。”

“娜娜，不要离开我，没有了你我会崩溃……”

“高屹，你不要这么脆弱好不好，我不是你的女神。”

高屹把头离开徐娜的怀里，仰视她：“娜娜，你是不是不爱我了？”

“不，”徐娜坐下来，与他对视，“高屹，我爱你。”

“你说真心话，是不是不爱我了，嫌我是个乡村教师，所谓相距六百公里只不过是个借口。”

“高屹，你这样说太伤我心了。我们俩是平等的，只不过因为毕业分配，你分到了乡下，我留在了省城而已，不存在什么嫌弃不嫌弃的事。”

“爱我你还跟我说分手的话。”

“有爱，不一定就能在一起的，也不是就非要在一起的，我们还要生活，在俗世中生活。我们怎么在一起生活？我们在一起跟不在一起有什么两样？而且只会更痛苦。你看你，这半年来活得多累多苦。你不要再瞒我了，从你这张消瘦的脸，我就知道，你活得很累。你的工资都花在路上了，还给我买这么多东西，你那点工资哪够？肯定借了很多钱。你说家里有很多木头，我心里清楚根本没有这回事。”

“你怎么知道的？”

“你老家在五福镇，那里根本不是林区。”

“借钱我愿意，只要我们能在一起，花多少钱都愿意。”

“高屹，不要欺骗自己了，做人还是现实点好。这样下去，你很累，我也很累，终有一天，我们会熬不下去的。”

高屹将徐娜抱起，坐在他的腿上：“娜娜，我求你了，不要跟我分手，你是我生命的支柱，是我生活的盼头，我离不开你。”

徐娜受了高屹情绪的感染，也是柔情万分，她拨弄着高屹胸前的扣子，说：“我是不愿离开你的，可是我们怎么办？”

“给我点时间，我会想出办法来的。”

“你能不能想办法调到省城来？”

“这个问题我也想过，但工作调动是很难的。”

“总要试一试嘛。”

“行，那就试一试。”

高屹觉得徐娜给了他一道如珠穆朗玛峰一样高不可攀的难题。前段时间，他也旁敲侧击打听过调动的事，调动工作很难很难，教师调动更难。他要想调到省城去，首先得在省城找到愿接收的学校，之后两边同时运作，一边是接收学校向所在的城区教育局、人事局打调入报告，同时，他向所任职的学校，向县教育局、人事局打调动申请。这还不算，还要经过云州地区教育局、人事局这一关，还要过省城教育局、人事局这一关。

过五关斩六将，哪一关都如过天门关。

他在省城找得到愿接收他的学校吗？这一关他恐怕就过不了，你一个非省城的，又是偏远乡镇中学的老师，谁看得上你？何况你一点都不出类拔萃，就连省城郊区的学校也不会看上你，除非你有一个在省城当个什么领导的亲戚帮你打招呼，可是你有吗？没有。

南坪中学、肯县教育局这两关也同样难啃。虽然胡校长对他还不错，但放人走就是另一回事了。肯县是山区县，本就没多少学生考上大学，大学毕业后分回来的也少，南坪中学又是山区中学，更没人愿意来，走了一个老师，不知猴年马月才补得上。肯县教育局肯定也会以同样的理由拒绝他。

当然，这些关关卡卡也不是绝对走不通，有一条可通的路，那就是送礼，他有钱送吗？要送可不是送一百、两百，而是一千、两千，而且要送的人不是一个、两个，而是十个八个哩。他那点工资，送一个人都不够。

不管怎么样，徐娜给了他这个任务，他好歹要试一试。徐娜要上课时，他就在她宿舍认真备课，徐娜没课的时间里，两人就一起去寻访一所所学校，联系调动，不用说，他们处处碰壁。“我们这里不缺人。”每所学校的领导都是这样回复他们；即使缺人，也不会要他。省城学校，想调来的老师多了去，你没有任何背景，凭什么给你？

表面上，工作调动是公职人员的正常流动，可是如果你一不是业务特别拔尖、接收单位要你心切的人才；二没有一个说得上话的人帮你推荐，要找到接收单位基本上门都没有。曾有一所有些偏远的郊区中学，对高屹有点兴趣，让他试了一节课，可之后再无消息。高屹去询问，校长表示为难，说：“你这个跨县、跨地区调动太麻烦了。”高屹以为校长暗示什么，硬着头皮送红包，但校长不收。

徐娜不再提调动的事了。

放寒假了，除了春节那几天，高屹都是在省城，与徐娜一起度过的。

32　等你了解我

秦河：

昨天下午邹大姐跟我说，你委托她转告我，叫我算了，别等你了。不知为何？你可能是为我好，免得我思念太苦。别这样认为，我这个人还是很乐观的，只是时不时想想你，说不上有多苦恼。我知道你心里有个我，我感到很大安慰。你现在不想理我，并不是不喜欢我，而是不了解我，等你了解以后会喜欢上我的。

你对邹大姐说，我们俩缺乏感情。我认为感情是可以慢慢培养起来的，以前我不了解你，而且你又一直不说你喜欢我，我不敢坦露心扉，让你无从了解我。现在我已了解你，只等你说声喜欢我，我们就能发展出感情了。

告诉你，我喜欢你是因为你有才华有抱负，爱好广泛，我呢，爱好也很广，什么我都想尝试，书画、唱歌等，画画我还得过一个纪念奖呢。其中也有你的功劳，因为是在认识你喜欢上你后，心情舒畅时画的。唱歌方面，我虽然嗓子条件不是很好，但又不是去参赛，作为平时娱乐还是可以的，从向你表白的那一天起，我就决定每周为你唱一首歌，已为你唱了四个月了（以前我写给你的信后面附的歌词，就是我为你唱的歌），我都用录音机录了下来，唱满一张磁带后，我会拿给你听的，你别笑我就是。

我还喜欢参加各类活动，你若不信，我这有照片为证。前不久我就参加了云州地区广播电台举办的一个知识竞赛，结果还没出来。我也想写点东西，不过我文字功底一般，得在你的帮助之下，才会有收获。很多人羡慕我爱好广泛呢，我说："没有追求的生活是空虚的，没有爱情的生活是残缺的。"我永远信奉人生应该爱情、事业双丰收。

我这人并不天生聪明，但我好强，喜欢新东西，接受能力强。我一贯喜欢读书，从来没对学习厌烦过，想学什么就去学，图书馆是我常去的地方。我听说法语是世界上最准确的语言，起了好奇心，就萌发了学法语的念头，已学习半年了。学画画呢，是因为有一天我去云州师专玩，在学校宣传栏看到师专骆玉川老师的素描和国画作品，觉得他画得很出色，就写信向他请教如何才能画好画，他回信约我在汽车站见面，他教了我很多绘画的知识。我的特点是：博学、好学、勤学，我相信勤能补拙，见多识广。你呢，除了写作，你还爱好什么？

以前我真傻，不晓得怎样才赢得别人的喜欢，更不知道怎样让你了解我，难怪你说我没有一样值得你留恋的地方，还说我每次去你那里你都很讨厌。讲得我那么不知趣，很委屈。当然，这也有我的错，我太自私了，本来恋爱是自由的，我一下心急了，频频去找你，反惹你讨厌。现在我不再去纠缠你，等你慢慢了解我。在这种局面之下，你不好意思再来我这里玩，我亦理解。你要了解我的话，可以去夏小秋那里玩，我们在那里会面，我跟她说过，她同意了的。我还在她那里放了不少招待你的米花糖，可是你总不来，夏小秋说，她忍不住嘴馋，代你吃掉了。不过没关系，过些天我再回老家拿就是了。

这段时间比较忙，天天下村搞妇检，等下完村再去你那里，把为你做的梦带去，把我为你唱的歌带去。下村虽然辛苦，莫为我担心，我会保重自己的，你亦要保重。这段时间你有什么事要交代，可由周华或夏小秋或邹大姐转告。

秦河：

今天上午去你那里，本想和你聊聊一起学法语的事，却讨了个没趣，被你骂了出来，委屈得直流泪。回到春岭后，觉得还是应该再去看看你，跟你平平静静地说说话，下午下了班买好东西又赶去你那里，仍被拒之门外，你不仅不心疼我一天跑两趟，还这样无情无意地对我，要是以后我们生活在一起，你这般无情无意，我不知该怎么去承受，也许会天天流泪度日吧。要知道，我的眼泪是很珍贵的，我是不轻易哭的。你也是的，只知道生闷气，真叫我左右为难。有烦恼又不讲出来，我是受不了的。

你那封信里说，没有哪个女孩子喜欢你、爱你，现在有个女孩子来喜欢你和爱你，你又对她冷漠，真让人不解。你说我不了解你，我来见你时，你又不作声，要不就是拒绝见我，我们怎么互相了解呢？你说你以后不知发展成什么样子，也许会堕落吧，现在有个女孩想拉你一把，你又不肯伸出你的手让她拉住。你想早日成家立业，你偏又谁也不喜欢，这怎么成家呢？

你告诉邹大姐说我们之间没有感情，可之前没有感情不等于之后也没有，感情是可以培养的。你说不喜欢我的性格，按理说，我的性格是令人喜欢的（这不是吹牛）。你曾跟顾小晴说平时不怎么出去玩，但我去找你又频频吃“闭门羹”。你说话总是模棱两可，真真假假，我真不知该怎样做。反正我是希望你回心转意，恢复以前的你，以前我的过错请你原谅，我在等着你。

你这人，总不肯原谅别人，也不反省一下自己到底有没有错，有错改正，请别人原谅不就成了吗？反把自己的错当成别人的错。你想想看，你给我的委屈还要多呢，我都原谅了你，也请你原谅我。上次在范主任家住宿，并不是我故意的，是因为我在你宿舍门口等你到好晚，你都还没有回来，我又没有骑单车来，范主任路过看到我，出于关心我，当然也是出于对同事的关心（同事的女朋友吃了“闭门羹”，怎好不管），才挽留我去他家住，还煮东西给我吃，谁知你第二天对我恶语交加，搞得范主任好难下台。要是你原谅了我，我们俩和好了，还得去范主任家赔礼道歉呢。

你生我的闷气，有什么烦恼又不讲出来，真担心你的身体会垮，身体是最重要的，没有强健的身体什么都是空的。你身体本来就不怎么样，更不宜有烦恼。现在我忙，没有更多时间关心你，只有写信告诉你怎样保养身体：买点红枣、姜、红糖，每天早晚煮来吃，可以祛风去寒，预防感冒，若买些鸡蛋一起煮，对身体更有益。买点橙子、冰糖，把橙子切开，搭冰糖蒸来吃，则宜肺祛痰。你体质弱，精神又抑郁，再抽烟，是不好的，应该少抽烟。以后，有我帮助你，你的身体会越来越好的。有我帮你排忧解难，你会快乐起来的。只要你不任性，不生闷气，不自私，对我好就得了。你说呢？

我从喜欢你直至爱上你，我从来没有后悔过。只是怀疑过，后来是你的信、你的言行让我把怀疑否定了，我认为你对我若即若离，只是因为还不了解我。你只看到我活泼、热情、开朗，似乎有些浅薄，难怪你不喜欢我啰。你不知道，我给你写每一封信时，每一次去见你吃“闭门羹”之前，都是心情很好的，今天去你那里，我满以为你是最初的那个秦河了，大方、风趣、开朗，我把“话匣子”都带去了，可看你那副样子，就没敢多说话。要不，我们可以聊很多话题，你就可以更全面地了解我了。

好了，等一下我要回县城，不讲了。何时允许我去你那里玩，高兴地迎接我？请快点回答。过完元旦，把年终的事情做完，我就可以休假了，有十几天的假呢。要是你允许我跟你在一起，我就休；要不允许，我还不知怎样安排。我的心已属于你了。

哦，差点忘了告诉你，昨晚做了一个梦，梦见我和你相亲相爱，多么幸福快乐。

第 *9* 章

见光死

闲逛记：乡村女孩

“三角”事件

不忍离你而去

33 见光死

“小秦，明天小夏来肯县，她说想跟你见个面。”罗阿姨告诉我。

“是吗，太好了。”我神情兴奋。

我和夏晓湄已经通了一个多月的信，来来去去有七八封，也该到正面接触的时候了。该说的都已经说了，该畅想的也表述了，要是还神龙见首不见尾，我恐怕写不下去了。

给她写了这么多封信，她对我应该有所了解，现在她肯来见我，说明到目前为止，她对我还是满意的。我心里有些得意。

“明天好好收拾打扮一下，别让人家见了失望。”罗阿姨叮嘱我。

终于要正儿八经地跟一个女孩子谈恋爱了！我兴奋之余又忐忑不安。虽然在信里我侃侃而谈，天花乱坠，可毕竟只是在纸上，现实生活中，面对一个活生生的女孩，我做得到信里的那个秦河吗？我如何讨她的喜欢？我该如何做才能体现出关心她、呵护她？

我拿起镜子仔细地端详自己，以夏晓湄的角度审视自己，猜想见了面，她会喜欢上我吗？我是不是她喜欢的类型？虽然她已从照片上见过我，虽然她肯来见我，但并不表明她就喜欢我，也许只是想“眼见为实”，而且照片和实际毕竟是有差别的，照片是静的，人是活的。

我是这样一个人，在高兴的时候觉得自己很帅，郁闷的时候觉得自己怪模怪样，所以我也不敢肯定自己是不是帅。一些客观数据是：身高一米七五，体重一百二十六斤，单眼皮，皮肤白，身体各部位一切正常，一切如常人。不过，从信中她给我的印象，她似乎不是个以貌取人的人，她说她看中的是一个人的精神世界、人生追求和生活品味。对这点，我还是有信心的，毕竟在 H 大学浸淫过四年。

这么想着，我放下了相貌的包袱，考虑如何打扮一下自己。我这才发现，我连一套像样的衣服都没有。虽然学生时代买的衣服都是在上海买的，在小县城不显土气，但穿了多年，都成旧衣服了，而且款式也不适合相亲的场合。参加工作后，我还没有买过一件衣服，因为我每个月的工资，差不多都被高屹借走了一半（可怜的高屹），弄得我日子也过得紧巴巴的。

我去了县师范，找吴江借衣服。

吴江在穿着方面比我讲究多了，西装、夹克衫、中山装、猎人装应有尽有，这是他在女孩子面前装的手段之一，也是他很讨女孩子喜欢的原因之一。

吴江在家，唐小妍也来了。她看上去更美丽迷人了，显然是爱情滋润的结果，如果她不是在乡镇工作，而是在县城上班，不用天天往村子里跑，免去风吹日晒雨淋，不沾尘土，天天有时间打扮、保养，绝对是一个靓丽、优雅的城市女孩形象。

他们对我要谈恋爱了，显得十分高兴，特别是吴江，脸上的表情像是如释重负，似乎他跟唐小妍恋爱了，很愧对我似的。哥们，不用自责啦，你讨了个漂亮、贤惠的老婆，我作为好兄弟，会高兴的，不会记你的仇。

“你随便挑，喜欢哪一件，送给你！”吴江打开衣柜，让我找衣服。满柜子花花绿绿的衣服让我眼花。我挑了一套深蓝色的西服，吴江有点心疼了，说：“你哪件不挑，偏挑这套西装，这可是我最贵最好的衣服。”

“老兄，我不会要你的衣服，只是借穿一天。这么舍不得，就别在唐小妍面前大话连篇，等我走了，挨小妍骂。”

唐小妍呵呵地笑：“送给老同学穿去见女朋友，也是应该的呀。”

穿上身试了试，还算合身。虽说我比吴江高五厘米，但西装尺码本就略偏大，而且我比吴江瘦，两方面折合，也就将就了。

第二天上午，我又去理发店理发，不仅理了发，还烫了头。我的头发较硬，特别是在冬天，差不多是根根直竖，如果三天不洗，保准像爱因斯坦的头，于是在理发师的鼓动下，对发型来个大改变。不过烫出来的头发波涛滚滚，让我总觉得自己有些阴阳怪气、流里流气、女里女气。

罗阿姨跟我约好见面的时间是上午十一点，地点在秀山公园门口。我提前半小时到了。秀山公园是县城唯一的公园，其实也就是把县城旁边仅有的一座小石山围起来，山上种些树，建几个亭；山下挖几个水池，养一些红鲤鱼，再摆放几只木船，公园总面积不过百把亩。今天阳光灿烂，昭示着是个好日子。今天是星期天，来公园玩的人不少，一个个携家带口，花花绿绿。

一个认识的中年男人，带着老婆孩子来玩，我跟他打声招呼，他竟跟我聊起来，表明他来这里玩并不情愿，是被老婆孩子押着来的。我只好应付着跟他闲扯，聊了一阵，他才发现我不同寻常，上下打量我，说："你是来相亲的吧，哈，不打扰了，老婆在瞪我了。"

跟中年男子道别，一转身，发现罗阿姨和一个女孩子，不知什么时候站在离我几米远的地方了。眼光落到那女孩身上，我顿时呆住了，像老鼠遇到了猫一般。

陈小芳?!

不，应该不是陈小芳，天下没这么小；她即便玩计谋也不会这么巧。她怎么可能做得到与罗阿姨勾结给我下套？她怎么可能做得到叫竹县人民医院一个护士冒充她给我写信？即使做得到这些，她就自信这么一来我就会爱上她?

"这是小夏。"罗阿姨拉着女孩的手走过来。小夏朝我微笑，我看到了一排杂乱无章的牙齿。我确认她不是陈小芳。

不过夏晓湄太像陈小芳了，不仅是相貌，连神态都相像。让人不得不惊讶天下真的是小，竟然会有两个这么相像的人跟我发生联系。

我说："罗阿姨，不好意思，刚才没注意到你们来了。"我不敢看夏晓湄，我担心会像面对陈小芳那样，心惊肉跳，两腿发软。

我心中的失望可想而知，不要说她长得不漂亮，就冲她和陈小芳极像这一点，我也不可能和她发展下去。

我这么说并不是歧视丑女孩，丑女孩也有恋爱的权利。只是，丑就丑呗，你不要朝反了说呀。如果罗阿姨认为夏晓湄是漂亮的，我不知道该怎么点评，说她没有审美能力？还是说她把主观掺进了客观？还是说她不怀好意让我钻套子？美虽然没有一个量化标准，但还是有“公约数”的。我明白了罗阿姨及她为什么都不肯给我看她的照片，可是你瞒到今天，以为我见了真人就能爱上她？我是见不得女人的老光棍吗？

这样想着，我不但感到失望，还有一种受欺瞒的不满，也生出一种感慨，唉，为什么看上我的都是不漂亮的女孩呢？为什么漂亮的姑娘都看不上我呢？难道我在女孩子眼中其实长得丑，以致物以类聚？

“你们进公园走走吧，我就不陪了。”罗阿姨意味深长地笑笑，骑上自行车走了。

我们并排走进公园，我想找点话说，可是一时找不到，想说的、想问的在信里面都写了、都回答了，再说也是重复。同时也因失望，思维呆滞了。默默地走了几十米，终于想出了一句：“坐车一路上蛮辛苦吧？”

“还好，就是有一段正在修路，堵了一会儿。”

“哦。”

“你呢？工作忙不忙？”

“有时忙有时不忙。”我心里自嘲：问我什么不可以呀，问工作。我问：“你工作调动的事怎么样了？”

“你们肯县卫生局领导说，我没有特殊的理由，比较难办。”

“肯县也不见得比竹县好，为什么想着调来这里？”

“你还记不记得我一封信上说，我小时候总爱跑到火车站去看火车？我不想一直待在父母身边，想在离父母远一点的地方工作。可是卫校毕业后，还是被分回了竹县。”

我突然想，她找我谈恋爱，不会是为她调来肯县找个理由吧。这么一想，我更感觉自己成了冤大头，我自己还不知道该寄托谁，让我离开肯县呢。我情绪低落到极点，话也不愿意说了。我们两个像来公园看热闹的，默默地走着，边走边看四周游人玩，看到谁玩得高兴，我们也跟着咧咧嘴。

可能是冷场让夏晓湄感到心慌，她突然说了一句：“我有个朋友，她跟我一起从竹县来的，等一下她要去云州玩。”我猜她是暗示我陪她们一块儿去，但我就着她这句话说：“这多不好，你应该陪她一起去云州的，我也有点急事要办，我们下次有机会再聊吧。”“那好吧。”夏晓湄语气平淡地说。之后我送她回旅社，在旅社门口跟她道别。

晚上，我给夏晓湄回了一封信，信中，我装模作样地说：

肯县之会真不知该如何说，感觉是一片混乱，也许是当初的幻想过多吧。

小夏对我一定是十分失望吧。我这个人，只知道在纸上夸夸其谈，一出现在人面前，浑身缺点就暴露无遗了。我有自知之明，所以对这次会面从一开始就有所准备的，等着人家跟我说 bye bye。

但愿小夏没有对我产生什么好感才是，我这个人，满脑子悲观念头，满怀奇思异想要做流浪汉，这不仅会使自己在人生旅途中吃尽苦头，还会使跟随我的人备受折磨。小夏是个好姑娘，应当生活在温室里，成长于花瓶中，庇护于树荫下，我无法为小夏做到这一切。真不忍心小夏因我而经受皮肉之苦和精神创伤……

第二天上班，罗阿姨见到我，说：“小秦，昨天怎么不陪小夏去云州玩，太不懂事了。”我很不好意思，说：“罗阿姨，对不起，我办点急事去了。改天她来，我一定陪她去。”

“还有改天吗?”罗阿姨惊奇地朝我瞪眼。

我尴尬地笑笑，赶紧逃走。

几天后，我收到了夏晓湄一封信，信中她说：

将你的信看了一遍又一遍，心里说不出是一种什么滋味，有很多话要讲，却一时不知说什么好，总觉得凄楚伤感，一阵阵的惆怅，真希望此时多来几个危重病人，让我忙碌起来，冲淡我纷乱的情绪。

肯县之行，确是受到你信中文采的召唤，回来后，若有所获而又若有所失，迷惘得很。

你对我说，从大学毕业后，你变了，变得面目全非。在这个大变革时代，每个人都是处在不断变化之中的，坦诚地说，我也在变，跟学生时代已不一样了。此行的结局，你尽管不说，我心里也异常清楚，不仅仅是你的冷漠让我感到意外，我也使你感到深深的失望吧。去肯县的时候，同行的蒋小昕帮我测了此行的运气，她说“有人恨你”，而不是“有人喜欢你”，当时我就觉得很扫兴，不相信这些，可结果竟是这般灵验，使我惊讶不已。

既然你这样说，那我也就对你道一声“珍重”……

34　闲逛记：乡村女孩

又一个双江镇集日。

我在集市上和一帮村友漫无目的地闲逛到下午四点多，才跟他们分手，走到穿过镇上的公路边，准备搭班车回县里时，一串喇叭声在我身后响起，我扭头一看，一辆东风货车跟着我慢慢地走，驾驶室里，社生看着我，一脸坏笑。

一见到社生，回校的心思顿时没了踪影，我跳上副驾驶室踏板，打开车门，钻了进去。

“去哪儿来？”我问。

“帮人拉了车柑子去云州。”

社生是我最玩得好的发小，从小一块儿玩到初中毕业，他没考上高中，我则进了双江中学，两人来往才少了，但友情不减。我频频来赶双江集，其实更多的是找他玩，搭上他满载货物的大货车，跟着他走村串寨，下州过县，流窜过不少地方。有一次在北山坳，他的车子坏了，需要回到县城买零件，我独自在荒山野岭帮他守了四个小时的车。

前年，社生的舅舅当了镇上信用社的主任，他走后门贷了三万元，买了这辆车跑运输（他舅舅也占了股），肯县是个贫困县，很少有人买得起货车跑运输，加上社生性格开朗活泼，待人热情大方，好结交朋友，所以他的生意十分红火，每天都有人请他拉货，天南地北地跑。

他丢给我一根“彩梅”，说：“陪我去龙泉村拉木头。”

“好嘞。”

汽车穿过镇后，岔进了一条机耕道，这条道同样坑洼不平，从驾驶室看下去，犹如从飞机上看青藏高原。我被颠得几次差点撞上驾驶室顶，但社生镇定自若，左避右冲，极为老练。

汽车驶到了一座连绵巍峨的大山脚下，龙泉村出现在眼前。这是一座大村庄，密密麻麻的房屋连成片。村头一株巨大的桂花树下，坐着一群游手好闲的男子，一个个呆头愣脑地看我们的车。进了村口，遇到一个挑着一担大白菜的女孩，社生热情地跟她打了声招呼，看来他常来龙泉村，都认得村里的女孩了。

到了一座老屋前，车子停下了，已等候在这里的几名男子迎上来，跟我们打招呼，分烟给我们抽。说了几句话，他们便卸下车厢尾板，开始装木头。社生眨眼间不见了。

我一时感到无聊，看到几米远处，一只小黄狗躺在一堆枯草中，便走过去，弯下腰打量它，它的头伏在并拢的两只前爪上，斜着眼看我。我朝它吹几声口哨，小黄狗懒洋洋地摇了两下尾巴，我继续吹，这次它只摇了一下。我不服气，蹲下来，继续吹口哨，它不但不回应，索性把眼睛也闭上了。嘿！我还就跟你扛上了。我捡了一根稻草，撩它的眼皮。小黄狗大概把稻草看成木棒了，吓了一跳，猛跳起来，做出攻击状，朝我龇牙。我也受到惊吓，本能地后退，没意识到我是蹲着的，这一退，就一屁股坐地上了。

社生出现在我身边，笑说："欺负小狗非好汉哦。"

我问什么时候可以走，社生说："得半夜才能走，要不会给林业站拦住的。正好晚上村里放电影，我们看了电影再走。"

村里还有电影院？这倒神奇了，镇上的电影院都是破破烂烂的，村里不可能建得起电影院，估计是露天的。小时候就经常看露天电影，还是免费的，什么《地道战》《地雷战》《铁道游击队》《渡江侦察记》，有些电影在这个村看了又去另一个村看，不知看过多少遍。我以为农村自实行承包责任制后，不会再有露天电影了，看来还传承着。

我们在木材老板家吃过晚饭后，便向放电影的地方走去。果真是露天的，一个围起来的院子，摆了几十条歪歪扭扭的长凳，入口处有个售票窗，三三两两的人在买票。两个女孩站在售票窗旁边，看着我们走来，我认出其中一个就是进村时社生打招呼的那个女孩。

“你们来得倒蛮早。”社生笑盈盈地走到她们跟前。

两个女孩叫小霞（就是村口遇到的那个女孩）、小云，小霞说：“谁像你，看电影都不积极。”她一脸笑意，笑得很甜美。她说不上漂亮，但皮肤很白，还烫了头发，穿着也很时新，看上去不像个乡村妹。

“我最好的朋友，秦河，大学生哦，在县党校当老师。”社生介绍我说。

“啊——”叫小云的女孩突然惊叫一声，声音里有些惊恐，又有些兴奋。我们三个人齐看她。“踩着狗屎了？”社生问她。

“你真是秦河？”小云把头凑近来看我，好像她踩着的狗屎在我脸上似的。“是啊，跟社生在一起，还能有假？”我说。“我知道你！”小云又尖声说。

“你怎么知道我？”我也惊奇，在机关单位工作的人知道我倒也罢了，她一个乡村女孩怎么也知道我？

“我也是双江中学毕业的。你考上H大学那年，我正好进双江中学，学校门口贴了一张好大的喜报，祝贺你考上了H大学，还说这是我校办学历史上的重大突破。”

这事我倒不知道，因为高考完填了志愿后，我就再没回学校，录取通知书是到县教育局拿的；家里穷，上大学前夕也没有请老师吃饭。

“我们班主任经常拿你做榜样，激励我们，”小云拿腔拿调地学起她班主任的话，“同学们，不要以为双江中学不是县重点中学，来这里读书考大学无望，你们的学长秦河，就考进了全国重点大学。”又说，“那时候我们对你好崇拜，把你当成了明星。”

我浑身不自在起来，看来我考上H大学的事，不只我的同学知道，好多学妹学弟也知道了。要是他们知道实现了双江中学办学历史上重大突破的秦河，去大上海在重点大学求学四年后又回来了，会有什么感想？会不会很失望？

“是啊，秦河从小读书就很厉害的。”社生很自豪。

我说：“读书厉害有什么用，还不是被分回来了？”

社生说：“那是你没跟管分配的搞好关系。”

我不想跟他们谈这个话题，他们不懂大学生分配的事，说也没意义。不过社生的话也许在某种程度上说到了事件的本质，如果我跟那个丁老师或系领导混得很熟，肯定不是这样的结果。

聊了一会儿闲话，电影放映开始了，我们买了票进去。院子里坐了二十多名村民。放的电影是根据路遥同名小说改编的《人生》。这部电影我在上海时已经看过了，但此时我仍看得很入迷，随着电影情节发展心潮起伏，对高加林的遭遇比前一次看体味更深，简直感同身受，几次情不自禁流下泪水。此时的我，不就是另一个高加林吗？高加林没有上过大学，只是一名村小代课老师，后被村干挤对回了村，他不甘心，走后门去县里的广播站工作了几个月，就被人揭发，遭除名，又回村当了农民；而我上了大学，在大上海待了四年，依然没有摆脱他那样的命运。我想，当一个人的命运不能掌握在自己手上时，什么奋斗、拼搏、勤勉都没有意义。

电影结束，灯亮时，我发现原本坐在身边的社生和小霞不见了，我问小云，她说也没注意。我猜这两个人肯定有故事，可社生已是结了婚的人。

我只得站在电影场外的空地上等社生，小云大概不忍丢下我一个人（毕竟我算是客人），留了下来。黑夜里，我们在一堆石头上坐下聊天。

“秦老师，你在上海读了四年书，跟我说说上海吧。”小云说。

我有些发愣，上海？

我感觉上海在我的脑海中已面目模糊，仿佛我从未在上海生活过，只是很久以前在画册上、电影里看到过它。心理学上有个词，叫“选择性失忆”，我现在可能也患上了选择性失忆。虽然我在上海读了四年书，但这四年上海之行，并没有给我的人生、命运带来多少改变，因而对失望的上海之行，我不愿再记忆它。

我说：“上海也就是人多点，楼房多点，没什么稀奇的。”

“我长这么大，最远只去过县城。”小云说。

“是吗？”

“生活在这穷乡僻壤真没意思，每天就是在方圆一二公里的范围转来转去，种田除草割猪菜。有时候从电影、电视上看到外面的世界，看到大城市里的人生活丰富多彩，好羡慕。”

“有什么好羡慕的，那是人家的生活。”

“为什么我就不能过那样的生活呢？”

“你从电影、电视上看到的那种城市生活，只是虚构的、局部的，真让你去了城市，你也一样有烦恼，有失落，有不开心。”

“我在乡村过着单调的生活，同样也有烦恼，有失落，有不开心，既然这样，还不如在城市里生活得丰富多彩些。”

“你说的也是。”

月亮升上来了，又大又圆，万里澄澈，使得它像一个孤独的灵魂在夜空中漫步。月光辉映中，地面、房屋、树木像是浮了起来，给人一种虚幻感。气温也有些浸冷了，我不由得搓搓双臂。

“秦老师，有一件事我想了几个月，迟迟做不下决定，你能指点一下我吗？”

“是吗，这么艰难的决定？”

“明年新学年开学的时候，我想再回学校补习高考，哪怕考个中专也好，你觉得可行吗？”小云问我。

“去年高考落榜了，为什么不继续补习呢？现在耽搁了一年半，课本恐怕都忘得差不多了。”我很奇怪她怎么会有这样的念头。高考落榜生很少有隔了一两年再回炉的。

“唉，那时候不想读书，觉得还是回家好，自由自在，不用背英语单词，不用没完没了地做作业、考试，不用天没亮就爬起来。现在回想起来好幼稚，回村子里比在学校更没意思，所以又想读书了。”

我不知道怎么回答她。跟她说，你即使考上了大学或中专，可能毕业之后也还是被分配到乡下来，虽然不会再种田了，但过的依然是乡村生活？这样说显然不合适，虽然我就是这样的例子，可也不是所有大学、中专毕业生都是我这样的命运，不能以偏概全来否定她的想法。那么鼓励她去补习？可是如果她今后的命运也像我一样，她会不会怪我？

我想了想，觉得还是应该鼓励她。因为，她不去补习，肯定改变不了命运；她去了，虽然也有改变不了命运的可能，但也存在改变命运的机会。我说：“如果你有这个决心，就去吧。去了，就一定要断自己的后路，争分夺秒看书，不给自己有一点松懈，再苦再累也要坚持，苦也是苦一年，不算长。我一直到高二，成绩都是很差的。高三拼了一年，就考上了。”

“秦老师，谢谢你鼓励我。那我就决定去了。”

“从明天开始拿起课本吧，先自学着。”

“嗯。”

这时，社生和小霞回来了，于是我们两相道别。

车子启动的时候，借着灯光，我发现社生的头发上有几根碎草屑。我帮他拍掉草屑，社生笑笑说：“不要说出去哦。”

（两年后，听说小云考上了云州师专。）

35 “三角”事件

十五中校园的一角，有一个羽毛球场，不知什么时候球网烂了，一直没有人使用，后来有几个年轻老师提议，有空打羽毛球玩，于是合伙凑钱买了张网，羽毛球场又热闹起来。热爱打羽毛球的徐娜也加入了其中，打羽毛球成了她傍晚的主要活动，有时几个年轻教师打完了球，又相约一块儿出去吃饭。

一天傍晚，高屹在徐娜宿舍做好饭了，楼下传来一个人喊：“娜娜，走啦！”高屹从窗户往下看，是与徐娜同一个教研组的方越在喊，他问徐娜：“去哪里？”

“刚才打了球，我们出去吃饭。”徐娜急忙收拾了一下，背上包，“你一个人吃哦，我走啦。”

随着楼梯上的脚步声渐渐坠下去，不一会儿，他看到徐娜坐上了方越的自行车后座，两人很快消失在街角。当年他们在校园一块儿骑自行车的场景浮现在他的脑际，他的心脏“怦怦”快速跳了两下。

他感觉到一种危险在悄悄降临。

晚上八点多，徐娜回来了，脸色绯红，估计喝了酒。一个女孩子怎么也喝酒？“你怎么喝酒了？”他问。“几杯啤酒。”徐娜说。他给徐娜倒了杯水，问：“娜娜，方老师这人怎么样？”

“很好啊，上课很受学生喜欢。”

“我是问他对你怎么样。”

徐娜意识到高屹话里有话，瞥了他一眼：“什么怎么样？”

“你们两个是不是经常在一块儿？”

“打打球而已，高屹，你不要多心了。”

“有了打球就有了开始。我们是怎么认识的，不是从打球开始的吗？”

“不能相提并论。那时候，我跟你，谁也没有谈恋爱，现在我有了男朋友，他有没有女朋友我不知道。我们纯粹就是同事之间的往来。”

“你这样想，人家不一定这样想。”

“我管得着人家怎样想吗？哎，你说这话什么意思？”

“我觉得你不应该跟他来往，免得让人家想入非非。”

“为了不让人家有想法，就不和人家来往了？要是这样，我只能天天把自己关在屋里了。”

“我只是随便说说，你那么激动干吗？”

“因为你的想法很怪异！”

“好啦，算我多心了行不行？”高屹搂住徐娜的腰，“我只是希望你少出去玩。想出去玩，等我来的时候，我陪你一块儿去。”

“你叫我怎么消磨时间？当我想跟男朋友一起出去玩的时候，你在哪里？”

徐娜说着说着哭了起来。

“两地分居怎么了？两地分居就不能活下去了吗？那些军人的妻子、那些海员的老婆，人家怎么生活？她们都过不下去吗？”

“你是军人吗？你是海员吗？”

“我只是打个比方。”

“你不是军人、海员，却要我像军人、海员的妻子那样做，你觉得公平吗？而且军人、海员的妻子就不跟同事来往？就不去外面玩？”

“是我错了，刚才的话我收回。”

高屹好说歹说、不停地认错，才算把徐娜的情绪安抚下来，不过他的心情却平静不下来，他老在猜想方越是不是在追求徐娜，徐娜和方越是不是已经暗度陈仓了。

高屹经常去徐娜的教研组，自然也认识方越，但接触不多，方越表面上看起来没头没脑、傻乎乎的样子，一个小笑话也能让他乐得前仰后合。徐娜会喜欢这样的男人吗？估计不会。但是如果方越追求她呢？女人被追求起来，也有可能改变初衷的。尤其是他身处六百公里外，徐娜寂寞孤单，内心脆弱，更禁不住别的男人勾引。

如果方越想追求徐娜，他自己则一点优势也没有。他一个六百公里外的乡村教师，能竞争得过就在徐娜身边的城里老师？尽管他和徐娜已同居了，可要是方越对此不介意，他又奈何？

高屹决定找方越探一探深浅。第二天上午，他去了十五中，趁徐娜上课去了，把方越叫到一个角落，问："方老师，你跟徐娜什么意思？"

方越对高屹的质问莫名其妙："你是说昨晚吃饭的事？昨天下午我们几个同事打了球，相约出去吃顿饭而已，又不是我单独请她吃饭。"

"就打打球这么简单？"

方越反感了，同事一起打打球、一块儿吃吃饭，用得着这么神经过敏吗？

其实，他对徐娜和高屹谈恋爱是不以为然的，觉得不现实。多少校园情侣一毕业就分手了，她当什么真呢？弄得现在不是找罪受吗？他几次劝过徐娜跟高屹分手，当然这其中也暗含他想追求徐娜的因素。见高屹这么不识相地兴师问罪，他决定搅和一下他们的事。

"确实不是这么简单。你能追求徐娜，我就不能追求她吗？"

"你这就过分了吧，你不见我们都同居了？"

"同居了不等于结婚了。结婚了还有离婚的呢。"

高屹用仇视的眼光看方越："你给我小心点。"

中午，徐娜回到宿舍，一开口话就很冲："你干吗要去找方越？"

"这小子，居然打小报告。"

"你找得人家，就不许人家告诉我？"

"我还要打他呢。"

"高屹，你过分了啊。我都跟你说了，我和他没什么，你为什么还要去找人家！你要我在学校丢脸你才罢休吗？你太让我伤心了，想不到你心眼比针眼还小。”

“这说明我太在乎你了，太爱你了。如果你是陌生人，你跟谁鬼混我才懒得理呢。”

“我最讨厌什么以爱的名义。爱我，就可以任意对我做什么吗？”

“娜娜，我害怕失去你。”高屹欲拥抱徐娜，以化解她的情绪，但徐娜将他推开了，说：“你越来越难以理喻了。”

高屹讪笑着：“我改，我改还不行吗？”

“怎么改？改得了吗？你这是心态问题。”

“我有什么心态问题，我不许别人爱你，我不许你爱别人，这种心态错了吗？”

“我又没和你结婚，我有另外爱别人的权利，别人也有追求我的权利。”

“你爱着我，又去爱别人，又接受别人的追求，这对我不公平。”

“我另外爱别人又怎么啦？我又没缠着你，你可以走啊，大摇大摆地走啊，我还可以送你到火车站。”

“娜娜，你这就是说蛮话了。”

“那我可不可以说我已经不爱你了？我不爱你了，应该可以去爱别人了吧，对你公平了吧。”

“娜娜，不要气我好不好？”

36 不忍离你而去

秦河：

昨天下午收到你的来信，拆开一看竟是这样写的：“陈小芳，请你自重些，不要纠缠我了，真讨厌！我说过我不喜欢你！”真是不可思议。我痴情于你，你却不领情，说我纠缠你，还说“我说过我不喜欢你”，真会推诿责任。以前你信里虽说过，“谁我都不会喜欢的，包括我自己……”并没有直接拒绝我呀。我以为你是还不了解我才这样说，于是一封接一封地写信给你，表白心意，但你都不回复我。我问过你，“要是无缘你就说哦，我不会责怪你的”。也说过再不给我回信我就要绝望了，你都无反应。傻气、痴情的我一直在等待你，得到的竟是这样的结果。

我知道，你写这封信是因为，上个星期天我没跟你约好就去了你那儿，你又不在，我就在范主任家住了，太损人格了，所以你大发雷霆。你不知道第二天见到你时，你那一声凶恶的呵斥，让我差点倒下。我发了半分钟呆才走的，回家睡在床上，心还猛跳个不停。加上你刚收到我那两封信，信里我责怪了你，惹你生气了。那天，我看到你在洗衣服，被子也没叠，心里很难过，一是我把你折腾得太痛苦了；二是为你难过，按道理，应该有人帮你做了这些去，让你安安心心去干你的事业去的。

我知道你一直在寻找一位如意伴侣，但由于种种原因，一直不如愿。一方面是没有钱，女孩子都看不上你（我听范主任讲的）；另一方面又遇不到知音。我呢，不求对方有没有钱，而且我亦知道，像你这种内向性格的人，从心理学角度讲，应该寻找一位外向性格的人，两个人才不容易发生口角碰撞。文静的人当然好，但与你这种性格不配，两个闷葫芦不能结合在一起。听小高说，你不喜欢女孩子高谈阔论，这是错的，你要干一番事业（现在你听了我的劝告，选择了写作），不管什么，你都得深入生活交际广泛才是。

你对我若即若离，不知是不是不放心我，怕我以后后悔？或是你还想选择更中意的人？我自是希望你选到更好的人呀，但又怕你不选我，我失去了中意的人，或是等你最后觉得还是我好时，又失去我了。所以我只有求你答应我，现在你还没有真正地去喜欢一个人，否则你会觉得每个人都是可爱的。

从喜欢你到爱上你，我是从没后悔的。虽然有时在信中讲后悔，你从我的行动中应该看得出，我嘴上那么讲，心里却不愿那样做的。我给你的信，也许给了你精神鼓励（范主任说前段时间你精神很好，我听了很高兴，我不愿听到别人讲你无精打采的样子，年轻人嘛，应该是充满朝气的），也给了你一种压力，特别是我表露出的自信，让你觉得我高不可及。我这人就是这样的，有点自以为是（我们医院的人都这样讲我），要是人家不喜欢我，我是不轻易表露的，只有人家喜欢我，我才让他们感受到，也许我就吃了这方面的亏吧，总被人家误解，也误解别人。

告诉你，秦河，前几天我婶还给我介绍对象呢，那个人在云州市工作，他爸爸在云州地区粮食局当局长，说能把我调去云州，虽然小伙子家境好，人也好，我总觉得缺少一样珍贵的东西——共同语言，而且我调去云州也违背良心，既然已经爱你，怎么能又离开你呢？想到你痛苦的神情，我更不忍离你而去。

秦河：

告诉你，我这个人做事有点冲动，总是不三思而行，有时乱发脾气，你以后摸准了我的脾气就晓得了，发脾气时你可不理我，或是好心劝我，一下子我就气消了的。我希望你来了解我，因为我喜欢你、爱你，我晓得你也是喜欢我的。

你呢，就是太自尊又太自卑了，被我胡乱骂了一顿，就没有勇气向我发起爱的攻势了。要是别人，越是骂，就越是爱。你呢，越被骂越恨别人。请你以后不要再计较我讲的那些不思而言。你亦不要太自卑了。不管你是什么样的人，即使你自认为一文不值，我还是爱你的，我绝不会抛弃你。请你相信我，相信我们在一起会快乐幸福的，也相信我们在一起会“爱情事业双丰收”。

现在该我请罪了，你看了我的信，要是原谅了我，就请给我来个电话，或是写封信来，我会得到莫大安慰的。这几天我比较忙，不能经常去看你了，要是你能来春岭看我更好。听范主任说，你们近期要派人来春岭乡搞普法教育，不知道会不会派你来，如果是你来，那就太好了。

请你不要再“谁也不喜欢，包括自己”了，你越那样就越孤独，其实世界上的好人还是很多的，尤其是你们单位的人，都为你担心，为你着急。有一次星期六，我去党校，他们都很高兴，帮我到处找你，挽留我，我认为你有事回老家了，会很晚才回来，就先回去了，吃了饭又赶了来，但仍不见你。都怪我们俩真真假假像是在做游戏，以后请你对我讲真话，我也要向你说个清楚明白才是。

要是你不再自卑，鼓起勇气，正视现实，对我不再冷漠，我就得到世界上最可爱的人了，我将觉得是莫大幸福。

又：你这种内向性格的人，好强又受不了挫折，要是事业发展得好就好啰，要是失败了就会一蹶不振，最易自杀了，你亦曾经表露过悲观厌世的思想。为这，我又希望你来喜欢我、爱我，因为我能促进你事业成功；你呢，不知何故总不敢伸出你的手，让我挽住。我又不敢离开你，真怕你有那个可怕的念头。现在只有强求你喜欢我，你对我还有什么不放心，尽管说出来。后天我去见你，我们还是当面把话说清楚。要是你允许我下午去，就打电话来，不允许我就晚上去，吃了饭你别走开就是。不过，你最好买点吃的东西备着，我们边吃边谈就不那么别扭了。

我俩的误解太多了，真叫人担忧。要是我们闹崩了，你胡乱找一个人结婚就算了，虽然单凭你个人的能力，事业也许会成功，但是事业成功以后，你会觉得缺少一样东西的，这样东西就是爱情，你自己去想嘛。要是不成功，你会更自卑。你仔细想想嘛。

秦河，你就是因为你的才华和气质获得我的欢心的，我讨厌你没有自信心，自卑感太重。我是一个以内在取胜的女孩，尽管你跟人说你喜欢的是漂亮的、有钱的女人，我却不管，我相信我能改变你的看法，最终得到你。

第10章

机关女孩

闲逛记：劝分

高屹辞职

把你当爱人看待

37 机关女孩

由于老是被县委办抽去帮忙，我经常出入县委大院。第一次进县委大院时，感觉它好阴森，然而，来得多了后，这种阴森感渐渐地消失了。人适应环境的能力是最强的，这话一点没错。

到县委办次数多了，跟这里的人也熟了起来。县委办有一个女孩叫吴小艳，是个打字员。她高高的个子，直直的腰板，圆圆的头，有一双大大的眼睛，藏在长长的睫毛下，显得深幽幽的；每当眨眼时，长睫毛一扑一闪的，如一双蝴蝶摇翅膀。听说她当过兵，才从部分转业回来，不过神态看上去很文静、温婉，一点也不像在部队待过的人，也许在部队也是打字员。

说是跟县委办的人熟了，也不是全部，起码跟吴小艳就不算熟。她太文静了，不爱跟人打交道，整天待在打字室不出来，即使没有字可打，她宁愿窝在打字室看报纸，也不挪挪腿。我仅跟她接触过两次，一次是县委召开全县经济工作会议，我被抽去整理材料，由于县委书记的讲话稿有二十多页，装订时打字室的小方桌排不下，得拿到小会议室的长桌上捡页，这样吴小艳才如裹脚老太挪动金贵的脚，走出打字室，加入了我们的材料组队伍。

我们将讲话稿一半一半排成两列，我和县委办秘书唐宏各捡一列，之后在桌子的一端汇集，交给吴小艳装订。她像个乖乖女一般，来一本订一本，“咔！”一掌摁下去，一颗钉书针两头齐头并进，穿过了厚厚的材料纸，干脆利落，十分完美。一沓厚厚的材料，她两个钉书针就装订完成，不像我们，经常把钉书针摁歪，不得不返工，总是要摁好几次才把一本材料装订好。我对她说：

“小吴，你的手劲还蛮大。”

吴小艳眨动长长的睫毛瞟了我一眼，又抿嘴笑一笑：“天天都装订材料，我的手掌练成铁砂掌了。”

“你手掌那么秀气，看不出来。”

吴小艳的眼瞳透过长长的睫毛瞥了我一眼，但没说话。

还有一次，我去县委办领一份材料，经过打字室门口时，往里扫了一眼，吴小艳一见我，即向我招手，那手臂挥动的姿势非常柔和，如一片风中摇曳的玉米叶，又如空中慢飞的大雁翅膀。我站定，她说：“秦河，你过来一下。”口气十分亲和、亲切，仿佛我是她多年的好朋友，甚至是她的最喜爱的情哥哥。

我放轻脚步走进去，吴小艳说：“你帮我看看这几个字是什么字。我找了几个秘书，他们都认不出来。”把压在打字机下的一份材料递给我。

这是县委办宋主任写的材料，他正巧下乡去了，无法向他询问，可材料又得赶紧打出来。我只用了不到一分钟的工夫，就把她画了线的所有字都辨识出来了。其实都是常用字，只是宋主任写的字笔画太过潦草又偷工减料，所以难认。

吴小艳如释重负，舒缓地喘气：“还是你这个中文系毕业的厉害。”

我说：“你怎么知道我是中文系毕业的？”

“你都快成县委办半个秘书了，我怎么不知道？”吴小艳害羞地笑了笑。

我喜欢上了这个文静的女孩。我决定追求她。

对追求吴小艳，我是信心满满的。我想，我一个重点大学毕业生，她一个打字员，我绝对是配得上她的吧，她绝对是高攀我吧。在肯县这个山区县，大学生可不多，一听到谁谁谁是大学生，女孩子总是两眼放光。我们党校就有一个本省大学毕业的男老师，个子矮小，性格内向，可是县农行那个最漂亮的女孩就嫁给了他。不过，他跟我有些不同，他是城镇子弟，我是农家之子，可我是重点大学毕业的，总比他高个档次吧。

我也考虑过，我前面那几次追求女孩的经历都不顺，会不会这次也重蹈覆辙？我觉得不会，因为前几次跟这一次大不一样。追那个省城女孩被拒，是因为我们地位差别太大，我过于高攀了；追高中同学唐小妍，本来没问题的，是我自己犹豫了才失败的；跟那个竹县女孩谈不成，是我自己对她反感。三段经历其实有两段是我自身主动性不够。

现在，绝对不是高攀的这一次，我自身没问题了，还会有什么问题？

可是怎么跟她接触呢？我不可能没事就跑去县委办耗着，这是全县的权力中心，老往那儿跑，人家还以为我心怀鬼胎想爬官呢。即便去了那里，又能怎么样？她窝在打字室不出来，你跟人家还不熟，贸然钻进打字室去跟人搭讪？

有一次，我被抽去县纪委搞材料，一份材料打出来了，纪委办公室主任对我说："小秦，你去县委办找小吴，拿两百份县委的文件头过来。"我心里一乐，心想接触小吴的机会来了，不想此时正有一个小伙子路过门口，听到了这句话，抢先说："主任，我去拿吧，我正要去一趟县委办。"于是主任把这趟活转给他了。我气得恨不能把他舌头割一截下来，让他以后不要抢别人的话头。

一天下午，我骑车路过县委大院门口，往里瞥了一眼，发现小高和吴小艳肩并肩一块儿往外走，我顿时豁然开朗，是啊，怎么就没有想到她们俩认识呢？一个在县委办、一个在妇联，两个单位就在一栋楼，她们应该认识的，说不定还是很要好的朋友，从她们肩并肩一块儿走就可以看出来。我可以叫小高当"媒人"嘛。

过了几天，我把小高约了出来，跟她说了我的请求。小高惊奇地看我："你想脚踏两只船？"

我莫名其妙："我是那样的人吗，你见我有女朋友吗？"

"你跟那个陈小芳不是在谈恋爱吗？"

"我要跟她谈恋爱，天打五雷轰！"我急了，血往脑门涌。

"我几次遇到她，她都说去你那里。你们不谈恋爱，她老去找你干什么？"

"她要找我，我有什么办法？反正我现在看到她，恨不得上天入地躲起来。"

“原来是这样，唉，这个陈小芳。”小高摇摇头，又看着我，“人家对你这么痴情，你不如从了算了。”呵呵地笑。

我苦笑：“小高，你别奚落我了，你要真想帮我做件好事，就把小吴介绍给我。”

小高沉思了一下，说：“小吴是一个挺不错的女孩，不过，以我的了解，她眼光很高的，不一定看得上你。”

我说：“让我试试吧，她看不上我再说。”

“好吧。”

第二天下班时，小高打电话给我，说约了小吴晚上九点去文工团舞厅跳舞。我欣喜不已，马上跑去吴江那里，再向他借了那套勉强合身的西装，把自己打扮一番，不过我不再烫头发了。上次烫发，第二天洗头后，就乱得像鸡窝一样，被党校的同事们嘲笑了几天。

晚上九点，我准时赶到文工团舞厅，门口不见她们，我想应该是已经进去了。于是买票进去，果然看到她们站在墙边。小高也看到我了，但不动声色，我只好装巧遇，走到她们身边，说：“小高，你也来了；小吴，你也在这儿。”

小高一副惊讶的表情：“怎么是你呀？差点认不出来。你穿上西装好帅哦。”

吴小艳没吱声，面无表情。

舞厅里已来了不少人，刚放完一支舞曲，所以大部分人都是站着，跟同伴或舞伴窃窃私语。灯光幽暗，旋转灯映出的光偏红，看上去每个人的脸上红彤彤的。我正想跟她们说话，舞曲响起来了。小高说：“秦河，请小吴跳舞啊。”

“小吴，请你跳支舞。”我向她伸出手，但小吴不受邀，说：“我不会跳舞。”小高大概怕我冷场，拉着我进了舞池。

跳舞中，我不时留意吴小艳，只见她孤零零地站着，如置身事外，不断有男子去邀她跳舞，但她都拒绝了。一个冷傲的女孩，我想。

一曲结束了，我们回到小吴的身边，小高说：“你跳得蛮好，你在上海读书时候是不是常跳舞？”

“哪儿呀，也就是大四下学期，没什么课了才去跳一下。”

又一支舞曲响起来了，我再次向小吴伸出手，小吴依然说不懂跳，小高拍了拍她后肩，说：“随便跳呗，又不是要你上台表演。”

小吴这才把手伸给我。跳舞中，我感觉她确实不是很会跳，我想带她一些花步，她便显出手忙脚乱来，我只好跟她仅跳些基本步了。一曲未完，她就说不跳了。

此后一个晚上，小吴再不跟我跳了，基本上我都是和小高在跳。还没到舞厅打烊，她便拉上小高走了。

我想，以她这种性格，不宜耗下去，自己主动直接点吧。过了几天，有个打着“上海××歌舞团”的草台班子来到肯县演出，我买了两张票，拿出一张托小高送给小吴。

傍晚，我早早赶去演出地点人民会堂等候。随着演出时间的临近，越来越多的人蜂拥而来，络绎不绝地从我身边经过，不时撞着我，为了避免小吴来了看不见我，我冲出人流，站到了大门口台阶最高一级，使我如鹤立鸡群。可是直到演出开始了，仍不见小吴的影子。我很纳闷儿，她为什么不来？是不是看不到我，已经进去了？我急忙进场，找到我的座位，但我买的另一张票座位是空的。

我突然想到，她是不是以为我会去她家门口接她，而一直在门口等我？这么一想，我冒出一身冷汗。想下午把票交给小高时，忘了多问一句，是不是去她家接她。我拔腿飞奔，往她父母的住处物资公司跑，一边跑还一边留意她是不是在来的路上，别又错过了。

到了物资公司大门口，却见空空荡荡，显然她已回家。她会不会生气了？我一夜不安，连夜给她写了一封信，向她表示歉意，也向她表示爱意。

第二天一大早，我就骑车到邮局把信寄了。

一连几天，我没有外出溜达，待在办公室等她的回信或电话。然而我的信如石沉大海，范主任也没喊我接“县委办打来的电话”，我又纳闷儿了，想不出这中间出了什么岔子。我只好去找小高打探。

小高把我叫出办公室，在走廊的尽头站了。小高告诉我，那天她把票交到小吴手上了，可小吴一听是我送的，表现出很恼火的神情，说“这人真讨厌”，把票给撕了。“第二天我刚好下乡去了，没来得及告诉你。”小高说。

漂亮女孩不喜欢我，这个魔咒再次出现。我十分沮丧，脸皮变成了一层稀泥，哗啦啦掉落地上。小高看我的表情怪异，也叹气，说：“当初我都跟你说了，小吴心很高的。”

“怎么个高法？”我好奇。

“她跟我说过，她不想在肯县生活一辈子，她一定要找一个在云州地直机关或云州市机关上班的干部。”

我哑然失笑，我还自以为是地认为她没来看演出，是因为我没去接她而玩矫情呢，其实人家压根儿就看不上你，或者说你不在她的视野内。

真是落难凤凰不如鸡啊，我心生感慨。如果我毕业分配时像别的同学那样顺利，不说现在是在北京、上海、广州工作，在省城工作是肯定的（我另两个本省同学就是例子），小小的云州地区或云州市算什么？

对于她这种世俗的想法我又能怎样？我能向她表决心吗？对她说，吴小艳，请你相信我，我绝不是平庸之辈，我是全县干部中唯一毕业于重点大学的，我一定能干出一番事业来，一定能让你幸福快乐！这样的话她能信吗？连我自己都不信。我整天这般浑浑噩噩，游手好闲，能干得出什么事业来？在县里有什么事业可干？

唉，这个吴小艳看似冷艳、孤傲，其实也就一个普通的、平凡的、俗气的女孩子，看来她也是生在普通人家，想通过嫁一个不一般的男人、不一般的家庭，来改变自己的命运，过上好的日子。她对我冷淡、冷漠，并不是她的性格使然，而是认为我不合她的择偶标准，懒得跟我来往。她对周围的人大多冷漠，原因应该也是同样。

当然，她有俗气的权利，我们都不过是俗人。我想，我们应该是两条轨道上的人，我们没有交集点，所以我们是相爱不了的。她倒是很理智，而我，屡次追求女孩而不得，有点饥不择食了，看到还顺眼的女孩子就想追。她拒绝我，未必不是好事。即使以后真在一块儿了，也不一定相处得下去。

这么想着，我心宽了些。

奇异的是，此后县委办再没有抽我过去帮忙，可谓不幸中的万幸，否则如何面对吴小艳？

38 闲逛记：劝分

四处闲逛的日子里，我都记不清认识了多少形形色色的人，有小青年、女孩子，有老头、中年人，有教师、乡村干部，有农民、小摊贩。往往是，认识了一个人之后，他去哪里玩，我也跟着去，在另一个地方，又认识了一堆人。

刘志平就是这样认识的。他在双江镇农机站上班，他个子不高，皮肤黝黑，看上去貌不出众，但有着一双女孩子的扑闪扑闪的猫眼，更有一张能说会道的嘴，性格活泼，喜欢凑热闹，是各种聚会上的常客。好几次，我和他在不同的场合不期而遇，自然地，我们成了朋友。

一天晚上，我跟着一帮认识的、不认识的哥们，在双江供销社一位姓何的男子宿舍喝酒，众人喝了个七仰八倒，我也喝得要吐不吐，靠着门口的廊柱直喘粗气。

刘志平从屋里出来了，跟我说了几句酒话后，他郑重其事地说："秦河，有件事想请教你。"我愣了一下，还会有人向我这个闲散人员请教？我说："你会有什么鸟事？"

"走，去我宿舍，我跟你慢慢说。"刘志平拉着我上了他的摩托车。

进了他宿舍，坐下来后，他从包里掏出一封信递给我。

信是一个女孩子写给他的，生动而详尽地回顾了两人相爱的经过，尽管错别字很多，但文采斐然，感情丰富，用了很多古诗古典，让我这个学中文的一边看一边佩服不已。信的后半部分说，她怀孕了，父亲知道后非常愤怒，给了她三条路：第一，叫刘志平去她家道歉，并定下婚期；第二，去派出所报案，告刘志平强奸；第三，若不遵从以上两条，将她逐出家门。她不知道怎么办，要刘志平拿主意。

女孩名叫小雨，在双江镇河西村小学当老师。

"秦河，你读书读得多，帮我出出主意，这事该怎么处理。"

我问："你对这女孩是个什么态度？"

"我本就没打算跟她结婚，玩玩而已。"

“这就麻烦了。你就等着坐牢吧。”我笑说。

“她爸怎么这么老顽固，都什么年代了。”

“你玩弄人家女儿，就不许人家发火？何况小雨还怀孕了，你叫人家没结婚就生孩子吗？”

“去打掉不就得了。”

“兄弟，说这样的话就有点不厚道了。”

“行，行，不说了，你说我该怎么办吧，你就看着兄弟我去坐牢？这也不厚道吧？”

我想了一下，调侃说：“眼下只好先赔罪咯，先答应着一定会娶她，让她还有她爸心态平复下来。反正结婚也不是一两天就结得了的，而坐牢却是明天就有可能的事。之后呢，把你的烂仔本性充分表露出来，让她一天比一天对你失望，最终主动抛弃你。这不就安全了？”

刘志平听得连连点头，不时嗯嗯应着。他说：“秦兄，明天你陪我一起去找小雨谈谈。她人很聪明的，有肚才，有口才，我说不过她。你文化高，比我会说。”

“不行，明天我要上班。”

“少来，你那个鸟班有什么好上的，你哪天不是在东游西荡？”刘志平硬要我在他宿舍住下。

第二天中午，刘志平开了摩托车，搭着我前往河西小学。河西小学离镇上也就几里路，虽是机耕路，但不是主道，倒还平坦。学校坐落在一片树林里，微风吹拂树叶哗哗，但让人感觉宁静。到了小雨的宿舍门前，刘志平叫我在门外等着，他先进去谈，如果他谈不拢，我再进去帮忙。

我百无聊赖地站在走廊上，不知道要干什么。学校放学了，校园里空无一人，我像个傻子一般呆站了一会儿，实在耐不住了，沿着走廊走到尽头，看到一棵柑子树下有一群鸡在觅食，便蹲下来观赏它们。这群鸡由一只大公鸡带领，它极其雄赳赳、气昂昂，看见我，高昂起头，颇有点向我挑衅的意味，仿佛我要抢它的母鸡。什么呀，我一个人类，跟你争抢母鸡？我蔑视它，它似乎很不服气，很高亢地打了一声鸣。

我返回原地，这时刘志平出来了，叫我进去。

刘志平介绍我说："这是我的好朋友秦河，H大学毕业的高才生。"

"你是秦河？"小雨脸上有点惊奇的神情，"我听说过你。"

我犹如被人揭了短一般，有些不自在："是吗？想不到我这么有名的，连你都听说了。"

"我为什么就不能听说？"

"你从哪里听说的？"

"小云你还记得吧？她是我表妹。"

嘿，天下真小。不过双江镇就这么一个巴掌大的地方，小云是她表妹也有可能的。"小云怎么样了？"我问。

"她现在天天都捧着课本，可用功了。"

"但愿她明年能考上学校。"

小雨是个矮矮胖胖的女孩，相貌一点都不出众，只是皮肤白白净净的，才让她有点老师的模样。她的房间很简陋，就一张架子床，一张书桌，加几张椅子；地面是泥地，坑洼不平，她的架子床有一只脚垫了木片，以保持平稳。一面墙上贴了一张歌星李玲玉的海报，使房间添了些闺房味。

我问："小雨，你是教什么的？"

"语文。"

难怪她的信那么有文采，不过我还是不解，她的文字水平远超一般语文老师，更别说乡村小学语文老师了，而且她古文功底深厚，错别字为什么又那么多？小雨说："从两岁起，我爸就硬要我背唐诗宋词什么的，那时都还认不得一个字，哪个音是哪个字都不懂。"

我更奇怪了，我估摸她父亲应该是个大字不识几个的农民吧，怎么还懂得唐诗，还叫女儿从小就背？小雨说："说来你也许不信，我爸是50年代的中文系大学生呢，在云州地区行署工作，后来在运动中挨人家整，被押解回老家当了农民。"

"'文革'结束这么多年了，他怎么不要求平反，出来工作？"

"都五十几岁了，他不想了。"

"可惜了。50年代的大学生，比现在的大学生水平高多了。"我说，不由得联想到自己，有些自惭形秽。我比起他来，命运好多了。

“我爸可不这么想，他觉得在家种田就蛮好，与世无争。我爸现在组织了个傩戏班，十里八乡的人家办什么红白喜事，都请他去唱。我爸好厉害的，自已编了几千句古体诗，一唱能唱一个晚上，不歇一口气。”

刘志平附和说：“难怪小雨也这么有肚才，唐诗三百首能背一半，比好多正式老师水平高多了。”

我这才知道她是代课老师，我问她为什么不考县师范，去进修三年就是正式老师了。“我数学好差好差，去年考了，才得了三十分。”小雨不好意思地笑。

“你今年再考一次，我有个同学在县师范当老师，我跟他反映一下你的情况，叫他帮你争取学校特招你。”

“好啊！”小雨高兴得脸上像有个太阳在发光，“说定的噢，你真是我们表姐妹的大恩人。”

“你先别表扬我，我还只是说说呢。”

我和小雨聊得高兴，把刘志平的事都忘一边了，这时想起来，但看她高兴劲，又不想扫她的兴，只好继续聊。她的语文知识确实很丰富，尤其是古代文学方面，很多如今已不大为人所知的大家如宋之问、元稹、司空图，她都说得上来，谈得出大概，看来她背得不少唐诗这事不假。我想考考她，但一想我自已背得的唐诗不一定比她多，可别自取其辱，又不敢了。聊了约半个钟头，想到小雨中午可能要休息，我便告辞了。

回镇上的路上，我问刘志平跟小雨谈得怎么样，刘志平叹气说，小雨说她做不了主，得问她父亲的意见。我问：“那你跟她说，你是什么打算?”刘志平说：“还能说什么，照你指点的去说呗，可要是真跟她结婚，我就惨了。我一个国家干部，讨了个村姑做老婆。”

“人家那么一个有才华的女孩，嫁给你才惨呢。”

“既然我惨她也惨，又何必逼婚哩?”

我说：“小雨看上去是个有主见的女孩，我觉得事情不会有她信上写得那么严重。有空你再好好安抚她。”

到了镇上，刘志平去一个小店买烟，一女子也在买东西，刘志平显然认识她，因为他的脸上立马堆满了笑，对女子说：“小慧，才隔一天不见，你又漂亮了许多。”女子回望他：“不认识你，说送一条围巾给人家，围巾呢?”

“不是没看到合适的嘛。放心，一定给你买的。”

我想这小子，真是处处不忘招蜂引蝶啊。他在朋友圈里被称为“痞虫”，听他说话，三句不离玩女人。不过他确有这个本事，懂得哄女人开心，艳事不断。

路过一座民宅时，屋里传出喧闹声。“里面肯定在喝酒，进去喝两杯。”刘志平说。我们正要找地方吃饭呢，于是推门进去，果真一大帮人正在猜码。“嚯!”杀红了眼的双方，对我们的到来都很激动，我们一坐下来，就被分进了猜码的两边阵营，成了“死敌”。

集体分边猜码，规则是挑战方先派出一人，向对方逐个叫阵，若在第N个手里栽了，第二个接着向N叫阵，如此轮排，哪一边到最后输了，每人都得喝一杯酒。嘶声力竭的喊码声，把屋顶的瓦片震得哗哗直响。我虽酒量不好，但在这样的气氛中，也扯着嗓子喊打喊杀，“哥儿俩好啊”“雅点……”“八来……”高度兴奋中，我浑身发汗，索性脱成了光膀子，把裤脚也卷到了大腿部。

一直喝到下午四点多，醉得差不多了，我起身去车站，准备搭车回县城，在车站旁边一间杂货店看见了小雨，她正在买什么东西。小雨看到我，未说话先笑开了，好乐观的一个女孩子，怎么跟信中的凄凄惨惨迥然两样?

我把小雨叫到一边，说了刘志平托我的事，问她怎么办。小雨嘟着嘴说：“就看他怎么表现咯。谁叫他骗人家。”

“你知道他骗你，你还跟他那个什么。”

“开始不知道呀。”

“现在知道了，离开他就得了呗，为什么还逼婚呢？你觉得跟他在一起会幸福吗?”

“秦老师，你觉得刘志平这个人怎么样，是个什么样的人?”

“怎么说呢，他也就是一个烂人，比你差档次太多。我好奇怪，你怎么会喜欢上他，跟他谈恋爱?”

“唉，他那张嘴太会哄女孩子了，我又很自卑，就禁不住他的哄了。”

“我觉得你应该放弃他，真的，他不值得你爱。你和他在一起不会幸福的。”

我这不是帮刘志平摆脱她，而故意说他的坏话。在我眼里，他真的就是一个烂人。当然，我也好不到哪儿去，但我只是浑浑噩噩地活着，我不骗女孩子感情。

“我知道。”

“中午他是不是说想跟你和好，要娶你？”

“是呀。”

“你别听他的，这不是他的真心话。”

“我知道。”

“那你答应跟他好下去吗？”

“没答应，也没否定。唉，有时候想想，真的不服气。”

“因为怀了孕，就要嫁给这个男人，不管他是猫是狗也要嫁，这种观念已经很陈腐很陈腐了。”

“其实我是骗他的，我根本没怀孕，我是想试试他对我是不是真心的。”

真是个聪明的女孩。“这种试法可不好玩，要是他真想娶你呢？”

“真想娶我我也不一定会答应。”

“小雨，离开他吧，这是他想要的，但我希望这更是你想要的。”

（不久，小雨与刘志平分手，第二年她考上了肯县师范。）

39 高屹辞职

高屹在乡邮电所跟徐娜打长途电话，才说了几句话，徐娜说：“高屹，我考虑来考虑去，我们还是分手吧。”

相对于上一次的震惊，这次高屹的心理有点逆反，有点恼火：“怎么又说分手的事，这事好玩吗？”

“高屹，真的，我们分手吧。我们迟早是要分手的，晚分不如早分。”

“不是说了不分手的吗，怎么还要说这事？”

“上一次我心太软，下不了决心，这次我决心要跟你分手了。”

“不分，不分！”

“高屹，醒醒吧，不要再自我逃避了。”

“你要我怎样做你才满意？你要什么我就给你买什么，你不说买什么我也给你买了，什么事我都舍得做，肯去做，除了调去省城，可这不是我自己做得了主的事，你也不能怨我啊。要是可以调去省城，爬着去我都愿意。”

“我不怨你，我只怨天，怨老天对我们不公平。”

“娜娜……”

“不要再打电话给我了。”

徐娜先把电话挂了。高屹简直气坏了，他狂奔着出了邮电所，又狂奔着回了学校。回到宿舍，他拿出纸和笔，奋笔疾书起来。

写罢后，他拿着写的东西奔去胡校长办公室，但胡校长已经下班了，他又转去校长家。胡校长正在做饭，见了他，热情地邀请他吃晚饭。高屹把手上的纸递给校长：“胡校长，我请求辞职。”

胡校长很吃惊，拉他去客厅坐了：“小高，出什么事啦？”

“我不想在这里当老师了。”

“你在这里干得好好的啊，怎么就不想当了？我有什么照顾不到的地方，你说出来。”

“胡校长，不关你的事，是我私人原因。”

胡校长顿时明白原因了，说：“小高，上次我就跟你说过了，做人要现实点，我们学校也有未婚女教师啊，何苦舍近求远呢？”

高屹没有心情谈这事，他冲出了校长家，又跑去车站，搭上客车，赶到县城，此时尚是中午，他不在我这里逗留了，继续赶往云州地区汽车站，搭上开往省城的班车。到达省城时，都快半夜了。

徐娜对高屹的到来并不吃惊，她说：“高屹，请你不要再来了。”

“娜娜，我辞职了。中午刚向胡校长递交了辞职信。”

“你疯了！”

“我没疯，为了能和你在一起，我什么都不顾了。”

也难怪徐娜这般惊讶。那时候，一个人的出路和前途几乎在于进入体制，因为那时候几乎什么都是国家的。机关是国家的，工厂是国有的，学校是公办的。你除了当国家干部，当国企工人，没有其他路可走，一个人离开了单位，简直就成了社会的弃儿，毫无前途可言。你不知道能做什么，只能去当路边摆摊的。而且你一旦离开了体制，你就再也进不去了，只能当一辈子摆摊的。如果你来自农村，你辞了职，就是想回农村老家种田，也不可能了，因为你的户口已经迁出去了，村里或没有分给你田，或田已被村里收回去了。一个大学毕业生，混于摆摊者中间，你有这个勇气吗？当然，摆摊也有可能成为大富翁，当今多少亿万富豪，都是摆摊出身的，可是那时候，没有几个人能想到摆摊可以摆出亿万身家。

还有户口。那时候，去户口地之外的地方，随时会有风险，若是在街头、在出租屋被查到，会被遣送回来，或送收容所关押。即使是十多年之后的2003年，大学毕业的孙志刚，走在改革开放前沿的广州街头，因身上没带暂住证，依然难逃被送收容所的命运，并在收容所被人打死，全国震动！

“你父母辛辛苦苦供你上大学容易吗？你为什么不想想他们？”

“不想那么多了。”

“你今后怎么生活，你家里没有家财万贯，你辞什么职啊，你辞了职，就再也回不去了；找不到工作怎么办？老了怎么办？”

“不想那么多了。”

“高屹，不要意气用事，你还是回去吧，真的，千万别辞职，你父母供你读大学当上国家干部多不容易，不要辜负了他们对你的期望。我不值得你这样做，真的，我没有倾国倾城的貌，也没有亿万财富，我也就是一个普普通通的女孩，不值得你辞职。高屹，你还是回去吧，跟你们校长认个错，说你是跟我吵架了，一时冲动，胡校长为人很好，他会谅解你的，会让你回去的。我相信他不会这么快就把你辞职的事告诉教育局，还来得及。”

“大丈夫一言既出，驷马难追。辞了就辞了，我不相信就活不下去，我在省城打零工，做苦力，摆小摊，也能活下去。省城那么多人没工作不是活得好好的吗？”

“你是有大学文化的人，怎么能跟那些无业人员比？而且人家是端不着铁饭碗，你是有好好的工作不做，自找罪受。高屹，我求你了，你回去吧，只要你愿意回去，我可以收回我的话，继续和你好下去。”

“不回了，坚决不回了。”

高屹的行为让徐娜感到了恐惧。

他成了一个无业游民，他们的爱情还会幸福吗？更加不会幸福。她会日夜担忧，为高屹的人生、生活担忧。她父母也不会同意她跟一个无业游民结婚。那时候，有一个正经工作，尤其是在体制内有一份工作，是一个男人立于世上的根本；那时候，父母考察儿女婚事，最看重的是对方有没有正式工作。

她越想越气，也撂狠话了："你做事太走极端了，你越是这样，我越不理你。你就是来了省城，我也不会再跟你和好的。你回肯县去吧。"

"我在肯县，你又说我们相距太远，现在我来省城了，你同样不要我，你要我怎么做？我走这一步，下了多大的决心！为了和你在一起，我什么都舍得，做什么都可以。"

高屹痛苦得脸都变形了，徐娜想安抚他，可一想要是心软下来，又会和上次那样，分手的事不了了之，她把脸别到一边。

"娜娜，不要这么绝情好不好？我现在什么都没有了，你是我唯一的依靠。"

"不要依靠我，我的肩膀承受不起。"

"我不是说要你养我。"

"不管你愿不愿，反正我不想跟你在一起了，你走吧，以后也不要来找我了，找我我也不会见你。"

"你说分手就分手呀？"

"那你说要我怎样，你才肯分手？"

"要分手，把我买这一屋子东西花的钱还给我。"

"我会还你的。"

"那你现在就还来。"

"高屹，你不要蛮不讲理。我现在还得了吗？"

"还不了，就不要讲跟我分手的话，用着我买的东西，又不做我女朋友，是谁蛮不讲理？"

"你容我分期还你好不好？我现在就还你一千块钱。"徐娜从门背取下她的包，从包里掏出了一沓钱，她原来是想寄回家给弟弟学驾驶用的，她将钱塞进高屹手里，但高屹不愿收，他觉得一收钱，他们就真的恩断情绝了。两个人推来推去，钱掉地上了。徐娜在钱面前蹲下来，哭了。

“高屹，我求你了，不要纠缠我了。”

高屹在徐娜对面也蹲下来，他轻轻抚摸徐娜的头发：“娜娜，我离不开你。以前，不管经历了多少折磨、多少烦恼，我相信都过去了，因为我来到了省城，跟你在一起了。娜娜，让我们重新开始吧，我们会每天都快快乐乐的。”

徐娜依旧没有看他，头埋在双膝间：“你走吧，让我先安静一下。”

高屹轻轻走了出去。

高屹来到了大街上。大街上热闹非凡，熙熙攘攘，他感觉自己走在荒野中。

40 把你当爱人看待

秦河：

实在对不起，我让你受了那么多的折磨，以前我太不了解你了，不知道你的性格弱点和人生之苦。昨天我去找小高玩，她说，在春岭下乡的时候，你把你的家庭不幸、你的自卑心理全都倾诉给她听过。可是你却从没有对我说起，要是你早对我说了，我绝不会那样刻薄对你的。现在我知道了，以后我要好好爱你。

我一直都是爱你的。只是在不了解你之前，我以为你曾喜欢过我，后来是我伤了你的心，你又不喜欢我了，去讨郑小兰的欢心，我就很有气，对你忽冷忽热。我这个人又幼稚无知，不敢大方、大胆地问你这一切是为什么，只是从你的言行中去观察，后来看到你似乎还在喜欢我，也没怎么伤我的心，才又对你热情起来。你写的那封委婉含蓄的信，我一直以为是在试探我的心呢，所以我一封一封地给你去信，奇怪的是，你却从不回信，现在才知道你是自卑心理在作祟。也怪我不懂怎样去谈恋爱，没有使你变得大方、快乐起来。

你啊，太自卑了，童年的痛苦，求学时的艰苦，分配的不如意……你都把它们看作对你的惩罚，而苦恼、自卑。你本来是有才学、有志向的，也想干一番事业，这我是晓得的，却不懂得该怎么做，好好地帮你。要是以前早了解你就好了，我早成熟点就好了，不听信别人说就好了，我绝不会去做伤你心的事。现在，我请你原谅我的一切过错。我今后一定做个好女孩。请你相信我。

我相信我们在一起会十分幸福的。我已把你当作爱人看待了，有什么心事尽可向我倾诉。说出来，我才会知道嘛。以前实在是我的不对，性急，又不敢问你。现在我敢了，决定今天晚上就去你那儿，听你倾诉，把你的一切烦恼都说给我听吧。不要逃避我了，不要对我冷漠了。不然我要哭了，我的心要碎了。

可今天上午打电话到党校找你，范主任说你不在，我叫他转告你，我找你，一天过去了，都没接到你的电话，你是不是还在生我的气，我求你原谅我。

以前真是对不起，总以为你是因为分配不如意而懊丧，又以为你看不起我，还以为你脚踏两只船，我又十分爱你，所以总做错事，伤了多少回你的心。今后我再也不胡乱猜疑了，一定好好爱你，希望你不要悲观失望。

告诉你，自从喜欢上你，我就把你当作我的爱人看待了，不想让你受折磨，要给你鼓劲和安慰。哎，我问你，你真的在愁吗？要是这样，切莫借酒浇愁，我试过，没有用。像你喝不了多少酒，最好不要用这种方法来消愁，有害无益。愁，就找知心朋友，听音乐、看电影等。有人说你的样子跟不上形势了，在这万象更新的新时代，你却成天闷闷不乐，无精打采。我要让你开朗起来，充满生机，我要督促你写作（我今天看到你发表在《云州日报》上的散文了，还特地剪了下来收藏），让你事业成功，爱情丰收。平时不愉快的事少想些，放宽点心，让心情舒畅些，还有，你应该喝点牛奶，早晚喝一杯，对你的身体会有好处的。

秦河：

现在是深夜，你睡了吗？是不是还在写作？我呢，也是一点睡意也没有，打算给你写信。

请问你知道人的大脑左、右半球各分管什么吗？我发现我左脑半球用得多，而右脑半球只利用了一点，没充分利用。我想使我的左、右脑半球都充分利用起来，可单靠一个人的能力有限，所以一直在寻觅一位能较快使我右脑半球也充分利用的意中人。这个人我找到了（就是你咯），今年我想跟他共促共进，比翼双飞，所以今年我打算调回县城，跟意中人朝夕相伴，并在他帮助下努力学好英语、法语，干一番事业，可以写论文，也可以翻译医学外文。

不知你看到过《参考消息》上的一篇文章没有，说的是美国人不论男女，都愿意找活泼、开朗、有事业心、能自食其力、浪漫又不脱离现实的人做伴侣，就是说：爱情事业双丰收。我信奉“男人 + 女人 = 爱情、事业双丰收”，也是这个道理。不知你信奉的是怎样的。寻找意中人，可以有共同兴趣，相同事业，我从收音机里听到过一个报道，说某医院有一名护士，她的文学素养好，中学时就发表过不少文章，在另外一个城市，有一个男子，是个体户，也喜欢文学，经常在报纸上发表文章，这个护士很欣赏他的文章，两人以文交友，后来结为良缘。但也可以是事业不相同，只要心心相印，共促共进即可。我看了《柔情的琼瑶》这本书，觉得她对待爱情、事业、生活的方式很值得借鉴，你想看吗？我手上就有这本书。还有《智力、性格、情爱》这本书也很好。

还记得我给你唱的《一帘幽梦》吗？以前我的想法是，不管我在哪里，从事什么工作，人长得怎样，别人不嫌弃我，我就满足了。你曾说不想在乡下找女朋友，你还说我的工作不能促进你的事业成功，现在还这样认为吗？我曾听人说过你这个人很不稳重，轻浮。当初你对我是真诚的，可是你后来又不理我了，去讨郑小兰的欢心，郑小兰又说你喜欢的是活泼、漂亮、会撒娇的女孩，我也怀疑过你是轻浮之人，如今我证实你不是这样的人。别人说你不具备男子汉的气质，这不完全对，你是坚强的，不要别人的可怜，但你多次挖苦我，还骂我，我有点不服气。这是不是你对我的报复？要是的话，不应该，男人是不应该报复女人的，那会显得心胸狭窄。

从你的言行及我对你的了解可以看出，你有才学，但觉得分到基层损面子，且学无所用，一度悲观失望过，但很快又反省了，选择了走向成功之路。不过呢，又有点急于求成的味道，从这儿可以看出你自尊、自强，但过分了点。要知道物极必反，其实，何处无英雄用武之地呢？到处都可以施展才华，学必有用。还有你太清高了点，总认为别人跟你讲不来，不爱跟人打交道，其实是你太讲尊严和面子了，要不是你的自尊心太强，我们俩可能不会这么仇恨。当然，我也要强了点，且幼稚，以后我还得改正。

告诉你一个好消息，我有个高中好朋友，前几天从省城（她大学毕业后分在省人民医院）回老家，来找我玩，聊天时得知，她男朋友跟你是校友呢，政治系的，也是去年毕业，分在省师大。她听我说我男朋友也是H大学毕业的，很高兴，说以后可以结伴一起玩啦。她男朋友准备考研，你呢？有这个想法吗？信心十足吗？我是相信你的，以后有时间我们去师大找他们玩好吗？周末见。

另：告诉你，我已把你当作我的爱人看待了，请不要再对我抱成见，不要到处散布说我自作多情，要是这样的话，我会收回我寄给你的所有信件的。平时，我跟谁来往都是平等相待的，但要我真正喜欢上一个男人是不易的，何况你是我第一个喜欢并且爱上的男人呢。

第 *11* 章

一起去看瀑布

寻找藏身地

高屹要结婚

你是一个什么样的人

41 一起去看瀑布

她长发披肩，发梢迎风飘动；她娇小玲珑，身材苗条；她圆圆的脸庞，戴副无边眼镜，她走路的姿态优雅绰约。她像一个精灵。

她手里挽着一扎书本，款款地从吴江宿舍门口走过。

“这女孩是谁呀，你们学校的老师?”我问吴江。我来吴江这里玩有十多次，却从未看到过这么一个女孩，一脸稚气的女学生倒是认识了一大把，但她显然不像女学生。

“是啊，想认识她吗？我叫她过来。”吴江快速走到门口，喊：“卓晓萱!”

“哎。”一声脆脆的回答，接着她出现在门口，然后她进房里来了，我似乎没看到她投在地上的影子，她真是一个精灵？“这么早就下课了?”吴江问她。

“今天月考。是不是我出题浅了，还差半个小时，学生们一个个都考完走光了。”卓晓萱乐呵呵地说。

“也有可能是你的学生水平高，再难的考题也考不倒他们。”我插话说。卓晓萱客气地朝我笑笑。吴江便介绍我说：“秦河，我高中同学，H 大学中文系毕业的。”

我白了吴江一眼，我很担心卓晓萱说出“我听说过你”，这是很有可能的，因为吴江既是我哥们儿，又是她同事，难免会跟她提到我。我对“我听说过你”这句话越来越反感，感觉我的名声臭大街了，还好，她没这样说，她说的是：“当年填志愿，我填的第一个志愿就是 H 大学，没有被录取。”

“可惜，要不我们就是师兄妹了。”

“不对，我肯定比你大，应该说是师姐弟。我前年就毕业了，你们俩去年才毕业的不是？”

“卓晓萱，你十七岁就上大学了，我和秦河十九岁才上大学。”吴江说。

“不是这样算的吧。我进去在前，年纪再小也是师姐。”

“年纪小就只能做师妹。”吴江坚持歪理。

“好了，我认小得了吧，回去啦，再见。”卓晓萱朝我们挥挥手，一甩长长的头发，飘然而去，仿佛那一头长发是她的翅膀。

吴江告诉我，卓晓萱是省师范大学毕业的，教英语，她家在县城，老爸是县经贸局的局长，所以她基本上没在学校住。“挺不错的一个女孩子，人漂亮不说，待人很随和，不高傲，不摆谱。想不想追求她？”

“官宦小姐，人家会看得上我？”此时的我变得有些不大自信，因为我刚被一个冷傲的机关女孩拒绝，她爸还不是局长呢。

“不能拿她和那个吴小艳比。吴小艳那种人，出身普通人家，仗着有点姿色，反而把自己看得很金贵，待价而沽，人家卓晓萱，找男朋友追求的是情趣相投，志趣相投，什么身份、地位、家境，人家不稀罕。”

“那你当初怎么不追她？”

“不是每个女孩都可以去追的，我不追求女同事。”

吴江似乎对抢了我“女朋友”一直内疚，极力想撮合我和卓晓萱，“我觉得你和她应该投缘，真的，试一试吧。”

我有点心动了，可是和人家只见了这一面，如何往深处发展？不能再像追求吴小艳那样，只和人家接触了两次，就冒昧地请看演出、写情书，起到的只是反作用。也不宜让吴江掺和进来，那样他就像个媒人了，像卓晓萱这样的性情中人，会反感的。

我正愁想不出自然而然和她接触的办法，不想有一天下午她竟跑到党校来了。她是和另一个女孩一块儿来的，她的高中同学，名叫方晓雪，在肯县城关中学教书。

“吴江说你这里有好多名著，我想找几本看看，可以吗?”卓晓萱问我。

“非常乐意!”我高兴地说。我意识到吴江在暗地里帮我的忙，不由暗自对他表示感谢。我也庆幸今天没有出去游荡，要不卓晓萱来了吃闭门羹，就丧失一次绝佳机会了。

进了宿舍，卓晓萱直奔书架而去，先大概地扫了一眼整体，之后一栏栏地细看，说：“还真有蛮多名著。”

“那当然，学中文的，不收藏点名著就不像话了。”

“你都看过了吗?”

“不可能，名著这么多，哪一下子看得完?就算一个星期看两本，一年也只能看一百多本。好书先买下，有空慢慢看。”

这是实话，同时也是虚话，因为我根本不可能做到一个星期看两本名著，从上大学到现在近五年约二百五十个星期，我看过的文学名著也就三百来本，尤其是毕业后这大半年，才看了十来本。整天闲逛去了。我感到有些对不起书架上这些沉睡已久的名著。

“这一本怎么样?”卓晓萱拿起一本哈代的《德伯家的苔丝》问我，这一本刚好是我看过的，于是详细跟她说起这本书的故事内容和艺术特色，我说：“在英国古典作家中，我最喜欢哈代，虽然他的风格是传统的现实主义，但艺术构思非常有匠心，结构非常精巧紧凑。你别看这本书很厚，书中主要人物也就三四个，不会像看别的外国小说那样，被众多难记的人名弄晕。”

卓晓萱把它放到书架旁的桌面上，表示选中它了。接着她又翻出了一本《呼啸山庄》，说：“我们上外国文学作品选读课读过它的片段，很好看，一直想看全本。”也把它放到了桌面上。

卓晓萱一共选了四本小说名著，又坐下聊了一会儿，之后心满意足地走了。我乐了一个晚上。我记得钱锺书在《围城》里借赵辛楣之口调侃说，借书是男女恋爱的初步，因为一借一还，一本书就可以做两次接触的借口，而且不着痕迹。我相信卓晓萱来借书，是出于她真的喜欢看书，并不只是想和我接触两次，否则不会一次就借四本了，一次借一本，不比一次借四本带来更多接触机会？当然，如果她真是想给我与她接触的机会，我会更加高兴啦。

不过，她一口气借了四本书，不知要看到何年何月才会来还书。就算一本书看一个星期，也得四个星期，这第二次接触的日子也太久远了吧。看来我还得另找机会和她继续接触。

想来想去，我都想不出办法。能有什么办法？那时候没有手机，没有网络，没有QQ，没有E_mail，连曾经风行一时的BP机都还没出现。我曾想过给她写信，但觉得太冒昧；也想过早上或下午去她上班的路上等候，但又觉得太刻意了。

唯一的办法只有多在街上溜达，以期能和她“偶遇”。

好在县城也就巴掌大的地方，和一个见过面的人再次碰上并不难。有一天傍晚，我真的和她偶遇了。那是在电影院附近，她正形单影只地沿街溜达。我骑着自行车悄悄溜到她身边，说：“晓萱，真巧，遇见你了。”她浅浅地惊讶了一下，说：“啊？是你，真巧。”我说：“有空吗，请你看电影，怎么样？”她看了看手腕上精致小巧的手表，说：“好啊。”

我们走向电影院，我买了票。

电影放映的是根据曹禺话剧改编的《原野》，这电影我大二的时候在学校电影院就看过了，现在才来到县城放映。唉，这就是小镇生活。电影太过悲惨残酷，我都不好意思边看电影边跟卓晓萱聊天，卓晓萱看得也很专注，手中的瓜子都忘了嗑。

看罢电影出来，我还想约她沿街散散步，她说不了，有一些作业还没改完，得回家。于是我推单车送她回家。我们走得很慢，几乎就是散步。一路上我们聊得很欢快，卓晓萱“咯咯咯”笑个不停，她的笑声很清脆，就像白居易的诗句“大珠小珠落玉盘”。

到县经贸局门口了，卓晓萱一只脚跨进铁门时，扭过头，笑不露齿，朝我挥挥手，从她的表情和目光，我看得出她对我有好感。

第二天傍晚，我又想上街与卓晓萱巧遇，然而天公不作美，下起雨来。这场大雨一下就是十多天，我哪儿也去不了，只好窝在宿舍，间或去办公室坐坐。大家都在传哪里涨水了，哪里被淹了，还有人说洼澄湖水库开闸了，好多鱼跑了出来，河两岸聚满捕鱼的人。

星期天早上起床，发现大雨总算停下来了，我上街去吃早点。吃过早点，我想，今天卓晓萱不上课，雨过天晴，她会不会出来逛街？这么想着，我骑上自行车，朝着经贸局的方向走。

还真让我猜对了，走到半路上，就看见了卓晓萱，她也骑着一辆自行车，我喊："卓晓萱！"她看到我了，拐到我这边道，说："正想找个人一起去洼澄湖水库看瀑布呢，你去不去？"

当然去啦。我们踏上了通往洼澄湖水库的公路。

洼澄湖水库距离县城二十多公里，它不仅是肯县最大，也是云州地区最大的水库，每年春夏之交，若遇长时间的大雨，都会开闸泄洪，听说场面挺壮观，不过我从未去观看过。

公路上行人不少，成群结队的姑娘小伙骑着单车出游，估计他们也是去看泄洪吧。经过这场大雨冲洗，世间万物变清澈、清新、润泽，呼吸着清新空气、观赏着沿路的青山绿水，还有心仪的女孩同行，我心情愉快。

"晓萱，你经常出来郊游吗？"我问。

"没有。我不爱出来玩，没事就在家看书。"

"有空还是多出来走走看看吧，古人说，读万卷书，还要行万里路嘛。"

"好啊，你去哪里玩，也叫上我。"

沿着公路，一边说着话，一边穿过一个又一个村庄、一片又一片树林、一个又一个小山包，不知不觉间，洼澄湖水库大坝底到了。大坝如一颗巨大的门牙，嵌在两座大山之间，从坝顶到坝底估计有一百米，巍峨壮观，此时坝顶的闸门洞开，洪水如一条巨龙，奔涌而出，直冲坝底的河中，落地时又腾空而起，卷起千层浪，十分壮观。我们站在距离洪流入河处二百多米的地方，仍有密密的水珠喷到身上。前来观看瀑布的人很多，沿着弯弯曲曲的河岸站立，有的女孩子打起雨伞，如春天的原野上五彩斑斓的花朵。

"啊——"卓晓萱张开双手伸向天空，呼喊一声，声音脆脆的，像是打哈欠，她还原地转了一圈，又对我说："太美了，真想念首诗，可是想不出适当的诗句。"

"是很有诗意，就朗诵李白的'飞流直下三千尺，疑是银河落九天'

吧，蛮合此时意境的。”

“女孩子朗诵古诗，会感觉怪怪的。”

卓晓萱也拿出了雨伞，她叫我一块儿躲雨，我说不用，她便撑着雨伞静静地站着，看瀑布。我与她并排而立，任凭细雨扑面，感到清爽无比。

太阳从云层中露出了半个脸，浪花中现出了一道彩虹。“出彩虹了，看!”人群欢腾起来。以往我看到的彩虹都是远在天边，此时的彩虹近在眼前，像一道拱门，似乎伸手就可以触摸到，让人产生爬到彩虹上的冲动。卓晓萱也被此景迷住了，久久地注视它：“真像童话里的世界。”

“是的，真美。”我附和说，我是看着卓晓萱的侧面说的，她为瀑布、彩虹所陶醉的神态很让我陶醉。

42 寻找藏身地

双江镇集市上，我跟几个裤脚一边高一边低的村友一块儿，攀肩搂背地闲逛，一个人向我走来，他是我高中语文老师陈老师，他右手拿着一只布袋，左手拎着一只菜篮子。我打声招呼：“陈老师，买菜呀。”

“秦河，你来一下。”

陈老师带着我走到一个角落站了，他两眼盯着我，说：“秦河，怎么回回都在集上看得到你，你就这么闲吗?”

我嬉笑：“学校一个学期都没我的课，可不就这么闲。”

“这样下去，你大学学的东西会全忘光。要不，调来你的母校教书?双江中学现在正缺语文老师。”

“算了，我丢不起那个人。”

“秦河，你这是什么话，回母校教书丢人吗?你以为你读了个重点大学，就是个高级人才了?你现在成天在集市上，跟着一伙无所事事、游手好闲、没有文化的乡民闲逛，你高级到哪里了?”

我沉默。陈老师又说：“秦河，不要枉费了四年大学，不管别人如何待你不公，也不要看轻了自己。如果你认为社会不让你发挥作用，如果说你不想为社会做点贡献，好歹也为自己做点贡献吧，没事在家多看点书充实自己，或者写点文章发表，总比四处闲逛强。我看到了你在《云州日报》上发表的散文，写得还不错，多写点吧。”

“都是些无聊之作。”我说。这段时间我在《云州日报》发表的三篇小散文，其实都是在大二写的“旧作”。有一天整理纸箱，发现了它们，就试着投出去，没想到被采用了。我估计《云州日报》副刊严重缺稿，毕竟这么个偏远之地，喜欢写稿的人、能写一手好文章的人太少。

“再无聊之作，也比东游西逛强。”陈老师拍拍我肩膀，“好好想想。我走了。”

陈老师的一番话，让我逛集市的兴趣全无，我与村友告别，打转回县里。走到公路边，路过一家汽车修理铺，发现社生正在换轮胎，他也看到了我，招呼我过去。

“我正想找你哪。”他说。

社生悄悄告诉我，小霞怀孕了，他不知道该怎么办，想请教我这个大学生。我说：“还能怎么办，两条路，第一条，跟你老婆离婚，跟小霞结婚；第二条，叫小霞去流产。”

社生在沉默中叹气，我又问：“小霞是什么态度？”

“她肯定是想跟我结婚了。可是我能离婚吗？村里还从未有过一对夫妻离婚的，我离婚，我就是第一个了。”

我也在思考，毕竟社生是我最好的朋友，我不希望他陷入困境。抽了几支烟后，我说：“就先按轻重缓急来办吧。离婚是一时半会儿做不到的事，可小霞怀孕的事等不得，先说服小霞去做人流吧。以后的事走一步看一步。”

“也只能这样了。”

一辆班车开过来了，我向社生告别，上了班车。

两天后的下午，社生带着小霞找我来了。看来他说服小霞了。但他给出了我一道难题，他把我拉到宿舍外的一个角落，说：“我不方便陪小霞去医院，要是给熟人看到传出去，就麻烦了；而且，她做了手术，需要休息几天，我也陪不了她，你帮我这个忙，陪她去医院。”

我说我也不太好带她去，要是撞见熟人，也会被误会的。社生说：“你又没老婆，人家误会你什么，你就说是你女朋友又怎样？”我想：得，为了朋友，豁出去一把吧。

正说着话，有一个人走进院子来，我一看，是陈小芳，顿时心惊肉跳，如噩梦初醒时。我现在已经从讨厌她、烦她变成怕见到她了，她简直就成了一个打不死赶不跑的幽灵。她看到我，脸上犹如扔进一块石头的水潭，笑意的水波一圈接一圈地扩张："秦河，你在家呀。"

我赶紧拉着社生往外走，社生问我："我几次来你这里，都看到过她站在你宿舍门口，她是你女朋友？"

"狗屁女朋友，三天两头来纠缠我，我恨不得拿刀砍她。"

"我说哩，长得又不好看，你一个重点大学毕业生，怎么能讨她做老婆？"

乡下人考虑事情总是很实际的，我不想跟他辩解，美与丑的问题并不是主要问题，关键是我讨厌她。她就是仙女下凡，我也不会喜欢她。

我说："社生，我被她纠缠得快崩溃了，你能不能帮我找个地方，让我躲起来，躲个一两年，她找不到我，也许会死心。"

社生一脸坏笑："她送上门来，你就玩呗，就不跟她结婚，她能怎么着？耗她三年、五年，到时候不用你赶，她自个儿都跑了。"

"算了，我不惹这种事。"

社生说他正帮一个建筑工地拉材料，那里房子大把的。"去看看。"我说。

到了工地一看，大失所望，这是一栋正在建的楼房，有三层楼，空房子倒是大把，但既没门，也没窗，更没水、电，哪住得了人？不要说住一两年，一两个晚上都住不了。

社生看我直摇头，又说："我师傅家里应该有空房子。"于是又赶去他学开车的师傅家。

社生的师父姓毕，在县城边上有一栋二层小楼，听我想借间房住，毕师傅很是豪爽，说："你是社生的朋友，就是我的朋友！尽管住！住多久都行！我这里空房间多得是！"

他带我去参观二楼，二楼的四个房间都空着，有两个房间还有床有被子，在这里住很省事，可是我想了想，还是觉得不妥，因为这栋楼出入只有一个门，进进出出都得穿堂过厅，难免吵烦人家，一天、两天倒没什么，一年、两年地在人家屋里走来走去，会让人厌烦的，而且人家给你大门钥匙不是，不给你也不是。更主要的是，毕师傅有个十七岁的女儿，我一个生人住人家里，兴许会让他感到不安。虽然他嘴上不说，但也得替人着想。如果是独立开门的房间最理想了，唉，这么低的要求都实现不了，备受袭扰的日子什么时候才到头啊？我感到无以名状的颓丧。

晚上，社生回家去了，小霞要在我宿舍借住，我只好投奔吴江。不料，唐小妍来了，我知趣而退。只有找旅社住了，在街上找了一会儿，看到一家小旅社，我走了进去。登记名字后，掏口袋，才发现身上只有两块钱，而床位最低价也要三块钱，我狼狈而逃。

走在幽暗、人烟稀少的小街上，我内心一片凄凉，想我的生活真是越过越落魄，今晚连住的地方都没有了。

不可能露宿街头，我在街上走啊走啊，走完一条街道又换一条街道，希望能遇上个把熟人，借点钱，然而反反复复走了一个小时，硬是没遇见一个熟人。我想打转去找吴江借钱，又不愿让唐小妍知道我的窘境而作罢。最后我想，还是回宿舍找小霞借吧，这个时候已十点多，陈小芳应该已经离开了。

战战兢兢地回到宿舍，果然门口不见人影。我敲门，小霞问是谁，我说是我，小霞开了门。我问那个女的走了吗？“才走了半个小时。那个人好怪，一直在门口站着。”小霞说。

“千万不要给她进屋。”我说。小霞连喊乖乖：“我刚才还几次邀她进屋坐呢。”我问小霞拿五块钱，小霞听我说要去住旅社，便说让她去住好了，我阻止她，说：“如果那女的再回头找我，就麻烦了，还是你住下吧。”

第二天上午，我陪小霞去县人民医院，一路上，我像做贼一般，生怕给熟人看见。怕走夜路偏遇见鬼，在医院妇产科走廊，偏就遇见了罗阿姨。当时小霞刚做完手术出来，我搀扶着她一瘸一拐地走，作为一个中年妇女，她自然知道小霞为什么会这样。但她只对我笑了笑，什么话也没说。我更不能向她解释，这种事越抹越黑，只能暗暗盼望她不要乱说。骑单车搭着小霞进学校时，又一个接着一个，遇见了三个老师。我想完了，这下名声全毁了。

回到我宿舍，小霞侧躺在床上，低声哭起来。我没谈过恋爱，不知道怎么安慰一个因爱情而伤心的女孩，我烧了开水，倒了一杯放在桌子上，对她说记得吃药，便出去了。

中午，我买菜回来时，小霞已经起床了，她进厨房来要洗菜，我不让她做，叫她好好休息。小霞问我："社生说你是他最好的朋友?"我说是啊，一块儿从小玩到大的。她便问起社生的婚姻，我说社生二十岁就结婚了，现在已有了一个儿子，他老婆是隔壁村的，两个人的父亲是拜把子兄弟，他们是指腹为婚。

"他老婆对他好不好?"

"这我就说不清了，夫妻俩好不好，去人家里才看得出来。我上大学后，只在春节才去他家走一趟。"

小霞跟我说起她和社生的故事。

小霞的大哥承包了村里的果场，她跟着哥哥做事。半年前，大哥请社生帮运柑子，一来二去，就和他认识了。在她眼里，社生帅气、活泼、能说会道，而且见多识广，常给她讲外面世界的精彩故事，让她心驰神往。渐渐地，她爱上了社生。就在她做着与社生一起去外面世界闯荡的美梦时，社生却告诉她，他有老婆孩子。

"社生这家伙，太过分了。"我说。

"我不怪他，是我主动的。"

过了三天，社生来了，接小霞回去。我问他今后怎么办?社生说："这几天，想来想去，我决定了，跟我老婆离婚，跟小霞结婚。"

我吃惊："你老婆会同意?"

"不同意也要离。我们的婚姻是父母包办的，一点感情都没有，我不想这样过一辈子。现在都什么年代了，指腹为婚，说出去都笑死人。"

"你爸会同意?"

"管他同意不同意，他不同意又能怎样，大不了我离家出走，走得远远的，反正我开车也是天南海北地跑，走到哪里哪里就是我的家。"

"那你儿子呢，他才两岁。"

“看情况吧，既然要离婚，总要失去一些东西。如果我老婆愿意带，她就带走；如果她不愿意要，我父母会帮我带的。”

43 高屹要结婚

高屹掏出钥匙开徐娜的房门锁，可是扭来扭去怎么也开不了门，他弯腰细看锁芯，才发现锁芯换了。“跟我玩真格的了！”他愤愤地想。

几天前，他从徐娜住处走后，并没有回肯县去，他想他已经回不去了。他在崇义路找了一家三块钱一晚的小旅社住下来，他想等徐娜情绪稳定下来后，再跟她好好谈谈。他认为徐娜不会真的要跟他分手，她闹分手只是因为他去找方越而生气。这事他承认做得有点过分，俗话说捉贼拿赃、捉奸拿双，仅凭方越来喊她去吃饭（而且不止是他们两个）就怀疑两人有“情况”，未免有些杯弓蛇影。

这几天，他去找了两个分在省城的大学同学玩，他们原本就是省城人，分在省城自在情理之中。他来省城 N 多次，只找过一个同学一次，就是那次为借钱给徐娜买衣服。一来时间太紧，与徐娜在一起的时间本就很短，哪还抽得出时间去找他们玩。二来他也不想看到他与他们之间的落差。

他先去找大学期间一直玩得好的王仲新。半路上经过母校的大门口，坐在公交车上，看着母校大门口人来人往，高屹心里五味杂陈。母校让他学到了很多知识，给了他四年快乐的时光，可是这些知识和快乐又成了他今天痛苦的根源。如果他没有痛苦，他一定会再进母校，重温旧梦，还有看望老师，但现在他不想再踏进母校一步了。

王仲新对高屹的出现很惊讶，也很高兴，伸出拳头直擂高屹的胸膛：“你这家伙，快一年了都没你的音讯，我以为你隐居了呢。”

“跟隐居也差不多了。”

中午，王仲新请他吃饭，席间，免不了谈起各自这大半年来的情况，唏嘘不已。

王仲新在第一中学当老师，一中是省城重点中学，而他，又教重点班，看来在学校很被看重。他为此大惑不解，按理说，省城高文凭的人才多，重点中学有能力的教师也多，王仲新大学期间才学平平，在一中应该算不上特别拔尖，他倒混得不错；而在肯县，高文凭的人才、高能力的教师显然少得多了，可他回到肯县，反被分配到偏远的山区中学教书；为什么会产生这种情况？只能说，越是落后的地方，越是对人才不重视、对知识不重视。你分配到这种地方来，只有沤烂掉，成为垃圾。

“你和徐娜的事怎么样了？”王仲新问。

“吵架了，她要跟我分手。”

“为什么?”

“我在穷乡僻壤，她在繁华省城，差别太大了。”

“女人都是势利的。”

“不怪她。”

“话说回来，你们俩的空间距离和生活差距也实在太大了，这样长久下去最终会出问题的。”

“所以我决定辞职，来省城跟她一起生活。”

“辞职?!”王仲新十分惊讶，“不至于吧，为了一个女人，值得吗？兄弟，不要做傻事。”

“已经辞了。”高屹将杯子里剩余的半杯啤酒一饮而尽。

第二天，高屹又去找另外一个大学同学周建林，他在省幼儿师范学校当教师。周建林比他、比王仲新都潇洒多了，他一个星期只有两节课，工作上毫无压力，而且收入也比他们都高得多。不仅于此，他利用充裕的课余时间，暗地里在学校旁边开了一家文具店，当起了小老板。

周建林请他吃饭的饭店就很高档，金碧辉煌的大厅、铺着红地毯的走道、毕恭毕敬的服务员，让他感到胆怯，不敢抬头、挺胸、阔步地走路，他感觉自己很猥琐，像个乡巴佬。

落座后，周建林问：“高兄，你好像瘦了很多，怎么搞的。”

高屹苦笑：“深山老林，空气清新，所以人就消瘦了。”

周建林也问起他和徐娜的情况，听了他的诉说后，也是一番感叹，说：“毕业的时候，我就劝过你，跟她分手算了，你放不下她，好像生怕她痛苦似的，现在倒好，轮到你痛苦了。”见高屹不作声，又说，“算了，都过去了。”

“徐娜就像一条线，在我掉进深渊的时候，这条线让我还连着外面的世界，还连着希望。”高屹说。

周建林带着一种探究的表情，端详了高屹好一会儿，说：“要不要我去做做徐娜的工作?”

“不用，我自己能搞定。”高屹说，他不希望有人参与进来，他怕她看到他的同学都比他混得好，跟他分手的决心更强了。

与两个同学的会面，让他越发不甘心，让他越发渴望待在省城。第二天下午，他去了徐娜住处。徐娜换了锁，进不了屋，他就在门外一直等着。傍晚时分，徐娜身着一身运动装回来了，显然她刚打完羽毛球回来。看到高屹，她感到吃惊：“你怎么又来了?”

“我没有回去。”

“没有回去？天哪，这几天你在哪里?”

“我住在旅社。”

“我还以为你回去了呢。前天我打了个电话给你们胡校长，问了你辞职的事，他说还没有送到教育局，我跟他说，你打辞职报告，是因为跟我吵架赌气的，希望他让你再回去上课，胡校长同意了。”

“不回了，出来了就不回去了。”

“高屹，你不要这么固执好不好?”

徐娜开门进屋，高屹跟着进去，徐娜说：“高屹，前几天我不是跟你说分手了吗，怎么还要来找我?”

“徐娜，我离不开你。”

“高屹，不要重复来重复去说这句话了，我们已经不可能了。”

“我说的都是真心话，徐娜，我们结婚吧。”

徐娜正喝着水，听到高屹的话，被水呛住了：“结婚?!”

“对，结婚。我现在除了你，什么都没有了。徐娜，你是我生活的希望。”

“太可怕了。”

高屹走到徐娜跟前，握住她的双手：“徐娜，我不会让你失望的，我一定能重振旗鼓。在省城我可以另外找工作……”

“你上哪儿找工作？你连干部都不是了，哪个单位会要你？”

“我进工厂做工，我去菜市卖水果，或者我重新学一门技术，当厨师、当修理电器的师傅，我不信省城这么大，会容不下我。”

“何苦呢，当老师不比这些强吗？虽然是在乡下，但也是一份正式工作，是国家干部。”

“现在我就不想在乡下了，不想当国家干部了，我就要在省城，就要和你在一起。”高屹大声说。

“不要说了，你走吧。我要出去吃饭了。”徐娜拿上包，往外走。见高屹没动，便抓着门把手，做出等高屹出来就关门的姿势。高屹只得走出来：“是不是跟那个方越去吃饭？”

“不是。”

“那是跟谁？”

“你管不着。”

“你是我老婆，我怎么管不着？”

“我什么时候嫁给你了？”

“迟早的事。”

“现在还不是。”徐娜扔下高屹在门口，飞快地跑下了楼。

44 你是一个什么样的人

秦河：

今天你收到了我给你的信吧，我是算着时间的。想到你在看我的信，我心里不由乐呵呵的。

这几天我在读香港女作家严沁的名作《绿色山庄》（去年9月去云州玩买回来一直没空看），从这本小说，才算懂得了你那封我读了百遍的信，谢谢你对我讲了真话：“我是一个自私的家伙，有的是一颗冷漠的心，看上去热情开朗，骨子里冷得很，谁我也不会喜欢的，包括我自己。我不知道我这个人以后会发展成什么样子，也许会堕落吧……”

你曾跟小高说过，你的性格是家庭造成的，小时候家里比较穷，父母总是吵架，你一点感受不到家庭的温暖。这我相信，因为小说中几个主人公的性格似乎跟你一样，他们也是因为从小缺乏家庭的温暖，如：

“黎瑾和黎群他们的父亲成日忙着做生意，没有时间理他们，甚至很少回家住；母亲很早就去世了，他们由奶妈养大，从小就住在那孤独的大院子里，养成了他们不合群、孤僻和冷淡，看上去骄傲，不容易接近，其实内心十分善良。”黎瑾沉默寡言，对黎群，这个唯一的哥哥都很少理会，直到她考上T大，认识了亦筑，亦筑活泼、开朗、善良，对她影响很大，亦筑的笑声解冻了她脸上的冰霜，亦筑的活泼开朗打开了她关闭已久的心扉，她开始觉得人间并非如她所见的冰冷、孤寂，以往她不过是一个“困在塔尖的公主”而已，她也开始笑，开始爱说话，开始享受人生。

还有黎群，一个十分冷淡的男孩，瘦瘦高高的个子，衣着讲究，脸上布满傲气，给人一种无法亲近的感觉。请原谅我把你跟他们比，因为你给我的印象跟他们差不多。我去党校找你时，问院子里几个小孩子你在哪里，他们说很怕你，都不敢替我去找你。那次在范主任家住宿，第二天中午，你洗衣服时，我和范主任的外孙小冬仔走进你的房间，小冬仔小心翼翼的，当时我还觉得好笑，想他怎么这么怕你。

有时你的冷漠无言我也有点怕。不过，我不是怕你这个人，而是怕你不喜欢我。我去你那里时，我俩总是默默无言，有一次我侄女小茜也在，她后来说我俩像木头一样，哪像谈恋爱？有一次我对你说，男孩子得到一个女孩子的爱，应该感到荣幸，而你却说，别人是别人，我是我。我说你这个样子别人都不敢和你玩，你说我一个人玩也蛮好。确实，不了解你性格的人会以为你清高孤傲，所以我写信给你时，你不回信给我，我以为你高傲，所以任性、单纯的我生气了，又写信骂了你一通。现在想来，真过意不去。我要努力做亦筑那样的人，让你走出冷漠，快乐起来。

现在请你原谅我，不管你是怎样的人，我依然喜欢你，深深地爱着你。现在，每当我躺下来或是独坐时，浮现在眼前的就是你的各种模样，有开心笑的，有眉头紧锁的。你不知道，你排斥我，不理我，我的日子是怎样的难过。

就写这些吧，因停电，天又黑了，写不了。星期六见面时再谈。希望你有什么话对我直讲，我现在不再那么幼稚无知了，以后和你在一起会更加成熟的。现在别人都说我稳不下来，等以后有人管我了，我才会安静些。你愿意管着我吗？前些天，我想缝一身套装，有人就说我活泼有余，稳重不足，不适合穿套装，你这样认为吗？

秦河：

你好！今天休息，继续看《绿色山庄》，又联想到你，你在那封信中说自己：“生活疲沓，懒散成性，志无且才疏，只知道整天磨嘴皮子，吃喝玩乐。”我不认为这是你的过分谦虚，确实，你性格本来就孤僻，少言，在空虚无聊时，只有跑出去磨嘴皮子来充实自己。找女孩子玩，但又不真正喜欢哪一个。这在别人看来，你轻浮，不稳重，没看这本书之前，我也这样认为。其实不然，这本书中就有句话说，你越孤独寂寞，现实就让你变得更加孤独寂寞。你有同感吗？

书中写道：“黎瑾孤独的童年生活，只有一个阴沉的哥哥和年老的奶妈陪着，她不合群，没有朋友——不，是不会交朋友，看着别的女孩欢笑的脸孔，她只有把自己装得更冷，更骄傲，以抗拒及掩饰那些可怜的孤寂。事实上，她和普通人有同样的心，她渴望同伴，渴望友情，只是，她得不到，她不得不装出厌弃的样子。”你不也一样吗？有人说你城府太深，不易接近、交往，你生起气来我还真有点怕呢。

自从我向你表白后，你就更加使自己孤独、寂寞了，在我面前装出满不在乎的样子，对我总是“金门不开”，我实在拿你没办法，只得默默地走开。但想到你自卑的样子，又是心疼，往往回到县城后，对你的担心驱使我不得不一再去看你。你常是迟睡不起，并十分讨厌我去找你，骂我是纠缠你。有几次看见我还逃跑，不是吗？你不应该逃跑的，其实我的心门一直为你开着，是你，一人守关，万夫莫进。那些对我一见钟情、见到我就坐立不安的男孩子，都没办法打开我的心扉呢。

看了一个下午，《绿色山庄》看完了，得到了许多感悟，还有增进了对你的了解。从你的脾性、为人来看，你需要的伴侣是温柔、娴淑、会体贴人、能理解你，并促成你事业成功的人，你现在很需要这样的女孩去爱你，给你温柔，陪伴你，为你消解孤独、寂寞、空虚，你心里充实了，才能安于事业，使事业早日成功，而我，正是这样的女孩，我们俩相识，是真的有缘。

以前，我真傻，喜欢你、爱你，却偏偏让你受折磨，有时还说些责怪你的话。出于无奈，你只好也对我说那些刺人的话了。不过，我希望你以后说话不要太绝，没有回旋余地，那很伤感情。现在我请你收回你的话，以后我也不再说那些责怪你的话。既然爱你，就要好好爱你。我永不反悔我的选择。

你以为我并不是真正爱你，是可怜你寂寞，可怜你没有钱吗？就像郑小兰可怜她的男朋友小莫一样。要说可怜，我只是可怜你因为我而变得更加孤独、沉默、东躲西藏。记得上个月初的一个晚上，天寒地冻，飘着雪花，我去看你，本来你在宿舍烤火的，从窗户看到我来，为逃避我，竟冒着雪花跑到外面去了。我好难过，心里像刀割一样。

现在你知道有个女孩子喜欢你爱着你，你就振作起来嘛，不要每天睡到中午时才起，这样写作的灵感时机不是错过了吗？

另：忘了告诉你，我给你的信，邮票都是倒贴的，象征“I love you”，懂吗？把我的信翻出来再看看信封吧。

第 *12* 章

流言蜚语

迷上跳舞

校长规劝

你骂我的样子叫人着迷

45 流言蜚语

看瀑布回来的第二天，卓晓萱就来还书了，而且是傍晚来的，一个人。

我们就她还的这四本书交流了一些读后感，我发现我们竟有不少感受是相同或类似的，这让我们谈起来很投缘、很愉快，话也特别多，说起来没完没了，夜幕什么时候降临了也不知道。

卓晓萱无意间看了看窗外，像突然发现天黑了似的，惊讶地说：“呀，天这么黑了，我得回去了，要不然路不好走。”

我说：“我送你回去吧。”

卓晓萱没有拒绝，她说再选几本书带回去，这次她选了《了不起的盖茨比》《红字》《无名的裘德》《包法利夫人》。“我想起来了，有几本书我一直想看，老找不着，好像你这里也没有。”

“是哪几本书？”

卓晓萱边想边说：“应该是《查泰莱夫人的情人》《十日谈》《洛丽塔》。”

我笑说：“这几本书都是有点黄的，历史上都曾经是禁书。《查泰莱夫人的情人》去年湖南人民出版社刚出版，就被禁了，不知还买不买得到。”

“只是好奇而已。”

我说：“我也一直想找这几本书呢，有空我多去云州跑跑，找到了就告诉你。”

卓晓萱拿上书往外走，我也以极快的速度开了单车锁，推上，跟在后面。卓晓萱骑上她的漂亮娇气的小飞鸽，我们一前一后出了校门。

一出校门，顿感昏天黑地，伸手不见五指。党校虽说是在县城，但距离城区还有近两公里，而且一路尽是田畴，县里不可能给这段路安装路灯，免得让人笑话说照青蛙走路、干扰飞蛾夜行。何况党校的职员包括三个校长、副校长，大都住在校外，住学校的也就四个人，单身汉只有我一个，不会有人以单位名义向政府打报告要求装路灯。

“我什么都看不见了。”卓晓萱说。估计她的眼睛深度近视，加上没路灯，她不变成睁眼瞎才怪。这段路我天天走，闭着眼走都不会掉田里，我说：“要不我们下车推着慢慢走吧。”

我们下了车，各自推着自己的车，紧紧挨着行走，我能闻到她身上散发出来的清香。我有些后悔，要是早预想到天如此黑不便于走路，早点想出两全齐美的办法，比如建议她把单车留在我这里，她步行，我也步行送她回去，明天我再把车骑去送给她，那样也许我现在不是和她隔着一辆单车行走，而是牵着她的手了。即便她仍带上她的车，我不骑车，而是骑她的车、让她坐后架送她回去，也比现在强啊。

也许是我想走慢点，也许她也想走慢一点，反正我们两个，不约而同地都走得很慢，近两公里的路程，走了一个小时。我们说了很多很多的话，聊得很快乐，晓萱清脆的笑声与蛙鸣声此起彼伏。

第二天，我便前往云州市，寻找晓萱想看的那几本书。

云州市是一个县级市，只因为是地区机关所在地，因而成为整个地区的政治、经济、文化中心，也就比其他县城繁华些，稍微像座城市。一下班车，我便直奔新华书店。

新华书店也就是一栋四层的楼房，一、二层是门店，分摊到小说类，书架就没几个了，我一排一排地找过来找过去，就是看不到那三本书。我不甘心，又前往民营图书批发街群众路去寻找。整条街二十多家门店都逛了，仍一无所获。

唉，地方偏僻了，想找点书都难，我叹气，看来只能以后有机会去省城找了。

找不到书，也没了跟晓萱见面的底气，一连几天我都没敢打电话给她。不想有一天又在街头遇见她了。在这个仅“三横二纵”的小县城生活，走十步都可能会遇见一个熟人。

这是傍晚，我从党校出来，跑去县政府食堂吃饭，吃过饭后骑车在街上溜达，忽然就看到了晓萱。她在我前方三十米远，骑着那辆娇气的小飞鸽，慢悠悠地走着，腰挺得直直的，时不时甩一甩长发。虽说我不好意思约她出来玩，但在街头遇到了，也不能错过机会。我猛踩几下踏板，赶上了她。

“嘿！去哪儿?”我问。

晓萱扭头发现是我，脸上似乎有些惊喜：“晚上我同学方晓雪过生日，你去不去?”

“好啊。”我十分高兴。

接着我们进商店买了些盒装糖、饼干之类，继续前往城关中学。路上，卓晓萱主动问我：“秦河，这几天上哪儿去了?”

我心里涌上一股热流，仿佛默默干了很多活的勤务兵得到了首长的关怀，我说：“前几天去云州找你说的那几本书，整个云州城都逛遍了，也找不到。”

“哦?”晓萱扭头看了我一眼，仿佛不相信我做得出如此壮举，夕阳的余晖洒在她的眼镜镜片上，弹起无数个五彩斑斓的小气泡，迅疾又在空中消失了。“不用专门去找的，什么时候碰到再买都成。”她说。

“这几本书也是我一直想看的，给你一说，我也急着想看了。”我说，不想让她认为我在刻意讨好她，“反正天天闲着。”

“你不用上课?”

“上的，只是去党校快一年才上了五节课。”

“呵呵，这么好玩的，我也想去了。”

“好啊，明天我帮你问问詹校长，看能不能把你调过去。”

“算了吧，我可不想闲出病来。”

一路说着话，城关中学到了。走进方晓雪的宿舍，里面已坐了六个人，我都不认识。卓晓萱向他们介绍我，我又不由得紧张，生怕谁又说出“我知道你”来。

“我听说过你。”一个戴眼镜的男子说。真是哪壶不开提哪壶，我横了他一眼，但他没有察觉，继续说：“妇联高晓玲是我堂姐，她跟我说起过你。”

“哦。”我木然地应一声。小县城，转弯抹角起来谁跟谁都是亲戚、朋友。看来我的名声正在以我无法掌控的方式悄悄扩展，想隐姓埋名都不成。

庆贺方晓雪生日活动正式开始，点蜡烛、许愿、切蛋糕，每个人轮流表演一个节目。卓晓萱拿起一把吉他，自弹自唱了电影《欢颜》的主题歌《橄榄树》，嗓音清澈、凄婉，我听得如痴如醉，想不到娇弱的卓晓萱唱歌这么动听。轮到我了，我“清跳”了一段美国踢踏舞，说清跳是因为方晓雪这里没有踢踏舞曲子，不要说她这里，可能绝大部分中国人家庭中都没有，这玩意儿在当时，人们只从美国早期电影里看到过。我是在毕业前被中文系年级学生会抽去搞毕业演出时学的，有一年没跳过了，舞步有些生疏，但仍赢得满堂喝彩，卓晓萱也是一脸惊奇。

活动玩到十点钟结束，方晓雪问卓晓萱怎么回去，卓晓萱说：“秦河送我回去得了。”她说得极为自然顺口，好像我理当送她，当然我听了很高兴，感觉她把我当成了男朋友。

从城关中学回去的路上有路灯，但我们依旧走得很慢，脚下自行车轮子转速和河边的水轮有的比，因为我们只顾说话了，仅依着惯性踩踏板。到了肯河大桥上，卓晓萱停下了，说：“我们站一会儿吧。”

我们倚着栏杆，仰望夜空。夜空万里无云，月亮硕大浑圆，仿佛就近在眼前，伸手可摘。月光下大地万物澄明，不带一点烟火味。河水波光粼粼，静静流淌。不时有辆汽车从桥上驶过，但它们给我的感觉，不是一辆辆汽车，而是远古时代的一头头怪兽，给这澄明之夜增添童话色彩。卓晓萱侧脸朝我微笑了一下，含义不明，我也回应她笑笑。刚才一路上我们叽里呱啦不停，此刻却什么话也不想说了，只是傻站着，看着夜空、月亮出神。我感觉天地间只有我们两个人……

这天晚上，我在床上翻来覆去睡不着，脑子里满是对爱情美好的憧憬。

不过，没有帮她买到书的事始终如鲠在喉，让我不自在。过了几天，我又跑去云州，满大街小巷地寻找。后来我想到，云州师专作为读书人云集之地，学校书店里的外国名著会很多，于是又打起十二分精神赶去那里。

终于如愿买到《十日谈》《查泰莱夫人的情人》，虽然还缺了一本《洛丽塔》，但也足够向卓晓萱邀功了。回到县里，是下午六点钟，我想卓晓萱应该在家，还没去学校，于是直奔她家。

卓晓萱果然还在家，不仅她在家，她父母也在家。卓晓萱向父母介绍我后，她母亲很热情，端来果盘叫我吃水果，她父亲则脸色严峻，一言不发，冷眼看我，让我莫名其妙而又心怯，我不敢久留，把书交给卓晓萱后，匆匆走了。

回到宿舍，我的心里又热乎起来，我想我该向卓晓萱表白了，免得又像追求唐小妍那样，错失良机。我相信，她这么漂亮、温婉，肯定有别的人也在追求她。

几天后一个晚霞满天的傍晚，我来到了卓晓萱往返学校的路上，心情激动地等待她的出现。不一会儿，身穿红色连衣裙、如披着彩霞的卓晓萱出现在我的视野，我从单车上下来，站得直直的，朝她微笑，但她却像是没看到我一般，直往前走，我急忙喊住她。她停下了，面无表情地说："你找我？"

我想今天时机不对，正遇上她心情不好，我压抑着内心的激动，说："我刚好路过这里，看见你了。晓萱，请你去喝点冰饮怎么样？"

"算了，我没空。"卓晓萱推车走了几步，又说，"秦河，以后你不要找我了。那两本书等我看完了，叫吴江转给你。"

我脑子里"嗡"的响了一声，像有颗地雷炸了，我忙冲到她车前，拦住她："为什么这么说，我哪里惹你不高兴了？"

"我爸说，你这个人整天游手好闲、招摇撞骗，不是个正派人，叫我不要跟你来往。"

"你爸又不认识我，他怎么知道我整天游手好闲、招摇撞骗？"

"县城有多大呀，我爸哪个单位不认得人哩。"

原来，她爸以为我跟他女儿谈恋爱了，便暗地里找我单位的人，还有认识我的人，了解我的情况，有人告诉他，我整天不上班，东游西荡，经常带社会上的女人回宿舍过夜；有人告诉他，看到我带一个女子去医院做流产；还有人告诉他，有个女孩子，是春岭卫生院的，被我抛弃了，现在整天找上门来哭哭闹闹。

我一一解释她说的“女人问题”，说都是造谣和捕风捉影，卓晓萱听了，不表态，又问：“秦河，有人说你在H大学是犯了男女关系错误，被学校处罚发配回肯县来的，是不是?”

我说：“胡扯。我一个单身大学生，犯什么男女关系错误？男女上的事，要么是犯罪，要么什么错也不会有，这些人什么逻辑?”又问：“是谁这么无聊，背后造我的谣?”

卓晓萱不理睬我的牢骚，继续问：“H大学是重点大学，为什么你会分回县里来呢？连本省的D大毕业生都很少分回县里来。”

我说，管分配的人给我的解释是，中文系我们省有三个学生，但本省只有两个单位来我们系要人，所以系里就不管我的分配了，把我扔回了云州地区教育局。

“系里怎么会不管你的分配呢?”

“他就不管，我有什么办法。”

“那也有两个单位要人呀，为什么给了别人，不给你?”

“我怎么知道，可能管分配的老师把我们三个人做成阄，随意抓选，结果没抓到我。”

卓晓萱仍不相信。也不能怪她不信，这个理由本就是我胡诌的。当时管分配的丁老师给我的理由是，我的成绩没有另两个同学好。但这个理由能说吗？我说：“反正我在学校没犯过错误，顶多是学习差点吧，但也毕了业，拿到了学位。大多数同学都是六十分万岁，也不单单我一个，管分配的老师看我不顺眼，我能怎样?”

“算了，你爱怎样就怎样吧，反正不关我事。我走了。”卓晓萱说着，骑上小飞鸽，飘然而去。我就像肚子里被灌进了十吨冰块，全身冰凉。

46　迷上跳舞

第二天早上，我起了个大早，怒气冲冲地跑去办公室，逮住一个就喝问："是不是你，向经贸局卓局长造我的谣?"一个个问过去，被问到的人先是一愣，之后坚决否认。在办公室的所有同事都被我问到了，但没有一个人承认。我当然清楚不会有人承认，我此举只是为了发泄心中愤怒而已。

我回到自己办公室后，一些人跟进来，问我出什么事了。我像站在汨罗江边的屈原，朝窗外的天空仰叹："我又没得罪你们，为什么要在背后造我的谣，说我的坏话！我哪里让你们看不顺眼了？我只不过是不爱上班而已，你们又有几个爱上班，上班不也是东拉西扯无所事事？凭什么看我不顺眼!"这些人听我这么一唠叨，全跑光了。

我垂头丧气、心灰意懒、精神萎靡、头昏脑涨，回到宿舍又躺下了。睡到中午，听到肚子咕噜咕噜地叫，才爬起来，准备出去找饭吃。

一开门，猛然见门口站着一个人，我吓得如见了鬼一般，条件反射似的跳起来。是的，条件反射般。这个人已无数次来找我（有时敲门，有时静站门外），让我烦恼透顶、让我害怕看到她，害怕到每次出门时，都像做贼似的，先从门缝往外瞅，看看门外是不是站着个人，如果没有人，又如做贼似的，赶紧逃之夭夭；如果有人，就如木头似的，一声不响地在屋子里藏着，有时一个钟头，有时一天，直到她离去。

今天由于精神恍惚，竟忘了这档事，没有观察门外就开了门，结果被撞上了。

"你在家呀。"陈小芳说。

"又来了，你有完没完!"我顿时发火了。因为我想到了昨天卓晓萱跟我决裂，其中一条原因就是"有个女孩子，是春岭卫生院的，被我抛弃了，现在整天找上门来哭哭闹闹"。我真是比窦娥还冤哪。

"滚!"我指着小院门口，朝她吼道。

"不要那么凶嘛。我又没吵烦你，只是来看看你。"陈小芳嘟着嘴说。

"谁要你看，天下没见过你这么贱的女人，滚!"我继续朝她吼。

"我又不待多久，只看看你就走。"

"我不想见到你!"

"人家是女孩子，不要对人家这么凶嘛。"她站着不动，翻翻白眼，欲哭又止的神态。

我血涌脑门了，无法控制自己的情绪了，我看到墙角放着一把竹扫把，那是前几天学校搞卫生，我用过之后扔在那里的，我冲过去，抄起扫把，朝着陈小芳挥扫，顿时飞沙走石，尘土飞扬。

陈小芳左闪右闪，躲避着飞向她的石粒、草屑、灰尘，仍不肯离去，她每后退一步，我就向前一步扫地，然而她并不是退向院子外，而是兜圈子，就是不离开。

我没辙了。我不可能打她、推她、拖她，她是女人，我是男人，我绝不能跟她有任何肢体上的接触，否则出了事就说不清了。我只能认输，落荒而逃。

我在街上粉店填饱肚子后，不知道该上哪儿去。宿舍是不能再回去了。我想了想，想到今天是双江镇集日，那么去赶集？要是往日，我毫不犹豫，立马就上路，可此时，我犹豫了。

我整天东游西荡的名声已经闻名遐迩了，成了卓晓萱拒绝我的原因之一，我难道还要这样游荡下去吗？你喜欢的卓晓萱鄙视你了，你敬重的陈老师对你失望了，你还要继续逛荡下去吗？俗话说，人要脸树要皮，我再这样闲逛下去，人家看不起你就是活该了。

可是，有这样一个人三天两头来纠缠着你，你又如何在单位、在宿舍待得住、静得下心？我三天两头在外头闲逛，很大一个原因也是由此。

我骑着单车在街上逛了一圈又一圈，不知道要去哪里，不知道要干什么。逛累了，我便在肯河边一棵榕树下坐下来，望着河面发呆，想心事。我不知道陈小芳这件事该如何收场。我不仅在她每一次找到我的时候都表示了拒绝她，还几次写信给她，还委托过几个人，很明确地告诉她，我不喜欢她，甚至讨厌她，但她总是对我的信、对别人的传话做另一种解读。我每拒绝她一次，她就按照她的解读，再做新一轮的追求或说纠缠，没完没了。真不知该说她缺心眼儿还是不识趣，甚至是既缺心眼儿又不识趣。接受她？饶了我吧。

从看到她的第一眼，我就不喜欢她。我承认，陈小芳是一个心地善良、热情大方的女孩，但她做作、好为人师、自以为是，心怀不切实际的理想和志向，开口闭口事业，让我反感。她要和我“比翼双飞”做出一番事业，更让我感到恐惧。你有理想有追求，你自个儿玩去呀，干吗拉上我？你以为我也有远大志向和理想，会和你志趣相投，能走到一起？你以为跟我谈理想、事业，我就会和你心心相印？恰恰相反，我现在讨厌所谓的理想、事业。如果当初分到一个好一点的地方和单位，我可能倒会有点理想和志向，搞点文学研究什么的，可在这两省交界的山沟里，有再远大的理想，也只是做梦。

记得法国情色大作家萨德曾说："进到女人心里去的唯一途径就是折磨她。没有比这更清楚的事了。"难道我拒绝她、不理她、逃避她、骂她、拿扫把赶她，无意中构成了对她的"折磨"，反使我越发进入她的心里了？这可如何是好？改为温柔地、笑容可掬地对待她、关心她？我可以违心地这样做，可要是她又以为我是被她打动，回心转意了呢？

我在榕树下坐了一个下午，胡思乱想了一个下午，直到肚子饿了，才起身，骑车去县政府食堂吃饭。

县政府食堂在县委大院，是专为县委、政府两大院里的干部职工办的食堂，来食堂吃饭的年轻人挺多，自发现这个地方后，我就经常来这里吃饭。毕竟去水泥厂食堂吃饭，得爬上一面坡，翻过一堵围墙，跨过一条水沟，再走两百来米田埂，很不方便。这里虽离党校更远，但可以骑单车直达，其实反而快一些。

渐渐地，在这里认识了不少同龄人，其中有个叫莫志坚的，在科委上班，性格豪放，跟我谈得来。他从省工业学校毕业回来五年了，还没有女朋友，也跟我一样无聊、好玩。吃过饭后，他对我说：

"秦河，今晚水泥厂搞大型舞会，我们去看一下。"

"是吗，去看看。"

别看肯县地处偏僻，县城冷清，跳舞之风却极盛，也许正因为偏僻了，没有什么可玩的，只有跳舞了。以前，我老爱跑去乡镇玩，县城认识的人反而不多，也就很少去逛舞厅；肯县的年轻人去跳舞，总是成群结队的，你一个人去舞厅，可能连舞伴都请不到。

我在莫志坚的宿舍玩到七点半，莫志坚又邀到七个人，一大队人马，浩浩荡荡地朝水泥厂开进。

水泥厂舞厅设在厂会堂，白天这里用来开会，晚上把长排椅移到墙根摆放，就成了舞厅。厂办舞厅都是免费的，所以来的人非常多，不仅厂里的职工来了，县直机关单位的年轻人来了，社会上游手好闲的人也来了，场面的热闹简直可以用人山人海来形容。五个硕大的棱形彩灯吊在阔大空旷的会堂上方的钢架下，不紧不慢地旋转着，仰望它们，感觉置身于宇宙中。

大家分头寻找“闲着”的女孩。在这样一个小县城，说起来，大家转弯抹角都是朋友，你是我朋友的朋友，我也是你朋友的朋友，很快你拉来两个，我找来三个，聚了一大堆人，嘻嘻哈哈打闹成一团。

其中有一个女孩，性格爽朗，一笑起来可谓惊天动地，五公里外都听得见。经介绍，我知道了她叫余小杏，在中医院上班，不过不是医生，而是洗瓶工，因为我跟她开玩笑说，以后去看病就专门找她，她呵呵呵直笑，说：“我是洗瓶子的，找我看病，你想让人家笑死我。”

由于人太多太挤，我们大部分时间是在聊天，仿佛来这里就是扎堆聊天似的。玩到十点半舞会结束，往城区回去时，我们已不是一伙人，而是一股滚滚洪流。党校就在水泥厂隔壁，出厂大门不远我就分叉了。

回到宿舍，不见门口站着陈小芳，我松了一口气。

我感受到了跳舞的魅力，一来可以玩到很晚，避开陈小芳的纠缠；二来可以在舞场认识更多的新朋友，男性朋友、女性朋友，在舞场也让人玩得开心。

第二天吃过晚饭，我主动邀莫志坚去跳舞，莫志坚说好像没听到哪个厂办舞会，我说：“不一定去厂里，去舞厅也可以的。”

我们去的是位于市场综合楼三楼的金晖舞厅，这是一家商业舞厅，要买门票，我抢先买了票，进去。舞厅才开场，人并不是很多。我发现跳舞的人大多是男男、女女结对跳，显得很怪异。由此可看出，肯县的年轻人虽热衷于跳舞，但思想并不开化，尤其是女孩子，只愿跟自己认识的人跳舞。我看到一对“男男”，一边很随意地跳着舞，一边寻找闲坐的女孩，发现了，便去邀她们，但是碰了一鼻子灰。还有一对“男男”，在舞池里靠近了一对也在跳舞的“女女”，邀请她们互换舞伴，也遭到了拒绝。不过，这几个男子形象也实在差，不是说他们长得丑，而是仪态、姿势、表情，看上去吊儿郎当的。肯县人虽然热衷跳舞，但大多数人却不太会跳，很少玩得出花样的，比如慢四，大多只会基本步，看上去全场的人像是一队队男女组合拉锯子。

我和莫志坚绕场寻找认识的女孩，遗憾的是一无所获，不过我发现了一个女孩，非常漂亮，可以用“惊为天人”来形容。她虽坐着，但看上去高挑；苹果形脸，五官秀气精致，线条分明，黑是黑，白是白；一头披肩发蓬松地向下铺展。脸虽化了妆，但比较淡雅，相比于本地大多数女孩的浓妆艳抹，极为得体、不俗；她穿件浅蓝色连衣裙，款式新颖，肯县少见。整体看上去，她有点像《欢颜》里的胡慧中。她孤零零地坐着，安静地看着舞池发呆，一双深幽的眼睛在幽暗的灯光下很是迷人。她左右附近均站着三三两两的小伙子，但显然跟她不熟，只不过是想邀她跳舞，又怕遭拒绝，时不时扫她一眼，有点胆怯，却又有点跃跃欲试。我对莫志坚说：“对面那个女孩好漂亮。”

莫志坚说：“我看到了，那个女孩好傲的，不跟男的跳舞。”

“你认识她?”

“不认识，上次来看到过，她都不跟人跳舞的。”

“不跳舞她跑进来干什么?”

“可能只是看人家跳舞吧。”

我有点蠢蠢欲动了，莫志坚看出我的心态，说：“你去试试。”

一首舞曲响起，我昂首挺胸，步伐稳健地走到她面前，略弯腰，伸出右手，手肘做出一个很标准的弧度：“小姐，可以请你跳舞吗?”

女孩瞟了我一眼，好一双迷人的眼睛！我奇怪，为什么我认识的漂亮女孩都有一双迷人的眼睛。我被这双眼睛发出的目光电了一下，有些心慌。我不敢想她会不会接受我的邀请，让我惊喜的是，她站起来了！

她很高，看上去几乎和我持平，我把手放到她腰部的时候，我感觉到手在颤抖，女孩看出我紧张，微微笑了笑。不过我很快就适应了，带着她满场旋转。她很会跳舞，应该比我会跳，我的下一个舞步还未启动，她就猜到了，所以我们配合得相当默契，犹如多年的练舞搭档。我注意到场边游手好闲的男子一个个都在注视我们，我感到得意。

一曲结束了，我向她说了声“谢谢”，回到莫志坚身边，莫志坚拍拍我肩膀，夸道：“行啊，哥们儿。”我说：“你说她不跟男的跳舞，刚才她不是跟我跳了吗？下一曲你去试试，说不定她也会跟你跳呢。”

莫志坚被我说动了心，等一曲响起时，他站了起来，然而女孩却起身，穿过丛丛人群，消失在舞厅门外。

“真是美如天仙啊。”莫志坚赞叹。

因我的成功，莫志坚对这个女孩着了迷，天天晚上都要我陪着他，去舞厅寻找她的身影，如果在这个舞厅不见她，就跑出来，赶去另一个舞厅，有时我们一个晚上要赶四五个舞厅，但再没有发现过她。我也乐于陪着他在各个舞厅转，我虽然惊讶于她的美，但是我清楚她不是我的菜，我也不是她的菜，只不过觉得发现她了，再请她跳舞也不错。我感觉她应该是哪个大富大贵人家的女儿，不是我这种平民子弟追求得到的。我想到了蔡晓涵，她也可以用“惊为天人”来形容，她就看不上我。

“她绝对不是肯县人，说不定是省城的，只是来肯县亲戚朋友家玩几天而已，也许已远走高飞了。”我说。

“也许吧。”莫志坚有些伤感地说。

“你想找她做女朋友？癞蛤蟆别想吃天鹅肉了。”

“我知道，只是想跟她跳跳舞而已。”

这个女孩再也没有出现过，她就像一个幽灵，悄悄地来到肯县，又悄悄地消失了。

有一天晚上从舞厅下来，遇见了卓晓萱。我走到街边的时候，下意识地侧脸往左边看了一眼，就看到了上罢夜课回家的卓晓萱，骑着那辆小飞鸽，远远地朝我驶来，我不想让她看到我刚从舞厅下来，慌忙躲向右边的一辆货车后，慌不择路，撞上了货车的车厢角，痛得我咬牙切齿，又不敢发出惨叫声。只见卓晓萱如一只飞碟一般，倏地一闪而过，根本没往我这边看。我想，她已经不跟我来往了，看不看到我去舞厅跳舞有什么关系呢？去舞厅跳舞又怎么样，难道舞厅好人不能去吗？我虽然不是什么好人，但也不是坏人吧，为什么去不得？真是不做贼也心虚。我认为自己这么做，是想继续给她留个好印象，可是我在她心中已经没了好印象，我又何苦装好人呢？也许在她眼里，去舞厅跳舞算个屁，说不定她自己也常进舞厅呢。

回家的一路上，我都在嘲笑自己。

47　校长规劝

徐娜正在屋里看电视，有人敲门，她问是谁，敲门人回答“是我”，徐娜叹了口气，很不情愿地开了门。

“高屹，你怎么还没回肯县啊？我求你回去好不好，你这样拖下去，学校非把你开除了不可。”

“要我回去也可以，你跟我一起去肯县工作。”

“你说的是人话吗？”

“什么人话不人话，肯县就不是人待的地方吗？是地狱地府吗？”

“我不想跟你斗嘴。”

“徐娜，跟我回肯县吧。肯县虽然偏僻落后，交通不便，但山清水秀，民风淳朴，一个人只要心里没有太多的欲望，会在那里生活得很快乐的。”

“你一天到晚在骂肯县，现在倒反过来夸它了。说得这么好，你怎么不回去啊？你本就生活在那里，更应该回去。”

“我一个人待在那里没意思，你要是跟我一起去肯县，我绝对在那里生活得快活。”

“高屹，我相信肯县有很多漂亮的、温柔的、愿意跟你在一起生活的女孩子，你就忘了我吧，在肯县找一个好女孩，快快乐乐地生活。”

“我只喜欢你，别的女孩就是仙女，我也没兴趣。”

“高屹，你不要再固执了。”

“说我，你就不固执？叫你和我在省城结婚，你不愿意；叫你和我一起去肯县，你也不愿意，你要我怎样做才高兴？”

“离开我吧。”

“我离开你，你就高兴了是吧？”

“我不是这个意思。”

“你就是这个意思。”

“高屹，我们不要扳牛角好不好。你离开我，我不会高兴，只会痛苦，但这是我们的现实选择。我们这样下去，双方都会更加痛苦。”

“我这不是来省城了吗？我们不会再有两地分居的痛苦了。”

“我这是为你好，你何必牺牲自己的前途呢？”

“我本来就没有前途。你就是我的前途。”

徐娜脸色沉了下来，她抬起手，指向门口：“高屹，我不想跟你说了，你走；我不想再看到你，走！”

“你凶我是吗？我告诉你，我今天来不是给你凶的，也不是来求你施恩的，而是来要你做出选择的。你听着，我给你三条路：第一，跟我在省城结婚；第二，跟我回肯县生活；第三，我杀了你。”

“高屹，我也告诉你，你就是杀了我，我也不会跟你结婚，不会跟你去肯县。”

“我再问你，跟不跟我结婚？”

“不。”

高屹一巴掌甩向徐娜。徐娜没想到高屹会对她动手，一点防备都没有，高屹这一巴掌重重地打在脸上，火辣辣地痛。她捂着脸哭了：“高屹，你竟然打我！”

“我再问你，跟不跟我回肯县？”

一股强烈的抵触情绪涌上心头，徐娜歇斯底里地说：“不回！不回！不回！”

高屹的拳头直冲过来。徐娜没想到高屹还会打第二下，第二下使的竟是拳头。被高屹扇巴掌后，她双手虽捂着脸，但在拳头面前，她的双手就如一张纸一般单薄。而且高屹的拳头不是打她的脸，而是冲向她无遮无拦的眼睛，徐娜顿时感到眼冒金星，她承受不住这一拳的冲击力，被冲得连退几步，撞到墙才止住，她瘫坐在墙根，大声哭起来。

高屹摔门而去。

徐娜不知道自己哭了多久，她感觉哭累了，才爬起来，但是头晕，左眼视线模糊，她摸索着走到镜子前，发现左眼红肿得像只成熟的桃子，她倒了一盆热水，用热毛巾敷左眼。

躺在床上敷眼的当儿，她不由得回想过去跟高屹在一起的甜蜜时光，可如今美好时光不再，却是噩梦连连，她心里感到无比的悲凉，又流下了眼泪。

第二天，徐娜找了副遮阳镜戴上去上课，同事们见了觉得奇怪，怎么在室内也戴遮阳镜？细致瞧，才看出她的左眼青肿，如大熊猫的眼睛，问她怎么了。

“没事，不小心撞了门框。”徐娜轻描淡写地说。

方越观察到她脸上凄苦的神情，说：“不对，肯定不是门框撞的，是不是高屹打的？”

听到这话，教研室所有同事都关切地望着她，徐娜心里涌上说不出的委屈，她伏在桌上哭了起来。

“这个高屹，太不像话，怎么能打人？”

“他以为他是黑社会老大呀，跟他谈了恋爱就不能分手。”

“徐娜，去报警吧，让警察关他几天。”

徐娜控制住自己的情绪，她平静地说：“算了，我不想为难他。”

“徐娜，你不能太宽宏大量了，不给他点教训，他还以为你软弱好欺呢。”

“就算我欠他的吧。”

不一会儿，周校长找徐娜来了：“徐娜，听说高屹打了你？”叫徐娜摘下眼镜，看到她黑乎乎的左眼，倒吸了一口凉气：“这小子，无法无天了，还像个老师的样子吗？”

“周校长，他只是一时冲动，不是故意的。”徐娜说。

“他现在在哪里？我找他谈谈。”

“不用找，他还会跑到学校门口来的。”方越说。

果然，下午四点多，高屹出现在十五中的校门口，守候的周校长大步走过去，高屹看到来者不善，有点心虚，身体向后闪了闪，但还是站定了，笑脸相迎：“周校长，你好。”

周校长拍拍他肩膀：“高屹，去我办公室，我们谈谈。”

高屹犹豫，他怀疑周校长给他布了陷阱，比如叫了一帮老师在办公室等着收拾他，比如叫了警察来抓他。周校长看出他的疑虑，说：“没事，我们只是谈谈。”

到了办公室坐定后，周校长心平气和地说：“高屹，你和徐娜的事，有什么想法，跟我说说？”

看着一脸慈祥的周校长，高屹就像一个受了多年冤屈的人遇到了包青天，满腔的悲愤抑制不住地奔涌出来：“我打她，我承认错了。可是，她也做得太过分了！她怎么能这样对我！我为她付出了全部的心思、金钱，还有前途，只想她一如继往地爱着我，以后我即使在肯县待不下去了，来省城谋生，也有个安身之地。她用的席梦思、衣柜、沙发、煤气炉、桌子、电视、录像机、衣服，还有去外面玩的花费等等，都是我出的钱，这一年来，我在她身上花费了五六千块钱，我一个月的工资才五六十块，我省吃俭用，衣服鞋子都舍不得买，连碗米粉都舍不得吃，从不买肉，只吃青菜，有时甚至干吃白米饭，省出来的钱都花在了她身上，还借了很多很多钱。我为了能跟她在一起，甚至辞掉了在肯县的工作……为了她我什么都肯做，可是我做了这么多也换不回她的感情，现在钱没有了，工作没有了，她又要离我而去……”

周校长听得感慨万千，说：“高老师，你非常爱徐娜，这我们都知道，都看在眼里，可是恋爱是两相情愿的事，既然徐娜不愿跟你在一起了，你强迫她有意思吗？她也跟我说过，会把钱都退还给你的。”

“那我的前途呢，我的希望呢？现在我什么都没有了，要钱有什么用？”

“高老师，俗话说，天涯何处无芳草，又何苦在一棵树上吊死？”

高屹激愤起来，说：“我不仅要在这棵树上吊死，我还要把这棵连根拔起。”

“你不想想你这么做会有什么后果吗？你昨天把徐娜打伤了，老师们都很气愤，叫她报警，但徐娜还是说算了，不想毁了你，她是多好的一个人，就你狠得下心伤害她？”

“是她先伤害了我。我也要让她不好过。”

“你再伤害她，肯定会坐牢的。”

“我已经被她毁了，坐牢不坐牢有大多区别？”

周校长见说不通高屹，忙联系了他学校的胡校长。听到高屹在省城惹事，胡校长也很着急，第二天就赶来了省城。

他找到高屹，劝他回学校上课："高屹，咱们虽是在乡下，但也要活得有尊严，不要在这里丢丑了。"

"我已经不是你的属下了，你不要管我。"高屹一句话把胡校长呛住了。

48　你骂我的样子叫人着迷

秦河：

昨天中午去你那里，竟挨你拿扫把驱逐，真是气死我啦！别看我当时脸上带着笑意，我的内心却是在流血。我就让你讨厌到这个地步吗？

哼，你也太小看我了吧，好像世界上男人就你一个，我要死要活地缠着你，我就那么下贱吗？告诉你，追求我的男孩多得是，其中有一个男孩，比我对你还要痴情呢，给我写了很多封求爱信，我要愿意和他谈恋爱，是分分钟的事，只不过我不喜欢他。

告诉你，害人的单相思已不复存在了，你以为我还在爱着你吗？别再自以为自己多有魅力了。你的绝情，已让我对你绝望。我去你那里，只不过是想看看我曾经爱过的人，他是否找到了他真正的幸福，要是找到了，我衷心祝福他，谁知我每次去，看到的都是一个孤傲的身影；想来陪伴他，他不仅对我不理不睬，还说我是纠缠他，甚至拿扫把赶我，真气煞我也！

忍无可忍的是，昨天晚上，我在一个朋友那里听到说，你说我爱上你是图你的臭钱，这又从何说起？你很有钱吗？你是百万富翁吗？你家里钱财万贯吗？你的情况和你的家境我又不是不知道，你说这话未免太可笑了。放心，我陈小芳才不是金钱的奴隶呢，有钱固然可以好好享受，清贫照样可以过得幸福，只要两个人恩恩爱爱，胜过家财万贯。何况世界上那么多可爱的男人就你有钱吗？真是神经鬼。一个女孩子去爱他，关心他，他却不耐烦、厌恶，说我的坏话，昨天还拿扫帚赶我，无奇不有的男人。

我有生以来第一次接触你这种性格孤僻的人，谁知就碰不得。你这个人啊，说不得你，说你冷漠，你就越冷漠；说你自私，你就越自私。罢了，不理你了。小心眼的男人，找到了如意伴侣，告诉我，我祝福你们不就是了吗？何必这样小看我呢？既然你如此自私冷漠，我就不再去你那鸡窝狗窝了，你也不必东躲西藏四处流浪了。

本来，我一直梦想着找到一个有才华、体贴人的他做伴，他会给我依靠和力量，我会给他温柔和安慰，我们互相关心，互相帮扶，共勉共进，并步迈向事业的成功；节假日里一起出去旅游，一起去享受大自然赋予我们的美好。每天，我们一起学习，一起谈心，一起做梦，多么美好多么幸福，这样的生活足能永葆青春。记得有人这样说，女人有了丈夫结了婚，才算有了一个完整的世界。本以为我们有缘分，你进入我的梦中，我寻找到了完整的世界。谁知你这个空虚无聊之辈，冷酷无情的家伙，却要破碎我的梦。我好伤心失望。

离开了你，我还会去寻找。我相信会找到那个他爱我、我也爱他的意中人。如此，我们互相祝福吧，愿你找到一位快乐可爱的小天使，让她日夜陪伴你，促成你事业早日成功。

再见，绝情的男人！

秦河：

实在对不起，昨天那封信是我在一气之下，匆忙写的，虽然我一再告诉自己，要平和委婉，不要伤他的自尊心，要不他会更讨厌我、恨我了，我们更没有希望了，可写着写着，还是控制不住自己的情绪。如有说得过分的地方，请你谅解。

我这个人太不懂事了，把你折磨得好苦，你说我不知趣去纠缠你，我这么做，全是我把你看作“知音”而自私的缘故，以后我只把你当一般朋友看待就是了，免得你成天心烦，我也成天做不成事。我不再去打扰你了，你自己静静地想一想，何时喜欢我了，再约我来看你。

不过，你自己要注意保重身体，你看你脸色青青的，也消瘦了许多，好像是生病了，实在过意不去。我真希望你找到一个称心如意的人，你啊，还得注意，有什么苦恼、心事，向知心人说了就会好受些，积郁在心里是不好的，易造成脾气暴躁，而且忧郁会成疾。既然我现在去见你，会让你增加烦恼，我就回春岭了，你要约我得清明节以后了。

秦河，你也别担心，因为挨了你的骂，我可能会怎样，告诉你，你生气也让我了解到你性格的另一面，这我该高兴呢。以前很多人说你像女孩子一样，斯斯文文，细声细气，没有点男子汉气概，以前我见你也总是郁郁寡欢，神思恍惚的，现在我发现你在改变，越来越有男子汉气概了，具体表现就是生气的时候多了。我认为你做出那不可一世的样子才最美，你“恶”的时候才最好看，你骂我的样子好叫人着迷。前段时间我跟顾小晴说起这个印象，她还笑我呢，说那你就多惹他生气吧，多给他骂吧，愿你塑造出一个完美的男子汉来。

昨天晚上去找顾小晴玩，她说前几天遇到你到他们水泥厂跳舞，我还不大相信。从她那里回来，路过金晖舞厅，却看见你跟一帮人刚从舞厅出来，我很惊奇，你也爱跳舞？可是为什么我跟别的男孩子去跳舞你又生气，拿扫把赶我呢？

其实前天晚上我去金晖舞厅跳舞是不得已的，那个男孩子和我只是一面之交。前天中午我去找顾小晴玩，这个男孩也在，他是水泥厂政工科的，我都没怎么搭理他，谁知他对我一见钟情，热情地邀请我晚上去跳舞，七点半准时到。当时我借口有事回绝了他，其实我是要去你那儿，谁知你不在，回去时路过金晖舞厅，看到那男孩在等我，就跟他进去跳舞了。谁知第二天中午我去找你，你竟大发雷霆，用扫把赶我走。

我不知道你是怎么知道这事的，但我和这个男孩真的没什么，你大可不必如此生气，我的心在你这里，谁也夺不走。其实我很少去跳舞，至今才去过五六次，都是回县城时去找顾小晴玩，被她硬拉着去的，有时跳着舞心里却想着你，根本踩不到节拍，所以就不太想去跳舞。前天晚上在舞厅也只待了约半个小时就走了，请我跳舞的男孩子好失望呢。

我星期六才得回县城，因为这段时间我频频请假回县城，院长都批评我了，不好再请假了。回县城后，晚上邀请你去跳舞，愿意吗？如果同意，星期六晚上七点半在家等着我吧。

第 *13* 章

爱跳舞的女孩

借宿

弟弟当保镖

我们结婚吧

49 爱跳舞的女孩

我又看到了余小杏，那个笑起来地动山摇的女孩，我是在市场三楼的金晖舞厅看到她的。

我这么天天晚上去逛舞厅，想不看到她都难，因为她是个超级舞迷，也是几乎天天晚上都泡在舞厅。

她比我先到，不过还没开跳，跟两个女孩站在一个角落说话，我和莫志坚寻找舞伴经过她身边，用手势跟她打了一声招呼。她一看到我，不知为什么，哈哈大笑起来，满场都听得见。我问：“有什么好笑的?”

“看你贼眉鼠眼的，好笑呗。”她一边笑一边说。

贼眉鼠眼？我眉清目秀、玉树临风，有半点贼眉鼠眼的样子吗？不过回想刚才的模样，还真有点贼眉鼠眼样，不仅是我，全场的男士，恐怕都有点贼头贼脑的样子。因为男士们在寻找舞伴的时候，都是一边朝前走，一边斜着眼看边上的女孩，心里还在揣摩：这个姑娘值不值得邀请，这个姑娘会不会拒绝我，有时候灯光幽暗看不清女孩面容，还会略低下头打量，模样多少有点猥琐。

我伸出手，说：“赏个脸，跳一曲。”

余小杏扭捏了一下，跟着我进了舞池。

她身材高挑，而且骨架小，看上去很苗条，但我将手搁到她腰部的时候，感觉她其实并不瘦，起码说有肉，肉很结实，虽然隔着衣服，但仍能感觉到有弹性。她衣着简朴，外衣是一件浅黑色西服，裤子是深黑色西裤。

舞曲是慢四步，动作舒缓，我不得不直视她。由于她的鞋跟高，她差不多和我平头了，我直视到的就是她的眼睛。她是苹果脸，留披肩发，刘海把前额遮住了，脸部变成心形；五官轮廓不大，眼眶也是偏圆，瞳孔黑黑如纽扣，却又幽亮。她没有看我，目光从我的肩膀上方穿过。她脸上呈现的是一种恬静纯真的表情，透出她不谙世事而又与世无争。

“你在中医院真的是洗瓶工？”我问。

“是啊，怎么了？还想着找我看病呀。”她乐呵呵地说。

“洗瓶工一般都是老阿姨做，你一个小姑娘做这种活，耐得住？”

“没办法呀，我初中都没读完，还能做什么？有份工作做着就不错了，还是我爸退休了，我顶职得到的呢。”

“可以向医院申请去读卫校的，出来就做护士。”

“算了，我不是读书的料，洗瓶工就洗瓶工呗。”

我们跳舞中，时不时聊几句。她虽热衷于跳舞，但其实对舞步并不算很懂，知道的花样不多，估计是在舞厅现跳现学的，不成系统。不过人很聪明，就着我的手势能做到配合我的舞步，她对我花里胡哨的舞步很惊奇，频频问：“你怎么懂这么多花步呀？”又说，“你是跟我跳过舞的男子中，最会跳的。”

我说：“上大学时候学的，很正规地学，可不是在舞厅里东学几步，西学几步，不成体系。”

“你是大学生哪！”余小杏小小惊讶了一下，“不过我们医院许多医生也是大学毕业，就没几个会跳舞的。”

我想说，他们这些在本省上大学的，多是土包子，但控制住没说出来，我不想显摆，显摆反而显出自己失意。“医科生都是舞盲。”我说。

余小杏又呵呵笑起来：“别让他们听到，要不你去看病，他们不给你量体温。”

“我只跟你一个人说，他们要是听到了，就是你传给他们的。”

“凭什么呀，你自己乱说还怪我。”

整个晚上我都是在跟余小杏一个人跳。她虽然没有正规学过跳舞，但乐感很好，舞步踩节奏准确，跟她搭档跳舞很爽。散场时，我跟她约定明天晚上继续来跳舞。

“今晚幸福吧，两个女孩陪你跳舞。”我对莫志坚说。因为整个晚上，他都是轮番跟另两个女孩跳舞，我看到他兴奋得犹如一只小公鸡。

莫志坚也不掩饰他的兴奋，说：“明天还叫余小杏约她们出来怎么样？”

我说：“不用约，明天晚上我们来，就会看到她们。”

第二天晚上八点，我正准备去找余小杏，院子外却响起了她高昂的笑声，她带着两个女孩找过来了，两个女孩一个叫阿丽，一个叫小蒙。“水泥厂今晚搞舞会，我们去那里跳舞。”余小杏说。

难怪她主动来找我，水泥厂就在党校隔壁嘛。我说：“单车就放院子里吧，翻围墙过去就到了。”走公路得绕一公里的路呢。

我带着三个女孩上了党校的后坡，天黑得伸手不见五指，又忘了拿电筒，只好凭着感觉走。穿过一片杂草丛，又钻过两个刺蓬，终于到了围墙下，可是豁口有些高，女孩爬不上，我只好蹲下来，叫她们脱下尖跟皮鞋，踩着我背部爬上去。

翻过围墙，我才发现走错了，不是我以往去水泥厂吃饭常走的那条道，只得胡乱走。黑夜里走在田埂上，简直就像走迷宫，我们转啊转啊，就是转不到岸上。“算啦，不去了。”三个女孩嚷起来。

往回转的路却异常的顺，沿着田埂直走，就到了围墙下。回到宿舍一看表，九点多了，我们竟在田埂里转了一个小时！这片田埂白天看上去也就十几亩而已，真是怪事。

让她们跳不成舞，我感到很内疚，我说：“明天晚上我请你们看电影。”“真的？”余小杏朝我做鬼脸。“绝无戏言！”我挺起胸膛说。

“有你这句话，今晚跳不成舞也值了。”三个女孩嬉笑着，推着单车往外走，我想党校这条路黑灯瞎火的，她们要是走了一个晚上都回不了家可就麻烦了，我便也推了单车，将她们送回中医院——她们三人都住在中医院大院里。

“还早呢，我们再打打牌吧。”余小杏邀请我进屋。

余小杏的家在一楼，二房一厅，估计不到五十平方米，屋里的摆设十分简单，就两只木沙发椅，一只小方桌，连台电视机都没有。“你爸不在家？”我问。“回老家种地去了。”余小杏说。

余小杏从小方桌的抽屉里掏出了一堆扑克，看来这里经常有打牌活动；阿丽从厨房拿来了两张小方凳，我们四个人便围坐一桌，开战，我和余小杏坐对门。我们打的是“拖拉机”，我很少玩牌，只在大四下学期等待毕业那段时间打过一阵，毕业后再没玩过，牌技生疏了不少，反应迟钝，老是出臭张，惹得余小杏频频骂我。余小杏的聪慧，在牌桌上体现无遗，比如她能记住每个人已经发出去的所有牌，能从对家的发牌情况较准确地猜出对方手上的牌情，因而我的臭张造成的不利局面，多次经她力挽狂澜，反败为胜，我不由得纳闷儿，这么聪慧的女孩，怎么就连初中都没读完呢？

牌局玩到十二点半才结束，我和余小杏输了一级，其实总体上看，我们的牌还是不错的，要是我发挥出一般人的水平，我们稳可以赢五级以上。

回到宿舍，一开门，就见地上躺着一封信，不用看，就知道是陈小芳塞进来的，我没有打开看，一把将它撕碎，扔进了纸篓。

第二天下午，我打了个电话给余小杏，确定了晚上看电影的事，快下班时，直奔县政府食堂吃饭。饭间，遇到莫志坚，我告诉他，等一下请几个女孩去看电影，他踊跃报名参加。

晚上七点，余小杏带着三个陌生女孩出现了。我不由惊叹，余小杏的女友真多啊，一个晚上换一批，要是我也能像余小杏这样，每天晚上都带着一群不同的女孩子招摇过市，该有多得意。当然这比喻不恰当，她是女孩子，有很多女孩子朋友是正常的，就像男人有很多哥们儿一样；你羡慕她身边女孩子多，她何尝不羡慕你身边小伙子多？

“我带这么多女孩子来宰你，怕不怕？”余小杏笑说，她的笑声简直就像警笛一般，响彻云霄。

“怕什么，巴不得，一场电影就能认识这么多女孩子，值了。”我说。接着大家互相介绍各自带来的人，三个女孩分别叫小琪、小蓉、阿华，说不上多漂亮，也还顺眼。我介绍莫志坚，他在四个女孩子面前竟有些害羞。

电影放映的是《摇滚青年》，题材比较新颖，情节也蛮好玩，余小杏显然笑点极低，频频被逗得哈哈大笑，我真是服了她，她凭什么活得这么开心？不怕被人说没心没肺？

电影散场了，时间还早，我们又去舞厅跳舞，这次票是莫志坚买的。我想幸亏他参与了进来，要不我今晚得破费不少。跳舞中，我问余小杏："你怎么会认识这么多女孩子？"

"认识不了男孩子，认识女孩子还不容易嘛。"

"我不信，你肯定也认识很多男孩子的。"

"要是认识男孩子多，我就不会跟女孩子玩了。"

"哪天介绍个女孩子给我认识一下。"

"这几天，我不是带了好多个女孩子给你认识吗？看上了哪一个，跟我说，我给你做媒，你请我吃顿脆皮鸭就行。"

"一次带来的也太多了，跟哪个女孩都说不上几句话，反而一个都不了解。"

"只能说明你太花心，个个都想要。要不就是太笨，不知道找重点。"余小杏又"呵呵呵"笑起来。

我本是跟她开玩笑的，可几天后的下午，她竟真的带了一个女孩子来党校找我。女孩叫小可，是中医院的护士，高挑的个子，瓜子脸，说话轻声细气，挺可爱的。可是我对从医的女孩子有点条件反射般的恐惧，陈小芳是从医的，夏晓湄也是从医的；而且，经过了那么多次"失恋"，我想我不会轻易喜欢上哪个女孩了，所以对小可并不热情。

"喜欢她吗？"余小杏悄悄问我。

"还行吧。"

"那就好，以后就看你自己努力了。哪天请我吃脆皮鸭？"

"都还没成呢，就要请你？"

"我不管，反正我当过媒人了，你不能赖。"

"敲竹杠也不是这样敲法吧。说不定你们俩是合谋来敲我的。说，你们两个合谋骗吃过多少人的脆皮鸭？"

"你这人，没有良心。算了，回头我跟小可说，你看不上她。"

"得，得，我请。不就一顿脆皮鸭嘛，犯得上扯上良心吗？"

50 借宿

“明天就是我二十岁生日了。”一天晚上在金晖舞厅跳舞时，余小杏突然说。旋转灯摇曳，让人眼花，看不清她脸上的表情。

“好啊，又长大了一岁，越来越漂亮迷人了。”

“是又老了一岁。”

“你一个小女孩，哪有资格说这样的话？你奶奶才能这样说。”

“你多大了？”

“二十四岁。”

“我以为你九十了呢。”余小杏“呵呵呵”直笑，笑得全身都在抖，舞步也踩乱了，碰着了旁边一对舞侣。他们好奇地看她。我忙把她拉到稍空敞一点的地方。

“生日怎么庆祝？”我问。

“没想过怎么庆祝，好多年没过生日了。”

“不会吧，你爸妈太不关心你了。”

“我从小一直在老家村子里生活，农村孩子，过了七岁以后，谁管你生日不生日呀。我爸在县里上班，更没空管我。”

“你现在参加工作了，应该给自己过个生日。”

“看看再说吧。”

跳舞结束后，回到宿舍，躺在床上，我突然想到，既然知道了她生日，应该买点礼物送给她才是，可是刚才竟忘了问她，喜欢什么礼物。转念一想，又觉得先不跟她说也好，到时候给她一个惊喜，会让她更高兴。

第二天，我一整天都在想给她买什么礼物好。买件衣服？有道理，余小杏穿得也太朴实了，衣服质地很一般，款式也不多——以她洗瓶工的工资，自然是买不起什么好衣服的，可是，她喜欢什么样式的衣服？多大尺码？我一无所知。女孩子对衣服是最挑剔的，买得不合适，她宁愿压箱底也不会穿，还是买别的吧。鞋子？昨晚她说过，她穿的皮鞋稍大了点，跳舞时脚跟总是跑出来看热闹，买双鞋子送她，她应该会喜欢。可鞋子跟衣服一样，不懂她的尺码和她喜欢的款式也无法买。还是打个电话问问她，她提前知道就提前知道吧，给她提前知道总比她把礼物压箱底强。

打电话到她科室，她却不在。看来今天是送不成礼物了，先送些水果给她吧。下午快下班时，我匆匆赶去城区，买了几斤苹果、梨子。回到宿舍，又觉得这礼物太轻了，索性买瓶雪花膏给她吧。我又赶去城区，谁知唯一卖化妆品的百货商店已关门，也罢。

赶去余小杏家，只她一个人，正在卫生间洗衣服。不一会儿，洗完了，进客厅坐下。我说："下午我打电话到你科室，你不在。"

"我去云州玩了。你猜我去云州买了什么回来?"

嗐，要是早知道她去云州玩，陪她一起去好了，有她在现场，想买什么都行，而且在云州，可选买的东西也多。

我说女孩子买的东西太难猜了，就是百货商店里的东西都猜完，也不一定猜中。余小杏一脸甜蜜的笑，说买了瓶香香。我简直要拍大腿了，本来可以讨她喜欢的，结果大好的机会错过了。看来我在情场上还有许多次跤需要跌。我虽然未打算追她，但跟她发展友情也不是件坏事，她还是蛮讨人喜欢的，认识的女孩子也多。说实话，在肯县，我还没有一个要好的女孩子呢，卓晓萱现在已不跟我来往了。

"跑去云州就为买瓶香香呀？也太不划算了，路费都多过买香香的钱。"

"医院的救护车正好去云州，我就搭了顺风车。我还买了双皮鞋哩。"

我在想象中敲了几记自己的脑袋。你看，她想买的东西你都想到了，可就是没买给她。

正说着话，她的友女阿丽、小蒙、阿华、小可，还有一个叫黄思洁的，过来了，祝贺她生日快乐，有的送花、有的送贺卡。聊了一会儿天，余小杏对我说："秦河，你不是说过请我吃脆皮鸭吗，就今天晚上怎么样？嫌不嫌人太多了?"

"人多，吃饭才热闹。"我说。

于是，我们一路嘻嘻哈哈地向本地久负盛名的"矮哥脆皮鸭店"走去。进了店里，落座时，女孩子们稀里哗啦就抢好了各自的位置，留下两个紧挨着的位置给我和余小杏，好像我跟她已是一对恋人了似的，弄得我很不好意思。

大快朵颐之后，又去舞厅跳舞。一个晚上，余小杏玩得很开心，直到散场，她都是欢声笑语不断。出了舞厅，取了单车，走到街边时，我蓦然看到了一个人，顿时吓得呆住了。

那个人就站在离我五六米的地方，看着我。路灯阴暗，看不清她的表情。余小杏看到我表情怪异，顺着我的目光看去，说：

“那人是不是传说中的陈小芳？”

我赶紧快走几步：“你怎么也知道她？”

“全县卫生系统的人都在传她和你的事呢。我也是前几天才听说。”

“完了，我成坏人了。”

“你是坏人吗？”

“我是不是坏人，不是我说了算的。我自认为我是好人，可人人都说你是坏人，你就成了坏人。你觉得我是坏人吗？”

“你自己心里有数就行，管人家怎么说。”

我送女孩子们回医院，在余小杏家门口，我向她提了一个一路上都在考虑要不要开口的请求：“小杏，我回不去了，能在你这里借宿吗？”

“回不去了？”余小杏很不解，她看了看我的单车，似乎我“回不去”是因为单车坏了，但单车很好。

我跟她说起了我与陈小芳的“纠葛”的来龙去脉：“她现在肯定跑去我宿舍门口守着我，我要是回去，免不了会跟她吵架，深更半夜的，我就是有一千张嘴都说不清了。”

余小杏笑说：“人家都是遇桃花运，你倒好，犯桃花劫。”

“我都苦恼死了，你还笑我。”

“要是有人看到我留宿一个男的，说我闲话，怎么办？”

我迟疑了，她说的不是没有道理，一个大男人住进她屋里，算什么呢？即使这个男人是她男朋友，未结婚之前，也是不宜公开住一块儿的，何况这个男人还是我，一个“名声在外”的坏男人。小地方的人观念就是这么保守，你拿它没办法的。

余小杏“扑哧”一声又笑了：“逗你的，进来吧。”

进了屋，我仍感到忐忑：“要是有人说你闲话，怎么办？”

“这是我的家，我爱留谁住就留谁住，谁也管不着。”余小杏说，可能觉得这话太过于前卫了，会吓着我，又说，“我家里有两个房间，人家不会乱猜疑的。有时我表哥、堂哥什么的，来县城办事，也在我这儿住。”

“认不得我的人也许会认为我是你亲戚，要是阿丽、小蒙、阿华、小可看到了，她们认得我是谁，肯定不会这样认为。”

“要不我收你五块钱住宿费？把这里当旅社，你就不会担心人家议论我了。”余小杏呵呵直笑。

这样，我在余小杏家借住了一个晚上。

第二天早上回党校，在宿舍小院门口，遇见了范主任，他表情神秘地告诉我，昨晚上陈小芳在我宿舍门口站了很久，他也不敢留宿她了。我说：“你留宿她就是害我。”

“你跟她到底有没有那种事啊？”范主任一本正经地问我，又说，“我不是多管闲事，现在你这事在机关干部中传得沸沸扬扬，好多人向我打探，我都不知道怎么解释。”

我想，范主任作为校办主任，知道一下真相也好，便一五一十说了来龙去脉。“不可思议，”范主任直摇头，“以前我还一直以为你们在谈恋爱呢，那天晚上好心收留她，结果是好心办坏事。”

下午，我午睡一直睡到快下班了才起床。正想去办公室转转，范主任从门口经过，见了我，神秘兮兮地说：“来了，又来了。”我心里一惊，但仍装作平静地问：“谁来了？”

“陈小芳又来了。”

“在哪儿？”

“在办公室楼下，正跟詹校长说话呢。”

我心里慌张起来，就要推单车跑，哪知忘了带车钥匙，只得开门进屋拿钥匙，这当儿，詹校长进来了，见我正开单车，便问我要去哪儿，我说上街买点菜去。“进屋，进屋，有点事。”詹校长叫我开了宿舍门，把我推进屋，问：“你和陈小芳是不是有那么回事？”

“没有，什么事也没有。”

“刚才她跟我说，你去年9月去春岭下乡时，跟她有那个意思。现在你又不要她了，喜欢上了另外的女孩子。”

“绝对没有!”我神情严肃地说,“我从来都没有对她说过半句喜欢她的话,更没有约会过她,怎么谈得上跟她有那个意思呢?是她自作多情罢了。”

“哦,”詹校长看着窗外想了一下,“不管有没有那个意思,人家来了,就好好招待人家,跟人家讲清楚,人家一个女孩子,面子薄,你这样冷淡人家,叫人家脸往哪儿搁。”

“她都来找过我N次了,我也跟她讲过N次了,我不喜欢她,甚至讨厌她,有一次我还拿扫把赶过她,可她还是没完没了地来找我,我现在看到她就像看到日本鬼子一样,跑都跑不及。”

“要不,你现在再去跟她解释一次,当着我的面,我也好清楚你们的想法。”

“我可不想跟她再说一句话。你跟她说一句话,她会生出十件事出来。”

除了逃,我实在想不出应对的办法了。我逃你一千次,看你还来不来,看你还死不死心。

詹校长回办公室去了,我也跟着出去,打算溜走,刚出院子,就遇上了走过来的陈小芳,我顿时火冒三丈,居然跟詹校长说这事!想通过校长逼婚吗?我手上拿着她昨天放在我窗台上的磁带(估计已录满了她想唱给我听的歌),原是想扔到草丛中的,我把磁带狠狠地掷在她脚下,一言不发,骑上单车,直奔城区而去,不,而逃。

可是我能躲到哪儿去呢?她既已回县城了,肯定会继续守着我的,即使现在见我跑了,她回去了,晚上必定还会再去党校等我,我是不能回去了。

我奔去莫志坚那里,谁知他不在宿舍,只得又跑去余小杏那里躲避。余小杏为我在医院食堂打了一份饭回来,吃过饭后,余小杏便带我去找阿丽、小蒙等医院里的女孩子玩。在阿丽宿舍,我竟看见了莫志坚!

我把莫志坚拉到宿舍门口,悄声说:“兄弟,下手蛮快呀。”

“兄弟,看准了就不要错过。”

“是不是余小杏做的媒?”

“你怎么知道?”莫志坚表情似乎有些紧张。

“她要我请吃过一次脆皮鸭了,要你请了没有?”

我们俩乐得大笑起来。

51　弟弟当保镖

一连两天，高屹都没有出现，徐娜以为经过两个校长做工作，高屹不会，也不敢再对她怎么样了，可能已回肯县上班去了，她心里舒了一口气，想这场波折总算过去了。

第三天傍晚，有人敲房门，徐娜不由得颤抖了一下，意识到自己的想法错了，两个校长的劝说根本没有效，高屹根本没有回去。她屏住呼吸，不去开门。高屹在外面说话了：

“徐娜，我知道你在屋里，你的单车在楼下停着呢。”

徐娜依然不作声，高屹踢起门来，咚！咚！咚！整栋楼都听得见。这栋楼是民宅，徐娜担心门被踢坏了，房主会骂人，只得开了门。

“为什么不开门？”高屹怒气冲冲。

徐娜不理他。“你以为不开门，这事就了结了吗？”高屹歪着头看她。

徐娜说：“高屹，你来了也好，今天下午我问我弟拿了两千块钱，准备明天去邮局汇给你的，现在亲手交给你。余下的钱我争取在半年内全部还给你。”

徐娜说着，去拿她的背包，掏出一把钱，但高屹不接：“这是你的钱，不是我的钱。”

“那你说，什么钱是你的钱？”

“你花掉的钱才是我的钱。”

“已经花出去了，都不知哪张是哪张了，都不知落谁手里了，我怎么还得了你？”

“还不了你就不要还。”

徐娜耐着性子和他争论：“欠你的钱总得要还，要不然我成什么人了？”

“我现在又成什么人了，好像我逼着你还钱似的，你们学校的老师都把我看成了黄世仁。”

“没人把你看成黄世仁，他们都认为我应该把钱还给你。”

“他们整天就知道挑拨我们之间的关系。特别是那个方越，我不会放过他的。”

徐娜发现跟高屹争论就是跳进了他的陷阱，他来这里就是专门跟她吵架的。她不想多说了："那好，明天我去邮局汇给你。"

"汇给我我也不会收。"

"你爱收不收，反正我汇给你了。"

"你不要再跟我谈钱的事，今天我不是来要钱的。"

"别的事就没什么好谈的了。"

"不想谈了，那就是表明你同意跟我结婚了。明天我就回去开证明、拿户口本过来。"

"高屹，你再这样纠缠下去，我真的要报警了。"

高屹突然变成了一只暴怒的狮子，他扑上去，双手掐住徐娜的脖子，又将徐娜推到墙上："你报啊，你报警啊，在警察来之前，我先掐死你！"

"啊——"

徐娜又是叫喊，又是挣扎，她感到掐在她脖子上的手越来越紧，她感到她的呼叫声堵在喉咙口出不来，她感到她的呼吸越来越不畅，她感到她双脚的挣扎越来越使不上力。

她看到眼前有一群妖魔鬼怪在乱舞，她却无力摆脱它们，她感到恐怖，感到绝望。

"咚咚咚！"有人急切地擂门，问："里面在干什么？开门！"再擂，再喊："再不开门，我踢门了！"

高屹放开了徐娜，徐娜蹲下来，使劲儿地咳嗽。

门外的人踢起门来，高屹去开了门，门外的人冲进来，猛推了高屹一把。"你要干什么？"他举起手上的铁棒，"你在我这里乱来，老子敲死你，你信不信？"

他是房东，徐娜和男朋友闹分手的事他早就知道了，刚开始，觉得一对恋人吵吵闹闹是正常现象，没怎么放在心上，后来有房客告诉他，高屹几次在房里打他女朋友，他不得不提防了。刚才高屹狠狠踢门，他就觉得不对劲，提了铁棒站在上一层楼道静观事态，听到徐娜的呼叫声，知道出事了。

"王叔，算了。"徐娜朝房东摇手。房东朝高屹瞪眼，说："欺负一个女孩子，你算什么男人？"

“她不让我好过，我也不让她好过。”

房东用铁棍指着高屹：“你出去！”

高屹冷冷地看了房东一眼，走了出去。

“我警告你，不要再踏进我这栋楼一步，给我看见一次，打你一次。”房东看着高屹离去的背影，撂下狠话。

徐娜意识到高屹有点失去理智了，她感到后怕，想来想去，觉得还是应该向弟弟求助。弟弟徐泽拿到驾照后，来省城开起了出租车。她和高屹闹分手、高屹打她的事，她一直没有告诉弟弟，她不想让家人掺和进来，这样事情会更复杂。

徐泽过来了，听了姐姐的诉说，火冒三丈，说：“高屹住在哪里，你带我去，老子今天打残他。”

“我也不知道他住哪里。弟，你不要管他，这段时间，你每天来接我上下班吧，等过了这一阵，他气消了，会回肯县去的。”

第二天早上，徐泽开出租车送姐姐去学校，走到十五中旁的路上，看到了站在路边的高屹，不由得又火冒三丈，他将车靠路边停下，抄起扳手，打开车门，朝高屹冲去。

徐泽一下车，高屹就看到他了，知道来者不善，撒腿就跑。徐泽追了一截路，没能追上，只得放弃，他朝高屹大声喊道：“姓高的，老子要废了你！”

回到车上，徐娜劝弟弟，“弟，不要理他，你越激他，他越气恼，越缠住我不放。”

“姐，你不要太善良了，人善被人欺。对这种恶人，你得比他还恶。”

高屹不敢去徐娜的租住屋了，只能守在徐娜上下班的路上拦截。看到徐娜叫来弟弟接送，一连好几天都是如此，他感到沮丧，感到对徐娜无可奈何了。算了，这是一场无聊的游戏，结束吧，他想。

他打电话给徐娜，说：“徐娜，我想通了，强扭的瓜不甜，我不强迫你了，我走了，回肯县去了。祝你找到一个值得你爱的人……”

“高屹，谢谢你。你也会找到一个值得你爱的女孩。”

高屹说他回肯县去了，徐娜半信半疑，仍旧由弟弟接送，但此后几天，上下班路上一直没出现高屹的身影，她惊恐不安的心渐渐放松了下来，认为高屹真的回肯县了，她安全了，便叫弟弟不用再接送她，毕竟弟弟也忙，有时她下课时，弟弟正送客人，一两个小时也打不了转；有时候正送她，却接到客人的呼叫，让他两头为难。

52　我们结婚吧

秦河：

上星期六去找你，又没见到你。告诉你嘛，我去找你，是商量我俩打结婚证的事。终身大事，我不能独自做主，得和你一起商量，你说是吗？我想来想去，觉得我们领结婚证了，你才不会对别的女孩朝三暮四了，你的心才会全放在我身上。我说的对吗？放心啦，我不会感到委屈的，因为你是我最爱的人，和你结婚是我所希望的。

最近我听到一些关于我俩的传言，不过有些地方我觉得奇怪，想问你。你是不是把我寄给你的信、明信片公之于众了？否则有些秘密别人怎么知道？反正我觉得不对劲，你来春岭，我问你咯。要是同我所猜想的一样，我也无话可说了。既如此，你何不索性把它写成书，让人人都知道我俩谈的“傻傻的恋情”，特别是让我读卫校时的同学都知道，这就是我的爱情罗曼史。

记得中专毕业考考完后，晚上天热，睡不着，凌晨两点多了，我们搬了椅子到外面乘凉，好些同学都要我谈谈我的爱情罗曼史，其实那时我根本没谈过恋爱，说什么呢？现在这才是我的爱情罗曼史。而今同学们都天各一方，靠几封书信怎能道清，就借这本书告诉她们吧。你说好吗？不过你写完之后要给我先看看，有些地方我肯定还得更正、补充。

布里南说过：结婚的美妙之处在于，它能使一个人在独处时也不感觉孤单。到那时，尽管你在东来我在西，我们都是相随的。你想想看，是不是？最好是来春岭结，医院龙医生，还有夏小秋等人，都说要我们预请她们吃喜糖，还说要我们当众接吻呢。

接吻，我是不会的，而且我学医的，认为接吻不卫生，但为了你，我愿意学会，还得请你教我。可能开始时我会不习惯，请别笑话我。一些小说里写，接吻很美妙，我也想尝试呢，如果是这样，聪明的我学起来应该是很快的。

秦河：

如果你原谅了我以前的无知，对我中意的话，我们就去领结婚证。这样，我就可以和你一起走过漫漫人生路，我会好好督促你学习、写作，成为大作家。要知道，我最喜欢你写字时的姿势、凝思时的神态。坐在你身边，我也会跟着你进入遐想当中。有人说你现在还未打算领结婚证，等过一两年事业成功了再结婚，这我理解。告诉你，女的在26—29岁是最佳生育年龄，而男子，这个年龄不管从生理上，还是从思想上也较成熟了，他会知道怎样好好爱他的妻子、怎样持家。若你的事业也成功了，不就是事业爱情双丰收了吗？我做了一个梦，你今年事业成功了。那我们今年就可以结婚了，不是吗？

要是以后我们结了婚，夫妻生活一定要过得有浪漫色彩，我从《家庭医生》看到一篇文章说，牛郎织女式的夫妻，过一过浪漫的周末生活，会抛弃掉不少痛苦和烦恼的。有一对夫妻，每个周末相聚，都要出去散步，风雨无阻，二十年了，他们夫妻感情一直都很好。

《家庭医生》里还写道，婚姻专家们认为，没有对立情绪的夫妻生活既是不可想象的，也是不幸福的，他们的家庭生活会像死水一样，缺乏情感的涟漪。当然，这种对立一般保留在适当限度，较多的是和风细雨，不会掀起汹涌的波涛。我们俩个性都犟，结了婚可得注意，别是狂风暴雨波涛汹涌哦。我知道你性格刚毅，又孤傲，那时你写信讲你是个冷酷无情的家伙，真让我为你难过，哪知跟你接触多了后，才知你的感情是那样的丰富，是别人没有的。我有女人的自傲，也有女人的温柔善良，你那丰富的感情只有我才能享受得到，别的女人是得不到的。

好了，星期六可来接我，要不然我要下村做妇检去了，你就找不着我了。

秦河：

我已破了你布下的天罗地网啦。别以为你瞒得了我，你东躲西藏，其实是想跟我结婚而故意激我的。我的小男人，我知道你想结婚了，你这无赖，得了，得了，我答应嫁给你便是，别再自找麻烦了。忍耐点吧，这段时间我要下乡搞妇检，等我下乡完了，再跟你去领那张有法律保障的结婚证书。哪要你跟我捉迷藏啦。

想来好笑，去年9月你们来春岭搞婚姻调研，你煞有介事地调查我，算起来我要两万元才嫁人呢，你还说，这么贵，谁要得起。医院的人帮算了一下，我身体值二百元一斤呢，像天鹅肉一般，也给你这个癞蛤蟆吃着了呢。记得有一次，我领工资时，发现郑小兰领的每月探亲往返车费比以往多，龙医生告诉我，她和小莫结了婚，探亲往返车费就是夫妻俩工作地之间的路程费了，而不再是来回父母家里的路程了。我估算了一下，我从县城来回要少好多钱，我说那我不结婚了。龙医生还笑我傻呢。哪知，它来得这样快。告诉你，我现在还属于我爸妈的人，再过一个月才属于你的人。

昨天下午，医院的人说我想党校那个人快想疯了，把差旅表都填错。李医生问，党校的那个人，是不是那个又高又瘦的？就这样聊起了你，并建议我脸上要打点粉，要穿时髦些，我说："要是他喜欢我的话，就不会嫌我粗布烂衫，否则的话，这种人要起来有什么用呢？"当然，我相信你不是个只看外貌、衣着的浅薄之辈，否则，我也不会跟你结婚了。

周末见！

秦河：

昨天下午，我去了党校，又不敢进去找你，怕你对我仍是不理不睬，在校门口徘徊了许久，后来遇上你们詹校长，他问我找谁，我只得跟他讲了我们之间的事。我跟詹校长和范主任说，我以为你喜欢郑小兰，但后来才知你并没有喜欢她，可是你总不说出来你喜欢我，我又不能离开你去喜欢别的男人，那太违背良心。

你如果为这事生我的气是没有必要的，要是你喜欢过郑小兰后来又不喜欢了，这也没错。或是根本不喜欢她，你讲清楚不就得了吗？何必一定要我去逐个解释清楚呢？何况今天我打电话去你校，接电话的人说詹校长去省城开会了，范主任也有事回老家了。要我马上找他们解释，难于上青天。等他们回来了，你写信告诉我，我再去向他们解释清楚也不迟吧，何苦生闷气呢？

你今天真神经，居然打电话给周华，说你根本没有要跟我去领结婚证这回事，怎么乱给我开结婚证明。你是不是得了健忘证？我说过破了你布下的天罗地网就去跟你结婚的，现我已破了谜，证明已开出了，难道还要毁了不是？真以为婚姻自由是不是？《婚姻法》中是说过婚姻自由，但不是自由得随心所欲，像玩电子游戏，它只是说，禁止包办婚姻、强迫婚姻，我们俩是自由恋爱，两相情愿，怎么不能结婚，我怎会收回我的证明，我们俩虽有“傻傻的恋情”，也要傻得可爱才是。

我们的婚姻是符合法定、讲究道德的，人家周华开证明又不是随便开的，也要考虑是不是双方同意才会开，他又不是不知道我们俩谈恋爱的事，其间他还给我们牵了好几次线呢。放心吧，我不会给周华的工作带来麻烦的，只是这段时间我要忙了，尤其是7月，农忙季节生病的人多，星期天都不得休息，我们去领结婚证又得推迟，干脆就8月吧，我何曾不想早点披婚纱呢？我的小男人。

第14章

不当老师了

结婚了

出刀了

我要改变你

53　不当老师了

“嘿！吴江，好久没看到你了。”

一天中午，我去县政府食堂吃饭，看到吴江也在，过去跟他打招呼。自他跟唐小妍谈恋爱后，我就很少去找他玩了。我不愿面对他们俩在一块儿卿卿我我，那本该是我的事，却变成了他的事，看着能不让人气短吗？

打了饭，我坐到他身边，边吃饭边跟他聊天，我问：“你怎么跑这里吃饭来了，师范不是有食堂吗？跑来这里吃饭，也太远了吧，比我还跑得远。”

“我调来组织部了，上星期来的。”他说。

“哦？好呀。”

他一直都不想当老师，渴望从政，这下实现夙愿了。我问：“当机关干部感觉怎么样？”

“反正比当老师爽。”

“那倒是，当老师是寂寞的，钱锺书在《围城》里就说，如果有一个人长久没看到，这个人要不就是死了，要不就是当老师去了。”

吃罢午饭，走出食堂，吴江把我拉到远离大路的一棵桂花树下，说：“秦河，干脆你也调来两大院（指县委、县政府）上班吧。”

“我觉得当老师还是蛮自在的。”

“你算个什么鸟老师呀，一年没上几节课。”

“嘿嘿。”

“我跟你说，当老师没劲，翻来覆去就教那几本书、一个标准答案，当一两年足够了。”

“可是在这种小地方，还能做什么?”

“在这种小地方，做什么都没有前途，干什么都做不出成就，唯一能做的就是当官。”

“前途不前途，也就这样了。”

“秦河，不要这么消极地对待自己。俗话说，是金子总会发光的，可是如果你甘愿埋没自己，也就怪不得别人冷待你了。你看好多高中同学，当年没有考上大学，通过招聘考试，做了乡镇干部，现在人家一个个都当上乡镇领导了，还有不少调进县直机关了，一点不输给我们。要是再过几年，你还是老样，说不定人家还做了你的领导，那你这个重点大学毕业生，在别人眼里就成了一坨屎。”

“我想一下吧。”

回到宿舍，我不由得思考刚才吴江的话。说实话，我不排斥当一名老师，愿当一辈子老师，可是眼下这份无所事事的党校老师工作却不是我所愿。就这样在党校碌碌无为地混一辈子吗？我感到了一种悲哀，可是，我不可能调去县里其他学校如师范、县中、城关中学当老师，这是“往下走”，会被人当成笑话，而且去这些烦累的中学同样不是我心中所愿。

看来，只有像吴江那样，改行去当机关干部了。唉，早知这样，还不如当初回来时，就听人事局局长的安排，去县委办当秘书呢。绕了一个圈，又回到原点。

第二天下午，在县委大院门口遇到吴江，我说：“吴江，我想了想，觉得你说得对，我也到两大院来吧，你能帮我想办法调动吗？去哪个部门都行。”

吴江告诉我，他舅舅从竹县调回肯县当人大主任，他调进组织部就是舅舅帮忙的，他可以恳求舅舅帮我的忙。

这时县委办龙副主任走出来，去年跟他一起去春岭乡调研，后来又被他几次抽来县委办帮忙，也算和他很熟了，我将他拉到一角，说有点事想向他请教，我半开玩笑似的问：“龙主任，你们办公室缺人手吗？我调去你们那儿怎么样?”

龙主任端详了我几秒钟，说：“我们这里已经有好几个读书人了，不想再要读书人了。”

我真想说，以前你老是抽我去帮你们干活，那时怎么不想到我是个读书人？但我忍住了，以后少不了还要跟他打交道的，没必要为这点小事闹不愉快。再说，我也不想去县委办，整天看吴小艳的冷脸。

“没事，我可以帮你去政府办问问，去政府办也不错的。”吴江给我鼓劲。

“去政府办可能不大合适。”

“为什么?”

我不得不跟他说了陈小芳纠缠我的事，并说政府办主任陈振涛是她叔叔，估计他是不会同意调我进去的，即使眼下同意了，以后我跟陈小芳闹出不愉快来，他难免给我小鞋穿。

“你这家伙，信息太闭塞了。陈振涛年初就已经不是政府办主任了，他调去外县当副县长了。新来的主任是三潭镇的朱书记，我跟他还蛮熟的。”

我只能说天下很小，肯县更小。我和朱书记也算熟悉，去年 11 月被宣传部抽去搞材料，我就是到三潭镇下了几天乡，也是在三潭镇，邂逅了高中同学、后来成了吴江女朋友的唐小妍。

“行，你帮我打听一下。”

过了十几天，我和吴江又在政府食堂相遇，他说：“你这家伙，上午打了几次电话到党校，都找不到你，你跑哪里去了。我还准备吃了午饭直接去你宿舍呢。”我意识到调动的事有点眉目了，饭也不打了，把他拖到一边，问：“事情怎么样?”

“朱主任同意和你见见面，就今天下午。好好准备一下。”

吃过饭后，我回到宿舍，把身上穿了一个星期的衣服脱了，换了一套干净的，又上街理了个发、刮了胡碴，让自己显得精神点。

下午一上班，我准时去了朱主任办公室，他见到我，十分热情，说：“小秦，好久不见你了。上次你帮三潭镇写的那几个典型材料我看到了，写得很精彩，谢谢你。”

“朱主任过奖了，是那几个村支书事迹感人，我只是润色了一下。”

“哈哈，润色！材料就是靠润色嘛，不润色，再好的事迹都不会感人。”

我们谈得很愉快，看样子朱主任对我印象不错。我临走时，他拍拍我肩膀，说：“小秦，你愿来办公室，我很高兴。过几天我就叫人事局把手续办了。”

只过了三天，范主任就接到了人事局的电话，通知我去办手续。詹校长自然也知道这事，因为我调走，政府办或人事局肯定要跟他打招呼的。他把我叫到他办公室，说：“秦河，你调去政府办，我为你感到高兴，你在党校是屈才了，政府办正是你的用武之地；在县长身边工作，有很大的进步空间和机会……”

我说：“詹校长，我在你手下做事学到了很多东西……”

“哈哈，少来！”詹校长打断我的话，“秦河，我记得你是去年的今天来党校报到的，刚好一年，我看这两天是不是把转正的事讨论一下，要是由政府办讨论你转正的事也不妥。你写个总结。”

我吃了一惊，转眼间我在党校上班就一年了？这一年我都做了些什么呀？我脑子里一片空白，确实，我没做过多少事，只上了五天的写作课，此外就是零零碎碎地被抽去这个单位、那个单位帮点忙了，大部分时间我都是无所事事、东游西荡，这试用期的工作总结怎么写？

我拼命地想，一直想到大半夜，把所有能想出来的所做的事都列上，好歹凑够了像一篇总结文章的字数。

会上，同事们压根儿没兴趣讨论我一年来的工作表现，在我读了总结后，一个个说“过了”“同意”，就议论其他事去了，我白紧张一场。我想是不是我就要去政府办了，他们不想为难我？我知道我在他们心目中形象是很差的，要不然社会上不会有那么多对我的流言，这些流言大部分只有同事才知道，虽然都是捕风捉影，可这“风”也只有同事才嗅得到。要是这样，那得感谢这次赶巧的调动了。

一个阳光灿烂的上午，我去了人事局报到，人事局罗局长亲自将我带去政府办公室，交给朱主任。朱主任亲自将我带到第二秘书科，交给张科长，张科长亲自将我带到一张办公桌前，把我交给这张办公桌。

“你先熟悉一下办公室的情况，过几天再安排工作。”张科长说。张科长矮矮胖胖的个子，显得温柔敦厚，四十岁出头，可头发已经花白了，看来这秘书工作不好熬。据他介绍，二秘共有八个秘书，主要对应服务八个县长、副县长。前不久，有个秘书放出去当副局长了，秘书出现了空缺，所以我才能调进来。

“谢谢张科长，请张科长以后多关照。”我毕恭毕敬。

张科长从档案柜捧了一摞又一摞文件夹放到我桌面上：“这些都是今年以来的文件、材料，你先看一遍。”

我头都大了，这些可不是情节跌宕的小说，而是枯燥乏味的公文，得，硬着头皮看吧。我看了一整天，头比早上又大了一圈，仍未能把桌上的公文看完。

第二天，张科长试着让我给一些单位打打电话，比如叫某某局的局长过来一下，某某县长找他；问某某局，某某事处理得怎么样了，仿佛我是大二的实习生。领导叫做什么就做什么，这是小秘书的做事准则。

下星期一早上，朱主任把我叫到他办公室，说初步安排我做田副县长的秘书，并介绍了田副县长的性格特点、工作作风、办事风格，对我提出了相应的要求，我一一记在本子上。

之后，朱主任带我到田副县长的办公室，将我隆重推出，田副县长中等个子，梳着个大背头，很有型，不过他脸色黝黑，似乎不太搭。他对我和蔼地笑了笑，说：“小秦，不错，好好干。”

“田县长，您先忙，我回办公室了，有什么事我再过来。”我说着准备退出去，田副县长说：“小秦，跟我去开个会吧。”

田副县长分管的是财税、金融、商贸，这次开的会是关于税收方面的内容，地点在县财政局会议室，县直财税部门，乡镇财政所、税务所的领导都来了，财政局局长、税务局局长、财委主任、田副县长轮番讲话，接着一些乡镇财政所所长、税务所所长做典型发言，我听得索然寡味，倍感无聊；领导的讲话都有材料，不需要我做记录，我胡乱地在本子上写写画画熬时间。会议分上午、下午两场，开了一整天，我的笔记本上也画满了猫猫狗狗。

第二天，又跟着田副县长去开另一个会，关于夏粮入库工作的，我又画了一个上午的花花草草。

第三天还是开会。

我感到困惑，难道当秘书就是跟着县长天天去开会？我东游西逛了一年，现在整天坐着开会，简直比关禁闭还难受啊。

第四天，田副县长去云州地区行署开会了，不需我跟随。我坐在办公室起草一份以县政府名义发的文件，其实也没什么好写的，就是照地区行署一份同样内容的文件套。

“小秦，你来一下。”郑县长在二秘办公室门口探了探脸，叫我。

郑县长是正县长，他有什么事应该是叫他的秘书小蒙的，为什么会叫我？我一头雾水，小跑着去了郑县长办公室。

郑县长头颅硕大，眉眼开阔，气宇轩昂，只是嘴里镶了几颗金牙，使他看上去像个道上人物。“小秦，听说你是重点大学中文系毕业的高才生？”郑县长问，我忙答算是吧，只是没学好。郑县长递给我几页稿纸：“我写了一份稿子，你帮我改改。”

一县之长竟然叫我帮他改稿，我心里生出受宠若惊的感觉，心想决不能辜负了县长对我的赏识和信任。回到办公室，我仔仔细细地看起稿来。这是一篇关于“青春无悔”的回忆文章，估计是应某个座谈会、纪念活动而写的，文字实在平淡。听说郑县长是从大队支书一路干上来的，从文章内容看确实是这么回事。我字斟句酌，改错别字、理顺句子、润色文采，稿纸都让我改花了。

过了几天，我拿一份文件到打字室给打字员打，无意中看到她的打字机前放着一份稿纸，感觉眼熟，低头一看，竟是郑县长叫我帮改的那份稿子，我看到，除了几个改错字的地方保留，其他地方都又改回去了。

我顿时面红耳赤，像自己做了错事一般。你可不是做了错事吗，你怎么能大改特改一县之长的文章呢？人家叫你改文章，只是一种谦词，以这个由头给你看一看，让你这个重点大学中文系高才生佩服一下，他也能写文章，你还就真的敢改？太不懂事啦。

也许我没有这种天分，不懂得如何在机关里为人处世。过了些天，行管科从洼澄湖弄回一车鱼，分好鱼后，我拿了自己的一份回去，再回到办公室时，行管科周秘书逮住我问：“秦河，田副县长那份你怎么不送去他家?”我发愣，说不知道他家在哪儿。周秘书摇摇头，说：“算了，我来送吧。”

来政府办上班后，跟两大院里干部来往多了，认识了不少同龄人，时不时聚在一块儿玩。一天下午下班时，遇见吴江，他拉我去喝酒，原来，他的同事何绍才——我也认识——调去云州地委组织部了，请朋友们吃饭。散席后，我问吴江：“他一个中专生，怎么去得了地委组织部？你是本科生，比他高了好几档，要去也应该是你去。”吴江答：“人家有背景，想去哪里不容易嘛，我哪有那本事。”他说，这何绍才前年毕业于云州师范学校，先是分在城关一小当老师，一年后就调进了县委组织部，才过一年，又往地委组织部去了，这些全仗他姨父当着地委秘书长。

“你好歹还有个当人大主任的舅舅。最没前途的是我。”我说。

“没事，我会拉你一把的。过几年，我争取去乡镇干书记，到时拉你去做副书记。”吴江拍拍我的肩膀说。

54　结婚了

一张脸倏地在办公室门口闪了闪，我一见，顿时如被黄蜂蜇了一下，浑身颤了颤。

我思路大乱，正在写的一篇情况汇报也不知如何下笔了。我心头冒出一股火，我重重地将笔扔在桌面上；如果办公室只有我一个人，我肯定会将一张椅子砸烂。

我不仅气愤于陈小芳找到这里来，也气告诉她此事的人。我不知道是谁把我调到政府办的消息告诉她的，但我想应该是党校的人，我觉得泄密的人太不仗义了，明知我在躲避她，为什么还要把这消息告诉她呢？虽然我知道这事最终她会知道，但能瞒一天是一天。

陈小芳又探出半个身子，叫我：“秦河，出来。”

一听她这种自以为是的口气，我更添火气，我冲过去把门关上了。正埋头写材料的张科长抬头问：“是谁啊，你怎么这样对人家?”

“一个神经病。”我说。

张科长走过去打开门，热情地说：“是小芳呀，你找秦河？进来坐。”陈小芳真的走进来了，坐在我对面，嘟着嘴说：“哼，调到这里了也不告诉我。”

我感到无以名状的灰心丧气，我想这下我没办法躲避她了，这里不是党校，全县最闲的地方；这里是政府办公地，全县最忙的地方，我随时都要在办公室待命，我在办公室有做不完的事。我离开不了办公室，我不可能像在党校那样，为躲避她可以整天在外面东游西逛。

我冷冷地说：“请你出去，不要在这里干扰我们的工作。”

“那好，我去你宿舍等你。”陈小芳抓起包大摇大摆地走了。

完了，连我住在什么地方她都知道了。我估计办公室的人大部分都认识这个前主任的侄女，乐于帮她。中午我自是没回宿舍，我去了余小杏那里。

调来政府办后，我在政府宿舍区分了一间平房，就在宿舍区的一个小十字路口，人来人往，一个女孩老是在我宿舍门口站着，住在院子里的干部几乎都能看到。不时有人好心提示我：“你女朋友在你宿舍门口一站就是半天，你怎么不配把钥匙给她？”“跟女朋友吵架也不能罚人家站门口吧，人人都看得见，这样不好。”我也不便说她不是我女朋友，一两句说不清。

陈小芳隔三岔五来政府办找我，而我又不理睬她，任由她在走廊上、大门口站上半天，不免引人猜测和议论，办公室的人更把这事看得诡异。

“秦河当田副县长秘书了，就甩女朋友，嫌人家长得不好看，又是在乡镇工作。”

“肯定是看她叔调去外地了，靠不上了，就甩人家。这人品质也太恶劣了。”

一时间，我再次成为县委、县政府两大院许多干部的话题。我蒙了冤还说不清，解释得清楚吗？说你跟陈小芳一点关系都没有，没有跟她谈过恋爱，谁信？人家一个女孩子，这么不要脸皮？只有男人纠缠女人，没见过女人纠缠男人的，肯定是你做了什么对不起她的事，人家觉得亏了，才会这么豁出去。何况她又是一个领导级人物的侄女，多少未婚男子想跟她“有关系”而不得呢。

朱主任也听到了传闻，把我叫到他办公室，说：“秦河，要注意处理好个人感情问题，不要影响到工作。这里是政府机关，你又是县领导秘书，要注意个人形象。”

我想，我虽然无法向众人解释，但起码可以向朱主任解释，以前他没提这事，也许他不知道，不宜没事找事，现在他既然提到这事了，就不能沉默了，要是朱主任误会我了，我在单位怎么混？

我说：“朱主任，我不知道你听到了一些什么关于我的传闻，但我可以说，这些议论都是捕风捉影，绝对没有的事。我跟陈小芳什么关系也没有，我没跟她谈恋爱，甚至没跟她约会过，是她在纠缠我。”

朱主任思考了一会儿，说：“这样吧，哪天她来找你，你带她来我办公室，我跟她谈谈。”

当陈小芳再一次出现在二秘门口，正好朱主任在走廊上，他将我们俩叫去他办公室。“陈小芳，秦河说他没跟你谈过恋爱，是不是这么回事？”朱主任问。

“你问他咯。”陈小芳眯笑。

“我问了秦河，他说没有。”

“他不承认，我也没办法。”

我跳了起来：“陈小芳，你说话要讲事实，我什么时候跟你谈过恋爱？从你写求爱信给我，我就回信拒绝了你，你拿我写给你的信给朱主任看看，上面有一句我喜欢你、我爱你、同意和你谈恋爱之类的话没有。”

“你虽然没写过这样的话，但我看得出你喜欢我。”

我崩溃了，恨不能涕泪交加、撕心裂肺、呼天抢地地痛哭。朱主任听出眉目了，他叫我先走，由他做陈小芳的劝导工作。

下班的时候，朱主任告诉我，陈小芳答应不再来找我了，我对朱主任表示感谢，但我对这结果半信半疑，虽然朱主任处理问题能力强、威望高，但这个陈小芳是一般人吗？

陈小芳果然不再来办公室了，我暗暗佩服朱主任有水平，让我头疼了近一年的烦恼他三下五除二就给解决了。不想有一天县妇联葛主任找上门来，她说：“秦河，你和陈小芳是怎么回事？她找到妇联，要我们为她维权。”

“她要维什么权，我又没侵犯她的权益。”

“她说要跟你结婚，你不答应。她都把结婚证明开好了。”

葛主任递给我一封信，是陈小芳写的，只见信中这样写着：“……现在秦河情绪有些波动，不愿跟我结婚了，麻烦你们好好劝导他。他本性是好的，只是固执些，纵使牛都教得变，何况他是受过高等教育的人呢，又正当年华，很容易接受新生事物的，拜托了！”

我差点跺脚发誓：“天地良心！我跟她半点关系都没有，她想跟谁结婚就跟谁结婚呀。不信你问问小高，她对这事最清楚。”

“小高也跟我说过，说陈小芳一厢情愿，但陈小芳坚持说你只愿跟她谈谈恋爱，不想跟她结婚。”

“谁跟她谈恋爱了，你叫她把我写给她的信拿出来看，就一清二楚了。”

“这个陈小芳也真是，下次再找我们，我得好好批评她。”

我想这事越闹越大了，非让全县的机关干部都知道不可。以前她跑去偏僻的党校纠缠，知道的人还不多，现在肯县两大院，甚至更多机关单位的人都知道这件事了，叫我如何做人？我感到我正被卷进一个旋涡，可我一点摆脱它的办法也没有，只有一点点地被它淹没。

我和陈小芳的“绯闻”也传进了余小杏的耳中，有一天我去她家玩，她对我说：“听说你要和陈小芳结婚了，祝贺你啊。”

“去，不要嘲笑我了。”我苦笑。

我把事情的原原本本说给她说了。对与我不熟的人我没办法解释，对常跟我在一起玩的人，我得把事说清楚，要不然朋友们会把我当坏人，一个个远离我。余小杏听了，乐得直笑，说：

“有人想着要嫁你，多好的事，身在福中不知福。”

“要是我天天逼着你嫁给我，你幸不幸福？”

我到余小杏家玩时，她经常叫几个闺密过来一起打扑克，我跟她们混熟了，其中一个叫黄思洁的，是中医院的医生，我跟她竟相当谈得来，成了无话不谈的朋友，不过她已经结婚，老公在外县。她跟陈小芳也算认识，知道这人有点“一根筋”，对我的遭遇深表同情，她向我提建议说：“看来你得赶快找个人结婚，让她死了这条心，要不然她会一直缠住你。”

我想也只能如此了，虽然我不想这么早就结婚，也没有一点结婚的物质条件，但由不得我了，只是我跟谁结婚呀？我现在连个女朋友都没有，而且我臭名远扬了，谁会愿意跟我结婚？

黄思洁问：“你觉得余小杏怎么样？”

“什么怎么样？”

“你跟她结婚呀。”

“这……”

我这段时间虽跟余小杏打得火热，一方面只是觉得跟她在一起玩得开心；另一方面是为躲避陈小芳，把她这里当“避难所”，我跟她连半点爱情火花都没燃起过，遑论谈婚论嫁了。

“我觉得她是个心地善良的女孩，对你也蛮好，你不如就跟她结婚好了。你说，你喜不喜欢她？”

“她是蛮讨人喜欢的，只是我跟她认识才两个月，最多只有好感。”

“现在不是情况特殊嘛，就不要走常规程序了。”

“她愿意吗？我现在臭名远扬，女孩子一个个对我唯恐避之不及呢。”

“她没有躲避你呀，你天天来她这里玩，她都不嫌你。”

“这我很感激她，可是她不嫌我不等于就愿意嫁给我。”

“我帮你做做她的工作。”

黄思洁是怎么做余小杏工作的，我不得而知，不久黄思洁告诉我，余小杏愿意跟我谈谈结婚这件事。

我们三个人坐在一起正式商谈。余小杏一改往日大大咧咧的性格，变得温婉、羞怯，说话也细声细气了。看我的时候，眼睛里多了一种别样的意味。黄思洁做了开场白后，余小杏嘟着嘴说：“恋爱都还没谈，就要跟人家结婚。”

我说：“我们先打了结婚证，再慢慢谈恋爱也可以的，古人不都是这样的嘛。你要是觉得我们确实合不来，等过了这阵子，你想怎么着都成。”

余小杏又说：“人家才二十岁呢。”

我说：“《婚姻法》规定，二十岁就可以结婚了。”

黄思洁骂我："你会不会说话啊，人家的意思，是她年纪小，要你心疼她、宠着她。"

我连忙点头，连声说"对"，又向余小杏表决心说："小杏，我绝不会让你失望的。我一定会对你好，不让你受半点委屈……"

余小杏说："在我表态答应不答应之前，可不可以先去你家里看一下，见见你父母？"

我不理解她说这句话是什么意思，黄思洁笑说："看看就看看呗，丑媳妇迟早要见公婆的。"

星期天早上，我带着余小杏，在黄思洁陪同下，骑自行车回我的老家，一个偏僻的小村庄。漫长的机耕路，没完没了、忽高忽低地穿行在松树林和丘陵中，到家时，人都被震得快散架了，还出了一身汗。我家是个贫困之家，房屋虽是瓦房，但早已破旧，我感到羞愧。

我突然带两个大姑娘回家，把父母、哥嫂吓得不轻，手忙脚乱地收拾屋子，去巷子里捉鸡。好在我们路过双江镇时，已买了很多菜，不需要他们劳神找下锅菜——在这穷乡僻壤，要一下子找出能招待客人的菜肴还真不容易。

在我家，余小杏显得矜持、文静，话也不多。我忘了跟家人介绍谁是我女朋友，他们对她们两个很热情，却也拘谨。父母是本分人，不善言辞，只一个劲儿地劝她们"别客气哦""夹菜哦"。

吃过午饭，我们又匆匆回了县城。

第二天中午，我去余小杏家，却是铁将军把门，我以为她去黄思洁那里了，又去她宿舍找，黄思洁说："没来我这儿。"我问："昨天她对我家的印象怎么样？"黄思洁说："她没跟我说，我也不好问她。"下午，我又去她上班的地方找，她的同事告诉我，她请假了，说是有事回老家几天。难道是回家征求父母意见去了？我心里忐忑不安，感觉事情越搞越复杂。

这也太兴师动众了，在我的意识里，我们并不是正儿八经地结婚，只是一场化解我危机的"婚姻秀"。

两天后，她回来了。看到我，她显得很高兴，我问："你父母的意见怎么样？"

“什么意见?”她愣了一下，又说，“我没跟我父母说呀，是有其他事回家的。”

我想我误会她了，她其实也清楚这只是一场秀，我们才认识两个月，就步入婚姻，岂不是对婚姻太儿戏了?

“那我们去不去领结婚证?”我问。

“去啊，”余小杏直愣愣地看我，“是不是后悔了?”

“我是怕你后悔。”

我们商定第二天就去镇民政办领证，下午，我们分头在各自单位开好了结婚相关证明。

第二天早上，阳光灿烂，万里无云，真是个办结婚证的好天气。我请了假，骑上自行车，前往中医院，余小杏已经在大门口等着我了。她穿了一件浅红色的套裙，很新，光彩照人，以前也没见她穿过，应该是新买的；而我，穿的是一身旧衣服——有些褪色的蓝衬衫、浅黑色直筒裤、塑料凉鞋，两人太不搭了。我本以为领证只是做做样子，不用郑重其事，我有些不好意思，她没有注意我的表情，我的单车一停下，她就跳上了后座。

我搭上她，直奔一公里外的肯州镇政府民政办。坐在后座上的余小杏悠然自得，时不时晃晃脚，我防不胜防，单车被晃得轻微摆动时，她便又扯紧我的衣角。

办证后，回到县城，路过一家影楼，余小杏拉着我进去拍婚纱照。我问：“这也需要拍?”余小杏说：“要拍的，简单拍几张就成。”拍照过程中，余小杏和化妆师、摄影师又说又笑，显得很开心，满屋子回荡着她那地动山摇般的笑声。照合影时，我换上了影楼的一套西装。

晚上，余小杏做了一桌好菜，买回一瓶葡萄酒，邀请黄思洁、小琪、小蓉、阿华、小可等她的几个闺密，小小地庆贺了一下。

夜渐渐深了，余小杏的几个闺密先后离去，屋子里只剩下我和余小杏时，我站起来，向她告辞，要回我的单身宿舍。余小杏嘟起嘴说：“洞房花烛夜，新郎要逃跑。”

“可是我们……”

“我们是夫妻了，受法律保护的夫妻。”

"我们只是……"

"我是认真的，不是跟你演戏给谁看。"

我留了下来。洗漱之后，我们走进了同一间房，我们上了同一张床，小杏睡里侧，我躺在外侧，刚开始我们是平躺着的，一齐望天花板，后来小杏侧身看着我，我迟疑了一会儿，才伸出手放在她肩胛，她钻进了我怀里……

几天后，当陈小芳出现在我宿舍门口时，我不再心慌意乱，我拿出特意带在身上随时准备着给她看的结婚证，晃了晃，义正词严地对她说："陈小芳，我已经结婚了，请你不要再来打扰我。"

陈小芳吃惊得脸都变形了："她是谁?"

"没必要告诉你。"

"我会知道的。"

"知道不知道，对你一点意义都没有，何必自寻烦恼?"

"我结婚证明都开好了，你为什么还要跟别人结婚?"

"我从来没有说过要跟你结婚。"

我快步离去，走到转角处，扭头扫了她一眼，她仍呆站在原地，一动不动。

55　出刀了

高屹站在长华路上。

他也不知道自己为什么来到了这里，他住在崇义路，离这里有六七公里。他睡到中午才起床，去街边小吃店吃了午餐后，就不知道要做什么了。他在街边毫无目的地走，路过一个公交站时，刚好有一辆公交车停下，他就上了车，一直坐到了这里，因为这里是终点站。

后来他想起来了，这条公交线路是他此前从旅社去徐娜那里常坐的线路，只是去十五中应在前两个站下车再转车，他一直发呆坐过站了，才坐到这里的。

前几天他打电话给徐娜，说他回肯县去了，这只不过是一个迷惑计，他怎么会回肯县去呢？他和徐娜的事还没完呢。至于怎么样才是完，他也不知道。他心里清楚，徐娜是不可能跟他结婚的了，更不可能和他去肯县，但他和徐娜的问题已经不是这两方面的问题了。徐娜成了他“纯粹的敌人”，一个让他活得有冲劲、有斗志的“敌人”。

不过这几天他并未去找徐娜，他知道找也没用，不说有徐泽阻截他，近不了徐娜身，就是站在徐娜面前，又能怎样？解决他和徐娜的事不在乎这几天，所以这几天他都是在住处周围闲逛。

他沿着长华路闲逛。长华路不在市中心，但也是一条比较繁华的路，号称服装街，几乎所有门面都是服装专卖店，被称作省城的时尚窗口，这里所卖的衣服都是广州、上海、深圳最新出的新款服装。以前他和徐娜就经常来这里逛街，他给徐娜买了不少服装。

一家装修豪华的服装店，贴出了换季大减价广告，店里一派热闹景象，他也挤了进去。这家店他和徐娜来过几次，也买过衣服。曾有一件浅绿色中褛，款式新颖时尚，也很合身，徐娜很喜欢，只是价钱贵了些，当时没有买下来。他不由得朝挂这件衣服的那排衣架走过去，这件衣服还在，减价至三折。他立马把衣服取了下来，走向收银台时，才想起已经不需要买了，他苦笑一下，把衣服放了回去。

逛到路尾时，他看到了一家五金杂货店，他毫无目的地走了进去，东看看西看看，看到货架上摆着一排刀，有菜刀，有水果刀，他心里一动。他脑前浮现出前几天徐泽提着扳手追赶他的情景，还有骂“废了”他的话，他觉得有必要买把刀带在身上。

他选了一把能折叠的水果刀，把玩了一下，刀的弹性很好，手指一推，刀刃就弹出来了；一摁，就进了钢鞘。他付了钱，把刀放进口袋。

他无意中看到了墙上的一只挂钟，挂钟上的时间正指向四点半，他突然像接到什么指令似的，精神振奋，热血沸腾，仿佛全身的细胞都在燃烧。

下午四点半是徐娜往日下课的时间。

他叫了一辆停在街角候客的出租车，直奔十五中。

在十五中校门斜对面的小巷子里下了车，他观察校门口，不见徐泽的车子停着，看来徐泽不再接送他姐了。“我以为你要接送一辈子呢。”他自言自语骂一句。他倚在墙角，远远地盯着十五中校门口。

那个熟悉的身影出现了，她斜背着一只包，走路的时候，包在她大腿上一弹一弹的。门卫跟她打招呼："徐娜，回去了。"徐娜笑着说："没课了，还不回去，你给加班费呀。"

看到她出了校门，往回宿舍的路走，他从墙角闪出来，横穿马路，快步朝她走去，距离徐娜七八米时，他喊："徐娜！"

徐娜看到他，却如见了鬼一般，神色慌张，疾步行走。"徐娜！"他又喊了一声，徐娜小跑起来。"徐娜！"他大声喊，但徐娜仍不停步。

高屹愤怒了，脑子里像有一个庞然大物向他发出了冲锋指令，他掏出了刀，弹出刀刃，向徐娜追去。徐娜穿的鞋跟有点高，跑起来一晃一晃的，还有一扑一扑的包也削减了她的速度，很快被高屹赶上。"我叫你跑！"高屹朝徐娜背部刺去。

"啊！"徐娜短促地叫一声，打了个踉跄，她直起身，继续跑。高屹三步并作两步，到了她身后，揪住了她的衣领。"放开！"徐娜反身要打他，慌乱中抓住了高屹刺向她的刀，刀勒进肉里，手掌钻心地痛，她条件反射地放了手。"你跑，叫你跑！"高屹朝她身上连扎几刀。

"救命啊——"徐娜一边挣扎一边呼叫。

"嘿！你放开她！"一个中年男子追过来了。他是十五中的门卫，他上前一步，想抓住高屹持刀的手，高屹反手在空中一划，差点划到他的脸，他不得不后退了几步。

又一个十五中的老师冲过来了，他是方越，高屹看到他，分外眼红，拿刀尖指着他，"你来！我先杀了她，再杀你。"由于高屹脚步晃动，徐娜被拽倒在地，跟着左右摇晃，她趁高屹与方越对骂，想爬起来，反使背部更加凸显在高屹的视线里，"你还要跑！你还要跑！"他朝她的后背连刺了几刀，此时的徐娜成了一个血人。

趁着高屹背过身扎徐娜，方越抬脚奋力一踢，击中高屹的屁股，高屹连连后退，抓住徐娜衣领的手松开了，徐娜爬起来逃跑，但只跑了几步就倒下了。高屹追上去，骑在她身上，一刀接着一刀地扎。"你还跑！你还跑！"高屹像念经似的，翻来覆去骂着这句。

再不夺下高屹的刀，徐娜就性命难保了！门卫和方越豁出去了，扑上去，一个抓住高屹的右手臂往后扳，一个抓住他的肩部朝后拉。高屹的手臂似乎力大无比，任他们如何使劲儿拉，就是无法扳过他的手臂向后，而且高屹的手仍能不停地在徐娜身上戳刀。

又有两名男子冲过来了，他们手上各拿了一根竹棍：“放手！不放手就打死你。”门卫说：“别把人打死了，打他的手！”两男子打高屹持刀的手，但高屹很抗打，手腕被打得鲜血直流，他仍没停手。嘴里在喊：“你们走开，不关你们的事！”

“不行了，打死人也顾不得了。”一男子高举竹棍，朝高屹头部狠狠砸了两棍。高屹倒下了，拿着刀的手还在抖动。

看到徐娜血肉模糊，倒在地上，方越朝站在门口观望的几个老师喊：“快叫薛师傅开车过来！”一辆小轿车路过，方越招手，小车迟疑了一下，变道飞驰而过。

一辆面包车冲出校门，驶过来了，围观的人纷纷闪开，方越、门卫等人抬起徐娜上了车，面包车迅速向附近的第三医院驶去。

这时，一辆警车开过来了，下来两名警察，问：“发生了什么事？”有人指着倒地的高屹说：“这个男的要杀一个女的，那女的已经被送去三医院了。”

俩警察看了看一身是血、倒地不醒的高屹，将他抬上了警车，警车向三医院呼啸而去。

“啧，啧，太残暴了，从没见过这么残暴的人”，“那女孩估计被他扎了几十刀”，“这人是谁啊，从哪儿来的，会不会是个疯子？”“听说他们曾经是一对恋人……”围观的人们论论不止，久久不散。

56　我要改变你

秦河：

我愿是你的知己，你已是我的知音。而且我们都已中情中意，我们结婚吧。鲁迅赠瞿秋白：此生得一知己足矣，斯世当以同怀视之。

托马斯·曼说：求爱的人比被爱的人更加神圣，因为神在求爱的人那儿，不在被爱的人那儿。看来我比你伟大，看你还神气啥。

两性基于相互的爱而结合，是婚姻成功的最基本因素，但又绝不是全部原因，人之所以恋爱结婚，主要是为追求亲密伴侣——生活上、事业上志同道合的朋友。爱神告诉我，你的心已全部被我占有，下一步就是使你成为我的亲密伴侣。时至今日你心里也明白，我们有共同的语言、共同的志趣、共同的向往追求、共同的思维。

秦河，我知道了，和你结婚的女孩名叫余小杏，是中医院的洗瓶工。顾小晴以前跟我说，你有女朋友，是县医院的，我还不信，现在我信了，只是她把余小杏的单位弄错了。

原来你爱余小杏，也爱我，而同时我也爱你，余小杏也爱你。现在，在你爱的天平上，哪边该加砝码了，权力完全在于你。你自己选择吧。恋爱自由谁也不能干涉。柳青说过："人生的道路虽然漫长，但紧要处常常只有几步，特别是年轻的时候。"爱情的选择是其中一步，希望你把好这一关，不要错失良机。

秦河：

请你看看昨天《云州日报》，上面有一篇文章《人间的魅力》讲道，年轻没傲气，长大不成器。对年轻人的傲气，人们应该正确理解，如果具备下列两个因素，应该允许有这种傲气，一是出于没有私心的公愤，坚持正义与道义；二是坚持己见，也留有余地。虽然要坚持自己认为是正确的意见，但也应听取他人的意见，充分听取别人的意见后，依然认为自己正确，那你就走你自己的路。

我们俩就是这样的，要不别人怎么会说我们神经。同事、朋友、前辈越劝，我越不服气。他们用他们的眼光看问题，我们却坚持己见，就像一句名言说的，"走自己的路，让别人说去吧"。今天下午，我、顾小晴、张小荣、杨晓冰在县医院门口邂逅，她们根据道听途说，说秦河已经结婚了，我还要去找他，太不应该。我说，秦河和余小杏的婚姻是合法的，却是不合乎道德的。她们问为什么？我说秦河的心在我这里，他跟余小杏结婚就是不合道德的。她们劝我劝不奏效，气愤至极，说："要是可以打人的话，我们非一齐揍你一顿不可。"她们就是杀我也无用了，纵是谁也拆不散我们。

我叔叔知道了我的事，也骂我蠢，我跟他讲，要和你合写一篇文章，内容是“用道德说服法律”，他生气地说：“你去跟他写嘛，写给万里委员长嘛，他管宪法的。”我把我的想法说给阿郑、小晴听，她们说，这是不可能的，道德怎么能凌驾于法律之上呢？告诉你，我就要去做异想天开的事，我现在正在找资料呢，到时你可别推托，不愿和我一起写。为了我们两个神经鬼，肯县出了那么多瞎子。

明天就是星期六了，知道吗？我又可以去县城看你了。

另：请你也看看今天的《云州日报》第三版一篇文章，《文学创造力和精神病》，我认为值得你读一读想一想。

秦河：

这个星期天，我们要搞妇检，一天都没空，不能去县城见你了，我们在梦中见吧。愿你周末快乐。等我搞完体检就去，大约在后天吧。

你奇怪我奶奶会托梦给我，要我跟你好吗？我不奇怪。其实我奶奶早就知道你这个人了，记得去年国庆节，我和夏小秋回我家看我奶奶，到了县城，我去喊你跟我们一起去玩，你说没有空。我不好意思强求，就回家了。在家里，奶奶对我和我姐说，你们年纪也不小了，该找得人了，一定要找个好人、靠得住的人，只恐怕我看不到两个孙女婿了。当时我奶正病重，她是流着泪说的。我安慰她老人家说：“我找到了，他是个很好的人，有才学，人又好，会待我好的，本来今天想带他来的，但他说有事来不了，我下次一定带他来。”奶奶笑了，说：“小芳，你要好好待他，不要惹他生气。”当时我爷爷在，我婶也在，都责怪我怎么就说服不了你来看奶奶。

还有一次，是星期天，我、郑小兰一起邀你去我家玩，你说父亲生病了，要回去看望，没跟我们去。我当真了，不知你是不是说谎？那天到三潭镇上，下起了大雨，我心里慌慌的，有一种不祥的预感。正犹豫要不要冒雨赶回去，我姑找来了，说：“小芳，你还不回家，奶奶死了。”当时我心里有多难过。心想，我怎么会找个这样无情无义的人，害我在奶奶去世前见不上她一面。在我下决心要重新找个重情义的伴侣时，就梦见你来向我道歉，我一时心软，就没离你而去。后来你一再躲避我，我再次决心离开你时，我奶就托梦给我了，要我和你好下去。我信了，而且那时我对你已有些了解了，也就继续和你好下去。不管有多少波折，现我俩心心相印，息息相通了，我会等你回心转意的。

吻你。

秦河：

昨天晚上我做了一个梦，你像天使一样，飘然而至，走进我宿舍，面带微笑，你说："小芳，有句话憋了好久，今天我一定要说出来，我喜欢你！"你把我拥进怀里，热烈地吻我，吻我的额头，吻我的嘴唇，吻我的胸……你这个无赖，终于把我占有了。

我知道你想做爸爸了，又要增多一个社会角色了。梦里你对我说，再过一年我们将有一个活泼可爱的宝宝降世，有一个幸福美满的家了。相信你是幸运者，这一切都会有的。我老实告诉你，你和那个没有头脑、没有教养的余小杏不要再演戏给我看了，趁早分手吧。我还有那么多的事要做，那么多的问题要考虑，有些是必须要和你商讨的。我告诉你，不要再这样顽固下去了，不要再这样冷漠下去了，我要改变你！除非你是个白痴。

这几天工作都忙，包括星期天在内。这个星期我不去县城了。

天下雨了，昨晚上"哗啦啦"地下了一夜，风雨交加。路面难走，上班时多加小心。

吻你，你这个无赖。

第15章

两个女人的笔战

阳台上的战斗

停职

你们赶快去离婚

57　两个女人的笔战

余小杏：

你好！我是陈小芳，想必你知道我是谁。收到我的信你别见怪，我作为一般朋友奉告你，爱神要我捉拿秦河的心，我已拿到了，现在，你身边的秦河只是个没有灵魂的躯体。休怪我自私，实在无法，是爱神的支配，缘分的牵引。

也许你爱秦河，也许秦河也爱你，但我想麻烦你看看《爱情启示录》这本书。想想你给秦河的爱是什么，秦河给你的爱又是什么。世界上的爱有千种万种，但高尚的、纯洁的爱只有一种，我敢断定，假如你和秦河结了婚，生活是不会幸福美满的。因为他的心我已偷到了，我们的心已形成同心结，分不开了的，你得不到他的心。

我们有共同的语言，共同的志趣，共同的向往，现在，如果你能放弃秦河的话，我将终生谢谢你。如果秦河损害了你少女的贞洁，我愿意叫他赔偿你的损失。如果你不放弃的话，我亦无法，我将以失去女人的自尊和个人人道主义的决心，强迫秦河和我结婚，随便你恨我、恨秦河也罢。不过我希望我们不要成为仇敌，见面时是好朋友。我希望你去俘获你真正的意中人的心，他在等着你。和一个有灵魂的人结婚，才会幸福。

陈小芳

陈小芳：

你好！收到你的来信，真让我感到惊讶，我认为，你与秦河的事，仅仅是你的单相思罢了，这点我可以理解你。你叫我放弃秦河，不，我不会放弃他的，爱情是自私的，哪怕还有一点希望，我也不会放弃他的，这点还请你理解我。何况，他也非常非常地爱我。

我为你感到遗憾的是，我俩已没有了竞争的余地，因为我和秦河已结婚，法律好像不允许第三者插足。陈小姐，你是个受过良好教育的人，又是个热情开朗、美丽大方的姑娘，一定有不少追求者，你一定会找到比秦河更好的他，我衷心地祝你们幸福，也请你衷心地祝我们幸福。在心里默念就行了，不要再写信给我，我不想看到你的信，不想跟你费口舌。

余小杏

余小杏：

你好！你们俩结婚，叫我说什么好，我只能说愿天下有情人终成眷属。我不知道你们为何要这么快就结婚，你认识他才多久，你了解他吗？你想过你们结婚会幸福吗？秦河的心早就被我掏走了，你注定得不到他的心。

恋爱结婚，主要是追求亲密伴侣——生活上、事业上志同道合的人，如不能志同道合，就建立不起真正的爱情。你想你们能建立真正的爱情吗？你们俩结婚也许是自愿的，但绝不是秦河的心中所愿，他不是个平庸之辈，他有理想，有抱负，因此更希望找到一个有共同语言的女性做伴侣，一起比翼双飞。他曾表露过“人生少知己”，我说愿意做他的知己时，他却和你在一起了。我要他跟你分手，他不忍心，说那样是欺骗你的感情，他说跟你结婚也许会幸福，但他就碌碌无为了。由此，我自信能偷到他的心，和他结良缘，扶助他做个时代的栋梁。

他的心已属我所有，我要他和我结婚，他却急忙跟你结婚，这就是他的不对了，以后他心里想的都是我，会让你受委屈。你说你们的爱情是高尚纯洁的爱情吗？要是你为了自私的爱情不愿放弃的话，就是你的不对了，你不是他的知音，要是他一生无所事事，你岂不是成了时代的罪人？你想你能促成他事业成功吗？要是他失败了，你能鼓励他重新振作吗？要是他真的一蹶不振，他的怒气就会爆发，你能承受得了吗？到时候你后悔也来不及呢。

原先，他向我诉苦时，我就想过，他既不忍心弃你而去，我只有失去女人的自尊拼命地去纠缠他，我想要是你明白我的心意的话，你会主动劝他的。哪知你却为了自私的爱情而不愿放弃。我只有牺牲个人人道主义求你跟秦河离婚（《婚姻法》中讲婚姻自由，离婚也自由），让我们成眷属，你再去找一个会用心爱你的人，那我们各自都会拥有和睦幸福美满的爱情和家庭，不是吗？求你大公无私，终生感谢！

陈小芳

陈小芳：

真不知该怎么回答你。世界上没有不自私的爱情，如果你的爱情不自私，为何又跟我争秦河？我也求你大公无私，不要再纠缠秦河了，放弃他吧。他跟我说，他只是一个普通人，成不了时代的栋梁，不值得你爱。如果你还要一直等下去的话，我只好让你失望了，我们不会离婚的，我们会恩爱一辈子。

陈小姐，青春易逝，红颜易老，赶紧另觅知音吧。生活中不可能像小说电影里那样富有诗情画意，现实点吧。希望你做个自尊、自爱、自强的女性。

余小杏

余小杏：

你敢让大家评评理吗，我们俩谁更配得上秦河？

年龄：在选择伴侣时，男女年龄之差不超过2—3岁为最佳。因为，从生理上看，女人体内分泌的雌激素使女人的寿命延长，相反的，男人体内分泌的雄激素会缩短男人的寿命。女人性成熟早，也早衰，男人却相反，俗话说女人十八一枝花，男人三十一枝花。秦河和我同岁，正相配，而你比秦河小四岁，明显不合适。从《婚姻法》看，提倡晚婚晚育，你才二十岁就结婚，不合法。另外，要缓和男女生理差别矛盾，让家庭幸福和睦美满，夫妻白头到老，那么女人就要培养自己的内在魅力，来吸引男人对你长久的爱，这点你做不到，因为你没文化，根本不知道怎么做。你只能是个早开早谢的温室之花。还有，男人要树立事业心，以对未来的追求来延长自己的寿命，要是你不让秦河和我好，你只能使他意志消沉，你就没了良心。

学识：你和秦河是天壤之别，你只有初中文化，而秦河于重点大学毕业，只有你这个笨货才不知天高地厚，死死纠缠秦河不放，《宪法》上也是不允许的。

心理距离：你学识少，涉世浅，头脑简单，可秦河却是受了高等教育的人，见过世面，你们俩之间最多只存在性的吸引，除此之外无一可称道。

外貌：你亦不漂亮，粗俗得很，不成体统。除了比我高点外，别无长处。

你说我傻里傻气的，到底是不是因为你太笨了呢？

你要我自尊、自爱、自强、自重，我做了，你却失去了这样做人的资格，好好理解自尊、自爱、自强、自重的含义吧。

你说我单相思，我亦承认，但要是我改变了秦河，让他的“铁石心肠”变软后，我们就会相爱了。

你说秦河非常爱你，我无法确认，世界上的爱有千种万种，但高尚的、纯洁的爱只有一种，这种爱你从秦河那里得不到。

我们妇联见！让众人评评理吧！

陈小芳

陈小芳：

你真是个猪八戒倒打一耙。今天上午十点钟，我在妇联门口等了一个小时，也不见你的人影，回来的时候在半路上听一同事说，有人打电话给我，想必是你吧。你既然知道我的地址，为什么不来我家跟我叫阵？还有，你昨天晚上塞字条进我家里，为什么不写时间？这说明你虚伪的一面。要有胆，再约个时间，如果你不敢了，说明你已经失败了。

没见过你这样厚颜无耻的女人，敢当着一个女人的面抢她老公，可以当天下第一“三八红旗手”了！你这样纠缠我老公，就能得到我老公吗？你在我老公面前还有没有女人的自尊？你连爱秦河的资格都没有，你不配！

他讨厌你，非常非常讨厌你，你知不知道？你还傻里傻气的，自以为是，世界上竟有你这么下贱、卑鄙无耻的女人，简直是丧失民族自尊的下流坯子。

余小杏

余小杏：

你这个笨瓜，我根本就不想跟你讲了。什么叫“民族自尊”，懂吗？问问秦河吧。我真应该把你写的信拿给妇联的人看看，让她们知道你这个笨瓜是怎样扼杀一个有学识的人。你笨得出奇，跟你说什么都不懂。我还跟你说什么呢？从相貌、才学、品德、家庭来看，我都比你好。撒泡尿照照自己，你像不像个癞蛤蟆。讲我不配秦河，没资格爱他，是你瞎了狗眼。我讲你是个白痴，只知道嫁人、传宗接代的低级动物，没有头脑的，根本不知社会的发展需要，你将会被社会淘汰的。请你不要再口口声声，左一句“我老公”，右一句“我老公”，牙齿怎不掉两颗，脸怎不红一下？你只能算作他的情妇，不是志同道合的妻子，丢尽女人的丑。你现在还小，趁机多看点书，多观察社会的发展趋势，这样生活才有意义。

莫说去妇联，就是上法院我都敢，要是你不知天高地厚，等我做完报表后去你单位找你！休怪我无礼了，实在是你不识趣，不给别人骂一通是不心服口服的。我都有点问心有愧了，这样贬一个人。

陈小芳

陈小芳：

我已对你说过，我讨厌你给我写信。从此来一封撕一封，更不会再回你的信，请你不要再骚扰我。

我是没你才深学高，且漂亮风骚，而且我也笨得出奇。是的，从相貌、才学、品德、家庭来看，我都比不上你。奇怪啊，秦河为何偏偏看中我呢？像你这般出色的姑娘，真是打着灯笼无处寻啊，他不娶你做老婆，我都觉得可惜了。可他就偏不娶你，遗憾啊遗憾。

来吧，我等着。不知是谁臭骂谁呢。

余小杏

58 阳台上的战斗

我以为我结了婚，陈小芳就会失望而退，然而我想得太简单了，她那要扶助我、把我打造成“进步青年”“风云人物”“时代栋梁”的决心依然未变，而且还添了一份着急，为我继续“堕落”、安于“平庸”而着急，为她不能与我“比翼双飞”而着急，为我这个“煮熟的鸭子”飞走了而着急。

她要降服我的行动越挫越勇了，手法也从苦口婆心变成了胁迫行动。

一天，我去我的单身宿舍拿点东西——我虽然和余小杏结婚同住了，但宿舍里大部分东西并没有搬去她家——掏出钥匙，却捅不进锁孔里，仔细一看，发现被塞进了一根火柴。我骂着某个不知名字的捣蛋小屁孩，找来铁丝，把火柴杆掏出来了。

又一天，我再去宿舍，发现锁孔竟然钉进了一颗铁钉，显然是某个成年人故意为之。我意识到应该是陈小芳在跟我作对。我没有把铁钉取出来，因为取出这一颗，还会有另一颗钉进去的，我不住这里就是了。

又一天上午，我停在政府办门前的单车，被人用一条铁链锁住了后轮，我到司机班找来大铁钳，把锁链剪断了。我没有向朱主任汇报这些事，我想我要做的是忍，忍，忍。

又一天中午，我停在余小杏家门口的单车，两个轮子都被人拔掉了气门芯。我感到吃惊，不是为气门芯被拔掉吃惊，而是吃惊于陈小芳终于找到余小杏家来了。你纠缠我，我无所谓，我忍就是了；但是你要到余小杏家里寻事，找余小杏闹事，性质就不一样了。

我搞不懂她做这些小孩子耍脾气般的事有什么意义，凭这些小伎俩就想让我屈服，叫我求饶？太小看男人了吧。我只担心给余小杏带来困扰，我把事态跟余小杏说了，余小杏有些不知所措，说：“那怎么办？我家又不是独门独户有围墙，还是住一楼，她提桶汽油就可以我把家烧了。”

我为麻烦延烧到她身上感到抱歉，余小杏说：“一家人不要说两家话。”

我叫她走在外面的时候小心点，眼观六路、耳听八方，随时防备着有可能从暗处飞向她的石头、砖块、瓦片。她倒劝我：“没那么可怕，一个女人，能做出什么危险的事来？”

接着，余小杏收到了一封封陈小芳写的要她跟我分手的信，我叫余小杏心平气和地给她回了信。

一天，陈小芳出现在余小杏洗瓶子的工作间，“理直气壮”“义正词严”地要余小杏去离婚，仿佛她是正妻，余小杏是第三者。余小杏没跟她争吵，躲进里间，关上了房门。旁人把陈小芳劝走了。

接着，余小杏家的房门上，被人用毛笔写了两个大字：离婚。

事情发展到这一步，已经变成闹剧了。她这么一个有理想、有追求、有志向、好为人师的人，怎么就变成了一个无理取闹的泼妇？我百思不得其解。

我频频劝余小杏：“能忍就忍吧，不要惹她，她来找你本就是想闹事的。你惹她，正合了她的意。”余小杏说：“我懒得理她。她想贱就自己贱好了，我不想陪着犯贱。”

又一天傍晚，我和余小杏刚吃罢晚饭，坐在客厅看电视，突然房门“哐！”一声巨响，被人砸了一砖头，我们知道是谁干的，忍住不作反应。过了几分钟，“嘭！”房门又被人踢了一脚。余小杏要起身，我按住她。

第二天，我不得不把发生的事向朱主任汇报了，朱主任沉思了一会儿，说：“我跟卫生局骆局长说说，叫他劝劝陈小芳。”

我又去找妇联，请求她们出面做做陈小芳的思想工作，希望她饶了我、放过我、唾弃我。小高看着我，一脸认真却又想笑，说：“秦河啊秦河，你既不是万人迷大帅哥，也不是全国十大杰出青年，怎么就让陈小芳这般走火入魔呢？想不通。”

我说：“你是她同学，应该比我更了解她，你还好意思说想不通。”

“初中那时候，她挺内向害羞一个女孩子呀，六七年不见，怎么成了一个满脑子理想的进步女青年，我真的难以理解。你注意到没有，她宿舍里有好多谈理想、谈爱情、谈人生的书，我估计她看这种假大空的书看多了，而且还迷信那些假大空的东西，什么理想、信念、精神、事业、励志、成功、爱情事业双丰收，太不着四六了。”

“她自己信这些东西倒没什么，要命的是，她死活要我陪着她玩这些东西，比翼双飞。我只不过是一个凡人，既无才，又是井底之蛙，承担不起这些崇高的使命。”

小高拍拍我肩膀：“秦河，《史记》上说，天将降大任于斯人也，必先苦其心志，劳其筋骨……”我打断她的话：“拉倒吧，你也跟着不着四六了。”小高乐呵呵地笑。

过了两天，县法院一名法官来办公室找我，询问我和陈小芳的事，我感到纳闷儿，这事跟法院有关吗？法院说：“陈小芳到法院提起诉讼，要求法院判决你和余小杏离婚，和她结婚。我们觉得荒唐，所以找你了解一下。”我急忙说：“你们千万别立案，要不然成闹剧了。”

法官听了我的述说，问：“你觉得陈小芳这个人是不是精神有问题？”我说：“这我可不好下结论，我不是医生。”

我把精力都放在琢磨如何化解陈小芳找余小杏的麻烦了，没心思去想工作上的事，一天上午，在办公室安静地坐了几分钟，我才意识到好几天没见到田副县长了，他也一直没叫我跟着一起去哪里开会、下乡，便问张科长：“田副县长是不是去哪里出差了，怎么几天都不见他？”

张科长奇怪地看了我一眼，说：“秦河，你还是田副县长的秘书哪，消息太闭塞了。”

原来，田副县长涉嫌违纪，被停职审查了。

我跟了田副县长才一个月，就把人跟“丢”了。

我又成了一个闲人。

即使不跟领导了，办公室还是有许多“杂活”做的，但在许多人眼里，没有县领导可跟的秘书就是一个闲人。在政府做一名秘书，没了领导可跟，就相当于失了势，没了靠山，两大院的人对我的热情迅速冷淡。虽然我本来就对从政、当官淡漠，调来政府办只是想让自己别那么悠闲无聊而已，可老天仍要我继续做一个闲人，我多少感到失落。

几天后的一个中午，下班了，我关上整个上午都只我一个人在的二秘办公室门，心情灰暗地回家吃饭。天下了一场阵雨，天空浓云密布，让人情绪压抑。一走进中医院，远远地，我就看到了陈小芳，拿着把长柄雨伞站在余小杏的宿舍楼下。我拐进中医院食堂，余小杏正在里面吃饭，我打了饭，她吃罢后没走，陪着我吃完。

我们默默地、旁若无人地走回家，在我们走上阳台开门时，站在十米外的陈小芳喊一声："秦河、余小杏，去离婚!"犹如"文革"中红卫兵批斗五类分子时喊口号。我们像做了理亏的事似的，灰溜溜地逃进屋，关上门。

"哐!"客厅的外门被砖头砸得惨叫一声，我们向它投去关怀的目光，用目光安慰它忍受。

"嘭!"外门被踢得又叫唤了一声，我们继续用目光抚慰它。陈小芳拍了几下门板，喊："秦河、余小杏，去离婚!"

余小杏忍不下去了，腾地站起来，我急忙抱住她："别冲动!""放开我，欺人太甚了!"余小杏挣脱我的手，向门口冲去。她开了房门，指着陈小芳的鼻子骂："滚出去！这里是我家，谁允许你私闯民宅?"

陈小芳以迅雷不及掩耳之势，在余小杏指她的那只胳膊抓了一把，跑下了阳台。余小杏冷不及防，穿的又是无袖裙，胳膊上出现了四条血痕。我把她拉进屋，赶紧找出棉签、酒精给她擦洗，安慰她说："没事，只破了一点皮。"余小杏骂真是个疯子，我说："不要骂人家疯子。"

"泼妇！我警告你，再跑进我家阳台来，我对你不客气了!"余小杏透过窗户，朝站在十米开外的陈小芳骂。

"嘭!"客厅的房门第二次被踢得叫唤了一声。余小杏怒气冲冲地冲出去，抓住陈小芳的手往阳台外拖，陈小芳拔起阳台盆子里的一株仙人掌打余小杏的手，余小杏只得放了手。

余小杏返回屋内，关上门。我见她手上被扎得多处冒血，又赶紧拿出棉签、酒精给她擦洗，安慰她说："没事，仙人掌刺没有毒。"余小杏骂真是个疯子，我说："别理她，让她自讨没趣。"

"嘭!"房门第三次被踢得惨叫一声。"秦河，我要给你收尸!"陈小芳手上拿了一把菜刀，从窗条间伸进客厅，直晃荡。余小杏认得是自家厨房的菜刀："跟我玩起刀来了。"她再次起身冲出去。我也不敢大意，跟着出去，毕竟陈小芳手上拿着刀。

余小杏一只手抓住了陈小芳拿刀的那只手，另一只手去夺刀，陈小芳右手把刀高高举起，同时左手阻挡余小杏夺刀的手。两人扭成一团，各自的双手腾不出来，就使脚力，你踢我一脚，我踢你一脚。

我抢上一步，把陈小芳手中的刀夺下来了，余小杏第三次把她推下了阳台："臭不要脸！滚！"我们进屋，关门、关窗。

有几分钟，屋外没有发出动静，我们以为陈小芳离开了，突然"哗啦"，客厅窗户玻璃被敲得乱响。"秦河、余小杏，去离婚！"陈小芳站在阳台上的窗外，一边用伞柄敲客厅窗户一边喊。

看到余小杏又要发怒，我忙去搂她，但她挣脱了，第四次冲出门，要推第四次走上阳台的陈小芳下去，陈小芳举起手中的伞柄打余小杏的手，余小杏抓住伞柄，两人如拔河一般你拉我扯，同时你踢我一脚，我踹你一下。

我冲了出去，抓住伞柄的中间，朝陈小芳踹了一脚，厉声喝道："放手！"陈小芳一愣，松手了，我将雨伞扔到几米外的地上。陈小芳看到了余小杏刚才为夺伞放在阳台上的钥匙，手一扬，将钥匙扔到了几米外的一摊泥水里。

"泼妇！臭不要脸！"余小杏嘴里骂着，返回客厅，抄起墙角的高粱秆扫把，再冲出去，用扫把指着陈小芳："捡起来！"陈小芳捡起伞，高举着示威。

"臭不要脸！今天不收拾你，我就不叫余小杏。"余小杏抄起扫把打陈小芳，陈小芳也举起雨伞打她，雨伞的铁柄比扫把的高粱秆硬多了，余小杏被打中，叫唤了几声。

刹那间，我的情绪失去了控制，我以短跑比赛最后十米冲刺的劲头，冲过去，又跳起来，朝陈小芳身上狠狠地踹了一脚，这一脚力度之大，要是我踹的是一堵墙，这堵墙一定会被我踹倒。陈小芳倒在一摊水里，挣扎了一下，才爬起半个身子，又倒下了……

59　停职

"你怎么能打人呢？"

下午一上班，朱主任把我叫到他办公室，劈头就问。

我简要地说了事情的经过，我说："我再也忍受不下去了。她现在不是找我吵事，而是找我妻子闹事了，我怎么还忍得下去？"

“陈小芳精神失常了，她家人告到纪委了，说是你造成的，强烈要求开除你的公职，开除你的党籍——你现在还没入党，这个可以不用理。你看现在怎么办吧，你也知道她家不是一般家庭。”

“她在此之前就精神失常了，跟这次我打她没有关系。”

“有没有关系不是你说了算的。再说，你明知她精神失常了，还打她，也逃脱不了干系。”

我不作声了。我能说什么呢？该怎么处理我，不是我说了算的。从毕业分配至今，我经历了不少不是我说了算的事，我知道“发出声音”也没有用。

见我不作声，朱主任说：“这样吧，你先不上班一段时间，等陈小芳这事平静了再说，反正田副县长现在也没上班，你又刚结婚，就在家好好休息吧。”

我站起来，要走出去，朱主任又说：“还有，你写一份情况说明，把你跟陈小芳的纠纷来龙去脉写一下。原原本本地写，不要带个人情绪，这样纪委才好准确地给你这件事下定论。”

回到办公室，坐在办公桌前，拿出信笺和笔，我仔细地回忆这噩梦般的一年，百感交集。

回想事情的原点，我发现这场祸完全是自己在陈小芳面前夸夸其谈，吹嘘、编造自己才华横溢惹出来的。你有才华吗？读了个 H 大学就算有才华？你若有才华，H 大学中文系管分配的人和云州地区教育局人事科怎么都懒得分配你？你向她吹嘘你读了很多文学名著，读了点名著算有才华吗？认得字的人都能读文学名著。你向她胡诌你会法语，还乱说了一句，可惜她的法语水平太次，竟听不出来是假，当真了。你还跟她吹说“有缘千里来相会”，能随便跟女孩子开这种玩笑吗？要不是你吹嘘自夸、胡言乱语，有理想、有志向、有追求、积极向上又天真无邪的陈小芳会爱上你吗？会梦想着和你一起比翼双飞、爱情事业双丰收吗？会热切、焦急、执着地要把你“从自甘堕落中拯救出来”吗？

认识到自己的错误，我平静了很多，一口气把“情况说明”写完了。

下午下班，余小杏回到家，看到我已经回来了，有点奇怪，问：“今天这么早回来了?”和她结婚这一个多月来，我几乎没有过在晚七点钟之前回家，甚至十天里有七八天，跟着领导在外出差、视察、接待，没在家吃午饭、晚饭。我不在家时，她都是到医院食堂打饭吃。

我平静地说：“我被停职了。”

余小杏呆呆地看我足有一分钟，突然掩面哭泣起来：“都是我害了你，我太不懂事了，我不应该跟她打架，我要是回老家躲几天就没事了。”

我抚摸她的头发，说：“小杏，不怪你，这事本跟你没关系，倒是我把你牵扯了进来。要不是你仗义出手，这事还没完呢，不知道以后的结局会是怎样。现在还只是停职，她也不再来打扰我们了，结局还不算太坏。谢谢你，小杏。”

余小杏仍苦着个脸，我又说：“没事的，不就是停职嘛，停职了也好，我可以天天和你待在一起，可以和你谈恋爱了，我们还没谈过恋爱呢，就结婚了，跟古人似的。”

余小杏破涕而笑。真是个小女孩，悲喜无常。我也对她笑，刮她鼻子。

不上班了，我该干什么呢?

还像以前在党校那样，四处游逛?回想以前东游西荡的日子，我却没了以前的那种兴致，提不起神。在安静下来也没有人烦扰之后，我发现，其实我是个极爱安静的人，我喜欢仰坐在余小杏的父亲留下的躺椅上，安安静静地看书，这对于我来说，是莫大的享受。我常常半躺在躺椅上看书，一看就是一整天。

而且，现在也没了以前那种闲逛的氛围，因为昔日的乡党、好朋友一个个结婚的结婚，离开的离开，去乡镇玩能遇上的乡党、朋友越来越少。尤其是我最好的乡友社生，他跟小霞私奔了，我再也找不着他了；还有祥生，也和小玉成家了（因为小玉真的怀孕了，不过不是她说的9月，而是我和祥生进山那几天，她和祥生幽会后怀上的），此后他几乎都是住在长坡寨。还有高屹，因为涉嫌杀害徐娜，被警察关进牢里了。

想到高屹，我从躺椅上跳了起来，因为我有半年没他的消息了。半年前，他给我写过一封信，从省城第一看守所写来的，我才知道他涉嫌杀害徐娜被抓，我惊讶得不敢相信，以为产生了幻觉，看信的时候一部惊险小说里的情节在脑中取代了信的内容。那时候我就想去看望他，但案件还没判，探不了监。不知道现在案件怎么样了，判刑了没有？他会不会被判死刑？徐娜只是受了重伤，怎么着也罪不至死吧。我觉得我应该去看看他。现在有大把的空闲时间，不去看他就说不过去了。不管判还是没判，去看看再说吧。

我去了省城，辗转赶去位于郊区的第一看守所。

当我向接待室提出想见见高屹时，他们同意了。还真是巧，高屹前几天刚判下来，法院认定他犯故意杀人罪，判了十五年。要是早来几天，还不能见他；要是晚来几天，他可能被送去劳改场了，我就得多跑几段路才见得到他了。

我们隔着一道玻璃墙相见了。他剃了光头，看上去很瘦，双眼暴突。

“想不到你会来看我。”高屹说。

“我们是好兄弟，我怎么会不来看你？”

“你过得好吧？”

“我也犯了错误，领导不让我上班了。”

他咧嘴小小地乐了一下：“比我轻多了。”又问，“为什么？”

“跟你差不多，也是因为一个女人。”

“你有了女朋友？怎么从没听你说起过？”

“她不是我女朋友。”

“那你怎么会犯错误，欺骗人家感情？”

“不是。她一个劲儿地想要把我从‘水深火热’之中拯救出来，我不肯让她拯救，所以打了她。”

“唉，你真是身在福中不知福。我想要一个女人拯救我，她死活不肯呢。”

“你那么爱徐娜，怎么要杀她呢？你也下得了手？”

“我并不想杀她。”高屹说，“我当时喊她，只是想叫她等等我，如果她站住等我，绝对一点事也不会有。可是她却拼命地跑，我不知怎么就生气了，整个脑袋都充了血似的，扑上去就捅了她一刀。这时候，学校的门卫，还有那个方越，冲过来要打我，我就更气。我一直认为徐娜跟我分手，很大因素是她的同事特别是那个方越在挑唆，本就对他们不满，现在又来帮她，那一瞬间，简直气疯了，把所有的愤怒都发泄到她身上，不去想后果如何了。”

“还好，徐娜命大。”我说。

“但愿她大难不死，会有后福吧。”

“徐娜要分手，你怎么就那么想不开呢?”

“关进牢里来后，我也一直在想这个问题。我想，这个问题的症结在于，我们这些穷苦出身的孩子，长大以后，想得到的东西太多；有些东西得到之后，更舍不得放弃；而当面临困境时，后退的余地又太少，种种心理的困境、现实的困境，最终让我变得疯狂。”

我回味高屹的话，一时不知怎么回应才好。也许，徐娜对于他来说，太重要了，寄托了他在人生低谷中的全部希望，是他晦暗人生的救命稻草，所以当徐娜离去时，他崩溃了，失控了。人在这个节点，想毁灭宇宙的心都会有的。

高屹自语自语般说：“我想，当一个人对一件事情感到痛苦时，还是要学会后退、学会放弃。如果不愿放弃，不愿意离开它，就不要抱怨它给你带来痛苦，就要承受它带给你的痛苦，逆来顺受。”

我对这句话感到不解，高屹说：“如果我早一点离开南坪中学，或早一点离开徐娜，就不会发生这样的事。我既不想离开学校，又抱怨它；既不想离开徐娜，又生她的气，所以事情就变得越来越糟。林肯就说过，人的一生最重要的两件事情，就是善于选择和敢于放弃。现在一切都晚了，才对这句话有了深切体会。”

我说：“也许吧。”我想，一个人不是想离开一个环境就能离开的，有时环境像一张网，会把人紧紧罩住；有时人也有惰性，不知不觉中与环境妥协，当你发现不得不离开时，往往一切都晚了。

会面结束时，高屹说：“你替我去看看徐娜吧，代我向她道个歉。”

回到市区后，我接着去了十五中。我不知道徐娜是否出院回校上课了，也不敢进学校找她，我怕学校把我当成高屹的同伙，来替他复仇的，而打电话报警，或全校师生当场就把我揍扁。我靠着校门口斜对面街边的一根电线杆，一边抽烟一边等她，别人看到，肯定会认为我是个街边小混混。

十五中门口渐渐热闹起来，学生、老师们陆续涌出学校。我看到徐娜也走出来了，她没什么变化，还是那么时尚、洋气。我犹豫要不要跟她打招呼，因为我担心她看到我会害怕、逃跑。

我站直了，默默地看着她。徐娜看到我了，她显然迟疑了一下，然后向我走来。

“徐娜，你好，伤好了?”我问。

徐娜点点头，问我：“你怎么来了?”

我说去看望高屹了，他叫我代他向你道歉。徐娜说他还好吧，我说他身体很好，神态看上去也很安静。

我们沿着街边慢慢地走。

我说：“听说你伤得蛮重的，现在看到你安好，我感到庆幸。”

“法医鉴定说，我身上被扎了三十三刀。”徐娜苦笑一声。

我听得呆了，三十三刀，是个什么概念?就是大象被扎了三十三刀，也难活下来。我注意到她脸上没有伤痕，也许她当时是俯倒在地的，高屹没扎到她的脸。

徐娜又说：“想不到我跟他分手，让他生这么大的气，要是懂得他这么生气，我就不离开他了。”

我说：“高屹这个人，怎么说呢，性格上可能有缺陷，我劝过他好多次，他都不听。”

徐娜感叹：“我命里该有这一劫。”

不知不觉，走到了徐娜住的地方，她邀我上去坐，我借口还要找几个人，推辞了。“秦河，谢谢你来看我。”徐娜说。

我此行，还打算找找分配在省城的两个大学同学，一个叫赵文超，分配在省师范大学中文系；一个叫钟学礼，分配在省民族学院中文系。自毕业后，我们一直都没有见面，也没有联系过，毕竟我们相距六百多公里，这一年里，我也只来过一次省城，那次又忙着追蔡晓涵，顾不上去看他们。

不过现在已经有点晚了，明天再去找吧。

第二天上午，我去了省师范大学。这是我第一次来到省师大，校园很大很漂亮，比H大学大多了，毕竟上海是个寸土寸金的地方，而在我们这个西部省，地多得不值钱。在这样一个阔大又漂亮的校园工作、生活，应该很惬意吧，这曾经是我所期盼的，现在我是没这个福分了。

来到中文系，看了几间办公室，都不见赵文超，便去系办公室问，一个戴眼镜的大姐说，应该在他办公室吧，刚才还看见他。她带我去找，在一间我看过的办公室门口喊一声："赵文超，有人找。"

一个正在伏案疾书、圆头圆脑的男子站起来看我，我仔细一看，正是赵文超，一年不见，这家伙竟胖了许多，难怪我刚才认不出来了。

赵文超一眼就认出了我，很惊喜的样子，冲过来拍我肩膀："哈，秦河，一年不见你了。"我说："这里是大学殿堂，我哪敢进来找你?"赵文超打我一拳："少来。"

中午，赵文超宴请我，并把钟学礼叫了来，这样也好，我省得去他学校了，省民院离市区十多公里，去找他挺麻烦的。

钟学礼也胖了许多，他原来瘦小，一胖，就长出了双下巴。想来他们生活很惬意。聊天中，得知他们都读上了省师大在职研究生，正在迈向大学教授之路上昂首挺进。真叫人羡慕。我很少谈我自己的事，我在穷乡僻壤的那点事，有什么可说的，所以我更多的是听他们交流读研的心得体会，听得半懂不懂，像听神仙在交谈。

我喝了很多酒，喝得酩酊大醉，是赵文超把我送回宾馆的。醒来的时候，我也不知道是哪一天了。不过哪天不哪天对于我这个闲人来说，都一样。在省城还有什么事要做?我想了一会儿，想到了蔡晓涵，也快一年没见到她了。我决定去见见蔡晓涵。

去社科院的路上，我一边走一边回想蔡晓涵美丽妖娆、恬静爱笑的模样，有些心潮澎湃，可快到社科院门口时，我退缩了。我想还是算了吧，不要让人以为我纠缠她，这会让人感到害怕的。你不是有过亲身体会吗?何况你已经结婚了，再去找她，还能怎样呢?

60　你们赶快去离婚

秦河：

收到了余小杏的来信，吃惊不小。你确实和她结婚了。不过这不要紧，结了婚还可以离婚的，只要理由充分即可。你已知我是你的知己，且心属我所有，不会用心去爱余小杏，却又和她结婚，何必呢？难怪今天上午我去妇联，葛主任说，你要和秦河领结婚证，是不是想做秦河的大老婆，余小杏做小老婆？或者余小杏做大老婆，你做小老婆？

你不会想要讨两个老婆吧，假如是这样的话，我当然不同意，所以我唱给你的第一首歌就是《心中那份纯纯的爱》。既然你觉得你们的结合不会美满幸福，可以起诉离婚的，离婚同样受到法律的保护。

你不是想实现自己的理想抱负吗，为何这么快就结婚？你不是说“人生少知音”吗，为什么我愿做你的知己时，却离我而去？难道你就这样庸庸碌碌过一辈子？折断了你这个翅膀，我亦飞不起来了。我做的梦没人替我实现了。我俩都成了平庸之辈，不是成了时代的罪人吗？趁早跟余小杏离婚吧。

寄给你一张我专为你照的相片。上个星期，我本来都跟照相馆的师傅说好了，来他这里照结婚照，还选好了婚纱，可是你一直都不肯见我，前天，我路过照相馆，他问我怎么不来了，于是我就进去，自己一个人照了一张。刚开始，打算穿婚纱照的，可一想，万一哪天你又同意和我结婚了呢？我不能两次穿婚纱照相吧，就没有穿。照相师傅说我笑得好甜，你说呢？你没有在我身边，我哪会笑得甜？

又：昨晚我做了一个梦，余小杏收到我的信后，想通了，说要做一个有修养的人，不再纠缠你不放了。我在电影院看电影，她进去找到我，拉我出来，在电影院门口，把你交给我，她和另外一个男孩及她的父母走了，带着一点淡淡的失落。甭提你心里有多高兴了，在电影院门口就吻我。不知羞耻！

今天要下村，就不打算去县城看你了。后天休息，到时候再去你那儿。等着我。

秦河：

有余小杏这样愚笨的女人，就有我这样愚笨的女人，就有你这样的无赖。告诉你，你就以“第三者插足”起诉到法院吧，我跟你一起上法院，你是原告我是被告。现在我每晚做的梦就是跟你这头犟牛打架，我越战越勇，终于把你降服了。

快点和余小杏去离婚吧，我等着你们。那个男孩儿在等着她，速！我等着你共同去完成事业，比翼双飞。要不然，我要起诉你和余小杏犯“无社会道德罪”，你们俩都承认你的心在我这里的。你的罪更大，怎能把心交给一个女孩，却跟另一个女孩结婚呢？余小杏明知你的心在我这，还死皮赖脸维持和你那种表面上的爱情，现在我讨厌死了她。头脑居然那么简单，她不放弃，我只有抢了。她这个白痴，再跟她讲都没有用的，就是那么傻乎乎。

你的感情是那样的热烈和丰富，只我才配享受得到，像余小杏那个笨瓜就得不到，她只能得到你一般的情和爱，是低等动物的享受，她还那么傻乎乎的不识趣呢，真让人怜笑。

秦河：

你这个白痴无赖，怎么会找那样笨的女人做老婆呢？简直不可思议。要是我是你，连玩都不想跟她玩，当然你本身就是一个没有主见的人，为了追求你，改变你，我吃尽了苦头。气愤之下本想不理你了，看在你有点肚才这点上，我才决定跟你结婚。你的笨老婆还说我没资格爱你，不配你。看到她的信我都想笑。一看到她，我就知道她没有学问，傻乎乎的，给人一种外实而内虚的感觉。毕竟是你的老婆，我把她讲得丑笨，就显得你衰了，而且我明天还是会跟你结婚的，也显得我蠢了，跟别人讲起来我都有点不好意思了，而且那样讲别人的不足，是没教养的。

妇联的人跟我说：“你们之间的爱情纠纷，不怪余小杏，只跟秦河说就是了。”你跟你的笨老婆说清楚吧，我要说服你，跟你结婚，叫她对你不要抱希望了。她越讲就显得她越笨了，就把我显得聪明了。当然没有她的平凡就没有我的伟大，我从她手中得到你，真有点可怜她，但又无法，自私的爱情、社会道德要我这样就这样咯。

告诉她这个笨货，要她放弃得了，何必再出自己的丑？到头来，她连你也得不到，别的男人也不要她了，太笨了嘛。我都不敢说丑她了，要她放聪明点罢了。我现在不跟她说了，说服你便是了。

你是我的知音，并且心亦在我这，深深地爱着我，请你不要再犟了，到头来，你我身心都受损了，就痛苦了。你是聪明人，脑瓜子比我还转得快，就快点摘下我这颗夜明珠吧。那么多优秀男孩在耐心等候我，我都让他们失望，而把心都放在你身上，谁不羡慕你？我的傻男人。是不是真的想上法院？我看就不必了，让别人笑话。你这个无赖，不要脸的，我可是有法战胜你。什么法，你来接我我就告诉你。你这个白痴无赖，搬家了也不告诉我，害我在你宿舍门口白白等了好几个晚上。

秦河：

你知道吗？现代社会发展需要，男女恋爱要追求爱情、事业双丰收型，因为没有事业的生活是空虚的，没有爱情的生活是残缺的，像你和余小杏只能是生活型的，干不了事业，因为你心里有所想，要跟她交流简直是对牛弹琴。那天中午我在她家跟她讲了一个中午，她傻乎乎的，茫然不知其理。要不怎么会造成现在的局面？要是她稍微聪明点，就会想：是的，我只能是个贤妻良母，而她既是家庭型女人，又是社会型女人，我应该自知理亏，退出吧，或去法院起诉离婚，哪知笨得出奇的她，什么都没做，那我只有以法律和社会道德，谴责她，强迫她离婚。这种与社会发展不相适应的女人要被淘汰的。材料我已准备好了，从明天晚上开始写这篇文章。

你和余小杏就得离婚。她说，你什么都未对她说，所以你心里是怎么想的她都不知。你的心在我这里了，她还蒙在鼓里，真傻。她才二十岁，而且学识少，难怪呢。她只能做个贤妻良母，成不了你的事业上的好伴侣。除非你没事业心，想平平庸庸过一辈子。但社会不允许你这样，你的思想也不允许你这样，你说是吗？你说过碌碌无为对不起父老乡亲，我觉得真是这样的，更对不起国家，是不是？

趁你和余小杏还未得到法律上认可为夫妻，分手吧（我到民政局问了，你们未交“婚姻健康状况”表，是不算结婚的），现在你们俩只能算分手，还不算离婚。余小杏跟人说，她家有钱，只有傻瓜才以家里有钱来炫耀自己。殊不知，结婚后就一切靠自己了，她却不知。她家有钱只能给她一份丰厚的嫁妆，除此之外还能给她什么呢？她还说，她家有钱，可以给你买很多书，让你读书，好好写作，其实她又不懂，包括你在内，作为一名作家，他写的文章要有人替他读，替他听才是呀。她既不是你的知音，怎么能读你写的文章呢？为什么法国杰出作家莫里哀写出不少著名的喜剧？就是因为他坚持把刚写成的剧本读给女仆听，而且还向周围的人请教。总而言之，你和余小杏分手吧。

收到我的信后，就去顾小晴那里找我。因为我不知你现在住哪儿，又不能去你办公室找你，只有这样。再见！

秦河：

告诉你，我文章已经写完，今天上午寄去北京全国人大了。告诉你，我写的文章论点是：(1) 用唯物辩证法阐述：提高人口素质，尤其是提高母亲素质的重要性；(2) 用发展的眼光说明：夫妻双方都要做强者，妇女要从家庭走向社会，提高社会地位；(3) 用历史进化论说明：人是高级动物，追求的不应仅是满足于性欲，这只是一般动物的需求和满足。要破除人们旧的婚姻观念，追求真挚、高尚、纯洁的爱情——心心相印，志同道合，信奉爱情、事业双丰收。不符合上述情况的婚姻应该要判定无效，像你和余小杏就是如此。

无赖，这回奈何不了了吧，露出你的笑颜，来迎接我这个新娘子吧，她等得不耐烦了呢。

余小杏说了，她对这场竞争是无望的，你离她而去，她不怪你，她的父母也不会怪你们。她要我做个自尊、自强、自胜、自爱的女人，要有民族自尊，我都做到了，而且比她做得更好。你说世上最贱的女人就是我，余小杏亦说她不是贱女人，你们都承认我这个贱女人偷走了你的心。

我俩的婚姻终会被社会所承认，是合理的婚姻，会得到合法的地位，我们的这一壮举终究会推动社会前进。我们三人谁也没错，都是自愿的，谁也怪不了谁，是生活在欺骗人，是社会造化弄人。

秦河：

请做好准备，等全国人大常委会来函支持我的文章观点时，我们就可以正大光明地结婚了，放一百个心吧，我是你的人。

余小杏不让我们一起去完成我们共同的事业，就是自私而不道德的行为。她会受到社会谴责的。

忘了告诉你，上个星期天我去云州市买了一条新裙子，大红的，一回到春岭就穿上，给这个看给那个看，人人都说我穿上这条裙子像个新娘子一样。我们医院的李医生对我说，我俩是隔河看亲，有点像。我才不理他胡说呢。

8 月 10 日那天上午在妇联，小高说余小杏的智力超常，而现在她却是个高智低能的人，在技术上一无所为，嘴巴倒蛮会讲，我跟她讲了两次话，给我的感受就是“山中竹笋——嘴尖皮厚腹中空”。

余小杏虽能说会道，只可惜学识浅陋，要不你的心我怎么偷得来？我这个乡下丑女人还是不错的吧。吻！

第 *16* 章

夫妻之间

走，还是不走

跟你没完

小镇，再见

61　夫妻之间

结婚后，我跟余小杏开始了“先结婚后恋爱”的生活。

她还是一个刚过二十岁的小姑娘，才离开爸爸妈妈的羽翼之下，就要承担一个妻子的角色与责任，这个过程是匆忙的、没有缓冲的、没有准备的；甚至在她的意识里，她也还没有转过弯来，还没有把自己变成一个妻子。而我，也才二十四岁，自上初中住校至今，一直天马行空、独来独往，未交过女朋友，不懂得关心人、照顾人，做事很少考虑别人的感受，如今突然间就做了别人的丈夫，也显然是不够格的，而且我跟余小杏领结婚证，只是为了摆脱陈小芳的纠缠，心理上并没有完全接受余小杏成为我的妻子。

我们陷入了一个悖论之中：我们已经结婚了，可我们却才步入相互了解熟悉阶段；我们还没适应对方的存在、渴望对方的存在，可我们又已经领了结婚证，生活在一起，朝夕相处。在我们的生活中，快乐的时光、难堪的时光，总是互相交织出现，经常在瞬间就转化，在前一秒中我们还是快乐的，下一秒中，我们可能就翻脸争吵了。

一天晚上，我们准备去看电影，余小杏收拾打扮时，拿出她新买的皮鞋来擦油，我低头一看，我的皮鞋沾了不少泥，于是脱下来，放到她跟前：“小杏，帮我也擦擦。”她说：“我的还擦不赢呢。”我说：“反正你自己的也要擦，就顺便帮我擦啦。”她想了想，说：“我们玩剪刀石头布，谁输了谁擦两个人的皮鞋。”我觉得可以一试，你一个小姑娘，不信赢不了你，结果却是我输了。本想搭个顺风车，不想成了劳工。我并不是懒，只不过是看她在干这活，顺带叫她帮我做做而已，她却一点不领情，弄得我很没趣。

又有一天晚上，余小杏叫我跟她下“翻翻棋”玩，这是一种小孩子玩的游戏，就是把所有的象棋子都翻过来盖住字的一面，把棋子摸乱，摆上棋盘的各个位置，之后翻第一个棋子选边，你翻出来的是红色的，红色棋子就是你的队伍；接着各人随意翻棋，如果你翻出的棋子够大，你尽可以大胆地吃相邻的棋子，包括已翻出来的、未翻出来的——各棋子设置了大小关系，从小到大为兵、车、炮、马、象、士、将，另外，炮是隔棋吃的，而且能吃任何棋子。下了几盘，她都是输给我，后来几盘，她总是在第二次、第三次翻棋就能翻到炮，得炮后，她就不再翻棋了，用炮乱吃一气，很快，把所有的棋子包括我的、她自己的都吃完了，结果下了十盘有九盘是我输。我觉得奇怪，怎么每盘她的队伍是黑棋时，都那么巧地在第二步就翻出黑炮了呢？我拿起这只炮打量，发现背面有一个小坑，如果眼尖点，不难认出它来，我大叫起来：“好啊，你作弊！”我轻轻拍了拍她的头一下，谁知她竟生气了，说：“我家里人从来没有打过我的头，你竟然敢打我的头，你算什么！”我说不是打，只是拍。“拍也是打！”她拂袖而去，一个晚上都不理我。

两个人如果是在谈恋爱，吵架了，可以暂时分开、不见面一段时间，使双方有一个反省、缓和的时间和空间，可是我们已经结婚了，两个人不可能分开、不见面，不管想不想看到对方，都不得不住在一起。每当跟余小杏闹别扭时，我会产生一种感觉，像是去远方的一个朋友家里做客，需要在朋友家里住宿，偏又跟朋友吵架了，因而难堪、矛盾、拘谨，很不好意思。

余小杏毕竟只是一个才二十岁、涉世不深、性格活泼的女孩，生活中一点点的快乐，都会让她高兴不已，有时高兴得会情不自禁地搂住我的脖子大声笑，而且她在生活中看到的更多的是快乐，喜欢创造快乐，所以我们在一起时，快乐的时光也还是很多的，多于争吵的时间。有一次，我们和一帮朋友在一块儿玩，聊天中，说起什么样的女孩才算漂亮，我半开玩笑地说了一句：在我眼里余小杏是最漂亮的。她为此高兴了好多天，话也特别多，一连几个晚上都跟我聊她小时候的故事。

平常的日子里，余小杏对我还是很体贴照顾的，有一次中医院开会，要她参与布置会场，她竟偷偷藏了几个苹果，拿回家给我吃。还有一次，我晚上感冒了，就在中医院里打针，她却要陪我去，挂上吊瓶后，我叫她回去，她不肯，一直陪我到半夜药水打完。

平常的日子里，我们都是在医院的食堂吃饭，星期天才自己做饭。一天，余小杏突然心血来潮，兴奋地对我说："我要天天做饭给你吃。"说到做到，第二天一大早她就起床了，骑上自行车去菜市买回了一篮子菜，中午一回到家，就进厨房忙起来。没想到，她做出的菜还蛮好吃。得到我的夸奖，她十分高兴，说："我虽然做家庭主妇小了点，但厨艺也不比别人差。"

可是才做了一个星期的饭，她就腻烦了，提出继续吃食堂饭，我也不勉强她，因为我也不会做饭。她还喜欢睡懒觉，星期天常常睡到中午了还不醒，得我三番五次进房捏她鼻子，她才肯起床。此时我已饿得浑身无力了，骂她不是，不骂她也不是。骂她吧，感觉我们还不到一家人的分上，不骂她吧，又觉得这样下去日子怎么过？那时候我认为做饭是妻子的本分，一点也不懂得体贴她，照顾她，而自己动手做饭。

我一度名声狼藉，她虽然跟我领了结婚证，但她心里怎么想，我是心存疑惑的。她真的一点不介意，会这么看得开，会完全信任我？

跟余小杏结婚后，我基本不在自己的单身宿舍住了，一天，我去单身宿舍把用了一年多从未换洗过的床单、被单、蚊帐拿给余小杏洗。看到这一大包待洗物，她有些犯愁（那时候还没买洗衣机），不过经我哄了几句，她还是同意了。洗完后，余小杏看着我，目光里意味深长，她说："我发现了一个秘密。"我问什么秘密，她说："你先回答我，有没有女孩子在你那里睡过？"我吃了一惊，她是不是又听到什么传言了？我说："从来没有过。"

余小杏沉下了脸："没有？我发现你总是讲假话！"

"真的没有，绝不是假话。"

"不管是不是你的一般朋友或女朋友，只要是女的就算，真没有？"

经她这么一提示，我想起来了，徐娜来肯县玩，在我那里住过一晚上；还有小霞来县人民医院做人流时，也在我那里睡过几个晚上。我把小霞的事跟余小杏说了，她仍半信半疑。我说："如果不信，明天我们去双江镇找社生、小霞对质。"

“对就对！”

我马上意识到说错话了，因为社生和小霞已远走高飞了，我上哪儿找他们去？我心想完了，她要是真的较真，去找社生和小霞，这事肯定说不清了，余小杏会不会因此跟我翻脸？会不会把我看成色狼或流氓？

余小杏注视了我几秒钟，又问：“她走的时候换了床单没有？”

我说：“我倒没注意，因为我有两张床单都是一模一样的，我也分不清，她走后我还奇怪，她做了手术，床单怎么还保持那么干净。”

余小杏说：“真是个马大哈，人家换过了，肯定是放在椅子上，你看也不看，直接当坐垫了，过了这么久，洗都洗不掉了。”

“哪个地方？我看看。”我走出屋，到她晾晒床单、被单的地方察看，但没发现哪里有斑点，余小杏指给我看，我才看出来了，隐隐约约的，并不明显。余小杏说：“给人家看见了，还以为我邋遢呢。”

我松了一口气，看来她大体上还是相信我不是坏人的。

我们是性格迥异的两个人，她的性格超级外向、活泼，好交朋友，喜欢扎堆，而我性格内向、文静，虽然以前整天东游西荡，但内心并不喜欢，其实更愿意过安静的生活，尤其在没有了陈小芳的纠缠后，我完全没有了东游西荡的愿望，变得不爱出门；在经历了这场风波后，更不喜欢出去抛头露面了。

我喜欢做的事是窝在家里看书，常常坐在躺椅上看书一看就是一天，可是余小杏却是个在家里待不住的人，没事就往外跑，特别是晚上，几乎天天都有女孩子跑来邀她一块儿去跳舞，她要拉我一块儿去，我坐在躺椅里总不肯起身。我们总是为此拉拉扯扯好一阵。

“你以前不是那么喜欢跳舞吗？”

“那时候是无聊，瞎逛荡。”

“现在你不也一样无聊，班都不用上。”

“心态不一样了，现在我只想安静。”

“你就坐在椅子里生蛆吧。”余小杏气呼呼地跟着伙伴们走了。

一个星期天的下午，她告诉我说，董剑邀请她去他那里炒油茶（她家乡的一种风味饮食，她特别喜欢吃），董剑是她的老乡，我见过一次面，只知道他在化肥厂工作，并不是很了解此人。她缠着要我跟她一起去：“我都答应人家了，怎么好不去？”我恼火了，手一挥，说：“要去你一个人去。”“一个人去就一个人去。”她背上包一溜烟冲出去了。

余小杏走了不久，我却心神不宁起来，倒不是担心她的安全，更多的是一种吃醋，她毕竟是我老婆了，现在却和另一个男人在一块儿。我脑子里老是在想象她和董剑一边炒油茶，一边有说有笑的场景，浑身不自在，眼睛扫了十几页书，也不知道写的是什么。我想，得把她叫回来，当然，跑去人家里，直接粗暴地拉上她就走也不妥，得想个理由。

我想出的理由是，她爸来了。自和她认识后，我一直没见过她爸，也就是说，她爸很久没有来了。得知这个消息，她肯定会赶回来。我赶去董剑家，一说，她果然中计了，急急忙忙往家跑。

然而回到家里，却不见爸爸的影子。余小杏问我：“我爸呢？”我说他老人家没见到你，又回去了。“秦河，你这人是不是撒谎成性？”她雷霆大发。我说：“对不起，小杏，我只是不愿你把我一个人扔家里。”

“你不愿出去玩，能怪我吗？要是我也像你一样整天关在家里，我迟早会疯掉。”

“不要说得那么严重好不好，家又不是监狱，又不是精神病院。”

“跟你结婚实在是个错误。”

“后悔啦？”

“是的，后悔了。”

我生气了：“后悔了你就去离啊，我不会拦你。领证前我就声明过。”

余小杏看着我，眼神像看一个怪物：“你是不是想过河拆桥？我偏不离。”

“怎么把责任推到我身上，又不是我后悔了，我拆什么桥？”

“你心里有数。”

后来我想，也不能全怪她，她本就处于贪玩的年纪，以前她哪天晚上不是出去跳舞、打牌、看电影的？虽然现在家里多了一个我，但我只顾看书，像根木头一样，有我没我也差不多，她依然在家待不住是肯定的。其实造成我只顾看书，她老爱往外跑，还有一个同样重要的因素——我们没有多少共同的话题，聊不到一块儿，我要是跟她谈读过的一些书的感受，如对牛弹琴；她跟我说些打牌、跳舞发生的趣事，我更毫无兴趣。如此情形，她怎么在家待得住？

为了让余小杏多待在家里，我买回了一台彩色电视机，还买回了一台收录机和很多磁带，可只换来她几个晚上的安静，新鲜过后当去看电影就去看电影，想去跳舞就去跳舞，爱去打牌就去打牌，电视、磁带反倒是我看、听得多。

我喜欢听齐秦和崔健的歌，他们虽是两种不同的风格，但同样深深吸引着我。其中崔健的《花房姑娘》，我几乎每天都要听上几遍，苍凉的腔调总是听得我热泪盈眶。

我独自走过你身旁
并没有话要对你讲
我不敢抬头看着你的
噢，脸庞
你问我要去向何方
我指着大海的方向
你的惊奇像是给我
噢，赞扬
你问我要去向何方
我指着大海的方向
你带我走进你的花房
我无法逃脱花的迷香
我不知不觉忘记了
噢，方向……

62　走，还是不走

“小杏，我想辞职，离开肯县。”一天晚上，在看电视时，我说。

“什么？”余小杏一脸疑问，像没听清或没听懂我说的话。

“辞职，离开肯县。”我重复说，放慢语速，把每个字都咬得清清楚楚。

“啊?!”她变得惊讶，眉毛、眼睛、鼻孔、嘴巴都张开了。

“真的。”

“你也发神经了是不是?”

“没有，这事我考虑很久了。”

“怕陈小芳家人找上门来算账，要你去坐牢？怕陈小芳以后还来找你?”

“……不是。”

“那为什么要辞职?”

为什么要辞职？这是这些天来我一直在想的问题。

毕业分配到家乡小镇工作一年来，我什么也不想做，什么也没心思做，什么也做不成，自暴自弃，吊儿郎当，东游西荡，过得很不如意，很不开心，很无奈。可是，这就值得你辞职吗？肯县那么多人，自甘普普通通，没什么奢望，没什么向往，活一天算一天，也活得挺快活。

可是他们这样活着，我就要也跟着这样活？这不是我想过的生活、不是我自己想选择的生活。肯县也不是我想待的地方，尽管它是我的家乡，也许偏偏它是我的家乡，反使我不愿待在这里。

“我不想窝在肯县，做一只井底之蛙。”我说。

“嘁，肯县二十几万人都是井底之蛙，就你是大雁、雄鹰。”

“他们是什么我不管，我只管我自己要做什么。”

“好多人想当国家干部都当不上呢，你拼死拼活高考，上了四年大学，才当上这个国家干部，容易吗?”

“我好多高中同学，当年没考上大学，现在照样是县里的国家干部，有些还当上一官半职了呢；还有人，才中专毕业，调去了地委组织部。他们都混得如鱼得水，我却不断地沦落。我的四年大学，跟他们一比，一钱不值。”

“总会有发光的时候。你不是说，你是肯县唯一毕业于重点大学的干部吗？会有人欣赏你的才华的。”

“会有吗？反正我看不到。俗话说，一个人一旦被放错了地方，就是垃圾，我现在就是一堆垃圾。即使有人赏识我，提拔我当个什么领导，我也是垃圾。肯县不是我愿意来的，从政当官也不是我的理想，从这点上说，我即使是在肯县当再大的官，也是垃圾。我只想做我愿意做、喜欢做的事。”

“难怪有人说你清高、孤傲，一点不假。”

“别人怎么说随他们的便，我知道自己是个什么样的人。”

“你辞职了，去别的地方，就不变成垃圾啦？别的地方就会待你好？”

“未来的事，我现在无法预想。只有去做了才知道。”

“辞职了，你做什么？”

“干什么都行，无所谓。”

“既然是这样，也用不着离开肯县呀。不想当干部就不当了呗，我也不图你以后升官、发财。不当干部了，在肯县也还有许多活可干，比如开个小店、在市场卖猪肉、在河边街摆个夜市摊。”

“我就是想离开肯县才想辞职的，不离开肯县，辞职就一点意义也没有。”

“我听不懂。”

“我也说不清，只是感觉心里像有一个神灵在召唤。”

“我更听不懂了。”

我沉默，我自己都听不懂自己说的，何况她？

“你要去哪里，去做什么？你自己一点谱都没有，就辞职、就离开肯县，你不觉得太鲁莽、太轻率了吗？你不是三岁小孩了，做一件事要先考虑后果。”

“不想考虑后果，考虑了后果就不敢走了。”

“你要走，那我呢，我怎么办？”余小杏哭了起来。

“你跟我一起离开肯县？”我试着问她。

“哪里我都不去。我生在肯县，死在肯县。”余小杏生气了，怒气冲冲地站起来，进了房里，扑在床上。

我知道这为难她了。我很懊恼，为什么不在两个月前、在与余小杏领结婚证之前起这个念头？如果那时一走了之，该是多爽快，多么无牵无挂，也不会惹出这么大的风波来。那时候为什么就没有这个念头呢？我感到不解。现在离职、离开肯县，已经不是我一个人的事了。

我清楚，余小杏是不会离开肯县的，她喜欢小镇安定、宁静、熟悉的生活，对外面的世界一点不感兴趣，更对外面的世界没有概念，她的世界就是肯县。她没有远大志向，没有精神追求，有个地方上班就满足了；她没有文化，不知道去外面能做什么，她这份工作还是顶父亲的职得到的，外面会让她感到不安。

我心里很纠结。我离开肯县，肯定是生死未卜，前途不明，她跟着我四处漂泊会幸福吗？要知道，那时候不但工作极其难找，还抓“盲流”。后来我在一篇文章上看到，即使是十多年以后的2000年，在改革开放窗口的广东省，因身上没有暂住证而被关押，或被送去修铁路的“盲流”就达五十万人次；2003年广州更是发生了令全国震惊的“孙志刚事件”。

可是把她一个人留在肯县，我也难心安，我们虽是外界因素促成的夫妻，可既已成了夫妻，我就不能不考虑她今后的生活。

跟余小杏离婚？这个念头在脑前闪现了一下，但马上又消失了。我们的婚姻当初我虽然当成“秀”，但是我觉得，不能在“秀”过后，就把它弃诸脚下。这样做，我成什么人啦？我一直认为，对一个帮助过你的人，一定要有情义，绝不能过河拆桥，夫妻间也应这样，何况我们之间还没到过不下去的地步。

半夜里，余小杏突然把我推醒：“秦河，我问你，你是不是嫌弃我了，想逃避我，才想到要辞职，要离开肯县？”

“不是。”

“就是。我文化低，初中没读完，没有正式工作，而你是重点大学毕业生，在大城市待过，有思想、有追求，眼光高，我配不上你。”

“爱一个人，跟她的文化高低没有关系。”

我想跟她说，卢梭的妻子大字不识一个；恩格斯的两任妻子都是文盲，可觉得说这些也没用，她不懂卢梭是谁，恩格斯这个名字可能听过，但不会知道他是做什么的，也就把话咽了回去。我们目前虽有隔阂，我相信只是暂时的。

“你不要骗我了，我知道有关系，文化低的人跟文化高的人谈不拢的，文化高的人总是瞧不起文化低的人。”

“我瞧不起你了吗?”

“你虽然没有表露出来，但心里肯定瞧不起我。”

“不要胡思乱想。我心里没有这样想过，我心里想的是，永远感激你，永远对你好。你在我最艰难的时候，帮助了我，我欠你的。”

“可是结果还不是和没有帮一个样。”

“那是另一码事。”

余小杏问：“秦河，你说，你爱我吗?”

我语塞，我从来没想过这个问题，从来没想过她会问这个问题。

“你刚才说你欠我的，我可不可以理解为，你是因为欠我，才在陈小芳不再来纠缠你后，还继续跟我在一起，而不是因为爱我，是这样吗?”

“不是。”

“那你说一句，你爱我。”

“你爱我。”我说，随即意识到说反了，未及我改正，余小杏“扑哧”一声笑了，说：“你看，‘你爱我’都不会说。”又叹了一声气，“秦河，你说得对，我爱你，至于你爱不爱我，我就不知道了。”转过背，睡去了。

我却久久睡不着。一直在想，我爱不爱余小杏？她天真活泼、乐观大方，是个可爱的女孩，我愿意和她在一起生活，可这就是爱她吗？人类的爱情到底是怎样的？在此之前，我从未谈过恋爱，我无法比较，所以我也无法确认我是不是爱余小杏。我们没经过恋爱就在一起生活了，我没有感受过恋爱的滋味，不明白怎样才算爱她。

最后我想，不要再纠结于爱不爱的问题了，我辞职、离开肯县，与爱不爱余小杏没有任何关系；即使我爱她，我也要走。

为了缓和与余小杏之间的僵冷状况，为了让她妥协，我做家务勤快了，买菜、做饭、洗衣、拖地，样样抢着做。我不上班，这些活她抢不过我。

“秦河，是不是我太贪玩了，让你不喜欢我，以后我不出去玩了，天天在家陪着你。”

“这不是你的问题，是我的问题，跟你是不是天天在家陪我没有关系。”

“秦河，你不要走好不好，以后我保证天天做饭给你吃，星期天不再睡懒觉了。”

“小杏，你待我已经很好了，没有必要委屈自己。”

打人事件后，转眼两个月过去了，纪委一直没有对我做出处理，朱主任也没叫我去上班。对我处理不处理，已经没有意义了，因为我决心已下，辞职，离开肯县，去别处生活。这个别处是哪里，我现在也不知道。

我去朱主任办公室递交辞职信。朱主任很吃惊，说不要把事情想得过坏了，事情还在协调当中，我说还是辞了吧，免得给单位添麻烦。

“秦河，你不要对单位、对我有什么抱怨，我们一直在为你争取最宽大的处理。经过我们做工作，陈小芳已经被她父母送去云州精神病院了，她父母表示，先给陈小芳治病，若是治好了就算了，如果治不好，这事再说。这已经是最好的结果了。”

“我不是对办公室、对朱主任你有什么抱怨，真的，没有。我只是不想当干部了，想自己出去闯一闯。”

朱主任不同意我辞职，他不同意也没用，因为这事是我说了算，我终于做了一件能自己说了算的事。

我要自己选择自己的生活，自己选择自己的工作。

我想，人应不应该有理想，不好说，但我觉得，人应该过自己选择的生活，这样才成为一个人；人不能过自己选择的生活，那是奴隶、是牲口。也许这话听起来很矫情，有几个人能做到过自己选择的生活？我觉得这样问的人并不理解“自己选择”的内涵，把“自己选择”当成了“高标准选择”，选择优渥的生活、选择好的工作、选择大城市，这样的选择肯定没几个人做得到。

我所要的只是最基本的自己选择，不脱离实际、不脱离自己能力的选择。我只希望这工作是我自己选的，哪怕这工作工资低，又脏又累，也不是我所喜欢做的，我也愿了；生活的地方是我自己选择的，哪怕它只是一个小镇，一个小村庄，我也愿了。

要做到自己选择自己的生活，首先得学会放弃，所以我放弃了当干部，放弃了肯县。现在，我人生自由了。

回到家，我跟余小杏说了已辞职的事，她面无表情，说：“你想辞就辞吧，你想去哪里就去吧。”

我说："我先出去闯闯，如果闯出名堂了，我就接你出去。"

"随你的便。"余小杏面无表情地说。

63 跟你没完

秦河：

昨天下午我回春岭，拿了余小杏的信来，因为余小杏说我不配你，连爱你的资格都没有，傻里傻气的，是世界上最下贱的、卑鄙无耻的女人，简直是一个丧失民族自尊的下流坯子，希望我做个自尊、自爱、自强的女性。我都拿给你看看吧，多么可笑。

根据她的教导，我去做了，发愤自尊、自爱、自强，而且做得比她好。我现在要做的，就是要你跟我一起去完成我们的事业，推动民族和社会的发展。

《宪法》第24条规定，国家通过普及理想教育、道德教育、文化教育、纪律和法制教育，通过在城乡不同范围的群众中制定和执行各种守则、公约，加强社会主义精神文明建设。国家提倡爱祖国、爱人民、爱劳动、爱科学、爱社会主义的公德，在人民中进行爱国主义、集体主义和国际主义教育，进行辩证唯物主义和历史唯物主义的教育，反对资本主义的、封建主义的和其他腐朽思想。为此，我已写信给肯县团委及妇联，肯求对你及余小杏进行宪法教育和道德教育，并以你们为例，教育普天下的人们。

法网是强大的，谁也逃不出，我们三人在法的作用下要分散的，就像H_2O在通电条件下，加速电解，释放出O_2挥发出去，告诉你，以后我们的结合不要像H_2O了，应该像金刚石，最强大的外力也砸不破它，相反，它无坚不摧。

秦河：

你这个无赖，那天中午在余小杏家，你和余小杏都承认你的心给了我的，好像有录音机录下了，我听到房间里有录音机响，这已构成你们离婚的条件了，因为婚姻基础——夫妻二人心连心——已不存在，所以我叫你们去法院咯，反正法律面前人人平等，哪知你们俩又不敢去。昨天我讲你的心给了我，你又反悔了，真气人。别神气，我有办法说服你，就是用社会主义道德说服法律。哪天有空，我会去找你好好论一论的。

我是为了社会主义道德，追求民族腾飞、社会发展，提高人口素质(把握自己的人生，走好自己的路)。为了家庭的幸福、美满，追求高尚、真挚、纯洁的爱情，而以“第三者插足”去争取你和余小杏离婚的，前天中午，我就跟我们医院的人说了，我要么挨坐牢，要么去精神病院，她们讲，如果是这样，一定会抽空去牢里看我，夏小秋说送香肠给我吃，小胡说送香瓜，小郑说送西瓜，蒋医生说送米，一定不让我挨饿。

昨天我去团委、妇联，他们都叫我以后不要去你办公室、家里找你了，但允许我和你共同完成事业，我听从了。但我跟他们讲清楚了，要是以后我们的事业成功了，要允许我们俩结婚。以后你们离了婚，不要怪我，你和余小杏，在法律的名下是夫妻，但你们并没有真挚的感情，你们之间的爱情不是高尚纯洁的爱情，而只有我们俩结婚才会得到高尚纯洁的爱情——心心相印、志同道合。

很多人以为你对我做了什么，才让我这样执着于你。6月在同事小邓那里，我说喜欢吃酸，她问我是不是怀了三个月了；有一次去我姑家，吃了几颗糖，她问我是不是将双喜临门（她不是指爱情、事业双丰收，而是结婚、生子)。我叔叔知道我们的事，很生气，骂我时说：“要是他有什么对不起你的，还这样损你的尊严，我去公安局告他，上法院告他。”我们医院的人老是说我的肚子不对劲了，是不是有了……其实我们俩之间清清白白，没有他们想象得那般龌龊，人们是不会理解我们的。

秦河，时至今日，你提出离婚吧，就以没有了婚姻基础——夫妻双方心心相印——的名义。这样对你、余小杏、我都好。尤其是余小杏，她终究是失败者，长痛不如短痛。说好了，星期六来接我。

秦河：

你知道我这个星期去了哪里吗？告诉你吧，我去了北京，到国家信访局去了，反映你们不道德的婚姻。因为上星期天中午我去余小杏家，劝她去离婚，说了一个中午她都不听，我说，你们不离婚，我就去北京告你们。我说到做到，现在，我从北京回来了（附的这张照片，就是我去北京时，在长城上照的）。你们可以去离婚了。

跟你说吧，谁都不知道我从北京取了哪些经回来，包括你在内。等我们结婚以后，你伴我走完人生之路我才会告诉你。我已铺下了一条通往光明的路，让我们肩并肩共同走完它。

我看过一篇说婚外恋的文章，称婚外恋有两种，一种是肉体出轨，一种是精神出轨。我感觉你、我之间是属于第二种婚外恋，因为你我之间的凝聚力无穷大，而你和余小杏之间的凝聚力趋于零。事实如此，一方面是余小杏无能，但又好虚荣，逞能，本想逞“英雄”，现反成了狗熊。我早就对她说过，她不是你的知音，要她放弃，她非但不放弃，还跟你结婚，沾沾自喜，对她进行宪法教育都无动于衷，现在只有采取法律制裁，去法院告她了。你本来肩挑着爱情、事业的担子，本是平衡的，但余小杏只看到了爱情，不顾你的事业，拼命地往你肩上爬。无法，你只得减轻事业，哪知社会发展的必然规律要余小杏乖乖地下来，我来上。另一方面我有钉子精神——钻劲和挤劲，不畏艰难拼命地挤，最终把你和余小杏挤散。就像锁一样，本来两边是对合的，被钉子钻进去后，坏了，再也用不得了，必须换新的。

等待着我们结婚日子的到来。

秦河：

我要警告你这个王八蛋，不要对我无礼。今天中午，竟然趁我和余小杏在表演健美操时踢了我一脚，那么用力，把我都踢倒了，那么痛，现在腰还在痛，而且全身都湿了，我走回家的时候，一路上行人都奇怪地看我，叫我好狼狈。告诉你，其实我叫“惹不得”，我的忍受力是有限值，而不是无限值。男人总是粗鲁无礼的，包括受过高等教育的你在内，说不过我就打人。其实我说，大可不必这样，你们男人那样横蛮无礼地对待我们女人，我们女人要反抗的。当今社会，女人的政治地位、社会地位都提高了，家庭地位随之提高，我们的独立能力亦提高，我们女人是爱情的主宰者，我们能顶半边天，还能翻天覆地呢，看你们男人还神气啥。那些为爱情而死的女人是傻女人，像余小杏，为自私的爱情而失去尊严，真可悲，害得我一直在为她忍辱负重。

秦河：

昨天下午我爸来县城，把我接回老家去了，他大骂了我一顿，把我囚禁起来了，就像蒋介石对待张学良那样，还要我姐管好我，不许我走出家门半步，我姐呢，真的以为我精神错乱了，急得直哭。昨晚上我还做了一个梦，梦见我得了“神经病”，能跟树对话，能听得懂牛的语言，后来身上又长出了一对白色的翅膀，在湛蓝的天空中飞翔，飞呀飞呀，飞进了无边的宇宙，可是只有我一个人，高处不胜寒，我很是忧伤。

我们这样没完没了地争执下去，似乎没有意义，现在我又被禁闭起来了，想去见你也不成了，我想你还是把我告上法庭吧，我想跟你在法庭上见高低，看我的办法是否显灵，看看社会主义道德能不能说服法律。

本来你是无赖，现在我成了无赖，告诉你，从法的产生及作用来看，我愿意服法，也愿意伏法，等着吧，我还要和你纠缠不清的。

让我们一起遗臭万年吧。

64　小镇，再见

肯县县城的街边，种了很多桂花树，我离开肯县的时候，正值桂花飘香时节，阵阵清香从鼻孔钻进体内，沁人肺腑。客车驶过肯江大桥，就算出县城了，我深吸一口空气中的桂花香，又向窗外招招手，算是跟肯县道别。我还会回来吗？我不知道，不过，我想也许还会吧，只要是我自己选择的，回来也很正常。

我直接去了省城。为什么要去省城？我觉得省城可选择的工作会多点，我得先解决工作问题。我身上并没有带多少钱，必须先挣钱糊口。而且，我想离家乡远点，越远越好。

我在一家小旅社落了脚，之后考虑怎么找工作。那时候，省城连人才交流市场都还没有，想找工作可以说无从下手，只有靠熟人介绍。我在省城只认识四个人——两个大学同学、蔡晓涵、徐娜。两个大学同学及徐娜都是在学校里教书，对社会上的事不一定懂得多少，我想还是先去找蔡晓涵吧。但愿她不会误解我而拒绝见我。

社科院的门卫帮我打了蔡晓涵办公室的电话。不一会儿，一个熟悉的、靓丽的身影从大楼里出来了，快步向我走来，优雅的身姿依旧迷人。

“秦河你好。”她微笑着向我打招呼，似乎我上次的求爱举动并没给她带来困扰、恐慌。

“你好。”

“上我办公室坐坐吧。”

我跟着进去了。

蔡晓涵的办公室摆设简单，就跟大多数行政机关的办公室一样。摆了四张桌子，显然这间办公室不止她一个人，但其他人都不在，看来这里上班挺自在的，也许跟我在肯县党校时差不多。

说了几句寒暄话后，蔡晓涵问：“这次又来学习?”

“不是，我辞职了，来省城谋生。”

蔡晓涵有些惊讶，说：“怎么会这样?”我说没什么特别原因，就是不想待在肯县了。蔡晓涵沉思了一下，说：“辞了也好，确实，在那样的小地方，你的才华也用不上。县里不需要高素质人才，只需要那些有股杀劲的土干部，你留在那里，会一辈子碌碌无为。”

我扮了个鬼脸：“我哪是什么高素质人才，一个本科生而已。”

我现在最怕人家把“才华”之类的词套在我身上。“才华”对于我，已经成了一个负面词，它让我误解自己，产生虚假的怀才不遇的苦闷和委屈，也让别人对我产生误解，以为我恃才傲物，甚至以为我会大有作为。我现在只想到一个新的地方重新生活，“才华”这东西，用得上就用，用不上也罢。以后如果能做出点成就来，是意外；若一事无成，平平淡淡活着也很好。

“来省城打算干什么?”

“有份工作做就行，什么工作都无所谓。小蔡，想来麻烦一下你，不知道你能不能提供点信息给我。”

“你也知道，我们所的工作是两耳不闻窗外事的，不过我帮你打听一下吧。”

第二天上午，蔡晓涵告诉我，有一家志愿者服务机构，刚开办了一条市民情感咨询热线，缺一个人值班，不知道我愿不愿去。“他们经常来我所咨询，我们之间关系很好的，如果你愿意去，我再跟他们说说。”

“这情感方面的事，我给得了人家咨询吗?”

“没事，也就是听他们倒倒苦水，再说点安慰的话，用不着你给他们解决问题。”

“行，我愿意去。”

下午，蔡晓涵答复我，他们可以接收我，但他们是志愿者团体，所有人工作都是不领工资的，鉴于我情况特殊，可以开给我一个月一百元报酬，提供免费住宿。

“待遇太低了，我觉得你还是不去算了吧，我再帮你找找。”

“行，我去。”

我的工作就是一天二十四小时守住那部“情感热线”电话，倾听男男女女在生活中、工作中、情感上出现的苦恼、困惑和痛苦，再说点安慰话，提点建议。真没想到世间这么多人有烦恼、苦闷，电话不断。我听得多，提得少，我一个二十四岁不到的愣头儿青，能给他们提什么建议？有时候听这些人的倾诉听得实在憋屈、恼火，也忍不住提过几次建议，如劝倾诉者“放弃这份工作吧”“离开他（她）”“离开你那个地方吧”，这些人反骂我“混账东西”“什么玩意”。晚上，这间办公室则成了我的住所，接待来访者的沙发就是我的床。

在省城安顿下来后，我打电话给余小杏，报个平安，她哭着说：“秦河，这几天我好想你。”我说：“我会天天给你打电话的，我现在的工作就是守电话，真是瞌睡遇着枕头哈。”余小杏又笑了：“假公济私，小心领导发现。”

说是这样说，其实难得有机会和时间给余小杏打电话。人世间似乎有太多的人有烦恼、困惑，生活不如意，工作不如意，感情不如意。这条热线很忙，一天要接十几个电话，常常一个电话会聊上半个、一个小时，聊得我头晕脑涨、口干舌燥、筋疲力尽，有时想到给她打电话时，已是下班时间或晚上，没法给她打，到头来，还是她打给我的多。渐渐地，她给我打电话也越来越少了，她说：“你们的电话好难打进，总是忙音。”我说好多人向我咨询情感问题，她说：“你自己的情感问题都没解决呢。”

在这座陌生的城市里，我就像古人说的“大隐隐于市”，虽然楼下就是繁华热闹的街市，但是我心如止水，没电话接的时候，我就安静地看书，我带了一套三卷本的《悲惨世界》，够看个一年半载的。我并不是消沉，我清楚这里不应是我久待之地，空闲的时候，我也常上街转转，或打电话给一些杂志社、报社、学校、工厂，问问他们是否需要人手——不过，都是被拒绝的，因为我是无业人员，他们一般不从社会上招人。我也不急，眼下还有口饭吃。我相信在这偌大个省城，总会有机会的。

蔡晓涵似乎对介绍我去接热线电话感到内疚，仍继续帮我寻找工作信息，半年后的一天，她告诉我，她有个师兄在省工人报做总编室主任，昨天碰见他，于是问他那里需不需要人，他说他们报刚有个老校对退休了，一时调不进人，正想找个临时工顶一顶。

“去报社对你来说，可能会好点，一来做文字工作，对口你学的专业；二来工资也会比接热线高很多。重要的是，如果你真有才华，还有可能转做记者、编辑。”

“行，我去。”

于是我去了省工人报，做了一名校对。我想，我一个中文系毕业的，做校对不会有多大难度吧，谁知上班第一天就有好几处错字没校出来，如“扶养”“抚养”分不清，“言简意骇”没看出“骇”是错字，在评报会上遭到一顿批评。看来在肯县这一年，自己的专业水平严重下降。我告诫自己，要认真、认真再认真，细心、细心再细心；不要想着自己是 H 大学中文系毕业的，把自己当成高中毕业生就好。

几天后，我便稳住了阵脚，所校对的版面差错在一个字词以下，而且都是正文的小字差错，属小错误；再往后，总是连续一个星期都没出一处差错。

闲下来，聊天的时候，常有记者、编辑、主任好奇地问我是从哪个学校毕业的，我说我是省电视大学毕业的。他们相信了，因为“五大”（电大、夜大、职大、函授、自考）生不包分配，我如果是正规大学毕业的，应该是在行政部门、事业单位或国企上班，是国家干部，怎么会来做临时工？那时候，几乎没有正规大学毕业生辞职。

“虽是‘五大生’，你水平不错呀，好多我们看不出来的错别字、不通的句子，还有知识性的错误，你都给校出来了。”

我笑笑，说：“那些错字、错误，是你们故意考我的，我校不出来，就要给你们炒鱿鱼了。”

“去，我们可没这么歹毒噢。”

我校对质量高，渐渐地在报社声名鹊起，几个部门主任认定我有才能，相继向老总提出让我做记者，江总编便叫总编室赖主任跟我谈谈。

“我记得蔡晓涵好像说过，你是 H 大学中文系毕业的，当时忙着赶路，也没往心里记，是不是?”

我说是。赖主任惊讶了一下：“咳，真是大材小用了。”我忙说没有没有，做校对我已经很满足了。赖主任说：“我跟你说，你是我们报社所有人中，就读的大学牌子最响的，报社好多人还是大专毕业的呢。你怎么会没有工作?”

我说辞职了。他听了我的经历后，唏嘘不已，说：“你不要做校对了，做记者吧，不过由于编制问题，只能做编外记者，你愿不愿意？编外记者按工分计酬，做得好，工资也很高的。”

“行，我做。”

这样，我成了省工人报第一个编外记者，恐怕也是全省第一个编外记者。五年后，省城第一份都市报诞生，所有员工全部采取招聘制，我心动了，觉得去这家综合性报纸可能会有更大作为，毕竟工人报是一份行业报，工作面窄，于是报了名。同来应聘的多是“五大”生，我毫无悬念地被录取了。

到了都市报才知道，这里见习期长达六个月，而且六个月里每个月只发生活费四百元。来之前我在工人报基本工资加稿费已领到八百元了。我心里未免感到有些亏，是留下来，还是回工人报？

思考几天后，我决定还是留下来。从长远看，在都市报的前途绝对远高于在工人报，牺牲一点短期利益又何妨呢？这样，我在都市报一干又是五年，其中第二年就成了首席记者。

做记者这十年里，全省一百二十个县我几乎跑遍了。我知道自己没有退路，只能向前冲；我清楚这是我自己选择的路，再干不好，变成垃圾也是活该。所以得到哪儿的新闻线索，我都是二话不说，背上包就出发；我起早贪黑、跋山涉水、顶风冒雨、出生入死，玩命地工作，没有休息过一天。许多引起全省轰动的重大新闻事件，总是我第一个报道出来的，还挖出了不少被隐藏的黑幕。

有一次，我接到爆料，前往一个隐瞒矿难的矿山暗访，被矿老板发现，放出两条狼狗追逐我，奔逃中，我差点儿掉下悬崖；还有一次，也是去深山暗访山民私种罂粟的事，由于不通公路，一去一回步行了五十公里，回到旅社时已是凌晨时分，脚底长出了一群水泡。

至于在暗访、采访过程中，遭遇谩骂、驱逐、拘禁、围攻、殴打，更是不计其数。有一次，我去暗访一家污染严重的乡镇造纸厂，被厂方发现，组织十几名工人围攻，我被打趴在一片污泥中……

这十年里，我累计写下了大大小小五千多篇上千万字的新闻报道，连我都惊讶自己何来如此大的爆发力和长久的毅力。在肯县时那个懒散、蔫恹的秦河一点影子也没有了。

不过奇怪的是，这十年里，竟没有一次被派遣去老家肯县采访，当然这些年，也悄悄回过几次肯县，比如回家探望父母，比如和余小杏离婚。

来省城一年后，我收到了余小杏寄来的一封信，是离婚协议书，协议书就一句话：经协商，秦河和余小杏同意协议离婚，无小孩抚养问题，无共同财产分割。还附了一封信，改得花花绿绿（估计是黄思洁帮改的），她说：

“秦河，虽然我爱你，但我们的婚姻其实是别人促成的婚姻，不是我们两个人发自内心主动、自愿结合的，现在又天各一方，这样的婚姻算不上美满婚姻。我想通了，还是散了吧。

“当初黄思洁跟我提这事的时候，我并不是很同意，因为当时我们仅是熟悉而已，远谈不上有爱情，而且社会上关于你的流言很多，让我觉得你在感情上不大可靠，黄思洁劝我说，以她的观察，秦河其实不是一个吊儿郎当的人，很多人误解了他，他现在遇上麻烦，你就帮帮他吧，让他渡过这个坎儿。她还说，秦河是肯县唯一的毕业于重点大学的干部，又是县领导秘书，以后肯定有前途，不管秦河以后有没有前途，以你初中文化，嫁个大学生也是很赚的，会有多少女孩子羡慕呢。我一时心软，加上虚荣心作怪，就答应了。后来又去你家看看，虽然你的家境不算好，但我看到的是，你的家庭是个善良本分的家庭，父母纯朴和睦，哥嫂面善和气，出生在这样家庭的人坏不到哪儿去。我心里踏实了。

“其实这些还不是最关键的，你知道领结婚证前那几天，我回老家干什么去了吗？我是回家抽签去了，我老家就在盘古庙附近，人人都说庙里的签非常灵，所以我就去算我今年的桃花运如何，结果抽到的是上上签，住持说我今年结婚会大吉大利，一辈子都会幸福。我相信了，回来就和你领了证，成了夫妻。可结果却是这样。不怪神仙，只怪人心。

“我初中没读完，你是重点大学毕业生，我们之间文化差距太大，性格差异也太大，认识我的人都说我们难以长久，可我天真地想试一试，把你留住，最终我还是没能留住你，也许我们之间真的是差异太大了，更因为我太贪玩了，约束不了自己，让你对我失望，想着远走高飞，可我又跟随不了你闯荡天涯。祝你找到一个相配的女孩，和你一起在天空中展翅翱翔……”

我掩面而泣。说实话，我舍不得余小杏离开，我虽说不上对她有多深的爱，但喜欢她是肯定的，她就像我的小妹妹。可是我也清楚，我们长久不了。我们不是完全因为爱而结婚的，我们天各一方，我们志趣迥异。余小杏，我永远感激你。无论是你昨日的接纳，还是今天的离开，我都永远感激你。

随着社会的不断开放，媒体行业焕发生机，新报纸遍地开花。广东一份全国发行的新报纸的总编，不知从哪里知道了我这个人，邀请我加盟，于是我转去了广东，继续在传媒行业摸爬滚打。

我奔走于全国各地采访，也就有机会陆续和分配在全国各地的许多大学同学取得了联系。他们对我毕业十二年才“冒头”感到惊讶，又说我“胖了不少”。我笑说：“全国到处跑，吃遍各地美食，哪有个不胖的？”我现在确实是胖了不少，都有小肚腩了。我常年东奔西跑，白天奔跑晚上写稿，还能发胖，我自己也感到神奇。

十二年不见，很多同学已发生了翻天覆地的变化，分在北京中直机关的五个同学，几年以前就已当了处长、副处长；那些分在大学的，也几乎都成了副教授、教授或中文系副主任、文学院副院长。那位才学兼优的待业青年陶兄，后来办起了自己的公司，成为上海第一代电脑经销商，他美丽的同学恋人成了他的妻子。我见到他们时，他们已有了一个六岁的儿子。真心为同学们的进步感到高兴，真的。我已落魄成这个样子了，我不希望再有别的同学落魄。我一点不感到嫉妒或酸楚。各人有各人的命运，人跟人没法比。

除了我，也还是有一些因分配不如意一直混得不好的，有两位同学索性回农村老家种田去了。中文系我们这届一百三十五个同学中，有二十多人失去了联系。按常理，不说四年同窗情谊，同学圈也是重要的人际圈，岂能丢弃？这二十多位同学“失踪”，也许是觉得混得不好而不愿露面吧（我如果一直待在肯县，估计也会变成一名“失踪者”）。时下，许多过来人充满缅怀之情，把20世纪80年代称作“纯真年代”“美好年代”“诗意年代”“追梦年代”，我想说的是，在那个分配年代，许多大学生因毕业分配得好，顺风顺水地成了社会栋梁，但也不知有多少“天之骄子”遭遇分配乱点鸳鸯谱，成了无声无息的“陆步轩”。

现在提起当年毕业分配的伤痛，也许有人会觉得矫情，毕竟现在没有分配了，许多大学生毕业即失业，而分配年代，好歹也有工作。我并不是抱怨什么，或评说什么，只是回忆当时的情形和心情。包分配，让你有了一辈子的铁饭碗；可不包你的分配，你是自由之身，爱去哪儿去哪儿。你回头想当干部，还可以参加公务员招考不是？

又过了几年，父母相继去世，我也在S市安了家，肯县再没有回去过，家乡的记忆日渐淡去。如果不是这次偶遇“陈小芳”，当年的往事也就彻底埋进心底了。回首往事，我为当年无意中给陈小芳带来了精神上的痛苦感到愧疚，如果这次遇到的真是她，我为她康复了、变快乐了感到欣慰。